U0858135

2013年中国短篇小说排行榜

贺绍俊 ◎主编

百花洲文艺出版社

目 录

1 | **毕飞宇** 大雨如注

18 | **范小青** 人群里有没有王元木

33 | **林　白** 某年的枪声

38 | **金仁顺** 喷　泉

55 | **蒋一谈** 透　明

74 | **晓　苏** 酒疯子

88 | **东　西** 蹲下时看到了什么

103 | **郭文斌** 瑜　伽

122 | **张学东** 哭　河

135 | **吴　君**　夜空晴朗

150 | **聂鑫森**　典当奇闻

160 | **魏思孝**　酋长在天上看着

166 | **马金莲**　大拇指与小拇尕

179 | **文　珍**　到Y星去

188 | **鲁　敏**　当我们谈起星座

204 | **李　晁**　单行道

231 | **弋　舟**　被远方退回的一封信

249 | **徐则臣**　成人礼

260 | 王祥夫 刺　青

268 | 叶　弥 逃　票

292 | 徐　晓 你是个好女孩

307 | 邵　丽 小舅舅死了

322 | 贺　奕 一个故事的两面

338 | 付秀莹 曼啊曼

大雨如注

毕飞宇

一

丫头不像她的母亲，也不像她的父亲，她怎么就那么好看呢！大院里粗俗一点的玩笑是这么开的："大姚，不是你的种啊。"大姚并不生气，粗俗的背后是赞美，大姚哪里能听不出来？他的回答很平静："转基因了嘛。"

大姚是一位管道工，因为是师范大学的管道工，他在措辞的时候就难免有些讲究。大姚很在意说话——教授他见得多了，管道工他见得更多，这年头一个管道工和一个教授能有什么区别呢？似乎也没有。但区别一定是有的，在嘴巴上。不同的嘴说不同的话，不同的手必然拿不同的钱。舌头是软玩意儿，却是硬实力。

大姚和他的父亲一样，是一个有脑子的人。作为父亲，他希望别人夸他的女儿漂亮，可也不希望别人仅仅停留在"漂亮"上。大姚说："一般般。主要还是气质好。"大姚的低调其实张狂，他铆足了力气把别人的赞美往更高的层面上引。所以说，两种人的话不能听：做母亲的夸儿子；做父亲的夸女儿。都是脸面上淡定、骨子里极不冷静的货。

大姚夸自己的女儿“气质好”倒也没有过，姚子涵四岁那一年就被母亲韩月娇带出去“上班”了。第一个班就是舞蹈班，是民族舞。舞蹈这东西可奇怪了，它会长在一个孩子的骨头缝里，能把人“撑”起来。什么叫“撑”起来呢？这个也说不好，可你只要看一眼就知道了，姚子涵的腰部、背部和脖子有一条隐性的中轴，任何时候都立在那儿。

姚子涵的身上还有许多看不见的东西——她下过四年围棋，有段位；写一手明媚的欧体；素描造型准确；会剪纸；“奥数”竞赛得过市级二等奖；擅长演讲与主持；能编程；古筝独奏上过省台的春晚；英语还特别棒，美国腔。姚子涵念“water”的时候从来不说“喔特”，而是蛙音十足的“瓦特儿”。姚子涵这样的复合型人才哪里还是“棋琴书画”能够概括得了的呢？最能体现姚子涵实力的还要数学业：她的成绩始终稳定在班级前三、年级前十。这是骇人听闻的。附属中学初中部二年级的同学早就不把姚子涵当人看了，他们不嫉妒，相反，他们怀揣着敬仰，一律把姚子涵同学叫作“画皮”。可“画皮”绝不2B，站有站相，坐有坐姿，亭亭玉立，是文艺青年的范儿。教导主任什么样的孩子没见过？不要说“画皮”，“人妖”和“魔兽”他都见过。但是，公正地说，无论是“人妖”还是“魔兽”，发展得都不如“画皮”这般全面与均衡。教导主任在图书馆的拐角处拦住“画皮”。神态像“画皮”的粉，问：“你哪里有那么多时间和精力呢？”偶像就是偶像，回答得很平常：“女人嘛，就应该对自己狠一点。”

姚子涵对自己非常狠，从懂事的那一天起，几乎没有浪费过一天的光阴。和所有的孩子一样，这个狠一开始也是给父母逼出来的。可是，话要分两头说，这年头哪有不狠的父母？都狠，随便拉出来一个都可以胜任副处以上的典狱长。结果呢？绝大部分孩子不行，逼急了能冲着家长抄家伙。姚子涵却不一样，她的耐受力就像被鲁迅的铁掌挤干了的那块海绵，再一挤，还能出水。大姚在家长会上曾这样控诉说：“我们也经常提醒姚子涵注意休息，她不肯啊！”——这还有什么可说的。

二

米歇尔很守时。上午十点半，她准时出现在了大姚家的客厅里。大姚和米歇尔的相识很有趣，他们是在图书馆的女卫生间里认识的。大姚正在女卫生间里换水龙头，米歇尔叼着香烟，一头闯了进来，还没来得及点火，突然发现女卫生间里站着一个大个子的男人。米歇尔吓了一大跳，慌忙说了一声“堆（对）不起”，退出去了。只过了几秒钟，米歇尔晃悠悠地折回来了。她用左肩倚住门框，右手夹着香烟，扛到肩膀上去了，很挑衅地说：“甩（帅）哥，想吃豆腐吧？”嗨，这个洋妞，连“吃豆腐”她都会说了。大姚说：“我不在卫生间吃东西，也不在卫生间抽烟。”大姚说话的同时指了指身上的天蓝色工作服，附带着用扳手敲了一通水管，误会就这么消除了。米歇尔有些不好意思，她把香烟卷在掌心，说：“本宫错了。”大姚笑笑，看出来了，是个美国妞，很健康，特自信，二十出头的样子，是个长不大的、爱显摆的活宝。大姚说：“知错能改，还是好同志。”

人和人就是这样的，一旦认识了，就会不停地见面。大姚和米歇尔在“卫生间事件”之后起码见过四五次，每一次米歇尔都兴高采烈。大声地把大姚叫作“甩（帅）哥”，大姚则竖起大拇指，回答她“好同志”。

暑假之前大姚在一家煎饼铺子的旁边又和米歇尔遇上了。大姚握住手闸，一只脚撑在地上，把她挡住，直截了当，问她暑假里头有什么打算。米歇尔告诉大姚，她会一直留在南京，去昆剧院做义工。大姚对昆剧没兴趣，说：“我想和你谈笔生意。”米歇尔吊起眉梢。把大拇指、中指和食指撮在一起，捻了几下——“你是说，沈（生）意？”

大姚说：“是啊，生意。”

米歇尔说：“我没做过沈（生）意了。”

大姚想笑，外国人就这样，说什么都喜欢加个“了”。大姚没有笑，说：“很简单的生意。我想请你陪一个人说话。”

米歇尔不明白，不过马上就明白了——有人想练习英语口语，想来是这么回事。

“和谁？”米歇尔问。

“一位公主。”大姚说。

美国佬真够呛，他们从来都不能把问题存放在脑袋里，慢慢盘，细细算，非得堆在脸上。经过嘴角和眉梢的一番运算，米歇尔知道“公主”是什么意思了。她刻意用生硬的“鬼子汉语”告诉大姚：“我的明白，皇上！”

不过，米歇尔即刻把她的双臂抱在乳房的下面，盯着大姚，下巴慢慢地挪到目光相反的方向。她刻意做出风尘气，调皮着：“我很贵了，你的明白？”

大姚哪能不知道价格，他压了压价码，说：“一小时八十。”

米歇尔说：“一百二。”

“一百。”大姚意味深长地说，“人民币很值钱的——成交？”

米歇尔当然知道了，这年头人民币很值钱的了，一小时一百了，说说话了，很好的价格了，米歇尔满脸都是牙花：“为什么不呢？”

客厅里的米歇尔依旧是一副快乐的样子，有些兴奋，不停地搓手，她的动态使她看上去相当“大”，客厅一下子就小了。大姚十分正式地让她和公主见了面。公主在小学毕业的那个暑假接受过很好的礼仪训练，她的举止相当好，得体，高贵，只是面无表情，仿佛被米歇尔“挤”了一下。大姚注意到了，女儿的脸上历来没有表情，她的脸和内心没关系，永远是那种“还行”的样子。高贵而又肃穆的公主把米歇尔请进了自己的闺房，大姚替她们掩上门，却留了一道门缝。他想听。听不懂才更要听。对一个做父亲的来说，还有什么比听不懂女儿说话更有成就感的呢？大姚津津有味的，世界又大又奇妙。

大姚忙里偷闲，对着老婆努努嘴，韩月娇会意了。这个师范大学的花匠套上袖套，当即包起了饺子。昨天晚上这对夫妇就商量好了，他们要请美国姑娘“吃一顿”。大姚和他的老子一样，精明，从来不做亏本的买卖。他的小算盘是这么盘算的：他们请米歇尔做家教的时间是一个小时，可是，如果能把米歇尔留下来吃一顿饺子，女儿练习口语的时间实际上就成了两小时。

大姚早就琢磨女儿的口语了。女儿的英语超级棒，大考和小考的成绩在那儿呢，错不了。可是，就在去年，吃午饭的时候，大姚无意之中瞥了一眼电视，是一档中学生的英语竞赛节目。看着看着，大姚恍然大悟了——姚子涵所谓的“英语好”，充其量也只是落实在“手上”，远远没有抵达“舌头”，换句话说，还不是“硬实力”。大姚和韩月娇一起盯住了电视机。这一看不要紧，一看，大姚和韩月娇都上瘾了。作为资深的电视观众，大姚、韩月娇和全国人民一样，都喜欢一件事，这件事叫“PK”。这是一个“PK”的年头，唱歌要“PK”，跳舞要“PK”，弹琴要“PK”，演讲要“PK”，连相亲都要“PK”，说英语当然也要“PK”。就在少儿英语终极“PK”的当天，大姚诞生了“好孩子”的新标准和新要求，简单地说：一、能上电视；二、经得起“PK”。这句话还可以说得更加明朗一点：经历过“PK”能“活到最后”的孩子才是真正的好孩子，倒下去的最多只能算个“烈士”。

入夜之后大姚和韩月娇开始了他们的策划，他们是这样分析的：由于他们的疏忽，姚子涵在小学阶段并没有选修口语班，如果以初中生的身份贸然参加竞赛，“海选”能否通过都是一个问题。但是没关系。只要姚子涵在初中阶段开始强化，三年之后，或四年之后，作为一个高中生. 姚子涵一样可以在电视机里酝酿悲情，她会答谢她的父母的。一想起姚子涵“答谢父母”这个动人的环节，韩月娇的心突然碎了，泪水在眼眶里头直打圈——她和孩子多不容易啊，都不容易，实在是不容易。

几乎就在米歇尔走出姚子涵房门的同时，韩月娇的饺子已经端上饭桌了。韩月娇从来没有和国际友人打过交道，似乎有些不好意思。不好意思有时候反而就是莽撞，她对米歇尔说：“吃！饺子！”大姚注意到了，米歇尔望着热气腾腾的饺子，吃惊的程度一点也不亚于女厕所的那一次，脸都涨红了。米歇尔张开她的长胳膊，说："这怎么好意思了！"听到米歇尔这么一说，大姚当即就成外交部的发言人了，中国人民的文化立场他必须阐述。大姚用近乎肃穆的口吻告诉米歇尔："中国人向来都是好客的。"

"党（当）然，"米歇尔说，"党（当）然。"米歇尔似乎也肃穆了，她重申，"党（当）然。"

米歇尔却为难了。她有约。她在犹豫。米歇尔最终没能斗得过饺子上空的热气，她掏出手机，对朋友说，她要和三个中国人开一个"小会"了，她要"晚一会儿才能到"了。嗨，这个美国妞，也会撒谎了，连撒谎的方式都带上了地道的中国腔。

这顿饺子吃得却不愉快。关键的一点在于，事态并没有朝着大姚预定的方向发展。就在宴会正式开始之前，米歇尔发表了一大堆的客套话，当然，用的是汉语。大姚便看了女儿一眼，其实是使眼色了。姚子涵是冰雪聪明的，哪里能不明白父亲的意思。她立即用英语把米歇尔的话题接了过来。米歇尔却冲着姚子涵妩媚地笑了，她建议姚子涵"使用汉语"。她强调说，在"自己的家里"使用外语对父母亲来说是"不礼貌的"。当然，米歇尔也没有忘记谦虚："我也很想向你学习罕（汉）语了。"

这可是大姚始料未及的。米歇尔陪姚子涵说英语，大姚付了钱的。现在倒好，姚子涵陪米歇尔说汉语，不只是免费，还要贴出去一顿饺子。这是什么事？

韩月娇迅速地瞥了丈夫一眼。大姚看见了。这一眼自然有它的内容。责备倒也说不上，但是，失望不可避免——大姚算计到自己的头上来了。

米歇尔一离开大姚就发飙了。他想骂娘，可是，在女儿的面前，大姚也骂不出来，沉默寡言的女儿在任何时候都对大姚有威慑力。这让他很憋屈。憋屈来憋屈去，大姚的痛苦被放大了。大姚毕竟在高等学府工作了十多年，早就学会从宏观视角看待自己的痛苦了。大姚很沉痛，对姚子涵说：“弱国无外交——为什么吃亏的总是我们？”

韩月娇只能冲着剩余的几个饺子发愣。热腾腾的气流已经没有了，饺子像尸体，很难看。姚子涵却转过身，捣鼓她的电脑和电视机去了。也就是两三分钟，电视屏幕上突然出现了姚子涵与米歇尔的对话场面，既可以快进，也可以快退，还可以重播——刻苦好学的姚子涵同学已经把她和米歇尔的会话全部录了下来，任何时候都可以拿出来模仿和练习。

大姚盯着电视，开心了，是那种穷苦的人占了便宜之后才有的大喜悦。因为心里头的弯拐得过快、过猛，他的喜悦一样被放大了，几乎就是狂喜。大姚紧紧搂住女儿，没轻没重地说：“祖国感谢你啊！”

三

晚上七点是舞蹈班的课。姚子涵没有让母亲陪同。她一个人骑着自行车，出发了。韩月娇虽说是个花工，几乎就是一个闲人，她唯一的兴趣和工作就是陪女儿“上班”。姚子涵小的时候那是没办法，如今呢，韩月娇早就习惯了，反过来成了她的需要。然而，暑假刚刚开始，姚子涵明确地用自己的表情告诉他们，她不允许他们再陪了。大姚和韩月娇毕竟是做父母的，女儿的脸上再没有表情，他们也能从女儿的脸上知道自己该做什么。

凉风习习，姚子涵骑在自行车上，心中充满了纠结。她不允许父母陪同其实是事出有因的，她在抱怨，她在生父母的气。同样是舞蹈，一样的跳，母亲当年为什么就不给自己选择国际标准舞呢？姚子涵领略“国标”的魅力还是不久前的事。“国标”多帅啊，每一个动作都咔咔咔的，有电。姚子涵只看了一眼就爱上了。她咨询过自己的老师，现在改学“国标”还行不行。老师的回答很模糊，也不是不可以。但是，动作这东西就这样，练到一定的火候就长在身上了，练得越苦，改起来越难。姚子涵在大镜子面前尝试着做过几个“国标”的动作，不是那么回事。过于柔美、过于抒情了，是小家碧玉的款。

还有古筝。他们当初怎么就选择古筝了呢？从什么时候开始的呢？姚子涵开始痴迷于“帅”，她不再喜爱在视觉上“不帅”的事物。姚子涵参加过学校里的一场音乐会，拿过录像，一比较，她的独奏寒碜了。古筝演奏的效果甚至都不如一把长笛，更不用说萨克斯管和钢琴了。既不颓废，又不牛掰。姚子涵感觉自己萎缩了，上不了台面。

傍晚的风把姚子涵的短发撩起来了，她眯起了眼睛。姚子涵不只是抱怨，不只是生气，她恨了。他们的眼光是什么眼光？他们的见识是什么见识？——她姚子涵吃了多少苦啊。吃苦她不怕，只要值。姚子涵最郁闷的地方还在这里：她还不能丢，都学到这个地步了。姚子涵就觉得自己亏。亏大发了。她的人生要是能够从头再来多好啊，她自己做主，她自己设定。现在倒好，姚子涵的人生道路明明走岔了，还不能踩刹车，也不能松油门。飙吧。人生的凄凉莫过于此。姚子涵一下子就觉得老了，凭空给自己的眼角想象出一大堆的鱼尾纹。

说来说去还是一个字——钱。她的家过于贫贱了。要是家里头有钱，父母当初的选择可能就不一样了。就说钢琴吧，他们买不起。就算买得起，钢琴和姚子涵家的房子也不般配，连放在哪里都是一个大问题。

但是，归根到底，钱的问题永远是次要的，关键还是父母的眼光和见识。这么一想姚子涵的自卑涌上来了。所有的人都能够看到姚子涵的骄傲，骨子里，姚子涵却自卑。同学们都知道，姚子涵的家坐落在师范大学的“大院”里头，听上去很好。可是，再往深处，姚子涵不再开口了——她的父母其实就是远郊的农民。因为师范大学的拆迁、征地和扩建，大姚夫妇摇身一变，由一对青年农民变成师范大学的双职工了。为这事大姚的父亲可没少花银子。

自卑就是这样，它会让一个人可怜自己。姚子涵，著名的“画皮”，百科全书式的巨人，觉得自己可怜了。没意思。特别没意思。她吃尽了苦头，只是为自己的错误人生夯实了一个错误的基础。回不去的。

多亏了这个世上还有一个“爱妃”。“爱妃”和姚子涵在同一个舞蹈班，“妖怪”级的二十一中男生，挺爷们的。可是，舞蹈班的女生偏偏就叫他“爱妃”。“爱妃”也不介意，笑起来红口白牙。

姚子涵和“爱妃”谈得来倒也不是什么特殊的原因，主要还是两个人在处境上的相似。处境相似的人未必就能说出什么相互安慰的话来，但是，只要一看到对方，自己就轻松一点了。“爱妃”告诉姚子涵，他最大的愿望就是发明一种时空机器，在他的时空机器里，所有的孩子都不是他们父母的，相反，孩子拥有了自主权，可以随意选择他们的爹妈。

“下班”的路上姚子涵和“爱妃”推着自行车，一起说了七八分钟的话。就在十字路口，就在他们分手的地方，大姚和韩月娇把姚子涵堵住了。他们两人十分局促地挤在一辆电动自行车上，很怪异的样子。姚子涵一见到他们就不高兴了，又来了，说好了不要你们接送的！

姚子涵的不高兴显然来得太早了，此时此刻，不高兴还轮不到她。她一点都没有用心地看父亲和母亲的表情。实际的情况是这样的，韩月娇神情严峻，而大姚的表情差不多已经走样了。

“你什么意思？”大姚握紧刹车，劈头盖脸就是这样一句。

“什么什么意思？”姚子涵说。

“你不让我们接送是什么意思？”大姚说。

“什么我不让你们接送是什么意思？”姚子涵说。

这样的车轱辘话毫无意思，大姚直指问题的核心——“谁允许你和他谈的？”大姚还没有来得及等待姚子涵的回答，即刻又追问了一句，“谁允许你和他谈的？”

姚子涵并没有听懂父亲的话，她望着父亲。大姚很克制，但是，父亲的克制极度脆弱，时刻都有崩溃的危险。

和课堂上一样，姚子涵是不需要老师问到第三遍的时候就能够理解的。姚子涵听懂父亲的话了，她扶着车头，轻声说："对不起，请让开。"

和大姚的雷霆万钧比较起来，姚子涵所拥有的力气最多只有四两。奇迹就在这里，四两力气活生生地把万钧的气势给拨开了。她像瓶子里的纯净水一样淡定，公主一般高贵，公主一般气定神闲，高高在上。

女儿的傲慢与骄傲足以杀死一个父亲。大姚叫嚣道："不许你再来！"这等于是胡话，他崩溃了。

姚子涵已经从助力车的旁边安安静静地走过了。可她突然回过了头来，这一次的回头一点也不像一个公主了，相反，像个市井小泼妇。"我还不想来呢，"姚子涵说，她漂亮的脸蛋涨得通红，她叫道，"有钱你们送我到'国标'班去！"

姚子涵的背影在路灯的底下消失了，大姚没有追。他把他的电动自行车靠在了马路边上，人已经平静下来了。可平静下来的难过才真的难过。大姚望着自己的老婆，像一条出了水的鱼，嘴巴张开了，闭上了，又张开了，又闭上了。女儿到底把话题扯到钱上去了，她终于把她心底的话说出来了，这是迟早的事。随着丫头年纪的增长，她越来越嫌这个家寒碜了，越来越瞧不起他们做父母的了，大姚不是看不出来。他有感觉，光上半年大姚就已经错过了两次家长会了。大姚没敢问，他为此生气，更为此自卑。自卑是一块很特殊的生理组织，下面都是血管，一碰就血肉模糊。

大姚难受，却更委屈。这委屈不只是这么多年的付出，这委屈里头还蕴含着一个惊人的秘密：大姚不是有钱人，可大姚的家里有钱。这句话有点饶舌了，大姚真的不是有钱人，可大姚的家里真的有钱。

大姚的家怎么会有钱的呢？这个话说起来远了，一直可以追溯到姚子涵出生的那一年。这件事既普通又诡异——师范大学征地了。师范大学一征地，大姚都没有来得及念一句“阿弥陀佛”，“立地成佛”了。大姚相信了，这是一个诡异的时代，这更是一片诡异的土地。

这得感谢大姚的父亲，老姚。这个精明的老农民早在儿子还没有结婚的时候就发现了：城市是新婚之夜的小鸡鸡，它大了，还会越来越大，迟早会戳到他们家的家门口。他们家的宅基地是宝，不是师范大学征，就是理工大学征；不是高等学府征，就是地产老板征。一句话，得征。其实，知道这个秘密的又何止老姚一个人呢？都知道。问题是，人在看到“钱景”的时候时常失去耐心，好动，喜欢往钱上扑，一扑，你就失去位置了。他告诉自己的儿子，哪里都不能去，挣来的钱都是小钱，等来的才是大家伙，靠流汗去挣钱，是天下最愚蠢的办法——有几个有钱人是流汗的？你就坐在那里，等。他坚决摁住了儿子进城买房的愚蠢冲动，决不允许儿子把户口迁到城里去。他要求自己的儿子就待在远郊的姚家庄，然后，一点一点地盖房子。再然后呢，死等，死守。“我就不信了，”老农民说，“有钱人的钱都是自己挣来的？”

大姚的父亲押对了，赌赢了。他的宅基地为他赢钱了。那可不是一般的钱，是像模像样的一大笔钱，很吓人。赢了钱的老爷子并没有失去冷静，他把巨额财产全部交给了儿子，然后，说了三条：一、人活一辈子都是假的，全为了孩子，我这个做父亲的让你有了钱，我交代了；二、别露富，你也不是生意人，有钱的日子要当没钱的日子过；三、你们也是父母，你们也要让你们的孩子有钱，可他们那一代靠等是不行的，你们得把肚子里的孩子送到美国去。

大姚不是有钱人，但是，大姚家有钱了。像做了一个梦，像变了一个戏法。大姚时常做数钱的梦，一数，自己把自己就吓醒了。每一次醒来大姚都挺高兴，也累，回头一想，却更像做了一个噩梦。

——现在倒好，个死丫头，你还嫌这个家寒碜了，还嫌穷了。你懂什么哟？你知道生活里头有哪些弯弯绕？说不得的。

韩月娇也挺伤心，她在犹豫：“要不，今晚就告诉她，咱们可不是穷人家。”

“不行，”大姚说，在这个问题上大姚很果断，“绝对不行。贫寒人家出俊才，纨绔子弟靠不住。我还不了解她？一告诉她她就泄了气。她要是不努力，屁都不是。”

可大姚还是越想越气，越气越委屈。他对着杳无踪影的女儿喊了一声：“我有钱！你老子有钱哪！”

终于喊出来了，可舒服了，可过了瘾了。

一个过路的小伙子笑笑，歪着头说：“我可全听见了哈。”

四

唉，这个米歇尔也真是，就一个小时的英语对话，非得弄到足球场上去。这么大热的天，也不怕晒。丫头平日里最怕晒太阳了，可她拉着一张脸，执意要和米歇尔到足球场上去。还是气不顺，执意和父母亲过不去的意思。行，想去你就去。反正家里的气氛也不好，死气沉沉的。只要你用功，到哪里还不是学习呢？

艳阳当头，除了米歇尔和姚子涵，足球场空无一人。虽说离家并不远，姚子涵却从来不到这种地方来的。姚子涵被足球场的空旷吓住了，其实是被足球场的巨大吓住了，也可以说，是被足球场的鲜艳吓住了。草皮一片碧绿，碧绿的四周则是酱红色的跑道，而酱红色的跑道又被白色的分界线割开了，呼啦一下就到了那头。最为缤纷的则要数看台，一个区域一个色彩。壮观了，斑斓了。恢宏啊。姚子涵打量着四周，有些晕，想必足球场上的温度太高了。

米歇尔告诉姚子涵，她在密歇根是一个“很好的”足球运动员，上过报纸呢。她喜欢足球。她喜欢这项“女孩子的运动”。姚子涵不解了，足球怎么能是“女孩子的运动”呢？米歇尔解释说，当然是，男人们只喜欢橄榄球，她一点都不喜欢，它“太野蛮”了。

她们在对话，或者说，上课，一点都没有意识到阳光已经柔和下来了。等她们感觉到凉爽的时候，乌云一团一团地，正往上拱——来不及了，实在来不及了，大暴雨说来就来，用的是争金夺银的速度。姚子涵一个激灵，捂住了脑袋，却看见米歇尔敞开怀抱，仰起头，对着天空张开了一张大嘴。天哪，那可是一张实至名归的大嘴啊，又吓人又妖媚。雨点砸在她的脸上，反弹起来了，活蹦乱跳。米歇尔疯了，大声喊道："爱——情——来——了！"话音未落，她已经全湿了，两只吓人的大乳房翘得老高。

"爱情来了"，这句话匪夷所思了。姚子涵还没有来得及问，米歇尔一把抓住她，开始疯跑了。暴雨如注，都起烟了。姚子涵只跑了七八步，身体内部某一处神秘的部分活跃起来了，她的精神头出来了。如果不是身临其境，姚子涵这辈子也体会不到暴雨的酣畅与迷人。这是一种奇特的身体接触，仿佛公开之前的一个秘密，诱人而又揪心。

雨太大了，几分钟之后草皮上就有积水了。米歇尔撒开手，突然朝球门跑去，在她返回的时候，她做出了进球之后的庆祝动作。她的表情狂放至极，结束动作是草地上的一个剧烈的跪滑。这个动作太猛了，差一点就撞到了姚子涵的身上。在她的身体静止之后，两只硕大的乳房还挣扎了一下。"进啦！"她说，"进球啦！"米歇尔上气不接下气了，大声喊道，"你为什么不庆祝？"

当然要庆祝。姚子涵跪了下去，水花四溅。她一把抱住了米歇尔，两个队友心花怒放了。激情四溢，就如同她们刚刚赢得了世界杯。这太奇妙了！这太牛掰了！所有的一切都是无中生有的，栩栩如真。

雨越下越猛，姚子涵的情绪点刹那间就爆发了，特别想喊点什么。兴许是米歇尔教了她太多的"特殊用语"，姚子涵甚至都没有来得及过脑子，脱口就喊了一声脏话："你他妈真是一个荡妇！"

米歇尔早就被淋透了，满脸都是水，每一根头发上都缀满了流动的水珠子。虽然隔着密密麻麻的雨，姚子涵还是看见米歇尔的嘴角在乱发的背后缓缓分向了两边。有点歪。她笑了。

"我是。"她说。

雨水在姚子涵的脸上极速地下滑。她已经被自己吓住了。如果是汉语，打死她她也说不出那样的话。外语就是奇怪，说了也就说了。然而，姚子涵内心的翻译却让她不安了，她都说了些什么哟！或许是为了寻找平衡，姚子涵握紧了两只拳头，仰起脸，对着天空喊道：

"我他妈也是一个荡妇！"

两个人笑了，都笑得停不下来了。暴雨哗哗的，两个小女人也笑得哗哗的，差一点都缺了氧。雨却停了。和它来的时候毫无预兆一样，停的时候也毫无预兆。姚子涵多么希望这一场大雨就这么下下去啊，一直下下去。然而，它停了，没了，把姚子涵光秃秃、湿淋淋地丢在了足球场上。球场被清洗过了，所有的颜色都呈现出了它们的本来面貌，绿就翠绿，红就血红，白就雪白，像触目惊心的假。

五

姚子涵是在练习古筝的时候意外晕倒的。因为摔在了古筝上，那一下挺吓人的，咣的一声，压断了好几根琴弦。她怎么就晕倒了呢？也就是感冒了而已，感冒药都吃了两天了。韩月娇最为后悔的就是不该让孩子发着这么高的烧出门。可是话又说回来，这孩子一直都是这样，也不是头一回了。一般的头疼脑热她哪里肯休息？她一节课都不愿意耽误。"别人都进步啦！"这是姚子涵最喜欢挂在嘴边的一句话，通常是跺着脚说。韩月娇最心疼这个孩子的就在这个地方，当然，最为这个孩子自豪和骄傲的也在这个地方。

大姚和韩月娇赶来的时候姚子涵已经处于半昏迷状态，她吐过了，胸前全是腐烂的晚饭。大姚从来没见过自己的心肝宝贝这样，大叫了一声，哭了。韩月娇倒是没有慌张，她有板有眼地把孩子擦干净。知女莫若娘，这孩子她知道的，爱体面，不能让她知道自己吐得一身脏，她要是知道了，少不了三四天不和你说话。

可看起来又不是感冒。姚子涵从小就多病，医院里的那一套程序韩月娇早就熟悉了，血象多少，温度多少，吃什么药，打什么样的吊瓶，韩月娇有数。这一次一点都不一样，护士们什么都不肯说。从检查的手段上来看，也不是查血象的样子。那根针长得吓人了，差不多有十公分那么长。大姚和韩月娇隔着玻璃，看见护士把姚子涵的身体翻了过去，拉开裙子，裸露出了姚子涵的后腰。护士捏着那根长针，对准姚子涵腰椎的中间部位穿了进去。流出来的却不是血，像水，几乎就是水，三四毫升的样子。大姚和韩月娇又心急又心疼，他们从一连串的陌生检查当中能感受到事态的严重程度。两个小时之后，事态的严重性被仪器证实了。脑脊液检查显示，姚子涵脑脊液的蛋白数量达到了八百九，远远超出四百五的正常范围；而细胞数则达到了惊人的五百六，是正常数目的五十六倍。医生把这组数据的临床含义告诉了大姚："脑实质发炎了。脑炎。"大姚不知道脑实质是什么，但脑炎他知道，一屁股坐在了医院的水磨石地面上。

六

姚子涵从昏迷当中苏醒过来已经是一个星期之后了。对大姚和韩月娇而言，这个星期生不如死。他们守护在姚子涵的身边，无话，只能在绝望的时候不停地对视。他们的对视是鬼祟的、惊悚的，夹杂着无助和难以言说的痛楚。他们的每一次对视都很短促。他们想打量，又不敢打量，对方眼睛里的痛真让人痛不欲生。他们就这么看着对方的眼窝子陷进去了，黑洞洞的。他们在平日里几乎就不拥抱，但是，他们在医院里经常抱着。那其实也不能叫抱，就是借对方的身体撑一撑、靠一靠。不抱着谁都撑不住的。他们的心里头有希望，但是，随着时间一点一点推移，他们的希望也在一点一点降低。他们别无所求，最大的奢求就是孩子能够睁开眼睛，说句话。只要孩子能叫出来一声，他们可以死，就算孩子出院之后被送到孤儿院去他们也舍得。

米歇尔倒是敬业，她在大姚家的家门口给大姚来过一次电话。一听到米歇尔的声音大姚的气就不打一处来了。要不是她执意去足球场，丫头哪里来的这一场飞来横祸？可把责任全部推到她的身上，理由也不充分。大姚毕竟是师范大学的管道工，他得体地极其礼貌地对着手机说：“请你不要再打电话来了。”他掐断了电话，想了想，附带着把米歇尔的手机号码彻底删除了。

人的痛苦永远换不来希望，但苍天终究还是有眼的。第八天的上午，准确地说，凌晨，姚子涵终于睁开她的双眼了。最先看到孩子睁开眼睛的是韩月娇，她吓了一跳，头皮都麻了。但她没声张，没敢高兴，只是全神贯注地盯着孩子，看，看她的表情，看她的眼神。苍天哪，老天爷啊，孩子的脸上浮现出微笑了，她在对着韩月娇微笑，她的眼神是清澈的，活动的，和韩月娇是有交流的。

姚子涵望着她的母亲，两片嘴唇无力地动了一下，喊了“妈”。韩月娇没有听见，但是，她从嘴巴上看得出，孩子喊“妈妈”了，喊了，千真万确。韩月娇的应答几乎就像吐血。她不停地应答，她要抓住。大姚有预感的，已经跟了上来。姚子涵清澈的目光从母亲的脸庞缓缓地挪到父亲的脸上去了，她在微笑，只是有些疲惫。这一次她终于说出声音来了。

“Dad. （爸。）”

“什么？”大姚问。

“Where is this place? （这是在哪儿？）”姚子涵说。

大姚愣了一下，脸靠上去了，问：“你说什么？”

“Please tell me，what happened? Why am I not at home? God, why do you guys look so thin? Have you been doing very tough work? Mom，if you don’t mind， please tell me if you guys are sick?（请告诉我，发生什么了？我为什么没在家里？上帝啊，你们为什么都这么瘦？很辛苦吗？妈妈，请你告诉我——如果你不介意的话——你们生病了吗？）”

大姚死死地盯住女儿，她很正常，除了有些疲惫——女儿这是什么意思呢？她怎么就不能说中国话呢？大姚说：“丫头，你好好说话。”

“Thank you，boss，thank you very much to give me this good job and with decent payment，otherwise how call I afford to buy a piano? I still feel it's too expensive，but I like it.（谢谢你，老板，感谢你给我这份体面的工作，当然，还有体面的薪水，要不然我怎么可能买得起钢琴？我还是要说，它太贵了，虽然我很喜欢。）”

“丫头，我是爸爸。你好好说话。”大姚的目光开叉了，他扛不住了，尖声喊，“医生！”

“Thank you very much for all the respectable judges. I am happy to be here. —May I have a glass of water? Looks like my expression isn't clear，if you like，1 would like to repeat what I've said. Okay—May I have a glass of water? Water. God.（感谢所有的评委，非常感谢。我很高兴来到这里——可以给我一杯水吗？看起来我的表达不是很清楚，那我只好把我的话再重复一遍了——可以给我一杯水吗？水。上帝啊。）”

大姚伸出手，捂住了女儿的嘴巴。虽说听不懂，可他实在不敢再听了。大姚害怕极了，简直就是惊悚。过道里传来了急促的脚步声，大姚呼噜一下就把上衣脱了。他认准了女儿需要急救，需要输血。他愿意切开自己的每一根血管，直至干瘪成一具骷髅。

（原载《人民文学》2013年第1期）

人群里有没有王元木

范小青

老龚该换个手机了。其实老龚对手机电脑这一类的用品，并不怎么讲究，只要能用就行。若要赶着时尚更新换代，他是跟不上的。但是他的那个老手机实在太寒碜了，先不说样子有多老土，内存也小，功能也少，输入法只有一种，标点符号找不到，用起来要多不方便有多不方便；总之，它真是跟不上时代的变化和发展了，别说同事朋友奚落，儿子说他out，连一向节俭的老婆也瞧不上他。

即便是如此的众叛亲离，老龚也还没有觉得手机非换不可，直到有一天，手机跟他罢工了，他才意识到了这个问题。

那是他往手机通讯录里输入一个十分重要必须保存的新号码的时候，手机告诉他，通讯录已满。老龚这才看了一下自己手机原有储存的数字，是158位联系人。他本来知道自己的手机内存小，所以在储存电话的时候，尽可能拣重要的存，拣经常联系的存。也有些电话他是很想存下来的，却因为容量有限硬是存了又删，删了又存，忍痛割爱。但即便是忍痛割了许多爱，通讯录爆满的这一天还是到来了。

老龚当时就问了一个同事，问他的手机可以储存多少电话。那同事马马虎虎地说，多少？具体我也不是太清楚，反正，一千多吧。另一个同事说，我的，不知道。老龚说，不知道是什么意思？那同事说，就是不知道存多少才会满吧。又反问他，老龚，你问储存量干什么？老龚说，我这个，怎么才158就存不进去了？同事都笑了。

老龚这才知道，真的该换手机了。

在儿子龚小全的指导下，老龚买了一款新手机。现在他扬眉吐气了，开会的时候，将手机调到静音状态，就搁在桌面上，瞧那机子嗬，超薄，大屏，乌黑铮亮，几乎是一台小电脑了。当然，这些还都是表面的光鲜，更令人满意的是它的内部的豪华设置，内存超大，功能超多，速度超快，尤其是通讯录空间无限，用龚小全的话说，这个手机能够储存的人和号，够老龚用一辈子。这让老龚有了一种自由奔放的随意性，过去条件不够被挤出来的，现在统统可以放进去，有一些为了某项临时性的工作而临时发生关系的人，用过以后就会作废的，明明是不必要储存的，但是既然有那个地方空着，不用也白不用，他便将那个暂时的名字暂时地储进去，等这项工作完成了，基本上不再会有下次的联络了，他再记得将那个名字和电话删除掉。也有的时候，储进去的时候是想到事后要删除的，但事后却忘记了，这也无所谓，反正通讯录里有的是位置，不碍事。

这样不知不觉老龚手机通讯录里的人名越来越多，有时候上厕所忘了带报纸，就拿手机玩玩，偶尔也会翻翻通讯录，看着那一排又一排的熟悉亲切的名字，爽。

有一天他翻通讯录找一个电话的时候，无意中看到一个储存电话的名字叫“不接”，不仅哑然失笑。虽然已经记不得这个“不接”是谁，但有一点是绝对能够肯定，他不愿意接这个人的电话，甚至厌烦这个人的名字，所以就录入了一个“不接”。但是在录入“不接”以后，他从来没有接过“不接”的来电，现在看到这两个字，自己也觉得好笑，太敏感，太怕人家纠缠，嘿嘿，你不接，人家还不打呢。这也算是新手机带给沉闷生活的一点乐趣呢。

所以，虽然他想不起“不接”到底是谁了，他也没有将他删除掉，反正有的是地方，让“不接”就安安静静在那儿待着吧。

这是一个星期天的早晨，老龚美美睡了一觉醒来，阳光普照，心情美好。起床后，不急不忙地打开手机，不用担心信息会哗哗哗地进来，星期天大家不必那么赶脚。

这应该是个安静的日子。

果然，过了好一会，一直到他洗刷完毕，拿了一张报纸准备去上厕所的时候，才有一条信息进来，打开一看，显示的是一个人名，是他储存的电话，这个人叫王元木，给他发了一个段子。

老龚一时有点蒙，想了想，想不起这个王元木来了，他盯着这名字，怎么看怎么都觉得陌生，这时候便意来了，老龚就带着手机进了厕所，坐到马桶上慢慢研究去了。

他先看了一下段子，段子说的是皮鞋的故事，不仅不算精彩，而且也已经过时了，从段子里无法知道发段子的王元木到底是谁。再说了，朋友之间，经常有段子往来，这些段子都是转来转去，发来发去的，又不是发段子的人自己创造的，所以仅从一个段子的内容上无论如何也分析不出这段子到底是谁发来的。老龚便扔开段子，专心想起王元木来。

他先想到了一个人，似乎还有一点印象，前些时办行业年会时特地从总部过来指导工作的，单位让老龚负责接待安排，那个人好像就叫王元什么，但这个“什么”到底是不是“木”，老龚一时还不能断定，他努力地回想他在接待那位王指导的过程中有没有什么特别的印象和经历，灵感闪现，就想起来了，喝酒。一次喝酒的时候，老龚劝酒，王指导明明能喝，却又矜持拿捏，老龚忍不住开玩笑说，你肯定有酒量。那王指导说，怎么见得？老龚说，你的名字里有个“洪”字，那是什么？那是洪水般的量啊，说得大家笑起来，那王指导也就趁势放开来喝了。

所以，那个人不叫王元木，而叫王元洪。

老龚丢开王元洪，再想，又想起一个，这个人出现在老龚生活中比先前那个王指导更偶然，几乎就是一个不期而遇的过客。他本来不是来老龚的单位办事的，却阴差阳错地走进老龚的办公室，问老龚说，你们主任在吗？老龚又不知道他问的是哪个主任，回答说，主任不在。这人自来熟，说，主任不在，您不是在吗？向您报告一下也行吧？这话让老龚有点受用，就同他聊了起来，重要之处还记录下来，最后这人留下了自己的名字和联系方式，老龚答应他，等主任回来向主任报告后再答复他。

可是等到主任回来，老龚向他报告时，主任满脸的疑惑，似乎根本就听不懂老龚在说什么，最后七搞八搞，才知道这人根本就是找错了门，他说的事情，和老龚所在单位的工作没有一毛钱的关系。主任当着其他下属的面把老龚训了几句。老龚心里不爽，阴险说，主任，他到我们办公室来找主任，我怎敢怠慢？再说了，他谈的事情确实和我们单位没关系，但我当时想，也许是你的私事呢，我是想拍你马屁的呢。

这件事情现在重新浮现出来，那个在老龚脑海的某个角落若隐若现若即若离的名字，似乎也跟王元木有点关系，有点相像，但他到底是不是王元木呢？老龚又想起事情的后续，主任被老龚阴损后，有火难发，便怪到那个无辜的人头上去了，主任说，他叫什么来着？叫王丛林？我看他应该改名叫王杂草，他那脑子里，简直杂草丛生。

那个也不是王元木，是叫王丛林。

唉，又是擦肩而过。

老龚已经在马桶上坐了蛮长时间了，但是他没有感觉到腿麻，却是感觉脑袋有点麻，不仅有点麻，还有点乱，这个“乱”字一旦被他感觉到了，就像雨后春笋般地迅速生长起来，很快就乱成一团了。他心慌起来，恐惧起来，生怕自己会不可控制了。幸好这时候，老婆在外面发话了，怪声怪气说，奇怪了，报纸也没有带进去嘛，不看报纸也能在里边待那么长时间？他没吱声。老婆停顿了一下，似乎是进了卧室又出来了，又说，不带报纸必带手机，给人发信呢吧？这下子他不能不吱声了，赶紧说，没有，没有发信。老婆说，别说你躲在厕所里发，你当着我面发，我也不稀罕看你一眼。老龚又不吱声，装死。老婆却不放过他，又说，幸亏当初我有远见，坚持买两卫的，如果照了你的意见，只买一卫，家里大人上班，小孩上学，还不都给你耽误了。老龚忍不住嘀咕说，今天不是星期天吗，星期天上个厕所你也要催。老婆说，我才不催你，你自己不要坐脱了肛才好。

老龚这才被提醒了，感觉到腿麻了，还麻得不轻，像有成千上万的蚂蚁在肉里爬动，还有那两瓣屁股，已经深深地嵌在了马桶坐垫的边框里，稍一挪动，老龚就唉呀呀地喊了起来。

老龚哎哟哟哎哟哟地出了厕所，老婆和儿子都在吃早餐了，老龚挪动两条麻木的腿，艰难地来到餐桌边，手撑住桌沿，问老婆，我认识一个人，叫王元木，他是谁？

老婆撇了撇嘴，说，你的关系户，什么时候告诉过我？他有点没趣，又问儿子，龚小全，你知道爸爸认得一个叫王元木的人吗？龚小全扯下耳机说，王元木？老大，你搞错了，我同学叫王元元，不叫王元木。老龚赶紧摆手说，不是你同学，是你老爸的一个熟人。龚小全说，你熟人？你熟人能不能搞到周六演唱会的门票？他母亲插嘴说，能，你爸爸熟人朋友多得数不清，他有什么不能的？龚小全说，老妈，你这句话还是比较中肯的，要不是我老大当初交友不慎，也就没有我龚小全啰。他母亲呸他说，那你就跟着他学吧，一辈子混在人堆里。龚小全说，一辈子混在人堆里，低调，安全，也不是什么坏事呀。他母亲来气了，指责他说，龚小全，为什么我说一句你顶一句？你存心跟我过不去是不是？等等等等等等。见老婆和儿子开了战，老龚赶紧抓了根油条进里屋去了，不然一会儿战火就烧到他身上了。

老龚闲下来，心里还惦记着王元木，想不起来，总觉得是个事情，搁在心里横竖不爽，又不能直接给王元木打电话，问他，你是谁啊？那岂不是太不给人家面子？万一是个有身份的人，更是得罪大了。老龚给一同事打了电话，问谁是王元木。同事说，不认得，没听说过。老龚说，你再想想，和我们的工作有关系的，不要往关系近切的想，要往关系一般的想。同事奇怪说，为什么？老龚说，关系近的，我怎么可能忘了他？肯定是有过什么关系，但又不怎么密切的吧。同事这回认了这个理，就往远里想了想，还是没有王元木，说，没有，真的没有。见老龚还不罢休，干脆讨饶说，老龚，你放过我吧，你又不是不知道，我痴呆了，脑萎缩，什么事，什么人，过眼就忘。

老龚又换了一个人，是一老同学，问认不认得王元木，又问，同学中没有叫王元木的？那同学手机那边闹哄哄的，似乎正在办着什么热闹的事，那同学有些不耐烦说，王元木？不知道，你找他干什么？老龚说，我不找他，我是想问一问，你记不记得我认得一个叫王元木的人？那老同学说，龚璞，你怎么啦？说话怎么叫人听不懂？老龚说，我认得一个叫王无木的人——老同学赶紧切断他说，切，认得你还来问我？老龚说，可是我现在又忘记了他，怪了。那老同学赶紧总结说，这有什么奇怪的，这太好理解啦，你得健忘症了吧。就挂了手机忙去了。

老龚听到“健忘症”三个字，愣了半天，才想起到自己的手机通讯录里去查看，检查一下自己的记性。哪知一看之下，顿时魂飞魄散，惊恐万状，手机里储存的人名，竟然有一大半记不起来了，对不上谁是谁。

包子力

关三白

吉米

金马

田文中

辛月

言玉生

……

一个都不认得?

老龚赶紧闭上了眼睛，过了一会，再胆战心惊地睁开，小心翼翼地瞄到手机上，希望能有奇迹出现。

但是奇迹没有出现，那手机上仍然还是：

包子力

关三白

吉米

金马

田文中

辛月

言玉生

……

一个都不认得!

老龚深深地吸了一口气，先克制住慌乱，稳住神，去泡杯茶，还好，茶叶放在哪里还记得。看着茶叶在茶杯里慢慢舒展开来，他想起了好多的事情，远远近近的，什么都像在眼前，哪里健忘呢？什么也没有忘呀！忘掉的只是手机里的一些人名而已。没等喝上茶，他就想出办法来了，给王元木回了一个短信，实事求是地说，你好，我的记忆可能出问题了，我看到你的名字，但是想不起你是谁了，你能告诉我你是谁吗？片刻过后，王元木的回信来了，说，神经啊你！老龚无奈，换了一个人，关三白，还是说，你好，我知道你是我的朋友，但是我只知道你的名字，却忘记你是谁了，你到底是谁啊？那个关三白回信说，我是鬼。这样老龚试了好几个人，他们都以为老龚恶作剧，都不耐烦他。有的说，你有病。有的说，你找抽。还有一个时髦的，说，不要迷恋姐，否则姐夫会叫你吐血。估计是个女的，以为老龚调戏她呢。冤枉。

发信探问这一招彻底失败，老龚只得背水一战，直接拨打电话。首先仍然是王元木，是他惹出来的事情，当然得先找他。那王元木接了电话，先亲热地嘿了一声，老龚赶紧说，哎哎，真对不起，刚才给你发的那信，是真的，我真的忘了你——那王元木的声音立刻就变得生疏隔膜了，硬呛呛地说，老龚，你升官了是吧？打官腔啊？我的声音你都听不出来？老龚赶紧解释说，不是的，不是的，没升官，不好意思，可能，确实，我的记忆出了点问题，你早晨是发了个段子给我的吧？我看到你的名字，可我怎么也想不起你是什么样子，想不起你是谁，怎么说呢，我好像忘了你这个人。那王元木来气了，说，你忘了我这个人，你还给我打电话？老龚你到底搞什么？你以为天天都是愚人节吗？老龚败下阵去，再换个人如此一番，又被骂了个狗血喷头。也有人很体谅他，建议说，老龚，你去精神病院看看吧。老龚说，你骂我？那人心平气和地说，老龚，我没有骂你，我有个同事，本来什么问题也没有，但自己总觉得有问题，到精神病院去了一趟，什么药也没有用，回来就彻底好了。

虽然他说的很在理，但老龚才不会听他的，最多就是健忘而已，跟精神病是扯不上关系的。为了证明自己没有这方面的问题，老龚干脆把手机关了，扔到公文包里，在家里喝茶上网看视频，做出一副十分惬意的样子给自己看看。

刚刚关机不一会，老婆就从外面回来了，轰开房门，生气说，给你发个短信你都不回？我到超市买东西，忘了带超市优惠卡，叫你送一下。老龚说，我关机了。老婆奇怪地看他一眼，说，好好的关机干什么？省电啊？老龚愣了片刻，忽然向老婆一伸手，说，把你的手机给我看看。老婆下意识地往后一退，身子一缩，警觉地说，干什么？你要干什么？老龚说，不干什么，看看你的通讯录。老婆说，我的通讯录凭什么要给你看？老龚说，难道你有见不得人的联系人？老婆说，你还管我见得人见不得人，你的手机什么时候给我看过？老龚哪是老婆的对手，他只得找儿子要手机，可不等他开口，龚小全就说，老大，淡定，你最需要的是淡定。老龚不服说，我怎么不淡定啦？我只是忘记了一些人，我想要回忆起来。龚小全说，老大，失意是忘记曾经的回忆，回忆是想起曾经的失意。老龚咀嚼了半天，也没嚼出什么味来。

好不容易熬过了休息日，上了班，老龚忙不及地向大家诉说自己的遭遇，可周一上午是最忙碌的，大家似乎都没怎么听老龚说话。只有一个人听进去了，说，这有什么稀奇？我也有过的，有一个名字，我到现在还没想起来呢。老龚说，兄弟，你那是一个名字，我这可是大部分的名字。那兄弟不以为然说，一个和十个，和百个，性质是一样的嘛。停顿一下，又说，想不起来就别想了吧，现在信息爆炸，脑子里东西本来就太多了，忘掉一点说不定是好事呢。老龚说，怎么是好事呢？那同事哀叹说，要不我和你换换，让我把你们他们都忘记吧。老龚说，怎么个换法？没法换的，这样吧，我知道你忙，我也不耽误你事情，你把手机借我看看。那同事赶紧带上手机走开了。老龚又到处找人要手机看，终于有几个人注意到老龚的异常了，他们一起把老龚攻击了一番，说，这年头，谁肯随随便便把自己的东西给别人看？老龚说，我就不相信了，这么大个单位，人情都这么淡薄。他又到其他办公室去尝试，结果搞得同事们见了他都绕道走。

老龚想到人情，便想到了自己的父母，人情再淡薄，父母不会淡薄的，中午休息时老龚就赶往父母家去了。老龚的父母合用一部手机，母亲一听说老龚要看他们的手机，也不问干什么，赶紧拿出来拱到老龚跟前，你看，你看。老龚心头一软，暖乎乎的。可是打开一看，父母手机里的通讯录却是空白的。老龚奇怪说，咦，你们没有储存电话？父亲说，储那个干什么？母亲说，我们不会储呀。老龚不满说，我明明教过你们，好几次试给你们看，你们都说学会了，结果还是没存。父亲和母亲同时说，哎呀，我们老了，新的东西学不会了，不学也罢了。老龚有些泄气，顿了顿又说，那你们要找人的时候，电话号码怎么知道呢？你们记得住、背得出来？父亲拿出一个破破烂烂的小笔记本，摊开来给老龚看，老龚一看，上面果然胡乱记着一些电话号码，但是几乎没有人的全名，都是张阿姨李大爷王大妈之类，老龚看了看，头大，说，你们这样记人家的名字，搞得清谁是谁？父亲说，这有什么搞不清的，我们虽然老了，但没有老得连李阿姨王大妈都认不得了。

父母送老龚出来，走出好一段，他回头看看，父母还站在那里，母亲的手还一直没有放下。他心里忽然酸酸的，想到父母送他时那异样的担心的眼光，总感觉自己有什么地方不对头，浑身上下摸了摸，没摸出什么来，手往脑袋上按了按，脑袋也不疼，这让他心里更加不踏实了。

老龚绕了一点路，将车开到精神病院，挂号时人家问他，你一个人来的？没有家属陪同？老龚说，咦，人家说，来精神病院的也不一定就是精神病啊。那挂号的说，说是这么说啦。又问他，你看什么科？老龚说，我还……我还不知道我什么病呢。那挂号的笑了笑，说，到我们医院来看病的还能看什么病呢？又热情介绍说，看起来你是头一次来噢，我们有精神科、神经科，神经科呢，又分神经内科和神经外科，还有普通精神科、老年病专科、儿童心理专科、妇女心理专科等等，你呢，既然不是老年，也不是妇女儿童，先挂个普通精神科看看再说吧。就给他挂了号。老龚到门诊去等就诊，坐在走廊的长椅上，坐下来时没有什么感觉，过了一会，觉得浑身有些不自在，抬头一看，吓了一跳，周边有一些神情异常的人都在盯着他看，老龚赶紧站起来想离远一点，就听到叫他的名字了。

进了门诊，医生是个和他差不多年纪的男人，神色淡定，目光柔和，先听老龚自诉，老龚说着说着，就发现医生的眼神开始变化，起先是怀疑，渐渐地惊恐起来，最后医生阻止了老龚说话，说，你等一等。医生在自己的白大褂口袋里掏来掏去，什么也没掏出来，急了，朝外面喊道，小张，小张。一个护士在门口探着头问，刘医生，什么事？医生急切地说，我的手机呢？护士和老龚同时咦了一声，医生才发现，他的手机正在桌上搁着呢。医生打开自己的手机通讯录仔细地看了看，一边收起手机，一边说，还好，还好。好像放了点心。但他继续听老龚自诉的时候，老龚总觉得他有点走神。

开CT单的时候，医生竟然把他的名字写错了，写成龚璟。老龚到CT室去做CT，护士拿了单子一念，念成了“宫颈”，又说，你到底是名字叫宫颈呢，还是还做宫颈检查？话一出口，自己又笑，说，哎哟，你哪来的宫颈哟。把CT室的人都笑翻了。

做了CT，老龚从床上下来，拍片医生说，两天后来拿结果吧。老龚说，医生，你拍的时候大致能够看出什么情况吧，是脑子有病变吗？那医生大概想到宫颈了，笑道，当然，要有病也肯定在脑子里，不会在别的地方哈。吓得老龚哆嗦起来，急问道，你看出来了？你看出来了？医生指了指自己的眼睛说，我这是人眼，不是X光。要是人眼看得出来，还要你掏几百块钱做CT干吗？宰你啊？

这天下班回家，进了客厅，看到父母亲坐在那里，老龚正奇怪，中午明明刚去看了他们，怎么又来了呢？他老婆在厨房忙着，没有听到他进门，正背对着他的父母一迭连声地说，他的手机，我不知道的，他和谁谁谁交往，和谁谁谁密切，他从来不告诉我，他的手机总是随身带着，为什么？有秘密不能让我看吧，他可是从来不曾让手机落空过，上厕所也要带进去的，洗澡也要带着的。

老龚不满地弄出了声响，老婆才回头看了看他，说，我说的不对吗？我歪曲你了吗？你的手机不是这样的吗？老龚的父母才不关心老龚的手机呢，他们关心的是老龚本人，老龚一进门，老两口就站起来，到老龚身边，一个拉着手，一个在另一侧伺候着，好像一个正壮年的儿子随时都会倒下去似的。老龚为了让父母放心，拍了拍胸，说，看看，看看，像有问题的吗？不料他这一说，父母反而更加紧张，互相对视一眼，似乎早就有了商量，他母亲小心翼翼地说，你吴叔叔的儿子，是心理医生，我们是不是请他来看看？老龚哑然失笑，说，妈，爸，你们以为我是心理疾病啊？母亲赶紧说，没有没有。父亲说，只是向吴医生请教请教而已。老龚还没说话，他老婆从厨房那儿探过头来，说，我看有这个必要。

既然那三人意见一致，下面就由不得老龚了，父亲赶紧掏出随身带着的小本本，找到吴叔叔的电话，一通交谈，父亲搁下电话对老龚说，吴医生正在医院值班，这会儿来不了我们家，吴叔叔让他一会打电话给你，你准备好要说什么。过了片刻，电话果然来了，果然是那个吴医生，老龚见家里人个个如狼似虎地瞪着他，不乐意，拿了手机进卧室，砰地关上门，听到老婆在外面说，你们看到了啊，一直就这种腔调。

老龚向吴医生从头说起，事情开始于星期天的早晨，他收到一条短信，是个段子，段子水平一般。吴医生说，你拣最重要的，简单说明就行，我这里还有病人等我呢。老龚吃了一闷棍，停顿下来，听到吴医生催促，才说了一句，我记不得手机上储存的人了。吴医生一时没听懂，说，什么意思？你再说一遍。老龚说，我也说不清，举个例子说吧，比如我收到一个短信，是王元木发来的，王元木的电话存在我的手机里，是不是说明我认得这个王元木？吴医生说，那是当然，不认得的人，你怎么会储存呢？老龚说，可是我不认得王元木，至少，我想不起他是谁了。吴医生清脆地笑了一声，说，噢，这个啊，没事没事，很多人都有过，我也有过，而且经常有，人太疲劳，精神压力大，工作紧张，家庭关系、子女问题等等，处理不好，都会发生这种现象。老龚说，这是健忘吗？吴医生说，这不叫健忘，这可能属于间歇性失忆。老龚说，有什么办法治疗吗？吴医生说，不用治疗吧，你自己放松一点，想不起来不要硬想，慢慢会恢复的。老龚觉得这吴医生也太马虎了，反问说，就这样，就算好了？吴医生听出了他的不满意，说，当然，也还有别的办法，比如，你可以请两天假，到安静的地方去待一待，或许就好了。

老龚心情沉重，出房间来，对父母老婆说，间歇性失忆，医生让我出去待两天，安静安静，试试看。那三人正在发愣，龚小全回来了，照旧嘻里哈啦的，他妈看不惯他，说，龚小全，你别哼哼了，你爸得病了，间歇性失忆，说不定马上连你、连我都记不得了。龚小全啊哈了一声，朝老龚说，老大，多少人改姓了白，我可是看好你，你别变成老白啊。老龚说，你什么意思？他老婆说，说我们都是白痴吧。龚小全道，说你们吧，还真不忍心，不说你们吧，你们还真姓白，老大，你做什么CT，看什么心理医生，失什么忆啊，又不是你的病，这是一款手机病毒，PNY病毒。见大家目瞪口呆，龚小全又说，这病毒专门拆解汉字，上下拆，左右拆，里外拆。老龚虽然没太听懂，但已经隐隐约约意识到什么了，赶紧说，龚小全，你快说，怎么个上下左右里外拆？龚小全说，这还不好理解？一个姓郑的，就左右拆啦，姓郑的就姓了关；上下呢，比如一个"贵"字，就拆剩一个"中"；里外拆也是一样嘛，一个"国"，可以变成一个"玉"；以此类推，如此而已。

老龚愣了片刻，回过神来，赶紧拿起手机，打开通讯录，根据龚小全介绍的病毒特征一分析，顿时恍然大悟。

王元木——汪远林

包子力——鲍学勤

关三白——郑泽楷

吉米——周菊

金马——钱骏

田文中——黄旻贵

辛月——薛明

言玉生——许国星

……

啊哈哈，老龚大笑起来，王元木，关三白，田文中，啊哈哈，汉字拆开来用，太有才了。他老婆却不信龚小全，喷他道，龚小全，你说鬼话，病毒怎么不搞我的手机呢？龚小全说，老妈，你不够格，只有老大这样的人才有条件被感染，条件有三：一、手机超豪华；二、通讯录超大；三、机主超烦。说罢朝着老龚一伸手，老大，拿来，我帮你解毒。

老龚将手机递给龚小全，还没到龚小全的手，他又缩了回来，忽然问，你刚才说的，三个条件最后一个是什么？龚小全说，机主超烦。老龚说，咦，机主超烦它也知道？它成心理医生了？龚小全说，它不是心理医生，它是自动统计学专家，通过统计机主使用通讯录的概率，来分析机主的心情。老龚恍然道，原来如此——既然如此，这病毒不解也罢，都拆解掉，都不认得，岂不就不烦心了？龚小全朝他做了个手势说，老大，你算是真正懂得了这款病毒的用意。龚小全这一说，老龚又不明白了，说，什么用意？病毒还能有什么好的用意？龚小全说，PNY，平你忧，老大，你要是真不解毒，我真喊你老大。

可他老婆来气了，冲老龚说，平你个头啊，他神经，你也神经啊？你不解病毒，手机里的人都不认得了，你要找人怎么办？老龚耸耸肩，潇洒说，我找人干什么？老婆立刻说，龚小全马上要毕业了，工作还没着落呢，你不找人？

不找人还真不行呢。

隔了一天，有个朋友来找他，这人叫常肖鹏，写小说的，喜欢写真实的故事，还非要用人家的真名实姓，因此经常被对号入座，告上法庭，官司是必输无疑的。可必输无疑他还屡犯不改，臭毛病重得很，说是如果换一个完全不真实的姓名，没有了现实感，写起来不过瘾，不爽。

那常肖鹏消息灵通，开门见山说，龚璞啊，来找你求教呢，听说你的拆解法很神奇，能够把人的名字拆解开来，既不是原来的他，又还是原来的他——老龚打断他说，你搞错了，我才不是龚璞，我是龙王。常肖鹏反应足够快，笑道，龙王？你把自己也拆解啦？龚璞变龙王。老龚说，我帮你也拆解拆解吧，你这常肖鹏很好拆，一拆就成了小小鸟。

常肖鹏大笑说，小小鸟，小小鸟好。唱了几句：我是一只小小鸟，世界如此的小我们注定无处可逃；我是一只小小鸟，生活的压力与生命的尊严哪一个更重要？

后来常肖鹏就用小小鸟的笔名发表小说，并且使用拆解法将真实故事中的真实姓名改头换面，从此没有人再对号入座，写作进步，屡获大奖。

老龚的生活却没有什么变化，他依旧每天使用手机，每天都能看到手机通讯录里的人名，他们是：

鲍学勤

黄旻贵

钱骏

王远林

许国星

薛明

郑泽楷

周菊

……

（原载《上海文学》2013年第2期）

某年的枪声

林 白

道良很多年没有回过家乡，这一年，他回到家乡住在县城里。

他走在大街上，他走在2010年的街道上，但他穿过的是1945年的县城。1945年啊那时，他在唐家河中学上学，每个星期都要从南到北、从北到南穿过县城两次。学校离家四十五里地，住校，实际上是住教室，一间大屋子，前面上课，后面一长溜是大通铺。每个星期六回家拿菜，霉干菜，煮好装在竹筒里，粗毛竹的一节，一头锯开，边缘削薄对上盖，再钻两个小孔穿上麻绳，啊他手上拎着竹筒就走在路上了——从上皂角走九里路到湾口，再走二十一里到县城，到了县城还有十五里。

他拎着竹筒穿过稻田，雨水、清明、谷雨、芒种、秋分、白露……秧苗在水田里拔节分蘖扬花，然后垂下沉甸甸的稻穗。田野黄绿斑驳，风吹着起伏，白鹭停在水牛背上，麻灰的鸭子在塘里。他一路走，竹筒晃晃荡荡的走过稻场和村庄，啊有狗猛吠，他是一个机警的少年，动作敏捷跳到路边捡起了一根打狗棍。然后他就到了云路口。

云路口，远远看见两棵大柳树啊云路口树下有茶棚、饭店和粑铺，夜里刚刚搭台唱过皮影戏那地上的砖头和木板摊了一地，《罗通扫北》《狄青平南》《薛仁贵征东》，有一个薛丁山，他头戴一个宝帽，咚的一下打不死，再咚的一下还是打不死，非常有趣。云路口，枯水时是木板桥的桥头，涨水时就成了渡口，浠水河有时水势真大啊，两岸都平了。浠水河，它的水是向西流的，西去的流水说的就是它。走木板桥过了河往右走，白石板的河东街，油坊、染坊、肉铺、香铺、面铺、铁匠铺，饭铺有好几家，也吃饭，也住人，卖山货和大米的农民出出进进。穿过河东街的最后一家粑铺，再走过一片菜地，就到南门疆砌了。

南门疆砌，浠川县城昔年的大码头，大青石板铺成一步一条疆砌，顺势而上直通繁华的十字街。2010年道良走到南门疆砌，看见青石台阶成了一个水泥的斜坡，青石板还有三块。这三块青石板，中间明显凹陷，是当年无数双脚踩过的，一边是浠川县博物馆，另一边有一家小印刷厂，大门敞开，可以直接看见里面油腻铁黑的机器，地面上也是油腻乌黑的，机油和铁混杂的气味一阵阵涌到路上，一张大铁桌上有高高的一方纸。

道良沿着水泥坡一直走下去，两边是水沟，垃圾越来越多，一家废品回收站堆着半屋旧饮料瓶和废纸板，人走过，苍蝇嗡地飞起来。

下去就是浠水河，能看见河边的芭茅尖，但是过不去，面前挡着铁栅栏，是傍河的住家，水泥地上正晒着一小片绿豆。往栅栏的旁边走，是菜地，隔了有刺的篱笆，正徘徊间出来一位老人，向他打听如何才能走到河边——啊真是巧，老者正是他六十多年前的老师，互相都已不认得。

——1946年冬，老师教过他一个学期的历史，那时候，他刚从唐家河中学转到浠川一中。真是快啊六十年弹指一挥间。1947年，刘邓大军挺进大别山，兵荒马乱，学校就撤了，跟着到武昌上临时中学，国民党的战时中学，没有正式的课，但是学会了用绳子打一种结，叫“平结”，还学会了唱歌——李白的“谁家玉笛暗飞声，散入春风满洛城。此夜曲中闻《折柳》，何人不起故园情”。

打平结、唱歌、英语，有空就上一点课。虽然人心惶惶但秩序还好，有教导员。还发毛衣，是美国大兵撤退时留下的，谁见过毛衣呢？直接就穿在身上了，里面不穿衬衣，真扎人，身上直痒痒。

1946年史道良手拎一竹筒的霉干菜从云路口走到南门口，从南门疆砌下去到达河边，他站在岸上看到浠水河里放竹排，一队队竹排顺流而下，河水清澈，川流西去，远远近近的帆船，白帆鼓荡，御风而行。在店面陌生的十字街，道良感到有些晕眩，他依稀看见1946年的店铺——一排排的晃门，一扇扇的木板，要晃上去才能关上铺门，晃门上红色枫木的横梁上钉着一颗长铁钉，那是用来挂汽灯的。在县城的蔡同学家住过一夜，落暗时，看见各店陆续出来一个伙计，手里提着一盏汽灯，他举着一根棍子把汽灯挂上去，街上就一圈圈地亮了。

李记美米铺，从武昌买来了新的大米加工机；裕家祥纸店，那把大切刀有八尺长；德升碗铺都是从景德镇来的瓷碗；卖龙酥饼的德源商号，是自家做的饼，有三十几个工人，那里有个大水缸，比大圆桌还大，里面装了半缸坨糖；吴立生的麻饼是最最有名最最好吃的，用的白糖、芝麻、香油、白面，样样用足，他家也卖盐，包盐的荷叶不计秤。味浠餐馆的老板是个大胖子，又黑又胖，经常看见他在门口迎客。

染铺有一只压布用的石磙，一个凹磙，底下一块大石板，中间圆圆一大捆布，伙计站在石磙上，叉开双腿摇啊摇，就像杂技。有个小孩站在门口看，也学着叉开双腿两头摇，他没有石磙，摇着身子歪头歪脑的。饼铺呢，有一只面柜，大衣柜那么大，是筛面粉用的，伙计头发上沾了一层白粉。

拐角的地方，那个徐记烟花铺，有一天它突然爆炸了，楼上窗户的木板烧得焦黑，这个手工作坊，楼上包药配捻子，楼下出售。很长一段时间路过这里，它烧黑的窗口像一只大黑嘴。拐弯的地方还有棺材铺呢，叫陈家树棚，几十口棺材摆着，都是杉木棺材，从英山罗田放竹排放下来的杉木。

杂货、药店、绸缎布匹、文具纸张。韩春生的药糕，吴林茂的安息香。有一个很大的当铺叫“履泰”，它的招牌是一整块巨大白石，用阳刻法刻上的铺号，饱满有力。

街头屋沿夹路簇拥着许多小小的摊子，卖蔬菜瓜果，卖竹篮箩箕，刷具，烘饼、蒸糕、汤圆，还有茶摊和烟摊。陪同学去买过烟，最好的是大前门，最差的是大公鸡，中等的是圆球烟，两角钱一包。本县自产的一种，叫白莲河。

街上有人挑粪走过，是城外的菜农，他给某家一些米菜，说几句闲话，然后他就到茅坑掏粪了，掏好粪便挑出来，看到卖油条的，买两根，吃一根，另一根系在粪桶上面的扁担头，晃悠晃悠着，回家给孩子吃。有个人侧着身子推独轮车真是奇怪，走近看，啊他送老娘进城看病呢，老娘坐在独轮车的一边，一边重一边轻，他就只好侧着身子推车，以便保持平衡。

一口井在街中央，正街和戏台巷，交汇处，这口井啊你还在这里——看见这口井你就知道这里就是关帝庙，应该还有一家卖开水的，啊卖开水的还在——六十年过去它挤在面目全非的屋檐下，只有一张桌子那么宽，一只砖砌的灶，炉子上白汽袅袅，门口有两排暖水壶。

关帝庙已经不在了，梨园大世界也不在，只有一个县楚剧团的牌子，那个空阔的大戏场上坐上了一座灰色长方的旧楼，是老邮电职工的宿舍。那时候，唱大戏就是在这里，从武汉请来的戏班，唱的都是汉剧，哪个热闹就唱哪个，红花脸杀进黑花脸杀出丑角和花旦轮番插科打诨，城里城外都来看，出嫁的姐姐也要走上三十里挤到人群中。

梨园大世界民国时叫什么呢？

管他叫什么，反正不叫文化馆——啊你终于想起来是叫民众教育馆，有说鼓书的，几十张宽板凳排成三排，正面朝外有一张书台，红围布、鼓板、醒木，鄂城请来的说书先生，《火烧红莲寺》《儿女英雄传》，有人见机开一个茶园，白瓷茶壶，本地的山茶叶。湾口有一个胆大的人来了，柴耀荣，识字不多，向来是走村串乡说乡书，从来没有跑过码头，他来了，亮出一个绝活《天宝图》，一时红了堂子，可见，乡野气永远是艺术的源头。

继续往北，椏杈街，有卖烘炉瓦罐的就是柏树园，那是从前出城的古驿道，也叫官道，此去经巴河可以到黄州府。

柏树园。隔街望见柏树园你就想起蔡同学。

那个青砖砌成的凉亭今已不存，你跟蔡同学曾在这里分吃一只苹果，啊那只半边红半边绿的苹果，是你此生第一次见到的苹果，第一次听说，第一次看见，第一次吃到嘴里。蔡姓是本地的大户，祖上有人在朝中做过大官，蔡氏祠堂就在北门外。五座祠堂相连着一字排开，飞檐吊瓦，吊瓦上绘有各色图案，屋檐下的墙壁有“麻姑拜寿”“赵云救主”，中间的主祠，门楼是缩进去的，门头有块大石匾，刻有“蔡氏大祠”四个凹字。吃完了苹果蔡同学带你进去玩，一进三重的大殿，全是粗大的红漆木柱。祠堂前有一个高大的白色大理石牌楼，雕龙凿凤，还有五根高高的旗杆！

啊蔡同学……

出城了，北门，你在北门碰到过1947年的易家二疯子，那是本县的一个狂人，大地主，他修了浠川的第一条公路，买了浠川的第一辆车，浠川城里第一个穿上了胶鞋。1947年春天你在北门看见易疯子在街上走，身后跟着一群小孩，他们奔跑着，看他脚上穿的胶鞋。灰尘阵阵。

北门的烟厂织布厂烧砖厂早已不在，北门的狂人和他的胶鞋今又在何方？

北门的行刑场再也不忍去，排形地，那些丘陵在田畈间高低起伏像大河中间漂流着的一块竹排，犯人背上绑一根斩条，打一个红叉，很多人看，围得很近，鲜血会飞溅到围观者的身上么？

枪响了——

行刑的枪声裂天震地。

倒下的是你的蔡同学，蔡同学倒在排形地的低洼处，第一枪打偏了，又补了两枪，鲜血从他背后的两个弹洞流出来，蔡同学。

你十年之后才听说，他是因为日记而死，他在日记里写道，他想出国留学，全国解放了，看来这个愿望难以实现了。贫管会的头要他把日记交出来，他说你又不识字。你又不识字他说，他这样说终于付出了生命的代价。日记落到贫管会的手里，他不识字，但是枪响了。

枪就响了。

（原载《作家》2013年第2期）

喷泉

金仁顺

“那些水，”每天下了班，老安要在镇中心街边抽几支烟，看喷泉，“又薄又亮又滑，绸子似的，从水管里面变魔术。”

张龙总是直接回家。被煤尘浸透的帆布工作服硬挺挺的，他就像从盔甲里面钻出来，院子里两个大号洗衣盆里的水晒了一整天，暖洋洋的，有几次他身上的泡沫还没冲干净，吴爱云就从后面把他抱住了。

她的疯劲儿也跟喷泉似的，不管不顾，变着花样儿来。有一次她把张龙的脸咬破了，晚上吃饭时连老安都注意到了。

“怎么了，”他倒酒的手停在那儿，“你那脸？”

“真的呀——”往桌上端菜的吴爱云也凑过来看。

“刚才洗澡，”张龙抬起胳膊往外挡她，跟老安解释，“可能搓得狠了——”

“我看，像是女人咬的——”吴爱云吃吃笑，“有对象了？”

“没有。”张龙举起酒杯转向老安，“谁能看上我？”

老安跟他碰了下杯，两个人把酒喝光。

“那可说不定。好汉无好妻，赖汉娶花枝。”吴爱云扭着腰肢，边往厨房走边回头扔下一句，“我这朵鲜花不就插在牛粪上了吗？”

“别欺人太甚啊你——”张龙说。

“我欺负你了吗？”吴爱云端着一盘削皮黄瓜和炒鸡蛋酱回来，放到桌子中央，偏腿坐到炕上，问老安，“你娶了我，高不高兴？”

“高兴。”老安当了半辈子矿工，皮肤和皱纹仿佛被墨染过，沟沟坎坎密布于脸上，他笑的时候，仿佛有个网被牵动了。

“女人就是花，”老安跟张龙说，“就得漂亮，不漂亮还叫什么女人？”

“要不是我妈那会儿生病开刀，急等用钱，我能嫁给矿工？！”吴爱云给自己倒上酒，举杯跟老安碰一下，又跟张龙碰一下，仰脖把酒干了，“——不过话又说回来了，那会儿就是一条狗一头猪给我钱，我都嫁！”

“让女人这么欺负，”张龙看着老安，叹了口气，“你还笑得出来？”

“张龙从小就是好汉，英雄气概。”老安对吴爱云说，“上中学的时候别人欺负我，追到我家门口，把我吓尿了裤子，张龙抄起菜刀冲出去，把他们全砍跑了。他岁数儿小，那会儿比我矮半头呢。”

“你还好意思说——”吴爱云哼了一声。

“没出事儿是英雄，”张龙把酒倒进嘴里，一小团火，从嗓子眼儿直冲进胃里，“出了事儿就狗熊了。”

“听说是为了个女孩儿，”吴爱云问，“谁啊？我认识吗？”

“连我都不认识。”张龙举起老安刚给他倒满的杯子，“干了？”

“怎么可能——”

“干了！”老安举着酒杯，两个人都不看吴爱云。

“到底是谁啊？”第二天他们钻进被窝时，吴爱云又问。

“我真不认识。”张龙说，“那时候打架也不需要什么理由，就是年轻，没事儿找事儿，乱打一气。”

“不爱说算了。”吴爱云哼一声，“满嘴鬼话——”

张龙上中学时天天带着刀，书包是老安替他背着。他有三把刀：一把是用电工刀改装的，刀身窄窄一溜，磨得锋利无比；折叠刀是钢的，银色外壳上面镌刻着双龙戏珠图案，刀子从槽里面弹出来时发出咔嗒的一声；最毒的是把三棱刀，短、窄、立体，刀身是黑褐色，刀刃磨成了三条窄窄的银带子，寒光闪烁，在刀尖处汇合。

出事儿那天晚上张龙把三把刀都带上了，电工刀插在袜筒里面，折叠刀揣进裤兜，三棱刀有刀鞘，他用胶布把它缠在手臂上，用袖管盖住。出门的时候，他妈妈的叫声从后面追上来："黑灯瞎火的上哪儿找死去？！"

他在老安家门口叫了老安两声儿，老安没出来。

张龙在巷口跟几个人会合，到了十字街大路口时，人数增加到二十多个。

马路对面，隔着水泥花坛，十来个年纪比他们大两三岁的少年出现了，他们人数少，但个子明显高过他们，体格也更结实。他们三三两两，分成几列从暮色和夜雾交织的背景中晃晃悠悠地走出来时，变成了能自行移动的山岭，而他们身后的阴影，让这些山岭有了双重重量。

张龙感觉到自己的腹部画圈圈似的扭搅起来，热滚滚的液体从身体深处源源不断地涌出，沸腾翻滚，回旋上升着涌向他的四肢和大脑——他的手伸进裤兜里握住折叠刀，打量了一下身侧及身后的伙伴，那天傍晚，天色死暗，所有的星星都落到少年们的眼睛里了。

当对面的人山再次移动，并且迅速变成几条河流朝他们包抄过来时，"你们记住，"张龙一字一顿，齿缝间呲出的咝咝寒气连他自己都感到吃惊，"软的怕硬的，硬的怕不要命的。"

张龙的妹妹大学毕业留在南方，嫁人后把父母接走了，房子留给了张龙。

初见老安时，张龙差点儿把他当成他爸爸，后来才想起来，20年过去了，老安早就不是少年了。

不只是老安，当年跟着张龙打拼的伙伴儿，全都娶妻生子，变得灰头土脸的，他们少年时代具有的某些品质，类似翅膀或者爪子，曾像一层釉质让这些少年闪闪发亮，如今都消失不见了。

老安对张龙，还像当年一样谦恭，吴爱云热情好客，厨艺很拿得出手，后来，张龙发现她别的方面也不错。当然她也有不好的地方，胆子比母豹还大，半夜里溜到张龙家里，摸进他的被窝。

“你疯了？！”

“你怕了？！”

暗夜里，吴爱云的眼睛像两颗黑珍珠。

“——总要给老安留点儿面子吧。”

“你占了他的里子，还讲什么面子不面子的——”吴爱云手臂又凉又滑，蛇似的缠到张龙腰间，“放心吧，他睡得跟死人似的。”

吴爱云的身子结实，滑溜，在月光中出了水的白鱼般扭动扑腾着，叫声大得让张龙伸手去堵她的嘴，她把他的手指咬住了，咬痕处渗出了血丝。

“你属狗的。”张龙骂她。

“对，”吴爱云在他嘴唇上又咬一口，“啃不够你这根儿骨头。”

“早晚有一天，”张龙把她推开，“老安拿着菜刀冲进来，把我们剁成肉酱。”

“肉酱就肉酱，”吴爱云慢条斯理地穿衣服，“放点儿葱姜，加点儿芹菜，包饺子。”

溜走的时候，她倒挺麻利，一闪就没了影踪。

白天张龙跟老安一起下井，幸亏是井下，光线暗，张龙不必面对他的注视和笑容。张龙无数次地骂自己是混账王八蛋，但有了吴爱云以后，他再也过不了没有女人的日子了。

“你们那儿没合适的吗？”老安问吴爱云，“帮张龙张罗张罗，成个家。”

“倒有一个合适的，”吴爱云说，“不过，跟你结婚了。”

在井下，矿工们的玩笑粗鲁下流，主人公经常是吴爱云，老安软绵绵的反击只会让矿工们觉得那些玩笑越说越有嚼头儿，张龙努力充耳不闻，但有一天他的动作跑到了思想的前面，他操起铁锹挥过去，差一寸，就抵到那个家伙的喉咙口，铁锹刃边银亮，寒气森森，那张装满了下流话的嘴巴都来不及合上。

“谁跟老安过不去，”张龙的话说得很慢，带着霜气，“我就对谁不客气。”

“他们是开玩笑，瞎咋呼——”晚上喝酒的时候，老安说，“咬人的狗不叫。”

张龙举着酒杯的手臂僵住了：“你什么意思？”

“没什么意思——”

“——我多管闲事儿了？！”

“你想哪儿去了？！”老安直摆手，他脸上炭黑色的皱纹耷下来，笑容里面带着苦相，“我的意思是，咱们这些煤黑子，脑袋别在腰带上，每天有命下到井下，有没有命上来都说不准呢，还计较个啥？”

“拿女人过嘴瘾，煤就白了？就长命百岁了？”

“喝酒，兄弟。”老安举起酒杯在张龙的酒杯上碰了好几下，“兄弟，喝酒。”

酒喝得别扭，张龙身体里面野火烧不尽，在炕上翻来滚去，期待着吴爱云能摸黑过来。等到半夜，回应他的，除了白冷冷的月光，还是白冷冷的月光。

第二天下井的时候，掌子面就老安和张龙两个人。塌方的时候，轰一声巨响，巷道里面雷声隆隆，煤尘云朵般飞扬起来，激流迸射，决口般地冲过来。张龙张开双臂搂抱住头，蜷成一团，任凭唰唰唰飘落的煤粉把自己掩埋。

不知道过了多久。黑暗里面传来话语声。

前两句他没听见。

声音像从煤尘里面渗出来的，闷闷的，似有似无。

“你想过自己会这么死吗？”老安问。

“想过，”张龙一张嘴，煤粉呛进嘴里，他吐了半天，“但没认真往里想。”

就像少年时候，张龙想过杀人，但从没真想杀过谁。

“我想过，还经常做这种梦——最早跟我一起下井的弟兄，要么死要么残废，快占一半儿了。”

张龙没吭声。

“我们死了，吴爱云肯定闲不住，她会再找男人。”

张龙腾身而起，他人世间走一遭，一半时间在监狱里面度过，出了狱，又有一半时间在地底下，女人他是刚刚尝到滋味儿，还是占着老安的灶台炒剩菜。他不甘心，不认命。

煤尘仿佛一条河把他们浸在中间，张龙蹚来蹚去，终于，脚踢到了硬物。他把镐头捞起来，辨别了一下方向，去刨把他们封闭起来的那堵墙，他叫老安起来跟他一起干，外面有工人，他们肯定会接应、救援的。

老安沉默了一会儿，也过来帮忙了。

从井底下升上来时，艳阳当空，阳光金汤般地泼下来，张龙仰头看太阳，直看得两眼发黑，头晕目眩，泪水在他的脸上肆意奔流，井底下被汗水湿透的身体，又被新发出的汗水透湿。

矿主、工长，一大堆人等在井口，看见张龙、老安上来，矿主抓着他们的肩膀，连骂了几句脏话，他冲所有矿工一挥手：“喝酒去，今天谁不喝醉谁是孙子！”

喝酒中间，张龙出去上厕所，看见吴爱云趺趺撞撞地跑来，她的脸色煞白煞白，看见张龙，直扑进他怀里，伸手去摸他的脸：“我刚听说，吓死我了。”

张龙用力抱了抱她，把她从身边撕开，低声说：“人多眼杂的你别闹了。”

他回到饭店时，矿工们喝得脸色浓油赤酱，呼来喝去，声浪此起彼伏，吴爱云占了他的位置，坐在老安身边，啪嗒啪嗒掉眼泪。

“你有完没完？”老安说，“等我死了你再哭也来得及。”

“嫂子先回家吧，”张龙说，“让我们痛痛快快喝一顿。”

吴爱云点点头，抹着眼泪走了。

张龙坐下后，往窗外看了一眼，心里咯噔一声，窗框就像电视机屏幕，什么都看得清清楚楚的。

“咱哥俩儿喝一杯，”他举起杯子冲着老安，“大难不死，祝贺一下！”

“死了也没啥了不得的，”老安拿着酒杯，朝地上啐一口，“死了死了，一死百了。”

“那哪能？”张龙说，“好死不如赖活。”

他们从中午喝到黄昏，从酒馆出来的时候，喷泉在喷水，老安一屁股坐在马路牙子上，张龙犹豫了一下，也陪着他坐下了。

歌一首接一首地唱，男歌手女歌手，声音都仿佛在糖浆里面浸过，又被拉成丝线，织成了绸缎，从耳朵里钻进来，在人的心头上抚弄、撩拨。喷泉里的水，一会儿变成蘑菇，一会儿变成雨伞，有时候像花，有时候像叶片，忽儿浪起来，扭搅着跳起舞来，或者豁出去了，放焰火似的直冲上天去。

老安从地上起身，摇摇晃晃地走近喷泉，站在飞溅的水珠中间，引起围观者发出一阵阵的笑声。

张龙过去拉老安，老安一脸的水珠子，眼泪似的淌。

老安对喷泉的兴趣说没就没了。下班后他和张龙一起回家，他们站在自家的院子里冲洗，隔着木板墙障，看不见彼此的表情，但言行举止却看得七七八八。

老安在吴爱云身上动手动脚，他的突然袭击经常让吴爱云受到惊吓。她的叫声和斥骂好像非但没让老安住手，反而越发挑起了他的兴致，喝酒的时候，老安也越来越经常地在吴爱云胸上屁股上摸来蹭去。

“你的狗爪子能不能消停一会儿？！”吴爱云把菜盘往桌子上面一磤，菜飞了起来，又落下，她去了厨房。

老安嘿嘿笑，捻捻手指，举杯跟张龙碰一下：“喝酒。”

张龙喝不下去。他的食道仿佛塞满了酒精块儿，从胃里往上直垒到嗓子眼儿，梗得难受，他放下酒杯，冲到屋子外面。

“怎么了？”吴爱云跟出来，在他后背上拍打。

塌方以后，他们还没有机会亲近，她的手贴在他后脖颈处，指尖的温热像细钩子，把他身体里散落的委屈一网打上来，刚喝的酒刚咽下去的菜一古脑翻涌奔腾，全吐了出去。

“喷泉啦？”老安跟出来，“没喝多少啊……”

张龙甩开吴爱云的手，直起身子看着老安：“胃里不舒服，我先回去睡了。”

“咋不舒服了呢？酒没烫热？”老安把张龙送到门口，看着他打开自己家门，“有事儿言语一声儿。”

屋子里面空荡荡的，张龙懒得开灯。月光透过窗户照在炕上，宛若雪白清冷的一床被子。他把被褥铺好，躺下，那床月光一半覆在他身上，另一半空空地笼着。

隔壁叮叮当当地发出声响，两口子好像打起来了。

张龙刚睡着，就被惊醒了。

吴爱云的身体又凉又湿，带着初秋夜寒的气息。

“你怎么——”

吴爱云捂住了张龙的嘴。她全身贴近他，在他身上蹭了蹭，他的身体噼里啪啦地迸起了火星，转瞬间就燃烧起来。他支起胳膊笼她在身下，就仿佛她是只虫子，是只小鸟，是浆汁饱满的嫩玉米，他焐着她，烤着她，让她外酥里嫩，香气四溢。

泪水从吴爱云的睫毛下面渗出来，漫洇在脸上。在灰鸽羽毛般的光线中，她的脸孔仿佛暗影中的镜子。

“怎么了？”张龙问。

吴爱云摇摇头。

“你们在井底下——”离开时，吴爱云穿衣服的动作停顿了下，“出什么事儿了吗？”

“我们被埋在煤里，”张龙反问，“能出什么事儿？”

“老安他——”吴爱云话到舌边又咽了回去，她在张龙肩头上咬了一口，叹了口气，“我走了。”

张龙的回笼觉睡到太阳升得老高。他出门的时候，吴爱云在门口跟邻居家的女人边择菜边聊天。

“老安一早叫了你两声，见你没应，先下井去了。”

张龙到井口的时候，正赶上大家吃午饭。

“昨天晚上干什么坏事儿了？”矿主开张龙玩笑，“现在才来？”

“喝大了。”张龙说。

“跟我喝的。”老安冲着矿主，补充了一句。

“这多好，”矿主笑笑，“兄弟如手足。”

“兄弟如手足，女人如衣——”说话的家伙目光与张龙遭遇，咳了一声，冲着老安，“是吧，老安？”

“吴爱云可不是衣服，”有人笑，“是床大棉被。”

没等老安接话儿，他又补充道：“任你铁汉钢汉，也能让她焐化了，浑身淌汗。”

男人们笑起来。

“放屁！”老安笑骂。

午饭后在掌子面儿倒堆儿的时候，老安被装满了煤块的手推车撞了个跟头，他从地上爬起来，嘴唇磕出了血，从煤尘中涌出股黑红来。

“梦游呢你？！”撞他的矿工吓了一跳，“没事儿吧？”

“死不了。”

老安脸上黑黢黢的，牙齿间漫着红血，笑容把他变成了恶鬼。

下班经过镇中心转盘的时候，张龙让老安先回家：“我有点儿事儿。”

张龙打发走老安，坐在马路牙子上看了会儿喷泉，水柱抽穗似的齐刷刷钻出来，颤动着，像风里的水晶庄稼。

20年前那个夜晚，就在喷泉这里，好多人受伤，血在暗夜里发出腥气，还有股奇怪的香味儿。那些血像蚯蚓一样从血管里钻出来，绵绵不绝，粘在皮肤上面，渗进衣服纤维里面。被三棱刀捅过的胸口，血汩汩地涌动，像个小泉眼。那个家伙高出张龙将近一个头，笑着看张龙：“小兔崽子，还真有种！”

他的笑容恍恍惚惚地，渗进黑夜里去了，在很多个夜晚，这个笑容从张龙梦境深处，浮萍似的荡漾着。

张龙在“老马家的牛肉汤”里吃了碗牛杂汤饭，去澡堂子泡了个热水澡，找人扒皮似的给自己搓了个痛快，换衣服时他站在大镜子前面打量自己，白皮白肉，就连脸都比一般人白，像个书生。

“像个雪人！”吴爱云笑话他。

老安在他家门口抽烟。

“怎么蹲这儿了？”张龙问。

“吴爱云去你那儿了，”老安笑笑，“不跟我过了。”

张龙进了门，房间里面黑灯瞎火，阒寂无声。他拉了下灯绳，昏黄的灯光像一泼颜料，吧喇泼亮了房间，吴爱云坐在炕沿儿上。

“你干什么？”张龙压低了声音。

“我要离婚。”

张龙走到吴爱云近前，看到她转开的那侧脸，有些青肿，嘴角破了，带着血丝。吴爱云抬头看他一眼，泪眼汪汪。

“我跟他离婚，你要不要我？！”

张龙转身出了门，老安还在大门外抽烟。

“你他妈的真有种啊！”张龙踢了老安一脚，“别人装枪，你就回家放炮？！”

“今天看我自己回家，饭她也不好好做，我说了她一句，她一大堆话等在那儿。”老安朝地上啐了一口，迎着张龙的眼睛，“刨了一天的煤连口热饭都吃不上，你说她欠不欠揍？”

张龙沉默了片刻：“那也不能动手啊。”

“她那嘴，我能说得过她？！”

张龙叹了口气：“你说几句软话，哄哄她吧。”

“还是你去吧。”老安把烟头扔在地上，用鞋底碾碎，“让她回来炒菜，咱哥俩喝两盅。”

张龙回家，走到吴爱云身边：“你也有不对的地方，怎么连饭都不做了？”

“你去哪儿吃的饭？”吴爱云看着张龙，“有人给你介绍对象了？”

“你胡扯什么？”张龙苦笑了一下，“我也不能天天跟你们两口子腻歪着啊。”

“我就要你天天跟我们腻歪着，”吴爱云把头埋进他怀里，搂着他的腰，“看不见你人影儿，我一分钟也活不下去。”

天阴得邪乎，黑云蘸了水，大巴掌似的从天上摁下来，矿工们黑蛆般在山坡煤洞口处，进进出出，蠕动不休。

吃午饭时，张龙拿着饭盒独自走到煤堆顶上坐下，煤洞周围的杂草两个月前还是青葱水嫩，娇滴滴的，现在绿火燃遍山坡，绿色也娇柔不复，变得泼辣，阴气十足。

矿工们在井口的木垛上分散坐着，抱着饭盒吃饭，话头儿三下两下又扯到女人身上。

“女人都一样。”

“那哪能？”

“有啥不能？不都是那一亩三分地儿。”

“可不是。”

“有啥不是？你们家吴爱云镶了金还是戴了银？”

“反正——”老安嘿嘿一笑，“区别可大了。”

“还区别？你区别过？”

“他没区别，吴爱云有。”

矿工们笑起来。

“放屁！”老安拉下脸来，“吴爱云真敢龇牙，我打不死她！”

“你打吴爱云？你也不怕风大闪了舌头？”

“张龙——”老安扭头朝上面喊，“他们不相信我打了吴爱云。”

矿工们的头向日葵似的，全都仰了起来。

张龙盖上饭盒盖，往下斜睨了他们一眼：“我也不相信。”

“就你个熊样儿，”矿工们哄笑起来，有人把手里的半块馒头朝老安扔过去，“早晚把自己煮了，当供品供你们家吴爱云！”

老安对别人的话充耳不闻，他盯着张龙，目光像条毯子，一直铺到他跟前。

“嘴皮子磨够了吧？”工长看看表，招呼大家开工，“干活儿！”

张龙从煤堆上走下来，老安紧盯着他的眼睛：“你为什么不说实话？！”

张龙径自下了井，老安没跟上来。

张龙推了几趟煤，出来找老安，发现他已经不在了。

张龙回家时，吴爱云听见门响，从屋里出来，两只手沾满了面粉：“老安呢？”

“没回来？”张龙反问。

“看喷泉去了吧。”吴爱云看看身后，沾着面粉的手在张龙鼻子下面抹了两道，低声说，“给你包饺子呢，洗洗就过来吃吧。”

憋了一天的雨在他们吃饺子时下了起来，鞭子似的抽打着，仿佛十字街镇是个什么疙里疙瘩的脏东西，非得仔细冲刷清洗干净不行。

饺子吃完了老安也没回来，雨势倒是弱下来了。

“我找找他去。”

“死在外面才好呢。”吴爱云拉住张龙，“抱抱我。”

张龙用胳膊圈住吴爱云，被她在脸上拍了一巴掌。

“像饺子皮儿包饺子馅儿那样抱！”

后半夜的时候，雨停了一个多小时了，张龙听见隔壁大门门铃叮叮当当地响起来，老安在院子里面走动的声音，仿佛什么巨型动物撞了进来。

“吴爱云——”他声嘶力竭地叫，好像跟她隔着千山万水。

“大半夜你鬼哭狼嚎——”

噗的一声，吴爱云的话没了，被人吞掉了似的。

张龙从炕上弹起来，趿拉着鞋窜出门，隔着木板障墙，他看到老安手里握着一块砖头，脚底下躺着吴爱云。

张龙不知道老安喝的是什么酒，但这个酒显然跟往日不同，平常的酒像蚂蚁蚀骨，一口口，不只把老安的骨头啃成了渣子，他的目光、笑容、言语，也都被蛀得拿不成个儿；这个夜晚被老安喝下肚去的酒，是硬的、冷的，像把刀揣进了老安的身子。

“老虎不发威，”老安晃晃手里的砖头，斜睨着张龙，随着老安的笑容，刀刃的寒气从他的眼睛、嘴巴、脸上的皱纹，密密麻麻地扩散开来，“你们当我是病猫？！”

“你是不是男人？”吴爱云问，“是男人你现在就去宰了他！”

老安的砖头是对着吴爱云的脸拍下去的，她皮肤细嫩，脸颊处擦破了皮，这其实不算什么，皮肤下面的打击才是动真格儿的，几个小时之后，她的半边脸会肿成水蜜桃。

“哑巴了？怕了？”吴爱云盯着张龙，拂开他拿来的冷毛巾，“不用担心，你杀人，我偿命！”

“闭嘴！”张龙把手里的毛巾往地上一摔，他的心、肝、肺瞬间像烧红的煤块，把胸腔里面烘得热辣辣的，“你懂什么叫杀人？！什么叫偿命？！”

吴爱云怔住了。

“滚回家去吧！”张龙捡起毛巾，离老远朝洗脸盆里一掷，“你们两口子的事儿，我管不了！”

吴爱云把外衣的纽扣解开，她的手抖得厉害，纽扣解得很费力。

“你干什么？！”

“我检查检查自己，哪儿出毛病了，这么讨人厌。”吴爱云把衣服脱了下来，扔到地上，伸手去解胸罩后面的挂钩。

“抽什么风？让邻居看见——”张龙捡起衣服往她身上披，吴爱云在他的手底下挣扎着，把胸罩扯掉了，胸前白嫩的两坨弹跳出来。

张龙的火直窜上头，扬手给了她一个耳光。

“你打我？！”吴爱云泪水薄冰似的凝结在眼睛里，她的目光从冰后面射出来，“老安打我，你也打我？！”

“你不走我走！”张龙把衣服朝她身上一扔，推门出去。

老安不知道什么时候来的，背倚着张龙家大门，嘴里咬着烟，但火柴盒在他手里变成块湿了水的肥皂。

张龙从他手里抢过火柴盒，擦出火花时，火光映照出老安的脸，皱缩得像个核桃。张龙把火直接塞到了老安的嘴里，他烫得跳了起来，噗噗、噗噗地吐个不停。

“好男不和女斗，”张龙盯着老安的眼睛，“有种你他妈的找男人单挑啊。”

张龙把外衣往身上一搭，去十字街找了个烧烤摊，喝酒喝到半夜，然后去澡堂子洗澡，在那里找了个床睡了。

第二天张龙直接去了井口。

“衣服怎么没换？”工长叫了他一声，追到井口里面，“帽子呢？”

张龙抄起铁锹干活儿。

工头把安全帽硬塞给他。

老安随后也来了，他去“老马家的牛肉汤”吃的早饭，还喝了酒。他把这两样味道都带进了井下。

“想拉你一起去的。”老安冲张龙打招呼，他的笑容也仿佛经过长时间的炖煮，“一个人喝酒，就像一根筷子夹菜似的。”

张龙没吭声。

老安倒也没像张龙想的，跟其他矿工们吹嘘打老婆如何如何。他把支巷木的工人拉下来，自己站在木桩上面。

“你行吗？”那个矿工问他，“酒气比瓦斯味儿还大呢。”

“井底下的活儿，”老安笑起来，“我闭着眼睛都比你们干得好！”

张龙和往常一样在掌子面儿倒堆儿，到了吃午饭的钟点儿，他推完最后一手推车煤，正要上去，“兄弟——”

张龙停下了脚步。整个上午，老安就忙活那几根木桩子了，张龙不想搭理老安，但这会儿除了他也没别人了。

“你站远点儿，”老安站在木桩上，手里拎着把斧头，他指了指井口的方向，那儿有光透过来，“我想看着你的脸说话。”

张龙没动。

“你不敢站在光下面？！”

张龙走过去，竖井上面的光像束追光打在他的头上。

“你跟吴爱云，”老安有些哽咽，“以后好好过日子吧。”

“你说的什么屁话？！”

“你为我坐了20年的牢，别说老婆，”老安笑得脸上沟壑纵横，手里的斧头画着弧线抡起来，“我的命早就是你的。”

斧头砍下去的声音像深海处的涛声，黑暗如潮，迅疾扑上来，淹没了他们。

老安被救上来，得了什么寒症似的，刚立秋的节气，他把棉袄穿在身上还发抖。棉袄外面，他披麻戴孝。

吴爱云也披麻戴孝。她的脸颊肿胀消了不少，但青紫泛了出来，面相泛出股凄厉。她几天不吃不睡，瘦得脸颊都塌了，嘴角起了一片水泡。

张龙埋在西山下面的煤洞里面。矿主工长找老安商量了几次，尸体不是不能挖，一是成本太高，二是有没有这个必要。这些钱，还不如省下来给他父母妹妹。最后一次商谈前，矿主和工长替张龙算了一卦，卦上说，张龙已经入土为安了，再挖出来恐怕不吉利。

吴爱云冷笑了一声。

三个男人顿住话头儿，看向她，她推门出去了。

月亮当空，又大又圆。吴爱云的心也变成了月亮，虚白的一口井，没着没落儿。

老安夜里睡不踏实。两个月内，连着被埋了两次，他怕黑怕得厉害。

吴爱云半夜醒来，看见老安缩在墙角，用大棉被把自己包得像个馄饨。

“张龙在这儿。”老安盯着房间里面的暗黑，“我一睡着，他就来，就坐在炕边儿看着我，要么就站在那儿。”老安指指窗帘，“一站站半宿，也不说话。”

“来了好啊，”吴爱云笑了，“我去烫壶酒，炒几个菜，咱仨喝几盅。”

“祸水，”老安看着吴爱云，骂了一声，“女人都是祸水。”

“你们在井底下，”吴爱云盯着老安的眼睛，“发生了什么事儿？”

老安没吭声。

吴爱云拿起枕头砸过去。

“我们被埋在井底下，”老安把枕头甩到一边，“能发生什么事儿？！”

吴爱云僵住了：“这日子没法儿过了。”

他们替张龙卖了房子，加上抚恤金，一起寄给他父母。他们接到通知后，没来认尸。当年张龙坐牢的时候，他父亲就放过话：“就当没这个儿子。”

吴爱云离开的那天，新邻居正好搬进来。人声喧嚷，噼里啪啦放了两阵子鞭炮。

吴爱云只带走了自己的衣服，一个大提包就装下了。出门的时候，隔壁搬家的人都出去吃午饭了。大门外爆竹皮剖肠破肚地堆着，吴爱云往张龙院里面看，房门开着，黑洞洞的一张嘴，房门口同样堆着爆竹皮，一撮红色，像是房子咯出的血。

（原载《民族文学》2013年第3期）

透　明

蒋一谈

这个男孩叫我爸爸，我不是他的亲爸爸。他这样叫我，希望我能像对待亲生儿子那样对待他，可是我现在做不到，不知道以后能不能做到。我没有儿子，只有一个女儿，她今年五岁，和我前妻生活在一起。

男孩比我女儿大两个月，帮我点过烟、倒过茶，还帮我系过鞋带。我心里挺高兴，对他却亲近不起来。我对他说谢谢，他会摆摆手，说不客气。我在想，他以前也是这样对待爸爸的吗？我最终没有问他，还是找机会问问他的妈妈吧。

他的妈妈，也就是我现在的情人杜若，三年前和朋友一起创办了一家西式茶餐厅。我们在一次朋友聚会上相识，后来开始交往，彼此之间也有了好感。一段时间之后，她主动向我表白，希望能生活在一起。可是我对婚姻生活有了恐惧。我的前妻曾这样评价我："你不适合结婚，应该一个人生活，你还没有成熟。"

我知道女人需要什么样的成熟男人。我承认，我对现实生活有种恐惧和虚弱感，害怕去社会上闯荡，不愿意去竞争。每周总有那么一两天，我拿着公文包上班，走进地铁站，被潮水般的人流拥挤，恐惧和虚弱感会增强很多。

我每天按时上下班，在家里负责做饭、洗碗、打扫卫生。我喜欢待在家里上网、看书、看电视，不喜欢和朋友同事交往。我还是一名文学爱好者，喜欢写小说，写给自己，从不投稿。每到周末，我会带着女儿去公园或者图书馆。我喜欢这样的家庭生活，平平淡淡的居家日子才能让我有踏实感和安全感。

有一点真实却又奇怪，我爱女儿，可是在女儿四岁大的时候，我才有做父亲的微弱感受。看着眼前这个小女孩，我的亲生女儿，她是真实的，可靠的，千真万确的，没有一丁点水分，可是对我而言，“父亲”这个身份，或者说这个词汇轻飘飘的，我伸手能抓住，又能看见它从我的指缝间飘出去。或许我还没有成熟吧。我希望自己成熟起来，坚强起来，但是这一天还没到，我第一次的婚姻生活就结束了。

我不怨恨前妻，一点都不。我知道问题所在，没有资格去抱怨她。我希望她离开我之后，不再怨恨我，忘了我。在她眼里，我在家里扮演一位丈夫和父亲的角色——我没有家庭的长远规划，没有自己的事业规划，没有女儿未来的成长规划。我承认这是事实。当她说我是一个胆怯的男人，没有生活的勇气时，我反驳过她。后来关于勇气的话题，我们之间又争吵过两次。每个人对勇气的理解不一样。我认为，这些年我在做一份自己不喜欢的工作，为了薪水工作，看上司的眼色工作，为了家庭生活工作，这本身就是我的勇气。或许她理解的男人勇气，就是能追着梦想去生活，即使头破血流也是好样的。我没有她需要的那种勇气和梦想，我梦想待在家里，可我没有经济能力去选择。

我对杜若的好感也源自这里。她理解并接受我平平淡淡的生活理念，对我的事业没有苛求。最重要的一点，她从未把话题转向婚姻层面，也没有探寻我的第一次婚史。她越是这样，我越是对她充满好感。她看过我的写作笔记，说我有写作天赋，应该试着去投稿。有一天，她对我说：“我爱我的儿子，希望你也能对他好。我们在一起生活，可以不结婚，你也可以不用上班，就在家里看看书、写写东西，照顾我们，我能养活你。你认可这个孩子，认可他叫你爸爸就可以了。”我点点头。杜若也没有给我多讲过去的生活经历，只说叮当的爸爸是她过去的情人，叮当从没见过他的爸爸。杜若对我很好，我能实实在在感知到。我知道，她希望我能把她对我的好，通过我的身体再传递给她的儿子。我希望自己能够做好。

离婚后我把房产留给了前妻，自己租了一套家具电器齐备的一居室。我接受了杜若的建议，提前解除了租房合约，然后辞职待在杜若的家里。每天早晨，我拿着菜篮子去早市买新鲜蔬菜、鸡鸭鱼肉，和卖菜的砍价，回家的路上和大爷大妈聊天，顺便帮他们抬抬重物。我翻看从书店买来的菜谱书籍，学会了二十几道新菜肴的做法，看着杜若和叮当有滋有味地吃饭，我心里很有成就感。我每天擦洗马桶两次，马桶和洗面盆一样洁净。杜若和叮当的衣服每天换一次，我洗好后熨好、叠好。我还买了最新型的樟脑丸，放在衣橱里。我发觉自己比以前更会学习了，站在镜子面前，我好像重新发现了自己的价值。我在想，如果前妻能够这样理解我、对待我，我不会主动提出离婚，而且那个时候，我已经开始试图改变自己的性情和对待生活的心态，可是她没有体察到。我们两个人只是被生活拖疲了，在现实面前妥协了，前妻对生活的忍受力超过我，是我首先选择了逃避，在离婚的问题上她没有太多的责任。

和杜若生活了几个月之后，我对自己还不太满意。叮当叫我爸爸，我脸上挂着笑，心里还是对他亲近不起来，不过他提什么要求我都会尽可能满足，比如他把我当马骑，在屋里爬来爬去；他还喜欢把脚丫子放在我脸上蹭来蹭去，那个时候，我会想到女儿的小脚丫。有一天晚上，我正在淋浴，叮当推门进来，非要和我一起洗澡。我想拒绝，却没有说出口。我背对叮当，叮当嘻嘻笑着，小手在我身上抓挠，我非常紧张，全身起了满满的鸡皮疙瘩。躺在床上的时候，杜若搂着我，说我真是个居家好男人，她很知足。我也第一次说出了心里话，我说：“我不是什么居家好男人，只是不想和社会多接触，我喜欢待在家里，待在一个感觉安全的空间里面。”杜若没有说话，只是紧紧地抱着我。杜若对我身体的需求大于我对她身体的渴望，但我总是竭尽全力满足她。

杜若心思细密，体察到了我在家里的微妙尴尬。有一次，我听见她在客厅和儿子说话：“叮当，叔叔和妈妈生活在一起，他就是你的爸爸。妈妈说过，见到爸爸你要叫他，多叫他，你做得很好。今天，妈妈想对你说，以后不要叫得太勤，一天叫几声就可以了。”

“为什么？”

“爸爸有点害羞。”

“哈哈！哈哈！哈哈！”叮当大声笑起来。

“小点声，爸爸在睡午觉。”

“爸爸会害羞。”

“你喜欢他吗？”

“喜欢。”

“喜欢他什么？”

“喜欢他和我一起搭积木……喜欢他在地上爬让我骑……喜欢他……对了妈妈，他还说要带我去海洋馆呢！”

杜若没有继续说话。过了一会儿，我听见她轻轻推开门，走到床边，为我掖了掖毛巾被。我假寐。她在床边坐下，坐了很长时间。等她出去的时候，我睁开眼睛。我在问自己：“你爱杜若吗？你真喜欢这样的生活方式吗？”我喜欢这样的生活方式，但我还没有真正爱上杜若。

我带着叮当去海洋馆。我喜欢那片藏在地下的人造海洋。这些年，我没少去那里。我喜欢那里的寂静，更喜欢小而柔软的海洋生物。透过穹形玻璃，我会把自己想象成静若处子、悠然漂浮的海洋小生物。

我拉着叮当的小手，他蹦蹦跳跳很高兴；我叫他的名字，他有点失落，但没在小脸上表露出情绪。我们默默往前走，他突然小声说：“小朋友的爸爸喜欢叫他们‘儿子’，他们的爸爸不习惯叫他们的名字。”我握了握叮当的小手，停下脚步，望着他，一时语塞。我笑了笑，说：“好……好……”然后继续往前走。叮当的小手让我想起女儿的小手，心里不太好受。

观看海豚表演的时候，叮当站在那儿大呼小叫。海豚表演结束后，他坐下来，微皱眉头，问我："爸爸，海豚现在在干吗？"

"在休息。"

"海豚的海洋房间在哪儿？"

我笑了笑。叮当继续说："不过，我觉得海豚休息的时候不一定快乐。"他的情绪慢慢低落了。

"你说的对，海豚不一定快乐。"我摸了摸他的头发。

我们顺着长长的扶梯转入地下。此刻，小海马在我眼前的海水里漂游。如果不是叮当抓我的衣袖，小海马甚至让我忘记了他的存在，周围穿梭的人群忽然让我对叮当抱有歉意，我急忙抓紧他的小手，随后抱起他。看着走在前面的一对父女，我想到女儿。我想起去年的某一天，我抱着她一起注视漂游的小海马，我们旁边站着一对父子，那个爸爸正给他的儿子讲解："儿子，你的脑袋里也有一只小海马。"

"真的吗？"男孩有八九岁，眨了眨眼睛，摸摸自己的脑袋。

"每个人的脑袋里都有一只海马，大人有大海马，小孩有小海马。"他的爸爸继续说。

女儿贴着我的耳朵，小声说："真的吗？"她也摸了摸脑袋，眼神里充满惊奇。我以为这个男人会讲海洋童话故事，没想到他这样说道："人类的大脑皮层下面有个内褶区被称为海马区，海马区非常非常重要，它掌握一个人的记忆转换，能将瞬间记忆转换为长期记忆。"

"哦……"他的儿子点点头。女儿没有听明白，不停地嘻嘻笑，两只小手玩弄着我的头发。

我醒悟过来，木然地望着叮当，想象着大脑皮层的皱褶。此时此刻，再次在我脑海里长久定格的是三幅画面：我拉着父亲的手去幼儿园，一边走一边吃着棒棒糖；我女儿刚出生时睁一只眼闭一只眼的神情；我和前妻各自拿着离婚证，一路沉默走向破裂的家。

叮当累了，趴在我的肩膀上睡着了。我一只手搂抱着他，一只手提着一大包水果和蔬菜。我走累了，路边有石凳，我没有坐下，继续往前走。不知怎的，我想体验这种极度的无力感，这种感受好像是另一种意义上的快感，胳膊酸胀、手指似乎要被拽断的快感。在这之前，我没有这种体验，总觉得在生活面前，差不多就行，没必要折磨自己。我继续往前走，汗珠在眼角滑落。

我在照顾另一个男人的儿子。我和这个男人非亲非故，我和他的儿子没有血缘关系。我突然很厌恶自己，甚至产生了荒诞抑或邪恶的欲念：我把熟睡的叮当放在石凳上，一个人走进旁边的咖啡馆，边喝咖啡边观察他醒来之后会怎么样。他会哭吗？可能先会东张西望，然后才会哭。如果叮当一直坐在石凳上等我，我想我会走过去，可是发生另一种情况呢？他往前走，寻找我，走出了我的视线，我会跟在他后面吗？我不敢继续想下去。一个事实明摆着，杜若相信我，相信我不会伤害她的儿子。我也想到女儿，如果前妻遇到一个男人，那个男人会这样故意对待我的女儿吗？我无法想象女儿一个人迷失在大街上的情形。我有些羞愧。

走进家门的时候，叮当醒了。他叫了一声妈妈，跑进客厅。杜若提早回来了。叮当连续叫了几声妈妈，杜若沉默不语，往日的她不是这样的。我把水果蔬菜收拾好，发现杜若神色不安地坐在沙发上，叹了两口气，手指不停地揉搓太阳穴。之前我和她有约定，我不过问她的工作，所以遇到今天这种情况，我保持沉默比较好。我削了一个苹果，一分为二，分别递过去。在自己家里，对待前妻和女儿，我很少这样殷勤。叮当抓起苹果，猛咬了一大口。“洗手去！”杜若冲着叮当大声喊道。叮当一下子愣住了，含在嘴里的苹果瞬间减速，慢慢转动着。

“好，洗手去。”我的语气是平缓的。我拉着叮当，走进洗手间。之后，我让叮当一个人进了小卧室。我走进客厅，说：“你歇会儿，我去做饭，今晚吃海米炒冬瓜、香芹炒牛肉丝。想吃馒头，还是蒸米饭？”

杜若看着我，一句话也不说。我进了厨房，把蔬菜放进洗菜盆，打开水龙头。水哗哗流淌，我静止不动。洗菜盆是我新买的，和我家里的那个一模一样。女儿最喜欢吃海米炒冬瓜，前妻不让女儿多吃，怕她上火。这个时间点，她们娘俩可能也在吃饭吧？她遇见男人了吗？在意识深处，我无法想象她和另一个男人生活在一起。前妻是一个有事业心、性情古板的女人，也是一个慢热的女人。我几乎能够断言，至今她还是一个人生活。杜若走进厨房，咳嗽了一声，轻声说：“今晚我们点餐吃吧……都累了。”我回头看她一眼，淡淡笑了笑。

外卖送来饭菜，我们三个人默默吃饭。叮当低着头，嘴巴小心翼翼吧嗒吧嗒着。杜若摸摸他的脸蛋，说：“妈妈刚才批评你，对不对？”叮当撇着嘴，眼泪瞬间滚落下来。我把纸巾推过去，杜若拿起一张，轻轻擦拭叮当的脸颊，眼里含着特别的情绪，似乎有话要说。我放缓咀嚼的动作，等待着。“茶餐厅……可能做不下去了……”她顿了顿，侧转眼神，望着我，“股东说要移民，需要钱，想撤资……我知道这是托词，现在茶餐厅竞争大，生意不好做，做其他投资获益更大。”我点点头，我也不知道自己为什么点头。“我想租一个小点的地方，我不想放弃。”她长长地舒口气，仿佛在给自己鼓劲。

“我相信你。”我望着她，劝慰她。

她用力抿紧嘴唇，眼神在半空中游离，似乎在控制泪腺。

我在厨房洗刷碗碟，杜若给叮当洗澡。我收拾完毕，坐在客厅，杜若陪叮当读童话书的声音从小卧室里传出来。白雪公主和七个小矮人的故事。女儿也喜欢这个故事。过去的一幕又在眼前闪现。我闭上眼睛，身体靠躺在沙发上，渐渐陷入了幻觉，感觉这里是过去的那个家，沙发靠垫是牛皮的，扶手是木头的，我抱着女儿看动画片，前妻在书房里准备第二天的会议材料。

不知过了多久，杜若的声音飘进我的脑海。

“你在笑什么呢？”她站在我眼前。

我坐直身子，揉了揉脸：“刚才眯了一会儿。”

“叮当睡了。”

“今天睡得挺早。”

“他说今天玩得很开心……你也累了吧？”

“你想吃苹果吗？我削一个。”我插话道。

杜若没有拒绝。削苹果的时候，我暗暗佩服自己，和杜若在一起，我才学会如何关心女人。一个苹果，分成两半，客厅里飘浮着苹果香。杜若取来两个酒杯，倒上了干红。

“你能帮我吗？”杜若忽然问我，递给我红酒。

“什么？”我不太明白。

“如果我一个人开餐厅，你能帮我吗？”

我转动酒杯，不知道如何回答。

“我曾经答应过你，你待在家里，不用想挣钱的事，可是现在……我一个人怕忙不过来……”

“……”

“家里可以请个保姆。”

“我不是这个意思，我担心自己能力不够，怕帮倒忙。”

“我觉得你行。”

我摇摇头，呷了一口红酒，笑了笑。

“我已经看好餐厅位置，面积有现在的三分之一大，能摆十几张桌子。现在的餐具和桌椅都能用上。我需要一个餐厅经理，以前那个经理是股东的表妹，已经辞职走了。”

“具体干什么呢？”

“其实就是一个影子，老板的影子，你不用干什么，待在那儿就行。”

我点点头。

“服务员都是以前的，很听话。有你在，我可以出去和投资商谈判，争取多开几家分店。”

“你有这么大的信心？”

杜若看着我，专注地看着我，眼神那么坚定，那么充满期待；我同时在她的眼神里发现一股欲望，想吞掉整个房间的欲望。

“你想知道我开一家什么样的餐厅吗？”她说。

我点点头。

“去把客厅的窗帘拉上吧。”

我迟疑了一下，站起身，拉上纱帘。

“两层都拉上。”

我回望她一眼，把厚窗帘拉上。

“请把灯也关掉。”她一直望着我。

我把客厅灯和走廊灯关掉，只留下角落里的落地灯。在这样的灯光氛围下，红酒杯荡漾着奇异的色泽。我忽然很想和她做爱。我咽口唾沫，喝干杯中酒，又倒了一杯，酝酿着情绪。杜若举着酒杯，身体凑近我，示意我举起酒杯。我举起酒杯，看见她的手伸过来，摸了一下我的膝盖，接着伸向落地灯开关。啪，柔和的声音，落地灯灭了，屋里一片漆黑；当，清脆的声响，杜若的酒杯触碰我的酒杯。

“你想在黑暗里和情人喝红酒吗？”

我碰了碰她的酒杯，以示回答。

“你想在黑暗里和情人吃西餐吗？”

“我还没体验过。”

“你可以在黑暗里亲吻情人，抚摸情人。”

我的膝盖碰掉了茶几上的电视遥控器。我摸黑捡起来，放回茶几上面。我感觉到杜若越来越近的呼吸，散发红酒气息的呼吸，她骑跨在我身体上，环抱着我的脖颈。

“我想开一家黑暗餐厅，让大家在黑暗里喝红酒、吃西餐，你喜欢吗？”她的鼻尖触碰我的鼻尖，“你负责管理黑暗餐厅，好吗？”

“黑暗餐厅？这名字是不是……”我的呼吸已经不能顺畅。

“你有更好听的名字吗？”

在黑暗里，我和杜若的声音有幽远的味道。

“黑色餐厅，怎么样？”

“黑暗不是更有力量吗？”

我同意她的解释。

“餐厅里一片漆黑，怎么点菜？”

杜若笑了，说：“在前台点菜，那里有光线。”

我为自己的愚笨感到羞愧。

“顾客会不会碰掉盘子？”

“有可能，不过盘子是塑料的。我们会在前台讲解用餐方法，现在的人很聪明，喜欢新鲜，他们一定喜欢这样的创意餐厅。”

我的手开始用力抚摸她。我们在沙发上做爱，压低声音做爱。后来我们相拥躺在沙发上，杜若告诉我，如果叮当的爸爸没有因车祸死去，他们将是一对非常幸福的情人。他们相信感情，不相信婚姻，叮当是他们的未婚生子。“遇见你，我很幸运，”她不停地亲吻我，“我给叮当找到一位爸爸……我也找到一个男人……”可是我的心里却是怪怪的。我对杜若有了新的认识，但心里还没有真正爱上她。

一切似乎都在杜若的安排下行进。保姆来到家里的第二天，黑暗餐厅装修完毕。杜若带着我参观，让我牢记各个台面的数字编号、前台至食品操作间的距离、酒屋至前台的距离。

点餐台设置在外面的玻璃房里，有六台触感操作电脑屏幕，里面储存着菜品和酒水照片，图片可以左右自由拉动。休息座椅前方立着一个悦目的就餐说明标牌：请不要大声说话；请关闭手机；桌子下面靠左的位置有呼叫器；请放慢用餐动作，味道才会出来。

我的工作职责就是监督管理服务员，接待服务好重要客人；同时，我必须首先牢记餐厅的各个位置，然后仔细训导服务员。杜若曾对我说过，我可以提薪水要求，我说等餐厅营业一切正常后再说吧。正像杜若预想的那样，餐厅一开业，很多人前来体验。我们一天忙到晚，身体很疲惫，心里很愉快。有些顾客不太文雅，经服务员劝说后，说话的声音明显小了；也有客人在黑暗里去洗手间，不小心和其他客人相撞，相互争吵几句。不过没发生什么大意外，一切看上去挺顺。

那天，黑暗餐厅打烊之后，我和杜若留下来，她问我的感受，我说比在家做饭累多了。我们在黑暗里笑，笑声落下来，我们也沉默了。屋子里非常安静，我们在倾听黑暗的声音。我第一次感受到，真正的黑色就是伸手不见五指，味道非常醇厚，远远超出我的想象。身在城市，彻底的黑已经很难遇见，“黑漆漆”也变成了一个遥远的词汇，到处都是灯光，到处都是灯光留下的遗产，换句话说，在城市的夜晚，我们可以随处看见自己的影子，虚弱的影子。有了光亮，我们才不会害怕，可是光亮多了，我们变得更坚强了吗？

回去的路上，杜若对我说，如果我能在黑暗餐厅长期做下去，做一两年，她可以给我干股。我明白她的意思。“咱俩这样做下去，前景应该挺好的。你考虑一下，再告诉我想法。”她接着说。我知道，杜若并没有完全信赖我，我没有理由否认这一点，也不想要花招欺骗她。

我完全熟悉了自己的工作。客人多的时候，我还客串过调酒师。随着时间的推移，来这里就餐的客人素质越来越高，餐厅里弥漫着的黑色气息令人舒适惬意。我可以在餐厅走廊里自由行走，脚步轻柔，几乎没有声响。有一次，一对情侣正在小声倾诉衷肠，我移步经过他们的餐桌，停下脚步倾听了一分钟，他们没有丝毫察觉。我越来越喜欢这份工作。我甚至想写几篇与黑暗餐厅有关的小说。

接下来的日子里，一旦有闲，我就开始构思故事。我会把灵感记录在空白的点餐纸上，同时训练自己在黑暗里写出文字尽可能整齐的小说笔记。那天，当我沉浸在想象里的时候，一个细弱的声音飘过来——在黑暗里待久了，耳朵异常敏感，同时想象力比往日更为丰富——是个女孩的声音，虽然只是轻轻的两个音节“妈妈”，可是她的声音却像一片细嫩的小树叶，飘在我的眼前，飘进我的耳朵。我站起身，循着刚才的声音走过去。“妈妈，我害怕……”是我女儿的声音。我悄然靠近，喉头顿时干涩了。

“有妈妈在，不怕。”前妻小声说道。

站在她们母女俩旁边，我控制着呼吸，控制着情绪，但没有控制眼泪。她们看不见我，感觉不到我的存在。和前妻离婚已有十个月，这期间我没有见过女儿。我打过两次电话，她告诉我，因为工作忙，还要去国外进修，女儿送回老家让父母亲照看了。

“沙拉好吃吗？”

“好吃。”

“妈妈看不见你，你也看不见妈妈，好玩吗？”

“不好玩。我想看见妈妈。”

“吃完饭，就能看见妈妈了，你要好好吃饭。”

“嗯。”

我在心里默念着女儿的名字：“囡囡……囡囡……囡囡……”

“妈妈，我想爸爸了，他什么时候回家啊？”

前妻停了一会儿，说：“爸爸也想囡囡，快吃饭，好吗？”

“我想爸爸。”

“外婆家好玩吗？”

“不好玩。”

“你在电话里不是说挺好玩的吗？”

“我说不好玩，外婆会不高兴的。”

“外婆最疼囡囡了，是吗？”

“嗯。”

有一瞬间，我想抚摸女儿，她的身体离我有半米远，我伸出手即可。我在犹豫。女儿的声音让我缩回手臂。

“妈妈，爸爸什么时候回家啊？”

“吃完饭，我打电话问问他，好吗？”

“现在就打。”

“餐厅里不能讲电话。”

“妈妈，你快点吃。”

“你不喜欢这里吗？”

“现在有点喜欢了。”

一位去洗手间的顾客在黑暗里撞到了我。“对不起，对不起。”他说。我稳住身体，屏住呼吸。突然响起的声音让前妻和女儿静默了好一会儿。女儿哧哧笑出了声：“妈妈，有人在说对不起。”前妻也笑了。

我走回前台，坐下，长长地喘了一口气，眼神一直望着刚才的方位，那块区域一会儿幽暗，一会儿明亮，仿佛要从周围的世界里分离出来。女儿的面庞是清晰的，她长大了，长高了，我看不清前妻的神情。服务员和收银员的交流告诉我，她们正在结账，等她们出去，我可以透过休息室的玻璃窗观望她们。我的确这样做了，但只看见她们的背影。我的心脏怦怦跳动。她们一直往前走，走到街角，然后拐弯，消失了身影。我掏出手机，注视着屏幕。我等待着，没等来前妻的电话。

第二天上午，我拨通了家里的电话。前妻告诉我，女儿刚回到北京，我可以随时回家和女儿见面。我回到家里，家里的陈设几乎没有改变。女儿从屋里跑出来，扑进我的怀里，我们抱在一起，抱了很长时间。我和女儿都哭了，我默默流泪，女儿哭出了声。十个月过去了，好像过去了好几年。

我一个人抱起女儿，来到小区花园，女儿问了我好多问题，我编故事哄骗她。这些故事迟早会露底的。女儿在玩秋千，看着她，我想到叮当。两个孤独的孩子。我很想让他们两个人在一起玩，但这只是臆想。两个孩子都叫我爸爸，我该怎么办？我摇了摇头，不经意回头，发现前妻站在阳台上，正朝我们这边搜寻。我垂下眼帘，抱起女儿，给前妻发短信，说想带着女儿出去走一走。她提醒我，别忘了给女儿喝水。

我抱着女儿，漫无目标地往前走。眼前的车流、行人、树木和建筑物，好像都是飘浮物，它们飘过来、飘过去，与我无关。此刻的世界，只有我的女儿是实实在在的。走了两条街道，也许是三条，女儿说饿了，她的话给了我提示，我没有犹豫，打车前往黑暗餐厅，希望能在那里见到杜若。我希望自己能够更真实地面对她。

杜若正带着未来的投资商参观餐厅。她看看我，看看我的女儿，脸上的表情非常平静。我带着女儿在休息室坐下，叮当突然推门而入，大声叫喊着跑过来："爸爸！我刚才把鱼灌醉了……"他的声音渐渐变弱了。我没想到叮当会在餐厅。女儿正在喝水，没听见叮当说了什么。叮当的眼神里有疑惑，他走过来，问我："她是谁？"

"她叫囡囡。"

"他是我爸爸。"女儿说。

叮当一把抢走了女儿手里的水杯，说："他是我爸爸。"

"他是我爸爸！"女儿哭起来。

"他是我爸爸！"叮当也哭了。

杜若走进屋，让服务员领走叮当。她轻轻握住囡囡的手，说道："你女儿挺漂亮的……像她妈妈？"她掏出纸巾擦拭囡囡脸上的泪痕。

"囡囡，跟阿姨出去玩，好吗？"我说。

服务员抱走了囡囡。我和杜若面对面坐下，两个人沉默了几分钟。

“你能把叮当当成自己儿子，我也可以……”

我摇了摇头。

“你不相信我？”

“相信。”

我们相互对视，等着对方说话。

“你要离开我了吗？”杜若问我。

我看着窗外，一只小鸟像一颗子弹极速飞走。小鸟在我的世界里消失了，我也在小鸟经过的世界里瞬间消失了。瞬间。生活的瞬间。瞬间的力量。很多时候，瞬间的思绪能改变人很多很多。

“请不要现在离开我……”杜若的眼睛是红的。

“叮当也离不开你了……”她叹口气，接着说。

“……”

“你也离不开女儿，我能感觉到。”

“我没那么好。”

“我已经习惯你了……”

我们又开始沉默。水族箱里的氧气汩汩作响。屋门拉开又关上的声音。杜若走了出去。

我把女儿送回家，前妻已经准备好了晚饭。我们三个人，像往日那样，我坐东边的位置，前妻坐对面，女儿挨着妈妈坐。我心里忽然有很多话。女儿手舞足蹈地吃饭，前妻说女儿好久没这么高兴了。我捏了捏女儿的小脸蛋。

“我昨天看见你们了。”我说。

“在哪儿？”

“黑暗餐厅。”

“我喜欢那里！”女儿欢呼。

“你也在那儿吃饭了？”

我点点头。“你现在怎么样？”

“什么？”

我笑了笑。我想她明白我的意思。

“你呢？”她说。

我还不想说出杜若的名字。

“你……不怨我吧？”我说。

“离婚是你先提出来的，我能说什么。”

“你当时也没阻拦。”

“当时你很认真。”

我点点头，表示赞同。

“我觉得自己会拖累你的生活。”我解释道。

“你害怕面对现实，这是你的性格。”

“有时候……也害怕面对你。”

“我有那么可怕吗？”

“无形的压力吧。”

“我们都在为家庭付出，可又觉得自己比对方付出得多。”

“我其实挺佩服你的……”我说，给前妻夹了一筷子菜，“离婚前我已经有变化了，你没发现。”

“我们都太在意自己的感受。我说你幼稚，其实我也挺幼稚的。”

“你说过我不成熟，不适合结婚，适合一个人生活。”我笑了笑。

“可能吧。两个人在一起时，会不自觉地依赖对方，现在一个人面对生活，反而学会了独立。我不怨你。真的。”

“我挺讨厌过去的自己。”

“我们喜欢恶语伤人，喜欢伤对方的自尊。你也说过我是个不太懂浪漫的女人。我的生活观的确比你现实，”前妻给我盛了一碗汤，接着说，“我们之间的确出了问题，但我们都没有耐心和时间去解决，也没有经验去借鉴，自己的生活只能自己去实践。”

我抬起头，静静地注视着前妻。

“的确，每个人都需要试着改变自己。”我说。

“可能都太年轻了吧。我们还没经历七年之痒就分开了。”她笑了笑。

“你现在还是一个人吗？”

“两个人。我和囡囡。”

吃完晚饭，我陪女儿看电视动画片，前妻在厨房洗刷碗碟。电视柜上面摆放着我们一家三口的合影，还有木雕茶叶罐、青花瓷水果盘、飞镖盘、动物卡通挂画……在眼前一一闪过。今晚，我想看着囡囡上床睡觉之后再走。前妻从厨房里出来，走进客厅坐下。我们的眼神注视着女儿，时而交错一下，看上去很自然。我能感觉出来，前妻的情绪比以前柔和沉静许多，举手投足更显舒缓有致。

时间不早了，女儿打了哈欠。我和前妻相互协助，帮着女儿刷牙、洗脸、洗澡。我用毛巾被裹起女儿，把她抱进小卧室，亲了亲她的脸颊，祝她好梦。后来，我们俩走到客厅，就这样坐着，谁也没有说话。墙上的时钟发出滴答的声响。过了好一会儿，我说我走了，她迟疑了一下，看了看时钟，点了点头。我默默起身，拉开房门，慢慢走向电梯，按下电梯按钮。屋里的光线在楼道投射下细长的光影，光影消失的时候，电梯门开了。我下楼，在小区里走了两圈，走了很久。我抬头望着熟悉的窗户，心里有暖意，更有怅然。

来到杜若的家门口，我掏出钥匙，靠在门框上想了又想，还是把钥匙插进了锁孔。这些时日，杜若对我很好，我对她心存感激，但心里明白，我对她的情感还不是真正的爱，也不是依恋。我同时也很清楚，这份情感的滋味虽然还很单薄，像一层散发诱惑的薄纸，却又分明朝着亮光飞去。

屋里亮着一盏落地灯。叮当已经入睡，杜若在等我。

“回来了？”

“你还没睡？”

我洗了洗手，来到客厅坐下。气氛有些怪异。

“你会和前妻复婚吗？”杜若看着我，脱口而出。

我搓着手指，笑着摇摇头。

“别骗我。”

“不会复婚。”

杜若递给我一杯红酒。我喝了一大口。

“我……”我看她一眼，迅速低下头。

“想说什么都可以。”

“我不想离开你……我也想念以前那个家……我……”我开始语不成句。

杜若垂下眼帘。

“我和前妻……可能都需要改变……”

“你想说……你后悔离婚了吗？”

“不，我不后悔。”

“那你想说什么？”杜若握酒杯的手指在颤抖。

“我女儿也需要爸爸……”

“我懂。”

“我想……我想一周回去住几天……”

“我猜到了。”

“但我不会和她复婚。”

“那你和她是什么关系？”

“双方都没有压力的关系。”

“像我们这样？情人？”

“没有压力，就不会对对方有太多期待。”

“没有期待，也就没有责任。”

“把女儿养大成人，是最大的责任吧。”

“我理解。”杜若一饮而尽，又倒了一杯酒。

“谢谢。”

“你前妻知道你的想法吗？”

“还没告诉她。”

“她会同意吗？”

我沉默，继续沉默。

“她会同意吗？”杜若追问。

“可能会同意……”我点点头，再次点点头。我觉得我了解她。

“你想和两个女人做爱，拥有两个情人，对吗？”杜若直视着我的眼睛，我回避了她的眼神。杜若等着我说话，可我还没组织好词汇。她站起身，走进卧室。我听见卧室洗手间里水流的声音。杜若在洗漱。

我一个人坐在那儿，连续喝了两满杯红酒。没有了水流的声音，屋里安静下来。我觉得自己看清了什么。我关闭客厅灯，走进外面的洗手间。洗漱完毕后，我推开了卧室门。我和杜若并排躺在床上。

“睡了吗？”我轻声问道。

卧室里更显寂静。我听见杜若清醒的呼吸。

“可是我对你已经有了感情……”杜若说，压抑着呼吸，慢慢舒出一口气。

“我是不是很自私？”

“你只是想得到更多。”

“我这样做……你会讨厌我吗？”

“会讨厌你，但现在还不会。”

“……”

“现在这个家，你可以随时来，如果有一天我换了门锁，你就别再来了。”

“我知道……”我说。

（原载《人民文学》2013年第4期）

酒疯子

晓　苏

1

八月的一个中午，天上的日头像是烧化了，直往地下掉火。村里人都躲在自己家里不敢出来，生怕把脑壳烫破了。我杂货铺的生意差到了极点，整整两个钟头，硬是没半个人进我的铺子。我连一包烟也没卖出去。还好，正感到无球聊儿，媳妇娃子在后头灶屋里喊我吃中饭。

我马上起身关门。可是，两扇门刚关了一扇，一辆枣红色的摩托车突然一溜烟开过来了。我一眼认出了那辆车，是村长黄仁的。在我们油菜坡，摩托车虽说不少，但只有黄仁的这辆最大，又高又长，像他妈的一匹野马。我顿时有些纳闷儿，不晓得黄仁跑这儿来搞啥名堂。他以往从来没到我铺子里买过东西，连火柴也没买一包。这些鸡巴当官儿的，总嫌老子铺子的货差。

摩托车很快停在了我铺子门口。我定睛一看，从车上下来的却不是黄仁，原来是酒疯子袁作义。

妈的，我还以为是村长呢！我说。村长死球了！袁作义说。他还开心地笑了一下。我打个哈哈说，你这个酒疯子，不喝也说酒话。袁作义说，真的，他狗日的不死，我能骑他的摩托车？

我一下子被袁作义问住了，不晓得如何回答他。黄仁死是肯定没死的，这我心里有谱。村里要是死了人，不会一点动静也没有，起码也要筛个锣。袁作义这么说，毫无疑问是在咒黄仁。可我想不通的是，黄仁的摩托车怎么会被袁作义骑着呢？如果说是袁作义偷的，那也不可能。袁作义这家伙我了解，别看他的口气大，其实他的胆子比老鼠子还小。

袁作义匆匆走进杂货铺，一进门就盯住了货架上的那排酒。我心里想，这家伙八成儿又是来找我赊酒喝了。但这回我不会再赊给他，即使他喊我叫爹，我也不赊。在这以前，他已经赊了好几瓶了，欠我的钱一直拖着没还。我这小本儿生意，经不起他这么赊账。

货架上有好几种酒，贵的贱的都有，最差的才五块钱一瓶。袁作义的两只眼睛在那排酒上扫来扫去，好像在找最便宜的。要说起来，袁作义也怪可怜的，不光是穷，还特别怕媳妇娃子。他媳妇娃子人样子比他强，有点儿欺负他。他们家本来就没啥钱，却都被媳妇娃子一手捏着，袁作义平时想用一分钱都难。可这家伙偏偏又好酒，见了酒比见了自己的亲妈还亲。

袁作义还在看酒，看过去又看过来。我直截了当地对他说，别看球了，看也是白看，再便宜我也不会赊给你。袁作义回过头来说，这回付现金。我听了一愣，打个哈哈说，哟，日头今天从西边出了！袁作义说完又扭过去看酒了。我连忙走拢去说，老找个啥？最便宜的五块。袁作义却说，我不是找最便宜的。我奇怪地问，那你找啥样的？袁作义说，度数最高的。我问，为啥？袁作义说，度数越高越过瘾，喝了像当神仙的！

我从货架上拿了一瓶五十二度的，使劲地放在袁作义眼前说，这瓶度数最高，赶紧喝了当神仙吧。袁作义问，多少钱？我说，二十二。袁作义眨了眨眼问，少两块行不行？我冷笑一声问，为啥？袁作义脸一红说，我媳妇娃子只给了我二十。我不由得一惊说，哎呀，你媳妇娃子今天出手好大方啊！

袁作义没接我的话茬，又问，少两块行不行？我犹豫了一下说，你今天能不能只买一瓶十块的，那十块钱先还赊账？袁作义慌忙说，求你别这样，赊的账改天再说，今天我特别想喝瓶高度酒。他一边说，一边双手合十给我作揖。见他这副熊样，我的心一下子软球了，也不好意思再说啥，只好哭笑不得地答应了他，还给他抹了两块钱。

袁作义付钱时，我又问，你媳妇娃子今天为啥这样大方？袁作义低头想了一下，然后抬起头说，老子今天过生！我说，难怪呢！

我刚接过钱，袁作义就用牙齿嘣的一声咬开了酒瓶盖，仰头喝起来。他喝了好大一口，少说也有一两。我赶紧打了一下他的肩膀说，你狗日的回家再喝！袁作义难为情地一笑说，好长时间没沾酒了，我忍不住。

袁作义虽说好酒，其实酒量不大，喝上一二两还行，一超过三两就发酒疯。这家伙发起酒疯来像个邪子，又是哭又是笑，有时还扯自己的头发，扇自己的耳巴子。说实话，我怕他在我铺子里喝，一旦发了酒疯，那我可就麻烦了。我连忙劝他说，你还是赶快回家吧，让媳妇娃子给你炒两个菜，一边吃菜一边喝酒，那才真的像神仙呢。

可是，袁作义却不听球我的，把我的话都当耳边风。我话音还没落，他狗日的又喝了一口。这一口比刚才的一口还多，估计有一两半的样子。我发现他的脸已开始泛红，好像有了一些醉意。

幸亏媳妇娃子这时又喊了我一声，催我快点去吃饭。我便趁机说，对不住，我要关门吃饭了。我说着就双手一伸，把袁作义推出了铺子。

等我关好铺子从另一个门出来的时候，袁作义已走到摩托车边上了。摩托车在明晃晃的日头下红光直闪，越看越像他妈的一匹野马。我这个人好奇心有些强，一看见摩托车马上又想到了村长黄仁。

我问袁作义，村长到底怎么啦？他的摩托车为啥会在你手上？袁作义没立即回答我，又喝了一口酒。我发现一瓶酒差不多已被他消灭了三分之一。把一口酒吞下去后，袁作义才咂着舌头说，我刚才不是说了吗？他死球了！我说，别胡鸡巴乱说，我在当真问你呢。袁作义坏笑了一下，改口说，他狗日的贪污挪用，被上头捉走了，关在老垭镇派出所。我有些不高兴地说，又扯卵蛋！你能不能说句实话？

袁作义停了一会儿，然后一本正经地说，好，我实话告诉你吧，黄仁进城住院了。他怎么啦？我问。袁作义说，他得了癌症，胃癌，肝癌，肺癌，他一个人都得上了。听说，他的胃已经穿了孔，肝子上长了十几个黑瘤，肺烂得像一把米筛子。医生说他顶多还能活半个月，他媳妇娃子都找人漆棺材了。村里不可一日无主，镇上就任命我担任代理村长，摩托车也就归我骑了……

没等袁作义把话说完，我转身就朝我灶屋走了。这个酒疯子已经开始发作了，我不想再听他胡扯八道。再说，我肚子也饿瘪球了。

2

灶屋里支有一张小方桌，平时不来客，我和媳妇娃子就在这里吃饭。我走进灶屋时，媳妇娃子已把菜端到了桌子上，除了胡椒炒肉丝，还有刀拍黄瓜和油炸花生米。我媳妇娃子虽说人样子不咋的，可心肠蛮好，见我进门，还连忙给我开了一瓶啤酒。

我坐到桌子边上，刚把啤酒瓶子举起来，一股浓浓的酒气扑进了我的鼻孔，好像是谁的酒缸破了。同时，灶屋门口的光线也暗了一下。我扭头一看，竟然是袁作义。他狗日的正握着半瓶酒站在我灶屋的门槛外。

你怎么还没回家？我问。袁作义打了一个很响的酒嗝说，我醉球了，骑不成摩托车了。活该！我说。我没有请袁作义进门，心里巴不得他早点滚开。可我媳妇娃子却说，那你先进来坐会儿吧，等酒醒了再走。这家伙是个赖皮，我媳妇娃子随口说一句客气话，他还当真进来了，一屁股坐在了我的对面。

我没理球他，只顾自己喝起啤酒来。我喝一口啤酒吃一口菜，显得津津有味。袁作义的眼珠子跟着我的筷子转，不停地吞涎水，还咂舌头。我看出了袁作义的心思，他肯定也想尝尝我的下酒菜。但我没请他，怕他一吃菜又要喝酒。我媳妇娃子也看出了袁作义的心思，正要伸手给他拿筷子，我急忙给她使了个眼色，她才住手。

袁作义的脸皮真是厚，我们不请他，他却自己提出来了。袁作义阴阳怪气地说，这么好的菜，也不请我尝一下？！这家伙把话说到这一步，我也就不好再泼他的面子，只好让媳妇娃子给他拿了碗筷。袁作义伸手接筷子的时候，我很严肃地说，吃菜可以，不许喝酒。袁作义满口答应说，好，我只吃不喝！可是，袁作义自己打自己的嘴，只吃了两筷子菜，就开始喝酒了。我很生气地说，狗日的，你怎么说话不算话？袁作义马上说，你媳妇娃子的菜做得太好吃了，我不喝两口对不住她的手艺。我没想到袁作义这样死皮赖脸，就不再管他，任他喝了。

喝了一会儿，袁作义突然高声大嗓地说，这是老子担任代理村长后喝的第一顿酒，真他妈过瘾啊！

我媳妇娃子猛然一愣，扭头问我，他当代理村长啦？我想给媳妇娃子开个玩笑，就骗她说，是的，昨天镇上才任命的。媳妇娃子很快把目光转到了袁作义身上，出神地看了半天说，以前真没看出来呀！

袁作义的手机这时响起来。他听到声音却忘了手机放在哪里，便手忙脚乱四处找。等他好不容易从裤子口袋里找出来，电话却挂了。但袁作义还是接了，并装模作样与对方说了几句话。他对着手机一字一顿地说，好，知道了，请领导放心，我一定按时到会。

我故意问，谁的电话？袁作义一脸庄重地说，县长的。我扑哧一笑说，县长找你这个酒疯子搞啥？袁作义瞪了我一下说，你严肃点！我媳妇娃子当了真，睁大双眼问，真是县长找你？袁作义说，那还有假？县长通知我明天去城里开三级干部会，还要听我汇报油菜坡新农村建设的具体规划呢。我媳妇娃子惊叫一声说，呜哇，县长还给你打电话呀！

袁作义又喝了一口酒，然后夹了一颗花生米丢进嘴里，一边嚼一边对我说，如今当个村官儿也要有靠山，光镇上有还不行，还得在县里找。我打算就找县长当我的靠山，这次进城开会，我正好去巴结一下他。我顺着他说，好，这个靠山大，你一定要巴结上。

这时，袁作义忽然放下筷子，歪着头问我，第一次去拜访县长，必须要有见面礼，你说，我送点啥玩意儿给他好？我开口就说，送钱。袁作义摇摇头说，送钱不行，少了拿不出手，多了我没有。我想了想说，那就送土特产，木耳香菇土鸡蛋什么的。袁作义又摇摇头说，这些都过时了，县长看也懒球看的，你前脚送，他后脚扔。

我皱着眉头问，那送啥呢？袁作义也埋头想。想了半天，他陡然一抬头说，我想到了，送狗子鸡巴！我哈哈一笑说，这不好吧？你让县长吃狗子鸡巴，他还会当你的靠山？袁作义说，这你就不懂了，现在的领导十个有九个肾虚，肾一虚就想壮阳。我听说，狗子鸡巴最壮阳了，特别是我们这里的土狗子。要是我能搞到十个狗子鸡巴送给县长，那这个靠山肯定能靠上。当然，送去的时候不能说是狗子鸡巴，连狗鞭都不能说，应该叫狗宝。只要县长吃狗宝壮了阳，快活了，开心了，幸福了，那我的前途就大了，要权有权，要钱有钱。

我媳妇娃子这时打断问，你打算怎样建设新农村？袁作义把酒瓶子对在嘴上，又喝了一口，然后不紧不慢地说，规划我都想好了，命名为“八九十工程”：修八条水泥路，建九个大型养猪场，办十户农家乐餐馆。我媳妇娃子说，这可难得办到。袁作义一挥手说，只怕想不到，不怕办不到。关键是把计划报上去，计划一报上去，就可以找各个部门要钱了。钱一要到手，事情就好办了。

我媳妇娃子是个死脑筋，较真地问，我们村总共巴掌大，哪有这么多路？哪有这么多猪？餐馆就更少了。袁作义斜了我媳妇娃子一眼说，唉，你真是个麻桑木脑袋，只要有一条路，就能说成八条，只要有一个猪场，就能说成九个，只要有一家餐馆，就能说成十家。我媳妇娃子问，为啥要说这么多？袁作义说，只有往多里说，才能搞到上面的拨款。

我媳妇娃子又问，要是上面来人检查呢？袁作义轻微地一笑说，应付检查太容易了，路嘛，带他们去看看那条机耕路；养猪场嘛，主要办一个，修它几十个猪圈，再把全村的猪都借来临时养几天；餐馆嘛，在公路边找几户人家，先把房子正面装饰一下，装成外国洋房的样子，后面不管它，草棚子也不要紧，然后在门口挂几个农家乐的牌子就行了。

听袁作义这么几说，我忽然对他另眼相看了。过了一会儿，我喝了一口啤酒问，上面拨的款，你打算咋搞？袁作义说，“八九十工程”上多少要用一些，用三分之一吧，另外三分之一留在村里，好应急。我有点等不及地问，还有三分之一呢？袁作义笑了一下说，还有三分之一嘛，是我的提成。按照规定，村干部从上面拉回来的钱，都可以提三分之一作为奖金。我说，难怪呢，你还有提成啊！袁作义说，要是没提成，谁还去拉钱？拉个卵子毛！

灶屋的窗户正对着一片茶山，绿油油的茶树一层一层地叠着，看上去像一条绿带子绕山缠了一圈又一圈。这是我们村仅存的集体经济，归村里的茶场管。据我所知，每年茶场的利润都在十万以上，到年终每家每户都能分到一些钱。每年到了采茶的季节，女人们穿着五颜六色的衣裳去山上采茶，真是好看得不得了。她们还唱《采茶歌》，歌声能飘到天上去。

袁作义喝多了酒嘴干，起身到水池边找凉水喝时，一眼看到了窗外的茶山。他两颗眼珠咕噜一转对我说，这片茶山，我要把它卖掉！我大吃一惊问，这是村里的，你怎么能卖？袁作义说，老子是村长，有啥我不能卖？我暗笑着问，你怎么卖？袁作义转眼看着我说，我卖给你，为期十年。我摆头说，我可买球不起。袁作义说，你别急，我肯定让你买得起，还能让你大赚一笔。

我愣着眼睛问，此话怎讲？袁作义说，这片茶山，要是卖给外面的老板，十年，一百万，我保证有人抢。但老子先不卖给外面的人，我要先卖给你。卖给你，我只收五十万。你买到手以后，再转手以一百万卖给外面的老板，这样你就轻飘地赚了五十万。我有点儿疑惑地问，我与你一不沾亲二不带戚，你凭啥要让我赚五十万？袁作义狡猾地一笑说，我当然不会让你赚这么多，这五十万，我们两个家伙六四开。我哦了一声说，原来如此！停了一下，我又问，哪个六？哪个四？袁作义说，肯定是老子六！

我只顾着听袁作义吹牛，没注意他手中的酒瓶，突然一看，发现已快喝完了。我说，你不能再喝了！我说着，便伸手要夺他的酒瓶。袁作义把酒瓶提到眼前看了一下，说，只剩半两了，老子干脆把它喝球了！他说完就闪电似的把酒瓶口子插进了自己的喉咙管，我夺也没夺赢。

袁作义喝完最后一口酒，已醉成了一堆烂泥巴。他头一歪就倒在了地上，接着就哗哗啦啦吐起来，吐得一塌糊涂，差点把屎肠子都吐出来了。

3

堂屋里有张竹床。袁作义倒地后，我和我媳妇娃子慌忙把他弄到了竹床上。我们是把他抬去的。我抬头，媳妇娃子抬脚，像抬一个死人。这家伙躺在竹床上的样子更像个死人，一动不动，双眼闭着，脸色白卡卡的。

袁作义在竹床上睡了半个小时，终于睁开了眼睛。他一睁眼就开始哭，哭得直吼，泪水像尿汁子一样从他眼窝里往外飚。他一边哭一边说，我姓袁的命苦呀，穷得两个卵子响叮当，还怕媳妇娃子啊！我没理他，冷眼看着他哭。我媳妇娃子心软，见袁作义哭得这么伤心，就有点可怜他，于是劝了起来。她说，你别哭了，如今当了代理村长，你的命就会好的。没想到，我媳妇娃子这样一劝，袁作义马上就不哭了，说不哭就不哭了。

袁作义哭声刚停，很快又发出了笑声。哈哈！他笑着对我媳妇娃子说，你说的对，我姓袁的从今往后命就好了！

过了一会儿，袁作义忽然歪过头来问我，你晓得我当村长后最大的心愿是啥子吗？我说，晓得，你刚才在我灶屋里说过，我当然晓得。袁作义摆着头说，那些都是我说了好玩儿的，我姓袁的怎么会去做那些伤天害理的事呢？说个实话，那些都是我最痛恨的事。做那些事的人，都不是人养的！他们是狗日的，骡子靠的，牛鸡巴捅的！他们缺八辈子德，生个娃子没得屁眼，不得好死！

我有点心急地问，那你最大的心愿是啥？袁作义一字一顿地说，我要在村里找个相好。

我骂了一句说，你这个狗杂种，还是个代理村长呢，就想着打皮绊！难道当村长不打皮绊会死呀！袁作义喷着酒气说，你狗日的说话文明点好不好？皮绊多难听，还是叫相好吧。既然当了村长嘛，不管怎么说也该有个相好，不然怎么叫村长呢？要是当村长不找相好，那村长还有个鸡巴当头！

我笑着问，你瞄上没有？打算找哪个女人当你的皮绊？噢，是相好。袁作义有点得意地说，不瞒你们说，我心里早有目标了。相好嘛，首先是要人样子好，让人一看就想睡。我把我们村的女人像放电影一样过了一遍，选来选去，我最后选中了一个。她的人样子在油菜坡数第一！

谁？我和我媳妇娃子同时问。袁作义却神秘地一笑说，我暂时不告诉你们。这种事情是不能事先声张的，必须保密。

我媳妇娃子认真地瞅了瞅袁作义的脸，有点怀疑地说，凭你的人样子，能把我们村里样子最好的女人弄到手？你恐怕是癞蛤蟆想吃天鹅肉吧？袁作义说，你这心操冤枉了，一个堂堂的村长，没有搞不到手的女人。实话跟你说吧，我连追相好的步骤都想好了，一共分三步，就像打篮球，三步一定上篮。

我赶紧问，第一步是啥？你狗杂种快说来听听。袁作义说，我先请那小娘儿们吃龙虾。

我媳妇娃子连忙问，龙虾是啥？袁作义说，龙虾就是阴沟里长的那种大虾，有瓷虫那么大。我也没见过，不过我媳妇娃子见过。听说龙虾搞成麻辣味特别好吃，虾肉刚从虾壳里扯出来时有红似白的，又嫩又香，吃起来连涎水都吞不赢。龙虾吃了还容易上瘾，吃了一回就想吃第二回。麻辣龙虾的特点是又麻又辣，听说有个人吃后在草上屙了泡尿，羊子吃了那草，竟一下子跳起三尺高来。

我媳妇娃子忙问，龙虾哪儿有吃的？袁作义说，与宜昌交界的桃花镇上有。我马上问，这么远，你相好会跟你去吃吗？袁作义说，这得稍微用点儿计，我要找一个下午，先把她哄上我的摩托车，就说带她出去吃点东西。她问多远，我说不远。等她上了车，路就远了，就由不得她了。我把她拖过老垭镇，一直拖到桃花镇。一开始她也许还不高兴，嘴翘起多高，但把龙虾一吃，她就高兴了。吃的时候，我还要不停地帮她剥壳扯肉，尽量多献点殷勤。

我问，吃完龙虾后呢？难道吃一次龙虾就能搞上？袁作义说，别急嘛，光吃一次龙虾肯定是搞不到手的，这只是铺垫。不过吃完后可以试探她一下，半真半假地问，我们晚上就在桃花镇睡一夜咋样？她肯定不会答应，也许还会骂我不要脸。我就嬉皮笑脸地跟她说，跟你开玩笑呢！

第二步呢？第二步吃啥子？我问。袁作义说，光吃怎么行？第二步，我要给那小娘儿们买件羊毛衫。

我说，羊毛衫有啥稀奇，到处都有卖的，我铺子里还挂球一件呢。袁作义说，你铺子的羊毛衫多少钱？我说，标价八十，可以磨到五十。袁作义冷笑一声说，五十的也叫羊毛衫？我媳妇娃子说，好多羊毛衫都是假家伙，化纤做的。真家伙至少八百块一件，摸在手里的感觉都不同。

你打算直接买一件送到相好家里去吗？我问。袁作义白我一眼说，你真是个憨逼，怎能直接往她家里送呢？一是怕她的男人正好在家，碰到了不好；二是价钱也不好说，你说八百，她也许以为只有八十呢。我还是决定把她带出去，到商场里当面给她买。我先找到她，问，还想吃龙虾吗？她说，想呀！我就把头往屁股后头一歪说，快上摩托车吧。她这次坐我的摩托车，与上次就不一样了，双手搂着我的腰，胸脯在我背上贴得紧紧的。我媳妇娃子问，上次是怎样的？袁作义说，上次她的身子总不敢挨近我，偶尔碰一下，她还连忙躲呢。

我问，你们还是去桃花镇？袁作义说，对，桃花镇。去老地方，女人心里会更踏实一些。到了桃花镇，我们先去吃龙虾。吃完龙虾，我再带她去商场。

转到卖羊毛衫的地方，我就让服务员拿一件给她试。她开始会扭着屁股说，我不要。我就劝她说，试试吧！她犹豫一会儿就试了，很合身，人样子显得更好看了。我马上说，好，好，像是比着你做的，穿着真洋气呀，简直像城里的女人了！她红着脸说，是吗？我说，是的，赶快买了吧。她问服务员，多少钱？服务员说，八百。她吓一跳说，哎呀，好贵呀！我这时便赶忙付钱，从钱包里抽出八张红板递给服务员，眼皮都不眨一下。

后来呢？我媳妇娃子好奇地问。袁作义说，从商场出来后，走到人少的地方，我就看着她身上的羊毛衫说，你穿上这身儿，胸脯显得好高的家伙！她脸不由一红说，流氓，你眼睛朝哪儿看呐？我吞口涎水说，奶子像柚子啊！我说着就冷不丁在她奶子上摸一把。她装作有点儿生气，瞅我一眼说，真是个流氓！我就跟她道歉说，真对不起，我太冲动了。再走一段路，我又试探着问她，今天我们就在桃花镇过夜好吗？她犹豫了片刻说，以后吧，太快了不好，凉水泡茶慢慢浓嘛。只要她这么说，就说明有戏了，接下来就可以进入第三步了。

我问，第三步做啥？袁作义说，送那小娘儿们一个能照相的手机。

袁作义话刚出口，我媳妇娃子就哇了一声说，我的个乖乖，手机还能照相啊！她说着还把双手张开来，像一只母鸡要展翅飞到晒席上去吃米。袁作义用异样的眼神瞅了瞅我媳妇娃子，十分不屑地说，你怎么跟我媳妇娃子似的，一听说新鲜玩意儿就大惊小怪！幸亏只是个能照相的手机呢，要是碰到一头能下崽的牯牛，你们还不一下子晕过去？女人啊，真是只有芝麻大点儿出息！

我问，你还是把相好带到桃花镇去买手机吗？袁作义给我扮个鬼脸说，不，这玩意儿可不能当着她的面买。我问，那是啥讲究？他说，这一回就该展示一下村长的魅力了，手机要事先买好，价格上也要吹个牛，谝个泡，本来是一千块钱买的，送的时候至少要说价值一千五。最关键的是，不能说是自己花钱买的。

我有些迷糊了，眨巴着眼睛问，你到底啥意思？袁作义说，还是先把她带到桃花镇去吃龙虾，吃到兴奋时，我突然掏出一个新手机来。她双眼一亮说，哎呀，这个手机好漂亮啊！我趁机说，还能照相呢。她惊叫一声说，天老爷，手机还能照相啊！我马上对着她照一张，随即就扒出来给她看，照片上的她正在吃龙虾呢，红兮兮的舌头吊起好长。她惊叹着说，好有意思啊！到了这个时候，我就大大方方地说，送给你吧！她有点不相信，歪过头问，真的假的？我说，当然是真的！说着就把手机塞给她。她接过手机前前后后看了一会儿问，多少钱？我说，听说一千五。她浑身一颤说，这么贵！我马上说，再贵也不是我出的钱。她一愣问，那是从哪儿来的？我说，是县里发的，每个村长都有。她的眼睛顿时就直了，久久地看着我，一下子就真的爱上我了。

然后呢？我问。袁作义有点激动地说，然后我就咬着她的耳朵问，今晚我们就在这里住一夜，好不好？她害羞地一笑说，随你！说着还用她的倒拐子碰了一下我的倒拐子。后面的事情，我就不消说的了。我不说你们也清楚，说穿了就是男女之间那点子事。

4

袁作义虽说把喝进去的酒都吐了，但酒劲却迟迟没过去，一直还在发酒疯。他的手机中间响了好几次，可他一次也没听见，好像耳朵也喝聋球了。

过了一会，袁作义的手机又响起来。我媳妇娃子提醒他说，你手机响了。他摸出来看了一眼，没看清就说，又是县里打来的，当了村长，真是身不由己啊！我说，快接吧，县长催你去汇报工作呢。他马上把手机移到耳朵上，没按接听键就开始说话。噢，是县长啊，请你放心，我明天一定按时赴会！他说完就把手机扔在了竹床上。手机这时也没电了，不声不响地躺在那里，像一只死老鼠。

安静了片刻，袁作义猛然想起了啥，慌忙抓过手机说，我给我的相好打个电话。听袁作义说要给相好打电话，我和媳妇娃子立刻把耳朵竖了起来，都想看看他选中的皮绊到底是谁。

袁作义把手机移到嘴边，也不管有电没电，开口就与对方说起话来。他说，是黄蕊吗？我是村长袁作义呀。

一听到黄蕊的名字，我和我媳妇娃子立刻都傻掉了。黄蕊是村长黄仁的姑娘，人们都把她看作油菜坡的公主。我在心里说，狗日的袁作义，你也真是敢想啊！我媳妇娃子愣了半天不说话，脸都乌了。

不过仔细一想，黄蕊的人样子在我们村的确数得上第一，没有第二个女人比得上她。她的脸像个鹅蛋，还有两个大酒窝窝，窝窝深得很，每个窝里至少可以装它半两酒。她今年二十二岁左右，去年刚结的婚，还没生娃子，腰还像少女一样细，不过屁股已被她丈夫整大了，看上去像个洗脸盆。她丈夫是铁厂垭村的，来黄家做了上门女婿，也就是倒插门。

袁作义放下手机后，喜不自禁地说，小娘儿们已经答应跟我出去吃东西了，等从县里开会回来，我马上开始行动，争取一个月之内就把她搞到手！

正午已经过去了。天上的日头渐渐弱了一点，气温也降了一些。我这时朝我的杂货铺看了一眼，心想，再过一会儿就会有人来买东西了。我又看了看袁作义，希望他能尽快离开这里。我怕这个酒疯子会影响我的生意。

我对袁作义说，酒也醒了，你狗日的快回家吧。我媳妇娃子也说，你是该回去了，出来这么长时间，你媳妇娃子会担心你的。我们夫妻这么一说，袁作义还真是有些紧张了，连忙问我，现在几点了？我看看墙上的钟说，快两点了。袁作义一下子慌了神，翻身跳下竹床，接着就往外面跑。他一眨眼工夫就跑到了黄仁的摩托车跟前。

可是，袁作义正要跨上摩托车，却双腿一软歪球了，像门板一样倒在了地上。我一愣说，完了蛋，他骑不成摩托车了。我媳妇娃子想了一下说，看来只有你骑摩托车把他送回去了。我犹豫了一会儿说，也只好这样了。好在袁作义住的地方离我这里不是太远，骑车二十分钟就能到。

我和我媳妇娃子很快走到了摩托车边上。袁作义挣扎着往起爬，可他试了几次没爬起来。我伸出一只手对他说，把钥匙给我。袁作义一惊说，你要钥匙搞啥猴儿？我媳妇娃子说，他送你回家。袁作义却使劲摆头说，不，我不要你送。我没听球他的，一把抢过了他手上的钥匙。接下来，我和我媳妇娃子就强行把他抬到了摩托车的后座上。后座上正好有一根皮绳子，我们像捆猪似的把袁作义捆在了上面。

捆上以后，袁作义还拼命地往下溜，嘴上喊，让老子下来，我不要你狗日的送，等会儿老子自己回家！但我们把他捆得死死的，他无论怎么溜也溜不下来，喊也是白喊。

我骑车送袁作义回家的路上，他沿路都喊球个不停，仿佛我要把他拖到屠宰场去。可是奇怪得很，到了他家门口土场上，他却突然闭嘴了，一声不吭了，眼睛也闭上了，好像一下子变成了一头死猪。

袁作义家的大门半开半掩着。我刚把摩托车开到门口，一个五十岁的男人快步从屋里走了出来。我抬头一看，居然是村长黄仁。我的眼珠子顿时卡在眼眶里转球不动了。屋里接着又出来一个人，是袁作义的媳妇娃子，穿一件吊带衫，两个奶子中间的沟像用犁耕过的。

黄仁走到摩托车边上，轻轻地拍着它说，我进门忘了拔钥匙，再出来就不见了。我还以为是哪个强盗偷了呢，妈的，原来是被袁作义骑跑了！

袁作义的媳妇娃子连忙对黄仁解释说，当时一听到你的摩托车响，我就让他出去溜达溜达。可他说，出去溜达可以，但必须给他点儿钱。这个没出息的东西，总是在这种时候找我要钱。我本来只想给他十块的，可身上没零的，就给了他二十，哪想到这个酒疯子又跑出去喝酒了，还骑走了你的摩托车。

我这时看了一眼袁作义，他妈的还闭着眼睛，越发像一头死猪了。我晓得他是在装死。

（原载《收获》2013年第2期）

蹲下时看到了什么

东　西

只要张五蹲到猪圈上，收音机里准会嘀的一声。“刚才最后一响，是北京时间6点整。”他每天早上的排泄准确得就像闹钟，误差不过几秒。这时天刚麻麻亮，很少有人起床，他尽可以放心地裸露。猪圈上没有遮挡，空气清新鸟声悦耳，微风送来泥香。这是他一天中最放松的时刻，也是他最美妙的十分钟。每次他都会闭着眼睛享受。但是今天有些意外，他刚一闭眼就听到了脚步声。跳下猪圈已来不及，更别说提裤子了，他只好硬着头皮迎接。脚步声从屋角扑来，紧接着他就看见了侄女张鲜花。鲜花本能地想刹住速度转身，但既然都已经看见了再转身似无必要，况且她还要急着到乡里赶早班车。鲜花没有选择，只好打声招呼：“满叔，你拉呀？”张五也没有选择，说：“嗯，鲜花你赶街呀？”

尽管张鲜花差不多走到了八腊乡，但张五还蹲在猪圈上。他不甘心，试图要把被打断的美妙找回来，因为这关系到整天的心情。如果一天没有一个好的开始，那他就会郁闷，会一直郁闷到第二天早上重新蹲上猪圈之前。所以，他不停地变换姿势，放松肌肉，但始终无法复制那种美妙。他的美妙被惊吓，就像挨打的孩子远远地跑开，一时半会找不回来。终于，腿脚麻木了，仿佛爬上千万只蚂蚁，天也大亮，他不得不从猪圈上跳下。

果然，这天他跟老婆吵了一架。吵架的原因是他在收玉米的时候不停地闪躲，一闪就半小时。老婆经过多次深呼吸之后忍不住开骂，说他不好好干活就懂得偷懒。张五不服，说自己是去蹲坑。老婆不信，说又不拉肚子，半天不到怎么就蹲了四回？张五支支吾吾。老婆提高嗓门，说偷懒就偷懒了还不肯承认。老婆喋喋不休地骂着。张五腹部一急，丢下背篓又跑。老婆悄悄跟踪，看见张五蹲在地头的一棵玉米下，半天都无动静。她说偷懒就偷懒了，何必脱裤子？张五吓得原地跳起。老婆指着没有污染的地面，问他怎么解释。张五说奇怪了，明明有拉的欲望却没拉的实力，我的节奏全被张鲜花打乱了。老婆说明明没有拉的实力却还要装拉，这不是偷懒又是什么？真是拉屎不来怪地硬。

张五早蹲的习惯坚持了30多年，直到今天才被人撞上一次，他认为此事纯属巧合。既是巧合就不必惊慌，酒照喝、牌照打、活路照干、猪圈照蹲。但他没想到一周之后又被刘白条撞上了。刘白条是他的牌友，原名刘青岗，因打牌时经常输钱，输钱之后又无力支付就给人打白条，于是有了这个外号。刘白条看见张五蹲在猪圈上，两眼像摸到好牌那样顿时贼亮。张五低头故意不吭声，希望他快点滚蛋。但他不仅不滚，反而靠近一步，夸张地呀了一声，说张五你的屌屌怎么不见了？张五说你这个卵仔平时总挺到太阳晒屁股了才起床，今天发什么癫起这么早？刘白条说要不是为了去借钱，老子会起这么早吗？张五说借钱就赶紧走人，晚了别人一出门就借不着了。刘白条说不急。张五说不急你也别站在这里看我呀。

刘白条掏出一支烟来，点燃，叼在嘴上，问张五要不要来一支。张五摇头。刘白条抽了一口，说你这么蹲着的时候，要是点上一支烟那就完美啦。张五不说话，也不想跳下来。不想跳下来是因为他不好意思当着刘白条的面擦屁股。刘白条站在那里继续抽烟，根本不把张五的光屁股当回事。张五说你又不是狗为何要守着茅坑？刘白条说要不……你借点钱给我？省得我跑路。张五说老子没钱。刘白条不反驳，站在那里慢条斯理地抽烟。张五实在受不了他放肆的目光，问借多少。刘白条的眉毛一抬，说就一千，不多。张五说又是借来打牌吧。刘白条说借来还债，债主家里死人了。张五说想借钱你就给我消失。刘白条说我就知道你善良。话音还在，人已拐过了屋角。

为了防止再被人撞面，准确地说是撞屁股，张五用一张半旧的席子围在猪圈上方，对茅坑实行遮挡。这一挡，同时挡住了空气流通，也挡住了他的视线。他试图说服自己适应，还闭上眼睛想象面前一望无际。但席子的味道近在鼻前，每一缕吹来的风都被反射，空气不是原来的味道，风的力道也发生了改变，就连负氧离子、光线的明暗、声音的强弱都陌生了，而那些鸟鸣，也因为压迫感再也没心思聆听。他的身体像一株敏感的植物对环境提出抗议。蹲坑已不是享受而变成单纯的新陈代谢，这生活还算他妈的生活吗？席子只围了两天，张五就把它撤了。他迷信一个人不可能连续三次倒霉，既然自己已被人撞了两回，那第三次至少不会马上到来，运气好的话也许是三五年甚至十年之后的事。第三天清晨，当他蹲在猪圈上正这么想着的时候，忽然听到了女人的哭泣，接着就看见汪冬抹着眼泪从屋角跑过来。由于眼前景象出乎意料，汪冬迟疑了片刻，被追来的王冬一把扭住。两人厮打。王冬抓汪冬的头发，汪冬抓王冬的私处。骂声哭声和喊疼声扭成了麻花。王冬的私处似乎被抓惨了，他勃然大怒，拎住汪冬的头嗵嗵嗵地往墙壁上撞，就像砸西瓜，震得墙上的泥块纷纷坠落。汪冬发出凄厉的叫喊。张五大咳一声，说撞死人不关我的事，但撞垮我的墙壁你得赔。

王冬住手，这时才发现猪圈上还蹲着一个人。他说这骚婆娘天天跟我闹离婚，不撞她几下她还以为自己是明星。汪冬说我都被他骗过来五年了，一次都不让我回娘家，没有比这更冷血的女婿了。王冬说知不知道你回一次娘家要花我多少钱？光来回机票就好几千块，老子又不是贪官，哪有能力让你坐飞机？张五说蠢仔，你就不懂得让她坐火车吗？王冬说火车也不能坐，你不知道她的策划，更不懂她心肠的那个狠，只要她一回去肯定就不会回来，到时我连去找她的路费都没有。张五说谁要是对我这么暴力我也会跑。汪冬啪嗒一声跪下，眼泪汪汪地看着张五，说我嫁过来这么多年，总算有人讲了一句公道话，五哥，哪天我跟这个黑社会上了法庭，你可要给我作证呀。张五说起来，连黑人都能在美国当总统了你还跪什么跪？他要是再敢打你，我就帮你出官司钱。王冬说你引诱她离婚是想娶她吧？张五说放屁，我是凭良心说话。

王冬和张五的争吵惊动了张五的老婆。她从门框里跳出来，说张五，你能不能先拉完再断案？张五说都快出人命了我能不发声吗？她转而面向王冬与汪冬，说没看见人家正在拉吗？有事找法院去，别来找我家茅坑。王冬与汪冬被张五的老婆赶走。但张五再也拉不出来，刚才生气搞乱了他的内分泌。张五的老婆把席子重新挂上猪圈。看着那张迎风招展的席子，张五说我30年都没被人撞上一回，怎么这半月就被人连撞了三次？老婆说因为早起的人越来越多，跑路的人越来越多。

张五还是不愿意被席子圈住。第二天清晨，他钻进了屋后的茶林。茶林长得密实，枝叶连着枝叶，就像一把巨盖。由于阳光常年不能到达树下，地面寸草不生，是理想的拉撒之地。周围除了鸟鸣没有其他动静，也没看见张鲜花家那只恶狗。他放心地用力地呼吸，草木泥土混杂的芬芳直戳肺部，整个人像重新又醒了一次。远处传来6点钟的报时。张五就地蹲下，以为蹲在这么隐蔽的地方会像蹲在自家猪圈上那么顺利，甚至有了“比蹲在自家猪圈上还要美妙”的期待。他的所谓美妙就是能在这十分钟里呼吸新鲜空气，视野不被遮蔽，身心放松没人干扰，思绪漫无边际地飞转。但这个清晨，他的美妙再次被新的环境否决。他的皮肤像涂了胶水那样绷着，器官像请了工休假。由于地势不平，他必须踮起脚后跟。一踮脚后跟，不仅臀部，就连整个肌体包括头发都处于战备状态。虽然耳里充盈鸟声，虽然目光透过树叶缝隙落在了谷底的炊烟上，但他就是美妙不起来。他想到了张鲜花和刘白条，想到了王冬与汪冬，想到了许多相干和不相干的往事，甚至还想到了死去的爹妈以及政府……难道自己坚持了30多年的习惯，就这么轻易地被几个屌丝破坏了？难道今后每天早上都要躲到茶林里来，而且风雨无阻？他的脑海里电光火石，天上一脚地下一脚，越想越泛滥，越想越无语，竟然把排泄这事都给忘了，好像脱裤子蹲着仅仅是为了想事。

带着不爽的心情，张五站在自家门口对着屋坎下喊话。他说鲜花，把你家那只黑狗给我拴住喽。鲜花说拴好了，张五才敢从坎上走下去。即便是链子拴着，黑狗仍然冲着他龇牙。鲜花呵斥黑狗，却忘了呵斥黄狗和花狗，它们咆哮着朝张五扑来。幸亏牛奋来得及时，他两脚就把黄、花二狗踹跑。张五惊魂未定地坐下。牛奋给他倒了一杯米酒。米酒下肚，张五慢慢恢复神气，问鲜花那天早上为什么要从他家门前经过。鲜花说那天起得早是因为要赶去县城办事。张五说我不问你为什么起得早，而是问你为什么要从我家门前经过，你家不是离大路最近吗？鲜花说因为出发前我先到刘白条家收欠款，收到欠款后就拐到你家门前经过。张五说刘白条家不是也可以直通大路吗？虽然他家到大路是弯了一些，但也比你从他家再拐到我家近多了。鲜花说我就走个习惯，谁会把距离算得那么精准？

干坐了一会，鲜花说叔你要是没事，我就跟牛奋收玉米去了。张五赶紧跟鲜花商量，能不能把经过村子的路改到她家门前，因为这么一改，从村西到村东的路就变得更直。鲜花说大家都走习惯了，为什么要改？张五说那天早上你不是撞上了吗？再不改你叔的屁股就比脸还要出名了。鲜花说一泡屎的事也犯得着改路？这得闹多大动静？张五说路本来就在，而且你家门前这条比我家门前的还宽阔，谁都愿意走大路抄近道，改改路线死不了人。鲜花说这事你问问牛奋吧。张五征求牛奋的意见。牛奋说我一上门女婿，叔你想怎么改就怎么改。

张五做了一块指示牌立在岔路口，牌上写着：前方不便，请走近道。文字下一箭头直指鲜花家。途经村庄的人沿着箭头走去，但他们被鲜花家的三只恶狗追得纷纷跳下坎去，跑得慢的连裤脚都被狗撕破。过路的人们只得回头，绕过指示牌，重新走张五家这条线。指示牌虽然还立在岔口，但它已经丧失了指示功能，像个笑话。几天之后，指示牌被人丢到坎下。张五的老婆把指示牌捡回来。张五怪她没信心，说任何改变都需要时间，更何况是一条大家走惯了的老路。老婆骂张五装嫩，说你都三十有八了还指望一块牌牌来改变路线？这年头，文件催不来欠款，情书追不到爱情，就连发誓都是假的，你还相信指示牌？张五说最大的障碍是那三只恶狗。老婆说你还是蹲着想吧。张五说这么简单的问题还用蹲着想吗？老婆说因为你没想明白。

张五真的蹲下，脑袋瞬间活跃。鲜花家养狗是从她爷爷开始的。她爷爷养的是两只猎狗，为了让猎狗更加气势汹汹，她爷爷经常用马蜂壳拌饭喂它们。马蜂壳把猎狗搞得心急火燎，它们见鸡就咬见人就扑。从那时起，再也没人敢路过她家门口，途经村子的路慢慢地就从她家门前改到了张五家门前。此路一走几十年，张五家的鸡、鸡蛋、农具和蔬菜经常莫名其妙地消失，屋角的李子刚刚成熟就被人摘光，甚至连水缸里喝水的瓢也被人顺手牵羊。半夜里常有途经的醉鬼借宿，也有饿扁的路人拍门讨饭，弄得张五家像个免费客栈或临时收容所，而鲜花家却落得清净安然。张五说原来这是一个计谋，难怪她家养的狗一代比一代凶。老婆说所以，这条路根本改不动。张五说除非把她家的狗灭了。老婆说你没这么狠的心肠。

每天清晨，张五都蹲到猪圈上的席子后面，虽然勉强能解决问题，但每次他都有压迫感。席子仿佛是一面墙，似乎要把他吸进去。他的身体好像被捆绑了，连呼吸都不顺畅。一不顺畅，他就恨鲜花的爷爷养狗改路。一恨鲜花的爷爷，他就连鲜花的父亲和鲜花一起恨。一恨，他就更不顺畅。同样都是张姓，凭什么这个张不如那个张聪明？凭什么这个张被那个张耍了还蒙在鼓里？他越想越不服气，越不服气就越堵。越堵就越蹲得不爽。不爽，就给一整天带来后遗症。白天他打哈欠，晚上他失眠。一怒之下，他把猪圈上的席子扯了，并警告老婆再也别挂，我就不信我蹲个坑还被席子管着。老婆说我不希望每天早上都有人跟你的屁股打招呼，要么改路，要么改掉臭毛病。张五说这不是毛病，于个人是习惯，于集体是风俗，于国家是原则，于民族是传统，于宫廷那就叫礼仪。老婆说你又不是县太爷，又不是白金汉宫里的，有什么资格保持习惯？

张五说我就这么一点点权利了，谁也别想剥夺。两人都找不到解决问题的方法。忽然，老婆一击掌，说你能不能把时间从清晨调到晚上？晚上不仅很少有人经过，而且即使有人经过只要你不吭声也不会被察觉，即使有人察觉也不好意思用电筒照你，即使有人用电筒照你也只会照你的脑袋而不会照你的下身。张五觉得这是一个不错的主意，开始在晚餐时增加饭量。老婆说你活没多干，饭量倒增加不少。张五说你想让我调整时间，又不想让我多吃，哪有这么好的事？

晚10点，村子里安静下来，就连鲜花家的狗也匍匐了。张五因为吃得太多而胃胀，于是蹲上了猪圈。虽然空气没有早上清新，视线也被黑夜限制，但毕竟面前没有遮挡，姿势没变，声波没变，风力没变，因此他能适应。为了这一可行性方案，他不仅用身体奖励了老婆，还在奖励之后兴奋得失眠。大约到了5点钟他才入睡。然而，快6点时生物钟把他叫醒。尽管昨晚已经排空，但他还有蹲坑的强烈愿望，似乎不从床上弹起来就一辈子不能原谅自己。他飞快地起床，像白领上班打卡那样准时蹲上猪圈。一蹲下，他的心立刻就踏实。原来习惯如此强大，哪怕是做做样子也有安神补脑的功效。忽然，他听到了马蹄声。两名挎枪的士兵首先从屋角拐过来，后面跟着一列驮队。马背上驮着奇形怪状的金属外壳。每走过一匹驮马，那些奇形怪状的金属就蹭一次墙角。墙角上的泥块掉得越来越多。再这么蹭下去厢房就要垮塌了，张五忍不住喊“小心小心”。赶马人小心地护住墙角，但由于拐角处路太窄而金属壳又过于张牙舞爪，墙角又被狠狠地蹭掉几大块。张五感觉厢房摇晃了一下，问赶马人你们得帮我修复墙壁吧？赶马人指了指身后。张五看见乡书记、乡长和几个军人雄赳赳地拐过来，羞愧得赶紧埋下脑袋。书记说老乡你早。张五说书记早。书记看着伤痕累累的墙角，说你要不要乡里派人来帮你修复？张五说不敢。书记说这墙壁快支撑不住了，你得推倒重建，否则哪天砸伤路人就算本乡的一个事故。张五说好的，问书记马背上驮的是什么。书记说你没看电视吗？昨晚西昌发射了一颗卫星，马驮的都是卫星甩下来的外壳。张五啊了一声，说原来是高科技，怪不得这么早。一行人马浩浩荡荡地过去。张五的老婆从门里跑出来，说张五呀张五，你竟敢光着屁股跟领导说话，你把张家祖宗十八代的脸都丢尽了。张五说领导只叫我修厢房，并不反对我蹲坑。

自从强行调整了蹲坑时间，张五一天得蹲两次，早晚各一。晚上是实蹲，清晨是虚蹲。实蹲是为了新陈代谢，虚蹲是为了精神安慰。但很快实蹲不实，它被多年的习惯纠正，虚与实的任务又全都回到了早蹲上。既然不能改习惯，那就下决心改路。张五请示老婆，拟把驮队蹭得摇摇欲坠的厢房推倒，改为砖砌。老婆同意。他们合抱起一根腿粗的木柱，冲着厢房的墙壁喊一二三。柱子砰地撞击墙壁，溅起一团泥尘。他们又喊了两次一二三，墙壁被柱子连撞两下，哗的一声倒塌，把拐角的路全部堵死。张五把原来那块指示牌又摆到岔路口，牌上的字改为：前方施工，请绕道而行。这次，张五没有指路，而是让路过者自由选择。鲜花家是一条道，刘白条家也是一条道，如果不怕绕甚至王冬与汪冬家也是一条道。其实世上没有唯一的路，就看你喜欢哪一条。

路人一听到鲜花家的狗叫，自然不敢走这一条。他们经过目测，发现从张五家后面的刘白条家经过并不算绕，也就多了100来米距离，上个小坡，下个矮坎，顶多300步左右。于是，人啊马啊牛啊都在岔路口左转上行。刘白条是懒觉大王，他被早行人的脚步声、说话声和拍门声弄得很不爽。刘白条还喜欢邀人小赌，以前他偶尔能赢，但自从村路改从他家门口之后，他基本上就和赢告别了。路过的脚步声常常吓得他把牌桌上的钱藏进米桶，特别是夜深人静的时候，他会把每个途经的人都当成抓赌的警察。刘白条家的房子在村里倒数第一，窗口没几块完整的玻璃。好奇的路人经常伸头探望，把他家的烂棉胎、破锅头和掉门的衣柜尽收眼底，并且到处流传。途经的牛马踩烂了他家门前没有硬化的土坪，纵横交错的蹄印里积满雨水，牛马的粪便堆叠在蹄印之间，就连他和家人进出都得抬脚找路。每次踩到牛粪，刘白条都气得脖子上的青筋一根根暴突。

深夜，刘白条打牌又输了。他踩着牛粪气呼呼地来到张五家，质问张五什么时候能把厢房修好。张五说砖头都还没买够，早着呢。刘白条说你他妈真缺德，竟敢把路堵了，就不怕后代长尾巴？张五说我是堵路吗？我是修房子。我要是不修房子，乡领导都不同意。刘白条说你能不能加快点速度？张五说想加快速度就得请人帮忙，请人帮忙就得花钱，要不你把借我的那一千块钱还了？一讲到还钱，刘白条顿时腿软。他说你这条路一堵，就把麻烦全部转移到了我家门口。张五说我家门口不就这么熬过来的吗？凭什么我家门口能够做路，别人家的门口只能做地毯？都几十年了，也该轮到你家了。刘白条讲不过张五，拢着手回去。但走到半路他又轻轻地折回，把鞋底上的牛粪悄悄地刮到张五家的门槛上。

一天上午，张五和老婆正在坡上收玉米。他们看见途经村庄的人纷纷往坡下走，似乎是要绕道王冬与汪冬家。王冬与汪冬家在村庄底部，路人要先在岔路口右拐下行，经过王冬与汪冬家门前之后，再上行回到大路。这一绕至少要多走500米，而且还七弯八拐。路人们一边走一边骂，缺德呀，没良心呀，变态呀，痴呆呀，脑残呀，2B呀，竟然把路全都堵死了，谁他妈堵路谁就断子绝孙，谁他妈堵路谁就癌症晚期……每一声骂都像烧红的铁块烙在张五的皮上，吱吱地直冒青烟。他听得全身起了鸡皮疙瘩，甚至免疫力下降、喉咙发干，好像连癌症晚期的迹象都有了。他丢下背篓，直奔刘白条家，看见门前架着一根红白相间的木杆，木杆上挂着一块纸牌，纸牌上写着：一人一杆，一杆两元。张五叫刘白条。刘白条嬉皮笑脸地从屋里出来，说你要过去吗？过去就得交费。张五说你怎么能这样？刘白条说你都能那样我怎么不能这样？张五说我不是修房子吗，你就不能忍几个月？刘白条说你修你的房子，我收我的过路费，不相克。张五说你这么做把全村人的名声都败坏了。刘白条说城里人都这样设卡收费，干部们都这样拦住我们进城，他们的名声败坏了吗？张五说人家设卡收费是为了集资修路。刘白条说那我设卡收费，是为了集资硬化门前土坪。张五说你听没听见路人怎么骂你？刘白条说那是骂我吗，我怎么没听出来？张五说就算是骂我们两个吧。刘白条说不一定，你说村里最直最近的路应该是从谁家门前经过？张五说她家不是养了几条恶狗吗？刘白条说那也是故意挡道，只不过她比我们挡得狡猾。本人认为路最应该从哪家门前经过，哪家就最应该承担骂名。张五觉得此话有理，强烈的愧疚感立刻被稀释。他甩手离开。

每一个途经村庄的人都在骂娘，但谁都不觉得是在骂自己。路人的骂声除了惹起狗叫，没在人的身上发生化学反应。他们即便是骂得再大声再尖刻，即便是骂到指房子跳脚，但骂完之后还得乖乖地绕道而行。久而久之，村里人如果哪天听不到骂声，反而不习惯了。骂娘变成一种仪式，听骂变成一种享受，二者相安无事。但一天早上，当路人们走到离王冬与汪冬家十米远的地方时，发现路不见了。一面密不透风的铝板墙挡在路口，上面印着两行白色宋体：本处市政工程，不便敬请谅解。有人凑到铝板上想看看那边，可铝板上连一道小缝都没有，那边变得无比神秘。有人踹了一脚铝板，立刻传来王冬的警告："找死呀！"接着传来汪冬的附和："投胎呀！没看见这是形象工程吗？"路人们真的无路可走了。有人提着打狗棍强行通过鲜花家门口，有人施展攀爬本领翻过张五家垮塌的墙头，那些既怕狗又不能翻墙的老者、孕妇和残障人士只得乖乖地向刘白条交费。三条路三种走法，路人各取所需。

邻村的莫光娶老婆，迎亲的队伍来到村头岔路口停住。交钱他们不愿意，爬墙头更不可能。他们商量了一会，就朝鲜花家门前走去。由于队伍庞大，唢呐声和锣鼓声过于响亮，鲜花家的狗都沉默了。这支迎亲的队伍用实际行动证明，从鲜花家门前经过是安全的，但必须有够多的人结伴。眼看迎亲的队伍喜气洋洋地就要出村，鲜花家的黑狗忽然窜出，照着新娘的小腿咬了一口便钻进了茶林。新娘的哭声立即盖过唢呐。新娘的亲人们要回头砸鲜花家的房子，莫光的亲人们则把他们按住，说这一仗迟早得打，但不应该是现在。如果现在开战，婚礼就办不成了，喜气就被冲掉了。拖战派说服立战派，新娘被人背起，队伍继续前行，只是唢呐声里多了一些颤音。

这个傍晚，张五蹲在坎上悄悄观察鲜花。鲜花不但不反省，不但不紧张，反而高调地给黑狗加了一碗米饭和一块腊肉，并在米饭和腊肉上撒满马蜂壳。

黑狗吃得满嘴流油，而黄狗和花狗像张五那样蹲着，只有看的分。鲜花指着黄、花二狗，说你们要是能有大黑一半的智商，我就给你们加菜。知道吗？大黑懂政治，它不咬则已，一咬就咬女主角。大黑还懂法律，它晓得转移现场，不在家门口作案。别看它平时不吭声，但谁要是敢藐视它得罪它，它就会暗暗记住，寻找机会报复。对外人它敢叫敢咬，对家人它无限忠诚。这么好的狗，想不表扬都难……此话显然不是说给黄、花二狗，而是故意说给蹲在坎上的人听。张五憋了几天实在憋得伤身，就把这些话转告了老婆，还说见过表扬狗的，但没见过这么肉麻的表扬，简直像拍领导的马屁。张五的老婆把这当笑话，又转告了刘白条的老婆。刘白条的老婆把这当商业信息告诉刘白条。刘白条像打广告那样把这些话大声发布。从此，鲜花家门前再也没人敢走，而刘白条收的过路费却天天看涨。路人和村民个个恨得咬牙。有人半夜摸到刘白条家门前，想偷走那根拦路杆。他抓住杆子的这头轻轻一拉，竟然拉出刘白条的一串喝问："你是谁？你从哪来？你要到哪里去？"每一问都是哲学，吓得偷杆人转身便跑。原来，刘白条为了堵住夜里的过客，他竟然用绳子把拦路杆的那头连到自己手上，通宵坐在门前睡觉。任何人任何时候都别想从他这里免费通行。

张五觉得刘白条过分了。他来到卡前，一脚把拦路杆踹掉。刘白条说你想强行闯卡？那是要罚款的。说着，又把杆子架起来。张五说你收费的理由是什么？刘白条说集资呀，硬化土坪呀。张五说集了多少？硬化土坪的资金够了没？刘白条不语。张五说如果够了，那你就没有再收费的理由了。刘白条说不是还欠你一千块吗？张五说只要你现在撤卡，我那一千块免了，就算免除非洲债务。刘白条说那我欠张鲜花的三千、王冬的两千呢？他们可没你大方。张五说你他妈也欠得太夸张了，牌技那么差还赌？刘白条说即使不欠他们，我也还要收建房费、养老费，没看见我家房子拖了全村的后腿吗？张五说知不知道你这是非法集资？刘白条说弱智，你看没看电视？全国多少收费站早就收回成本了，甚至都收了超出成本十倍百倍的钱了，但现在他们还照收不误。噢，人家不非法就我非法？我收这点算个屁，一人才20毛，就等于在城里上一次五星级厕所。张五说人家收费有批文，你有吗？你想收费，首先得有弄到批文的那个本事。刘白条说我在自家门口收费，就像你在你家侧门蹲坑，也要批文？张五说虽然这里貌似你家门口，但土地是国家的你懂不？刘白条说瞎掰，这是我私人领地，神圣不可侵犯。张五说你以为你是谁呀？都神圣不可侵犯了。人家西方才有私人领地，我们这是东方。刘白条说那你为什么把国家的路给堵了？张五说又来了，我不是要建房子吗？刘白条说屁，你砖头都买齐了，为什么迟迟不动工？张五说我在等砌匠，他们要收完粮食以后才有空。刘白条说你是不想让大家走你家门口吧？张五说这才叫正宗瞎掰。我的房子总得建吧？房子建好了门前总得让人走吧？刘白条说到那时大家都走惯了我家门口，谁还走你家？你就是想拖时间改路，别以为我看不透。张五说正儿八经的事，一到你嘴里就念歪。刘白条说打铁还需自身硬，你自己都不硬，还想来敲打我？真是笑话。张五说你不听劝，弄不好是要坐牢的。刘白条说你想不想让我坐牢？张五说我还没想清楚。刘白条说谁敢让我坐牢我就杀他全家。张五说你不敢。刘白条说你试试。

张五急步出村，要去乡里告刘白条，但走着走着脚步就放缓了。他不是怕刘白条杀人，而是觉得自己的心里不那么能见光。虽然推倒厢房是为了重建，但推墙的时候他确实希望趁机改路。虽然买好砖头不动工是为了等砌匠，但只要肯加钱砌匠还是随时可请。不得不承认，自从那堵墙推倒后，他的早蹲又变成了一种享受。他甚至有心情欣赏屋角李树上的残果，甚至能听出鸟们的嗓门一天比一天大。鸟们的嗓门为什么大呢？因为玉米和稻谷都先后成熟了，它们有足够的补给。他甚至还有心情观察山谷里腾起的团团白雾，茫茫一片，像白云，像魔女的白发。它们时而缠住山头，时而又把山头放开。雾填平了所有的沟壑，就像在村庄面前铺了一层厚厚的望不到头的棉花。谁看谁喜悦，谁看谁有做地主的错觉。这算得上是个美丽的地方。当初王冬就是用风景把汪冬从浙江骗过来的，据说王冬在“美丽”的后面还加了“神奇”。张五笑了一下。他想一个人每天清晨能蹲在猪圈上看这么美的风景，想这么美的事而又不被打扰，应该算得上是一个既得利益者了，一个既得利益者为什么要去告一个欠债大户呢？如果刘白条家里不穷，他会架杆子收费吗？不会。张五自己把自己给说服了，从半路折回。

鲜花家的三条狗被毒死了。鲜花是在早上打开门的时候才发现的。狗们躺在门前，头朝狗洞，满嘴白沫。悲惨的场面使鲜花失控，她发出一声刺骨的尖叫，像死了亲爹那样当即晕倒。牛奋对嘴呼吸才把她弄醒。醒来后，她请木匠做了三口狗棺材，分别把狗装进去，然后又分别在棺材上盖了一块红布。灵柩一字排开，拦在门前的路中央。鲜花誓言不抓到投毒者决不下葬。她去了一趟莫光家，莫光说他结婚不久，还在蜜月期，傻瓜才惹这种麻烦事。况且鲜花早就赔偿过他老婆的药费和精神损失费，他还有什么理由投毒？莫光一脸真诚，弄得鲜花反而不好意思。会是谁呢？鲜花想得大脑都起了皱纹。

清晨6点，鲜花和牛奋爬过张五家墙头，三下两下跳到猪圈边。张五的身体一紧，说没看见我正在蹲吗？鲜花说就是看见你蹲我们才来的。张五说喜欢闻味或是寻早餐？鲜花说想问叔几个问题。张五说有这么急吗？鲜花说怕叔讲假话，所以才挑着时间问。张五说你叔什么时候说过假话？鲜花问那你是不是讲过要把我家的狗灭了？张五说你听谁讲的？鲜花说你跟婶娘嘀咕的时候我正好路过你家门口。张五说这话我是讲过，但我没有做。刘白条讲他要杀人，你也信？鲜花问那你是不是有投毒的动机？张五说动机算个屁，最终还得看动作，而且村里的人、过路的人，这么多人，难道就我一个人有动机？鲜花说王冬与汪冬已经把经过他家的路拦死，他们不会投毒；刘白条已经架杆子收费，我家的狗叫得越凶他收的费就越多，他也不会投毒。张五说排除他们不等于就是你叔。鲜花说你一直想把路改从我家门口经过，当时我们同意了，但狗没同意，所以你就喂它们吃老鼠药。说到此处，鲜花顿了一下，眼泪吧嗒吧嗒掉，她为那几只可怜的狗狗伤心地哭了。张五说你叔没这么硬的心肠，否则狗们活不到现在。鲜花抹了一把眼泪，说有人看见你去乡里了。张五说谁规定我不能去乡里了？鲜花说有人讲你去乡里是为了买“毒鼠强”。张五说放狗屁，人家只跟你讲我往乡里走，却没跟你讲我半路杀了回马枪。鲜花说原来你在半路买的“毒鼠强”？张五说我看你是“毒鼠强”吃多了。鲜花说那你为什么杀回马枪？难道是去散步吗？张五说我想去告刘白条乱收费，但走到半路气就消了。鲜花休息一会，问真不是你毒死的？张五说你去问问，看有谁在蹲坑的时候还有心情说假话？鲜花说叔，不管怎么讲，我家的狗被毒死，根源还是在你这个地方。张五说你这是突击审问、非法逼供、双规，还有完没完？鲜花说如果你不推墙拦路，刘白条就不会架杆收费，刘白条不架杆收费，王冬与汪冬就不会搞什么豆腐渣工程。都是你逼出来的。如果大家还有一条路可走，谁会狗急跳墙到下毒？张五说能不能反过来讲，如果你爷爷不养猎狗，不喂它们吃马蜂壳，那这条路是不是在你家门前？你不能光讲现实，也得讲点历史。鲜花说都几十年了，你家门前这条路也算得上历史悠久了。张五说你家那条路更古老，都有上百年的历史了。鲜花说报纸上不是讲不走老路吗？张五说还讲了不走斜路，知道什么叫斜路吗？就是不直的路，而你们家门前那条最直，最不斜。忽然，牛奋插话，说叔你弄错了，不是倾斜的斜，而是邪恶的邪。张五说一个音，意思差不多，各人根据各人的需要引用。鲜花说争来争去的，也不是个办法，叔，你看这样行不行，你把你家这堆废墙搬走，我把我家的狗狗埋了，让大家自由选择，爱走哪条走哪条。张五说若要讲公平，除非今后你家不再养狗。鲜花说先这么定吧。叔你要是同意我们就走，你要是不同意，我们就看到你同意为止。张五说简直是趁火打劫。鲜花说那你到底同不同意？张五说再不同意我都快憋死了。

鲜花把三只狗埋进菜园。她家门前的路算是畅通了。但张五和他老婆一共才两个劳力，搬运废墙的速度就像蜗牛爬行。鲜花跟村民们打了一声招呼，除了刘白条家，家家户户都派出人力来帮张五搬运，甚至外村的人也纷纷加入。半天工夫，张五家厢房的旧墙就全部清理完毕。鲜花说叔，这就像投票，来帮忙的人越多就说明想走你家这条路的人越多。他们都是你的粉丝，代表民意。

张五说讲好了，你不能养狗。收工后，鲜花把那块“前方施工，请绕道而行”的牌子拿掉。路人们又开始走回张五家这条路。十天过去了，一个月过去了，张五家门前的人流量同比上升百分之五，相当于当月的物价上涨指数。而鲜花家那条路始终无人问津，尽管她家已经不养狗了。张五蹲在猪圈上想什么叫习惯？这就是。人们习惯走老路，而我习惯敞蹲。正这么想着，他忽然听到从自家门前传来一串噗噗的脚步声……

（原载《花城》2013年第2期）

瑜　伽

郭文斌

儿子：要做一个超越者，最关键的是什么？

父亲：放下。

儿子：放下什么？

父亲：一切。

儿子：真能放下一切？

父亲：对于一个真正的超越者来说，应该是这样。

儿子：假如亲人去世呢？

父亲：不知道，不过庄子的态度是鼓盆而歌。

儿子：做超越者到底有什么好？

父亲：先是自己快乐，再把这种快乐分享给他人。

儿子：您说，当庄子鼓盆而歌时，别人是一种什么感受？

父亲：可能会不理解——小心脚下的蚂蚁！

儿子：在庄子眼里，死亡真不存在？

父亲：在他眼里，死亡应该是一个假象。

儿子：就像活着也是一个假象？

父亲：对。

儿子：如果让您在超越者和国王之间做选择，您选择什么？

父亲：超越者。

儿子：真的？

父亲：当然。

儿子：我觉得您放不下。

父亲：你怎么知道？

儿子：您的情执太重。

父亲：我倒没觉得。

儿子：如果我爷爷走了，您是哭呢还是唱呢？

父亲：小心蚂蚁！

儿子：我得给您老人家认个错。

母亲：说。

儿子：其实我跟万东平借了一万元。

母亲：啊？那另外五千元哪里来的？

儿子：是我上大学时爷爷、奶奶、伯伯、舅舅、姨姨和几个叔叔给的，我瞒了你们数目，现在给您老人家认错。

母亲：这不算错，老妈倒高兴呢。

儿子：老妈真伟大！

母亲：帮助万东平没错，幸亏那年你叫上他去卖菜，被免去学费，不然，他的学费我和你爸准备出呢。

儿子：啊，那您和我爸都伟大！

母亲：我和你爸都商量好了，没想你替我们省下了这笔钱。

儿子：我当时也没记者写的那么高尚，也许是上苍安排吧，就想上街卖菜，就叫上他去卖，谁想那个司长正好下基层，把他作了典型。

母亲：也是他的福气。

儿子：他现在还要供妹妹上大学，一万元对于我们不算少，可没有也能过得去，但对他们家来说，是个大数字。

母亲：老妈同意你的意见，我到时给你爸说一声。

儿子：今后您给我爸吃好一点，您看他那个身体，都成芦苇了。

母亲：等你回来，亲手给他做啊，你爸最爱吃你炒的菜了。

儿子：哎哟，您烧水了啊？

母亲：妈还忘了。

孙子：爷爷您要向我奶奶学习，除了阿弥陀佛，心里再什么都不要想。

爷爷：我现在什么都不想，就想着抱重孙。

孙子：那也是想，您要把重孙的那个位置替换成阿弥陀佛。

爷爷：我担心到时认不出阿弥陀佛来。

孙子：您认不出他，他能认出您，《无量寿经》您读过多少遍？佛是不打妄语的，只要您诚心念他，他肯定会来接您。

爷爷：爷爷肯定会念，就怕他老人家听不到。

孙子：怎么会听不到呢？他老人家就在我们心里呢，就像我们小时候走丢了，找不见家，一喊您，您老人家准能找到我们。

爷爷：那当然，孙子是爷爷的心头肉。

孙子：我们也是阿弥陀佛的心头肉。

爷爷：好的，爷爷答应你，向你奶奶学习，每天念一万遍。

孙子：一万遍不够，要念到一心不乱，到时才能有保证。就像一个人走路，不防闪了一下，都会不由自主喊一声妈，但念佛人不能喊妈，要喊一声阿弥陀佛，这样才能保证在任何时候往生得了。

爷爷：那不容易。

孙子：我奶奶能做到，您老人家就能做到。

爷爷：好，爷爷慢慢赶。

孙子：不能慢，网上都传疯了，2012年12月21日是世界末日，您老人家要赶在这个日子之前往生。

奶奶：那就在眼前了，我们得抓紧念。

爷爷：那只不过是个传言，老天爷就是收人，也要留些好人做种子呢，所以你不但要好好学习，还要好好做人。

孙子：孙子记住了。

儿子：看完《论语》，觉得孔老夫子真悲壮，明知难为而为之；看完《道德经》，觉得老子真智慧，明知难言而言之；看完《无量寿经》，觉得阿弥陀佛真慈悲，明知难度而度之，竟然用五大劫为苦难众生建造一个极乐世界，而且发下四十八大愿，只要众生愿意去，他一定前往接引，这是多大的心量啊。

父亲：是啊，我们都要向他学习，小时候听《地藏经》，想不通地藏王菩萨为什么要发下那样的大愿，地狱不空，誓不成佛。

儿子：但我怎么觉得，极乐世界不在远方，就在心里？当一个人在活着时能够做到不起心不动念，就已经在极乐世界了。

父亲：小心蚂蚁——是啊，无论是极乐还是六道，都是我们的心。但对于这个花花世界中的众生来说，要做到不起心不动念几乎不可能。

儿子：所以说，念佛就成为一个大方便、大实惠、大慈悲。

父亲：那要先相信。

儿子：就是，我奶奶比我爷爷快乐，就是她信。

父亲：这是她没读过书的好处。

儿子：所以说，学习的过程，其实是播种烦恼的过程，大学生的烦恼比中学生多，中学生的比小学生多，小学生的比幼儿多。

父亲：但人不能不成长。

儿子：成长肯定是要成长，但要让智慧成长，而不要让烦恼成长。

父亲：这是哲学家的事。

儿子：也是我们每个人首先要搞清楚的事，不然活着就是行尸走肉。

父亲：那你说生命的意义到底是什么？

儿子：提高生命的层次，而不是在一个平面上重复。

父亲：但许多人就连在一个平面上重复都无法保证，多数人都在不断地堕落，生生世世。

儿子：因此我觉着，对于世人来讲，无论是孔子还是老子还是佛陀，都十分重要，他们给试图提高生命层次的人提供了无限的超越空间和可能。

父亲：是啊，但无论是老子、孔子，还是佛陀，都谆谆教诲我们首先要把人做好，要有爱心，这是基础。

儿子：对，喜欢上老祖先留下的这些经典之后，我才觉得自己真正爱国了，以前爱国只是一个概念，没有温度，现在是发自内心地爱。

父亲：可以理解。

儿子：现在才有些懂得夫子“朝闻道，夕死可矣”是什么意思了。

父亲：是吗？

儿子：您说，人到下一世后，这一世学的东西还在吗？

父亲：应该在的，不然苏东坡为什么说“书到今生读已迟”。

儿子：您说，人到下一世后，还认得他这一世的父母吗？

父亲：这要看他在换乘过程中的清醒程度。

儿子：我们在这儿坐会儿吧。

父亲：好。

儿子：今早起来我有种感觉，不知对不对。

父亲：什么感觉？

儿子：死亡可能和睡着差不多。

父亲：你最近怎么老是想这些问题？

儿子：您听着，也许对您的超越有帮助。如果我们把睡眠看作死亡，那么死亡就没有什么可怕的，因为我们天天都在死。但这并不重要，重要的是，我们在睡着之后，还有一个知道我们睡着的，那个“知道者”，是不是就是我们的本体，或者接近我们的本体呢？

父亲：不知道。

儿子：您注意听，这个我觉得很重要，由此推想，既然我们睡着了还有一个知道我们睡着了的，那么我们死去后肯定还有一个知道我们死去了的，这个“知道者”，您说是不是就是六祖讲的那个不生不灭的“自性”呢？

父亲：不知道，但你这样联想有点意思。

儿子：我想申请六千元。

母亲：干吗？

儿子：给我爷爷奶奶买个按摩椅，代替您老人家，您老以后腾出时间把我爸的生活搞好。

母亲：你是说我亏欠你爸了？

儿子：您老已经做得很好了，但他更辛苦，他做的事很有意义，我们都要全力支持他。

母亲：你看吧，反正你奶奶有老妈平时给按。

儿子：买一个，您和我爸平时也可以按嘛，我爸写累了，可以躺在上面看看书，提提神。

母亲：说白了，你还是为孝敬你老爸。

儿子：他可是您将来的老伴儿。

母亲：我将来不靠他。

儿子：那靠谁？

母亲：儿子。

儿子：还是他靠得住，儿子都是娶了媳妇忘了娘。

母亲：我儿子肯定不是那样的。

儿子：那也难说。

孙子：爷爷您知道李世民吗？

爷爷：知道，少有的明君。

孙子：可是他居然刚从地狱出来。

爷爷：是吗？你怎么知道？

孙子：他附在一个女人身上说的，网上有录像。

爷爷：他怎么能下地狱？

孙子：他自己说是因为当时杀了许多人，事实上他已经做过一次畜生，然后到地狱道。

爷爷：看来因果真是不虚。

孙子：他当时肯定不明白这个道理，不然就不会杀那么多人。

爷爷：也许知道，但他不信。

奶奶：看来还是做老百姓好，造业的机会少。

孙子：是的，但还是会造，只要是人，就要造业。老百姓锄地时，一铲子下去，多少虫被杀死了。

奶奶：照这样说，奶奶也杀过很多生。

孙子：对啊，因此您老人家要发奋念佛，只有念佛可以带业往生，不然到时要还人家命。

奶奶：那还得了。

孙子：只要您老往生西方极乐世界，它们不但不要账，还跟着沾光呢。

奶奶：那就好好念！

儿子：对于眼前流过去的水来说，这段渠和它们是什么关系？

父亲：一个是经历者，一个是被经历者。

儿子：对于这段渠来说，眼前的水只会经历一次。

父亲：一次也是所有次。

儿子：太玄奥了——您说，这渠水知道它们流向哪里吗？

父亲：那你要去问水。

儿子：等忙过这阵子后，您和我妈出去旅游一次吧，您的节奏也太紧了。

父亲：等你大学毕业了，带你妈出去旅游啊。

儿子：那不一样。

父亲：好吧，等把你爷爷奶奶送回家，我们就出去一次。

儿子：我知道给您说是白说，您现在已经执著于公益，要让您停下来，除非……

父亲：除非什么？

儿子：事实上，对于那些认同于声色犬马的人来说，他们还觉得搞公益的人特无聊呢。

父亲：可是有不少人已经厌倦了声色犬马的生活，又找不到超越的方向，公益倡导就有了用武之地。

儿子：这倒也是，不过实在太辛苦了，我想动员一位同学把网瘾戒掉，想了那么多办法，都没有如愿，您老也真有耐心，一茬一茬地往过扫，您有没有调查过，依教奉行的有几个？

父亲：这倒不是我们要考虑的，只要你按照你的心愿做了，你已经完成了一份责任，至于他是否愿意信受，那是他自己的事了。

儿子：这倒也是，您老人家肯定是从中尝到甜头了。

父亲：知父莫如子。

儿子：我也有体会，当时我从网上给郑君明搜寻游戏对人的危害的资料时，还差点流眼泪了，觉得挺幸福的。

父亲：是啊。

儿子：您老就这么干下去吧。

父亲：那肯定，不然，活着做什么呢？

儿子：如果上苍给您说，还有一件更重要的事要做呢？

父亲：那就听上苍安排。

儿子：您会抱怨吗？

父亲：又有何怨？

儿子：等我毕业，您就把工作辞了，专门给我爸搞生活吧。

母亲：只要你能养活得了我们。

儿子：像您和我爸这种活法，能花多少钱？您辞了工作，还可以给年轻人增加一个就业岗位。

母亲：你总是替别人着想。

儿子：我爸实在需要一个人专门搞生活了，许多像他这样疯忙的，家里都请保姆了。

母亲：就是，老妈都有些受不了了，觉得日子就像是一个飞轮在转，你看他那架势，能停下来吗？

儿子：这您别愁，该停下时，自会停下来的。

母亲：你再别恿你爸了，他本来就觉得他做的事很崇高，你再恿，他更觉不着了，平时多给他泼些冷水，如果他有一天累趴下了，该怎么办？上有老下有小的，你看你爷爷，都快九十的人了，你奶奶也八十多了，你伯伯都快六十了，你两个弟弟，谁供给上大学？

儿子：这您不用愁，老天会有安排的。

爷爷：你买那么多书干啥？

孙子：这是我爸需要的。

爷爷：你爸哪能看完那么多书？

孙子：爷爷您别心疼钱，网上买这些书很便宜，有些书还不到书店的一半价钱。这些都是用得着的，他今后不用再跑书店了。

爷爷：这个书柜多少钱？

孙子：才四百，在家具城买，至少得一千元。

爷爷：大学也上木工课吗？

孙子：是啊爷爷，您看我这手艺咋样的？

爷爷：我看和你大伯差不多，你大伯学木匠三年才出徒，你这一上手就能做柜子。

孙子：嘿嘿，我只是把人家做好的零件组装起来。

爷爷：那你爸也不会。

孙子：我爸啊，他宁可把书堆在地上，也不愿意去买一个柜子。

爷爷：最近花过一万了吧？

孙子：没有呢爷爷，您别心疼钱，我马上就要挣工资了。

爷爷：那个洗衣机还能用，换了怪可惜的。

孙子：都二十年了，一洗整个楼上都响，多亏人家邻居素质高，换了忍性不好的，早告到环保局了。

爷爷：和环保局有啥关系？

孙子：噪音太大了。

爷爷：那淋浴器没必要换的。

孙子：那个也快十年了，电路不好，我爸又大脑子，我怕会出事。

爷爷：那应该换，但电饭锅还能用。

孙子：电路也不好了，您没看您媳妇子都拿透明胶带粘电源线，我怕也会出事。

爷爷：那应该换，但台灯没必要买。

孙子：哈哈，别人家像您儿子这样的，卧室比宾馆还豪华。您看我爸那卧室，跟民工宿舍一样，床头那个牛头灯，刺眼不说，还直接在墙上的插座上插着，一按开关全屋子都冒火花，也很危险。

爷爷：那应该换，他们咋这么不注意安全呢？

孙子：您家儿子平时够省的了，从来没有好好享受过，您和我奶奶来时，我妈把他平常穿的内衣藏起来了，他平常穿的内衣，都补丁摞补丁了。

爷爷：真的？

孙子：我这就去找，您正好和我奶奶参观一下。

儿子：我现在才明白真正的超越者为啥要出家。

父亲：为啥？

儿子：一个人如果有家，就不可能一心为公。

父亲：那也不一定。

儿子：一定的，您自己觉得现在一心为公，但潜意识中肯定还有一个私心。

父亲：说说看。

儿子：那就是子孙后代。

父亲：那是两个概念。

儿子：不，如果您手上有一笔钱，您是先给您的儿子还是给更需要的人？

父亲：当然是更需要的人。

儿子：这不是您的真实境界，您自己也知道言不由衷。

父亲：你怎么知道？

儿子：您平时和我妈表现得特别大方，接济困难的人，我知道有时是演给我看的，是为了教育我，但你们肯定把多一半财富留给儿子。

父亲：我才不给你留呢，养下儿女比我强，要他银钱做什么？养下儿女不如我，要他银钱又做什么？

儿子：这是理论。因此，古超越者或为童男子出身，或走出家庭，不再回头，是有道理的。如果一个人还没有出家，就说明他还没有彻底放下。

父亲：那也不一定，也有一些在家出家的高人。

儿子：您是说身在家，心出家？

父亲：对。

儿子：那很难说，一个人要把亲情放下，等于把世界放下，也等于把自己的心放下。

父亲：这倒是。

儿子：因此我想，真正的大超越者是被逼出来的，就是说，有一种外力，让他看破放下，一个人要主动放下，几乎没有可能。

父亲：那也不一定，佛陀就是主动放下的。

儿子：他怎么是主动放下的？他正是看到人生无常才追求解脱的。

儿子：当初哄我爷爷奶奶念佛，是为了让他们免于对死亡恐惧，但看进去后，发现那是一个大智慧境界。古人像您老这个年龄，都会放下万缘，专门解决生死大事。今后您也念念，也动员我爸念念。一念进去，烦恼就会自动脱落。我爸再惹您老生气时，您就念佛，一念，再大的火也就灭了。

母亲：你看我有时间念吗？

儿子：怎么没有？做饭时可以念，走路时可以念，睡觉时也可以念。

母亲：那我试试。

儿子：也劝我爸念念，将来碰到再大的事，一句佛号都可以顶过去。

母亲：那要你去动员，你看他有时间听我说话吗？

儿子：今后他要是不听您说话，您就满屋子大声念佛，他不想听也听到了。

母亲：知道了，你把心思好好放在学业上。

儿子：这和学业不冲突，您老人家又不是不知道，您儿的失眠就是念佛念好的。

弟弟：记着告诉大妈、姑姑，爷爷奶奶走时，千万不能哭泣，不能气还没断就给拉拉扯扯地穿衣服，那样他们就往生不了了。

姐姐：为啥？

弟弟：因为哭泣会让他们留恋，一留恋，就又回到六道中了，回到六道就要受苦。

姐姐：真的吗？

弟弟：你有空上网看看，有本书叫《临终备览》，人在咽气时非常痛苦，如生龟剥壳，那时任何人动他的身体，都会让他万箭穿心，因此古人在那时连他睡的床都不会动，但是咱们老家现在有个不好的习惯，恰恰在那时给他穿老衣，他会非常仇恨，因此好多人家在有人去世后往往家里会不吉利。

姐姐：真的吗？

弟弟：《临终备览》说的，大爸和大妈都听你的话，在爷爷奶奶要往生时，家里人最好都在他们头顶念佛，提醒他们记住佛号，这才是真正地尽大孝。因为在那时会有好多趟车在他们面前，还有一些开黑车的吆喝，家人为他们念佛就会提醒他们不要搭错车。

姐姐：知道了。

弟弟：在他们咽气后，八小时内不能动他们的身体，不能打扰他们，但是咱们老家最糟糕的是人一咽气就忙着落草。

姐姐：为啥？

弟弟：因为身心灵分离需要一个过程，那个过程需要绝对安静。

姐姐：我怎么觉得你不像个大学生？

弟弟：那像什么？

姐姐：大先生。

弟弟：嘿嘿，看到大奶奶去世时那么痛苦，我就上网查找如何才能不痛苦，一看，才知道痛苦来自无知，你有空也上网看看，确实可以让人活得轻松。

姐姐：好的。

父亲：你说的对，当一个人看破之后，剩下的事就是放下了，但放下不是一件容易的事，人的习气太强大了，比如占小便宜，比如爱面子，比如爱听好话，比如好大喜功，包括控制欲、占有欲，等等。老爸这些年通过做公益，把这些习气冲淡了一些，但老爸明白，离你说的彻底放下，还远着呢。

儿子：我觉得每天读经典是个好办法，有那么两天，如果不读经典，就觉得心收不住了。

父亲：没错，因此古人才创设早课晚课。

儿子：我们已经明白这些道理，尚且如此，您说那些一点都不知道这些道理的人，内心该是多么纠结，多么痛苦。

父亲：这正是超越者存在的因由，点亮一个是一个。

儿子：但要点亮别人，首先要把自己点亮。

父亲：是啊。

儿子：要把自己点亮，就得先放下一切，包括点亮别人的想法。

父亲：你的意思是，老爸已经进入一种点亮别人的执著？

儿子：有点儿，与其您用手中时明时暗的蜡烛一个一个地去点亮，还不如先把蜡烛换成火把。

父亲：这倒是。

儿子：正如您常说的，要把充电电池换成交流电。

父亲：这个道理我懂，但我就是着急。

儿子：人着急时还能保持清净心吗？自己都没有清净，能给别人带去清净吗？

父亲：这倒是——不说这些了，说说工作的事吧。

儿子：不是早跟您说过了吗？就给您老做助手。

父亲：那你当初为什么要学外语？

儿子：不学怎么知道它的无用？

父亲：学了不用可是造业。

儿子：在这个世界上，只要活着就是造业。

父亲：那倒是，但我们可以造善业啊。

儿子：善业也是业。

父亲：超越者可以不落善恶两边做事。

儿子：那除非是倒驾慈航者。

父亲：这不像是你的专业，怎么这么熟悉？

儿子：给您老说实话，自从看了老祖宗留下的这些经典，我觉得当初选择学外语真是愚昧，真是守着金山讨饭吃，自家的宝贝都没有读，却去读别人家的东西。

父亲：这你就落于分别了，都是世界文明。

儿子：我没说外语不好，我只是说……打个比方吧，就像一个人对自家老人不管不顾，却去敬老院做义工，您说这个人是不是有神经病？

父亲：有点。

儿子：别说外文，就是中文，给您老说实话，我现在读白话文觉得如白开水一样无味，当初提出废止文言文的那些人真是中华民族的罪人。

父亲：那是潮流，不可阻挡。

儿子：所以我说，生活在潮流中，就一定要造业。

父亲：那怎么办？既然我们来到这个世上。

母亲：你把你爸的书给他们每人送一本多好。

儿子：那有炫耀的意味，还是送枸杞好，既低调又真诚，还有象征性。

母亲：你一直没有给他们送过你爸的书？

儿子：没有，我就压根没让同学们知道我爸是谁。

母亲：啊，真低调。这次买什么样的枸杞呢？

儿子：这次我自己去买吧，选些精致的，最后一次送他们了。

母亲：也对，那你多带一些，也给老师们送送。

儿子：一想到和老师同学就要分别，还怪伤感的，其实他们都对我不错——越临近毕业，越觉得自己当年没做好，无论是对老师还是对同学，孤傲、清高，如果有机会向他们忏悔一下就好了。

母亲：你心里忏悔，他们会感觉到的，送枸杞就是一种方式。

儿子：不过在大二时，我已经委婉地跟大家忏悔过一次，要说也可以了，现在最觉得对不起的是郑君明，我应该更耐心一些，把他教育过来。

母亲：你已经尽力了。

儿子：我还是有私心，如果我把他看成是自己的弟弟，就会更耐心一些。

母亲：一切都是命，强求不得的。

儿子：您说他该怎么办？他已经离不开游戏了。

母亲：这个世界上有许多这样的孩子。

儿子：是的，我当时应该把他的电脑给锁起来。

母亲：那他会跟你急。

儿子：没关系啊，挨他几拳都没关系啊。

母亲：那他会到网吧去玩。

儿子：其实他刚进校时，非常棒的，就被游戏给害了。

母亲：他的父母知道吗？

儿子：知道，他爸特疼他的。

奶奶：这个菜架子多少钱？

孙子：二百元。

奶奶：这么便宜？

孙子：网上买就是便宜。

奶奶：这个买得好，厨房里一下子不乱了。一层放米，一层放面，一层放菜，一层放杂物，你的脑瓜子，怎么就想起买这个东西呢？将来一定是个侍候媳妇的货。

孙子：我要我媳妇过神仙一般的日子，不要像我妈，找了您儿子，除过双手能画一个“八”字，再什么都不会干，家务全是我妈的。

奶奶：嘿嘿，这是奶奶的错，没有教育好。

孙子：其实也是我妈给宠得，当年他还能干些呢。

奶奶：就是，小时候，他就是你这个样子。

孙子：奶奶您看，您用电饭锅时，把这个按钮一压；用微波炉时，把这个按钮一压；烧水时，把这个按钮一压；很安全，也方便，再不用拔来拔去了。

奶奶：这真方便。

孙子：这还不算方便。

奶奶：还有更方便的？

孙子：对，西方极乐世界更方便。想吃了，只要一想，食物就在眼前；不想吃了，一想又没有了；不用做饭洗碗，不用上厕所；想凉快了，一想风就来了；想热乎了，一想热就来了。

奶奶：想孙子怎么办？

孙子：也一样的，一想，孙子就到了。

奶奶：听见了吗？还不下定决心。

爷爷：下下下——这个娃娃，连厨房里的事都操心，我看你爸妈十年内再不用添置家具了。

孙子：我就是这么想的，如果我不换，他们会凑合一辈子的。

奶奶：你平时连件衣服都舍不得给自己买，给家里置办起东西来却这么大方。

孙子：反正不是我的钱，嘿嘿。

爷爷：你大爸要是看着你这样花钱，不知该咋心疼呢。

孙子：我大爸不知道，城里像我爸这样的，十年前这东西都淘汰了。其实我爸我妈够抠的了，您看小区里，车都没地方放了，我动员我爸买车，他说可以，给你两千元，买一个旧的先开吧，你们听听，两千元让我买个车。我的驾照都拿上五年了。我妈平时上班骑的那个自行车，破到什么程度？在大街上放了好几个晚上，都没人捡。

奶奶：都是我们两个拖累的，坐在这里白吃饭。

孙子：你们两个能花多少钱呢？他们是自愿过苦行僧的生活。

爷爷：每年给老家也不少呢。

孙子：那都是应该的，关键是，他们压根就没有想着过好日子。

父亲：回吧，抓紧收拾东西返校，没几天要毕业了。

儿子：再坐会儿吧——我想再陪爷爷奶奶几天，他们上来一次不容易。

父亲：看你爷爷奶奶那精神，还早着呢，倒是毕业就这一次，别耽误了和女朋友话别。

儿子：如果我有女朋友，这时还能待在家里吗？

父亲：那也要抓紧表白啊，再不表白就没机会了。

儿子：说了您老别怪儿子不孝，我已经想好这辈子不结婚。

父亲：何出如此惊人之语？

儿子：最近突然悟到的。

父亲：我想你这个想法不会长久的。

儿子：您以为我是您啊？

父亲：宿舍里没多少东西了吧？

儿子：基本都拿回来了。

父亲：能送人的就送低年级同学，就像电扇，就没必要拿回来。

儿子：我看您老人家在阁楼上快煮熟了，正好可以用——等我走了，您就搬到下面去睡，别在阁楼折磨自己了，要做公益，先要有一个好身体。

父亲：我们尽管用心给上苍打工，生死的事交给他老人家安排。

儿子：理论上可以这么讲，但生命是有规律的。

父亲：老爸已经死过几次了，没关系的。

儿子：要说也是，以前一直搞不懂“无无明，亦无无明尽，乃至无老死，亦无老死尽”，最近突然像是明白了。

父亲：是吗？说说看。

哥哥：长春现在很舒服吧？

弟弟：也有点热，但肯定比北京好多了。

哥哥：如果热你就买个小电扇，花的钱还有吗？

弟弟：有呢。

哥哥：没有了你就给二爸二妈说。

弟弟：好的。你的工作联系好了吗？

哥哥：我打算回家。

弟弟：啊？你春节不是说要出国吗？

哥哥：最后还是决定回家。

弟弟：你应该先出去几年，回来再做决定。

哥哥：我最近想明白了，只有回家才能帮上老人。

弟弟：那你当年还不如上人大。

哥哥：都是命，当初爸妈也让我上人大，但我没听他们的，这就是不听老人言付出的代价，不说这些了——来校之前我把爷爷奶奶送回老家了。

弟弟：噢，送回去好，城里已经很热了——还去谁家了？

哥哥：两个外奶奶家，大姑二姑家，还有几个舅舅家，都转了一圈。

弟弟：那你这次等于全见了。

哥哥：只有我姨，一直没打通电话，没有见上。

弟弟：那就下次再见——今年粮食怎么样？

哥哥：非常好，看来是个丰收年。

弟弟：那太好了。

哥哥：子诚，记着哥的话，世界上什么事都可以等，只有孝敬老人不能等。

弟弟：记住了。

哥哥：你的专业很好，要发奋学，到时好好治病救人。

弟弟：记住了。

哥哥：一定要把《黄帝内经》背下来，一个人肚子里装不了几部经典，就等于白来这个世上了。

弟弟：记住了。

哥哥：我穿过的衣服，用过的东西，有些还新着呢，昨天给你寄过去了，你不要嫌弃，能给老人省些就省些。

弟弟：好。

哥哥：子诚……

弟弟：嗯。

哥哥：就这样吧，你早点休息，明天还要上课。

弟弟：没关系的，哥你说吧。

哥哥：正好手机也快没电了，也再没啥说的了，挂了啊。

（原载《天涯》2013年第3期）

哭 河

张学东

上

河滩上灰蒙蒙的，天地间浓密的雾气和热风中的灰尘，总是纠结在一起压向阴沉沉的河面。很多时候，肉眼几乎分辨不清这条河到底在什么方位，有时似在天尽头，有时又忽然近在咫尺，只有从大片大片乱糟糟的花花绿绿的漂浮物的罅隙间，才能勉强寻到一丝水的光影；而多数时候，则是争先恐后翻涌上来的灰白色的泡沫，顺着远方河水的浪头，在人眼前躁动不安地晃荡鼓动。

湍急的河水从上游奔流直下，到达河滩村时河床渐渐变窄了，恰好从河中心伸出一个鱼嘴状的岛礁。从岸上放眼观瞧，那鱼嘴果真似敞开着的黑褐色巨口，模样十分狰狞，一股脑地吞沙吐浪，汩汩作响。时间久了，泥沙倒是在此淤塞出一片不小的滩涂，从上游漂流下来的木板、胶皮、包装袋、瓶瓶罐罐、塑料泡沫、破衣烂衫、死畜瘟鸡等各式各样的废弃物，多半是淤积在这鱼嘴湾四周，形成了一个天然的垃圾港湾。天气炎热时，毒日头炙得河滩上的石子都滚烫冒烟，垃圾的腐臭味便汹涌澎湃起来，惹得河滩附近的那些个饿狗馋猪，一天到晚逡巡在臭烘烘的岸边，因为这里总能不断地漂上来让它们眼前一亮的食物。乌鸦更是挤蹲成黑压压一团，这些最爱呱呱怪叫的家伙比猪狗多生一双翅膀，所以，总扮演着急先锋的角色，凡有腐烂的尸骸涌塞至此，它们便会在第一时间从天空中俯冲而下大饱口福。

大河的小船从对岸缓缓划过来的时候，乌鸦们正在围抢一条死狗。那是一条乡下很少见的黄褐色的卷毛狗，鼓胀的肚腹已经被鸟儿用利喙豁开了，露出紫黑色发了霉的肚肚肠肠，像一团粗细不均的乱麻绳扭结在一起。伴随着凶残的乌鸦争夺食物时发出的咕呱声，绿头苍蝇正密密麻麻地围叮在死狗尸上，那种嗡嗡隆隆声好像是别有用心的追魂曲，喧嚣，低回，无休无止。大河无意中看到死狗的一只眼睛，蒙着一层灰白色的光，一副死不瞑目的决绝，在大片大片的各色漂浮物中显得触目惊心。大河不忍心看下去，忽然用手里的桨板奋力拍打起一大串水珠，试图去驱赶那些讨厌的蠢鸟。

河滩村没人愿意搭理这些馋嘴的乌鸦，谁见了都觉得丧气，尤其是那种不祥的叫声，简直教人瘆得慌。大河的突兀举动，只是让乌鸦们暂停了一会儿热闹的你争我夺，一个个机警地扭晃着黑脑壳，狡猾地左顾右盼，很快，它们又若无其事地继续疯狂地啄食了。早已腐烂不堪的狗肚腹在鸟儿的抢夺中发出的恶臭横冲直撞，仿佛日本鬼子投放出的毒气弹，在大河和他的小船接近那片水上垃圾场时，猛地击中了他。我日你娘的，这群黑畜生！大河鼻翼一阵乱抽，呼吸仿佛都要停滞了，他的脸上蒙上一层痛不欲生的死灰色。

山核桃色的小木船载着少年人默默无闻又任劳任怨，似乎任何场面它都能自由驾驭通行无阻。大河一面在嘴里骂骂咧咧，一面放下桨板，又从舱里拿起长竹竿抄网，哼哧哼哧很不情愿地干起自己的营生来。

往常这活计都是大河爹做的。那时大河还在乡中学堂念书，河滩村种的都是河滩水地，地势十分低洼，地里的收成自然是由河神掌管的，每年春夏之交，父老乡亲都要备好肉食果品，虔诚地前往河神庙祭拜磕头，祈求风调水顺。因为河水少了不成，多了便会成灾。譬如，大前年一立夏河床几乎就干涸了，连浇地的水都没有，天气又旱得不落一滴雨，地里的稻秧儿都让日头烤蔫焦了；前年秋天雨水忒多，山洪接二连三爆发，把百十亩河滩地淹成一片汪洋，大半个月水都退不去，眼看成熟的庄稼全泡了汤。好在大河爹心眼活泛，靠山吃山，靠水吃水，活人不能教尿憋死。家里老早就有条破船，那是大河爷爷当年亲手置办下的家当，老人家曾在河里撒网谋生，后来就传到大河爹手上。大河爹赶上了合作化和生产队，那阵填河开滩种地才是社会主义康庄大道，所以这船就被搁置起来。没想到几十年过去了，破船竟变废为宝，经大河爹三捣鼓两捣鼓，又能下河捕捞了，像河鲤子、鲶鱼、蚂螂棒子、河蟹总能对付着网到一些，趁着活蹦乱跳送到县城集市上，出了手多少换些零花来用度。好景不长，不知何时起，鱼越来越少，有时候一连好几日也捕不到几条小鱼，奇怪的是鱼嘴湾不知不觉变成了巨大的水中垃圾场，而且，漂浮物与日俱增，看着简直教人头晕眼花。

最初，大河爹也仅仅是想打捞垃圾清理河道的，他估摸着正是这些乱七八糟的脏物把河水污染了，鱼儿才越发稀少。可这活计干起来就没完没了，每天起早贪黑，一船一船的废弃物堆山填海般运上岸，没隔两天，鱼嘴湾里又淤积得铺天盖地般了。上游是县城和省城，杂物自然都是从那里漂流而来的。大河爹时常感到气恼，城里人咋就这么没章法啊？不管什么脏烂物件统统扔进河里，好像这条河是他们天经地义的垃圾清理通道，衣裤鞋袜不穿了丢进河里，门窗箱柜不用了投进河里，就连电视机洗衣机的旧壳子也往河里乱撂。大河爹心里烦闷，却又不得不驾着船一趟趟驶向臭气熏天的鱼嘴湾。好在，打捞上来的废物经过一番分门别类，再送到镇上的废品收购点，多少也能换些个油盐酱醋钱。

现在大河暂时子操父业，别无选择地干上这龌龊的营生。大河夏天的高考落了榜，秋天又不想再去复读丢人，自己跟自己较着劲，大人的话好赖听不进耳。爹稍微唠叨几句，大河就涨红脸赌气道，天无绝人之路，大不了我下河捞废品去！爹不无惊愕，说就怕你娃娃受不得那号罪。哪知大河越发执拗，瓮声瓮气甩门而出，一个人冲到暮色掩映的河滩上。爹看见他的背影又年轻又强壮又桀骜。大河久久凝望着天际，耳畔河水哗哗拍岸，风中似谁在远方声声呼喊着，迷惘，凄楚，悲凉，漫无边际。翻过天，大河竟早早解开爹的船绳一个人下河了。爹撵出门还想拦阻，可话到嘴边又止住。儿大不由爷啊，再说教他历练历练也有好处。

抄网在水中进进出出，船舱里渐渐地堆积着打捞上来的杂物，刺鼻的腐臭味将人和小船裹挟在水中摇摇晃晃。大河头上戴着顶旧草帽，帽檐扣得低低的，那是爹常戴的，他不想让熟人看到自己这张年轻的脸，甚至还有这条祖上传下来的破船。自打爹开始义无反顾地干起这种打捞废物的营生后，河滩村人见了爹就跟见了叫花子似的，能躲便躲，实在避不开的，会下意识地捂捂口鼻，好像爹身上的那种难闻的味道会把人熏趴下。当然，这只是最开初的情景，后来村里人更避之唯恐不及了——那是爹从鱼嘴湾里捞起第一具死尸后的事了。

这事想想都觉得晦气，一个面目全非的外乡男子，身子被河水泡得鼓胀发白，眼珠死鱼般僵硬无神，衣裤好似被撕扯烂了的破布条，发从挂满了绿兮兮的蛤蟆屎和绿树叶，被大河爹运上岸拿块木板拖回村的时候，几只拳头大小的河蟹就在尸体上爬来爬去，牛虻苍蝇嗡嗡着追撵了一路。众人见了无不错愕，震惊，女人们在高声尖叫，上了年纪的老人则不停地谩骂。村长闻讯不得不出面制止，说爹这简直是吃饱了撑的，这种脏东西也敢往村里弄，说是要坏风水的。

河滩村人祖祖辈辈都活得战战兢兢，不是怕洪水来袭，就是担心天旱河干，确实已经够不易了，怎么还敢把莫名其妙的死尸往回拖？爹想了想说，人殁了，连个收尸的也没有，怪可怜见啊！这人的魂啊就老在河上飘啊飘的，好歹埋了，早早让入土为安转世托生。村长脸都气黑了，屁！你以为你是谁？观世音菩萨在世呀！爹便无言以对，可最终到底将那男尸埋在村外的那片盐碱滩上。说来也怪，自打开了这个头，鱼嘴湾隔三差五就会浮上来一具尸首，男的，女的，胖的，瘦的，丑的，俊的，甚至还有学生娃和枕头长的婴儿，反正只要被爹打捞上来，无一例外都会在盐碱滩挖个土坑葬了。

其间，也有从上游一路赶来寻尸的家属，这种时候爹会放下手里的活计，亲自领上那些人去盐碱滩认尸，因为每一次掩埋后，他都会留下不同的标记。比如男人，他会在土丘上放一块大石头，女人则堆放十几块小河卵石，学生娃娃插上一截柳树棍，婴儿通常是空着的。家属一旦确认尸体是自己的亲人，便哭哭啼啼用车拉走了。临走时他们千恩万谢，有的人还会掏出三五百块钱，非要他收下不可。爹可不想拿这种钱，那样一来自己成啥人了？发死人的财，会遭报应的。可有时实在是盛情难却，如果不收对方会认为他瞧不起人，甚至会认为是对死者的大不敬，这种情况下爹会象征性收下一点钱。

临近傍晚，日头的热辣未减，大量的水汽从河里蒸腾而出，铁锈色的暮霭笼罩住河面。船身明显下沉了，舱里小山似的堆满了打捞上来的杂物，几乎没有立脚的地方。大河放下抄网重新拿起桨板，腰身向前佝偻着，一下一下用力划桨。鱼嘴湾渐渐往身后退缩，小木船忽悠忽悠地推动浑浊的河水，椭圆形的水波一圈一圈朝两岸扩展开去。眼前的景象一下子变得朦朦胧胧，岸上的树木在夕阳和水汽形成的透明幕布上抖抖晃晃，似乎放大了许多倍，还有些东西却在拼命地缩小，缩小，简直小得跟一颗颗黑豆似的。时不时会有一串蚂蚁大小的黑影在远处蠕动，应该是过往的路人，间或能听到七长八短的叫喊声。

大河的船缓缓靠岸，早有人在那里等着他了。爹不声不响拽住了船绳，一把一把拉扯着，很快便缩短了父子间的距离。大河跳上岸滩的时候，爹顺手塞给他一个硬邦邦的蒸馍，说，饿了吧？先吃一口垫垫底。大河的嘴巴本能地凑到蒸馍上，麦面的香味依稀可辨，间或有股冲冲的旱烟味儿，那是爹身上的气味。他鼓动腮帮子开始大嚼，头一口馍下咽显得颇费劲，噎得眼珠子胡乱翻，脖颈直往前梗。不过，这种时候爷俩的关系空前和睦，谁也不会惹谁生气。

爹已经着手往岸边的板车上搬运船里的杂物，他的手很快就沾上了黑糊糊的淤泥，好像他的手生来就是又黑又脏的。大河边吃馍边朝对岸张望，那些起起伏伏的黄土包在夕阳掩映下镀了金边似的，像一个个金元宝；而红柳树丛却变得暗淡模糊甚至泛起了黑晕，一团一团好似亡人的坟丘。这种印象教人很不舒服。刚才还很浓密的水汽此刻消失殆尽，河面晃动着鱼鳞似的波纹，一时间让他萌生了某种幻觉，好像这条河不再是脏兮兮臭烘烘的了，恰恰相反，夕阳的余晖让它忽然间变得生动而耀眼，里面似乎蕴含着无穷无尽的宝藏和秘密。

爷俩快要忙乎完的时辰，四周没缘由地刮起风来，河水翻滚着浊浪拍岸有声，红柳树丛犹如惊慌失措的羊群忽左忽右扭曲倾倒，岸上的干沙子已被裹挟到空气中，一时呛得人喘不过气来。不大工夫，疾风就从天边卷来又浓又黑的云团，扯棉拉絮般遮住了最后一丝天光。先前大河在船上看到的那串小小黑影，此刻正顶着狂风一步步靠近他们。

师傅，你们见没见着一个姑娘……黑影们恓惶地围拢他们爷俩，一个男人刚要迫不及待地张嘴询问，一阵狂风就把他的问话连同沙尘叼进河水的漩涡里了。爹眯着眼看了看大河，大河明白爹为何这样，他冲那些人茫然地摇摇头。

你们的船不是整天都在河里吗？真的就没见着我家闺女？显然，男人已经快急疯了，把最后一线希望全都寄托在这条船上的人了。大河听见其中有个老妇人终于忍不住呜咽起来，继而，她那颤巍巍的身子忽地矮下去，那是最后一丝希望破灭后的绝望与悲痛，老妇人整个人瘫在岸边号啕不止。骤起的哭声似乎具有某种感染力，大河忽然觉得身边的河水好像也在哭泣。

不瞒你们说，我家闺女怕是想不开……她连着两年都没考上学，家里张罗着想给她早点完婚，女儿家终归是要给出去的人，可万万不成想，这丫头咋就这么倔啊……

大河不由得打了两个激灵。其实先前他就注意到这伙人了，有点像热锅上的蚂蚁，沿着河岸过来过去乱窜，没想到却是在找人，而且，他们要找的姑娘极可能跟自己在同一个学校念书。大河似乎想要逃避什么，忙转过身朝河面望去，风越刮越急，天空完全被黑云遮盖，空气中有种又腥又潮的颗粒，随风而来不断地扑打在人脸上，隐隐作痛。

大河听见爹正急切地打问那个姑娘啥时间离开家门的，大概朝哪个方向去了……大河觉得爹的情绪一下子激动起来，那种深切关注的口吻绝对不容置疑，好像爹一下子就被卷进这个事件当中了，又好像，这个失踪的姑娘跟他十分相熟，而且对他极为重要似的。

中

船上的三个人一声不吭，他们都死死盯着黑乎乎的河面，任凭狂风掀起恶浪，哗啦哗啦不停地拍打着破旧的船身。

爹和大河各操一块桨板，哼哧哼哧用力划船。

风太大了，几乎每个浪头扑打过来，船身都要剧烈地向着一侧倾斜颠簸，像是随时都要翻转过去船沉人亡。那个跟爹年纪相仿的男人惶惶地坐在船头，风把他的上衣吹得像皮囊似的鼓胀起来，他的头发乱蓬蓬的疯扎着，背影看上去既僵硬又古怪，好像被谁强行绑在这条倒霉的小船上。

大河从来也没有像现在这样感到心惊肉跳。

实际上，他打小就在这河里学会了凫水，他那泥黄色的皮肤里似乎都渗透着河水的颜色和土腥味，至少小时候他是喜欢这条河的。那时河水清澈，根本没有那么多杂七杂八的漂浮物，夏日岸边经常有女人蹲坐着捶洗衣物的身影，她们手里的木棍不时地敲打在石头上，发出笃笃的响声，跟林子里忙碌的啄木鸟一般。那时他还是个不谙世事的娃娃，对未来一无所知，可只要看到这条河，或走进这条河，便觉得亲切，心里敞亮。说实话，现在他之所以赌气帮着爹下河干打捞营生，不过是在选择一种逃避，或对自己命运的一次抗争。但对于爹的那些举动，他并不敢苟同，至少，他绝对不会冲动地去捞那些无名浮尸，更不会没事找事挖坑下葬那些孤魂野鬼。“事不关己，高高挂起”，大河老早就在学堂里学过这句话，他知道自己该干什么不该干什么，替爹干活是做儿子的本分，考不上学也是命中注定，他愿意接受这种无奈的现实。可是，刚才那些乡亲哭哭啼啼甚至跪地求爹出船的时候，大河忽然有种莫名的冲动，他被一种近乎神圣的悲壮感撅住了，或者，是那个敢于以性命来抗争的姑娘深深打动了他，他甚至觉得自己其实跟她是同病相怜的，于是自告奋勇跟爹一起下河。

兴许是在河上干得久了，爹似乎知道这种时候该去哪里搜寻，所以，小船几乎孤注一掷地朝着某个既定的方向一路划去。

那个男人无所事事，始终在拼命地吸烟，他每用力嘬一口，烟头的火光就会陡然亮起来，那光亮虽说萤火般微弱，却能极短暂地照亮一下河面。大河甚至能忽然瞥见他们仨在水中的倒影，不过，很快周围又一片暗淡，唯独风声怒吼，浪涛咆哮，船身始终打秋千般猛地向一头颠起，又迅速回落，再颠，再落，把人的心搅得七上八下无可名状，好像他们随时都会落水毙命。事实上，整个假期大河都在这条河上飘荡，可那种风平浪静的日子丝毫没有在他内心掀起什么波澜，直到此刻，他才似乎真正意识到自己是在河面上，在湍急奔流的水中，在生与死之间飘摇。

一只又一只烟头被黑暗无声地吞噬了，男人大概吸完了兜里所有的烟，他不时地发出低沉而又恼人的哀叹。这让大河感到十分痛苦和压抑，他尽量配合爹使劲划动桨板，因为风力越来越猛，天光也更加阴沉，这条船的处境不容乐观，稍有闪失便会人仰马翻不可收拾。

是咱对不住闺女啊，万一她有个三长两短，可教一家人咋活呀……也许正是这种恐怖的境遇再度触动了心弦，男人终于有些控制不住自己的情绪，像个妇人似的不停絮叨起来。师傅，你说这黑灯瞎火的，还能找着人吗？大河听见爹从牙缝里挤出再简单不过的几个字：得看运气。你们帮帮忙吧，要是找着我闺女的话，我们一家老小忘不了你们的大恩大德啊！……

大河忽然有些厌嫌这个男人，早知现在何必当初？把个好端端的姑娘逼到这步田地，还好意思啰嗦个没完。男人总算稍稍沉默了一会儿，他死死盯着朝后面不断奔跑的黑黢黢的土岗、山包和树丛，有一刻他竟猛地立起身来，小船也跟着神经质地左右乱晃。兴许是在岸边发现了什么重要情况，男人恋恋不舍地拼命回头张望。

爹忙冷峻地喝道，坐下，你快坐下，不想要命啦？！

随着一阵清冷的水滴砸落在大河脸上，天空忽然开始飘雨了，雨点来得又急又烈，打在脸上身上竟有丝丝痛感，这让船里的人更加一筹莫展。

这时，船已经划到上游的拦河大坝跟前。还是老早以前人们战天斗地时修下的东西，这座大坝就像一只巨大的钉耙卡在河中央，河水正是从那一排坚固粗壮的耙齿间轰然泻出的。爹说一般想不开的人，多半是站在拦河坝上往下跳的，落水后由于大坝的流速和冲力极大，通常尸首会被卷在坝下的闸坑里涡来漩去，一时半会还冲不远。

于是，小船在风雨中飘飘荡荡，正十分艰难地一点一点接近拦河大坝。果然，这里水流异常湍急，响声震天，小船一旦驶入由强大的水流所形成的漩涡之中，立刻变得像只木头澡盆似的不停打转，盘旋，失去方向，奄奄一息。这种时候，每个人都变得越发提心吊胆恐惧不堪，感觉小船几乎已失去了控制，在空阔漆黑的闸坑里拼命挣扎哀鸣，可恶的是天空还在下雨，浑身上下早被淋透了。

爹在大声喊叫，往我这边划，快往我这边划啊！大河不顾一切快速挥动手臂，那种涡流的蛮力简直不可思议，河水像无数条皮鞭拧在一处猛力抽打，让这可怜的小船刹那间天旋地转。大河多少有些后悔自己先前的冲动，但这种念想又叫他萌生出很深的罪责和羞耻感，因为他们父子俩现在需要同舟共济，比以往任何时候都要迫切。而那个男人则变得像个无助的娃娃，两只手死死抓牢船沿，身体蛤蟆般佝得低低的，几乎趴在船舱里。

什么也听不见了，唯独河水跟大坝冲撞出巨大的轰轰声，如雷鸣一般，密集的雨点和不断翻起的水花急速闯进舱内，他们的脚腕子已经泡在水里了，小船陀螺似的在闸坑里旋转，颠扑，眼看就要倾覆了。那可怜的男人忽然哇哇大叫起来，声音沙哑而又歇斯底里，也许他是想起了自己可怜的闺女，想到他们父女今生今世再也不能见面了。就在千钧一发时节，大河突然将手里的桨板塞给了爹，同时起身麻利地甩掉脚上的鞋子，不由分说一头栽下去，骤然腾起一片决绝的水花。爹连着呼喊了几声，无奈到处都是轰轰声，他的话音眨眼就被叼进怒气冲冲的风浪中了。很快，大河露出头来，双手极力稳住船尾并用力往前推搡，爹见状急忙双手操桨，爷俩齐心协力，以使小船能尽快摆脱这可怕的涡旋的纠缠。

快瞧，那头好像有啥东西漂着呢！大河就是在这个节骨眼上发现情况的。或许刚才他们太专注于岌岌可危的小船和各自的安危了，处在那样惊心动魄的时刻，似乎是无暇顾及周围的。这时小船已暂时脱离了险情，船上的两个男人忽然沉寂下来，眼巴巴冲大河指过的方向望去。大河早已经掉头朝着大坝下方奋力游了过去，他的腿脚扑腾得很吃力，因为衣衫和裤子正死死绑在身上，凫起水来力不从心。

当心点，你给我当心点啊……大河隐隐听到爹的喊声，仿佛远在天边。

此刻风雨交加，河水汹涌地穿越拦河大坝，犹如一大群受惊的骡马从高处奔驰而下，一个浪头接着一个浪头抡向大河，他的脑壳瞬间消失了，好像所有记忆也跟着消失了，他只惦着远处那个黑色的漂浮物，等他好不容易露出头来换口气时，另一个浪头更加凶猛无情地碾压上来。大河使出浑身解数，孤注一掷地朝那轰鸣着的闸坑游去。

巨大的漩涡隐藏着一股难以抗拒的吸附力和搅拌力，当人的身体一旦接触到漩涡的边缘，它立刻借尸还魂般复活了，嗷嗷叫嚣，摧枯拉朽，怒不可遏，好像一头被激怒的水怪或巨兽，恨不得将大河一口吞进去，并且撕咬得粉身碎骨才肯罢休。大河全仗着一股初生牛犊的气势，当他终于接近坝底靠边侧的那个黑乎乎的漂浮物时，身上的力气几乎消耗殆尽，先前垫进肚子里的那个蒸馍，已起不了多大作用了。

终于，迟疑着远远伸出了右手，试探性地触碰了一下那个处在漩涡边缘的漂浮物。陌生，冰冷，僵硬，没有一丝温度，简直像块石头，唯独身上的衣裙跟水藻一般胡乱缠绕着，这才让大河觉得眼前确凿是个人。而最为清晰的是那一大团浮在水面上的长发，无根的浮萍一般，似乎它们已从那亡者的头颅上彻底解脱，竟在水面漂荡得有些轻盈了。

大河的心被猛地抽紧了，有生以来他还是头一回如此近距离，又如此胆大妄为地接触一具尸体。他忽然抑制不住这突如其来的恐惧，在水中剧烈地抖颤起来，然而比恐惧更要命的是他又饥又累又冷的身体，毫无疑问内心的恐惧又加重了这种肉体上的痛苦。最后，他下意识地回了一次头，可惜离小船太远了，这种时候他几乎什么也望不见，漫漶的雨水让河面升起了浓浓的迷雾，他无法看到亲人的脸，眼前只有不断翻腾喧嚣着的黑色漩涡。

大河再一次坚决地伸出手去……

下

细细的光线通过河水反射到清瘦的船身上，使这条破船突然间熠熠生辉。很长时间，大河爹也没有划一下桨板，任由小木船在油一样光滑的河面上轻轻飘荡。阳光、河滩、水波还有这孤零零的小船，它们不露声色地将这个无依无靠的男人围困在古老的河面上。

这是在儿子下葬后的第七天，大河爹又奇迹般地出现在这条船上。

河滩村的人普遍认为，这回他再也不可能下河干那营生了，因为正是这条破船让他失去了唯一的儿子。他的结发妻子早年死于产褥热，多年以来他始终和大河相依为命。人们一时半会儿还忘不掉那个生龙活虎的年轻后生，他的音容笑貌依稀可辨，可偏偏为了那么一个跳了河的死鬼把命搭上了，根本不值当！你说假如是为救一个活人，就算殁了还能追认成个英雄什么的，好好风光一回，可现在谁会把这当回事呢？听说那个姑娘家倒是拿出了不少的一笔钱，说是要好好答谢补偿的，可大河爹死活不肯接受，想想也是，儿子命都丢了，要那些钱顶屁用，钱再多能买回一条人命吗？倒是村长又搬出以前的话头来，听人劝吃饱饭，非要把那些个孤魂野鬼捞回来，到底图个啥呢？就是那些鬼魂把好端端个后生拉进河里的，这样他们才好托生转世。大伙便纷纷点头，觉得还是村长的话有水平，更觉得大河死得冤。

过去的几年里，每当河水封冻以后，他就蹲在自家院里将小船修修补补，这里钉一块铁皮，那里加两根铆钉，或者，在船身和船底上涂刷一层厚厚的朱红色的油漆，一来这东西可以防腐防潮，二来看着也喜庆，可以辟邪。这种时候，大河会在一旁默默地给他打帮手。这娃娃心细，就是不太爱说话，三棍子也打不出一个响声。不过他很知足，长这么大还从来没有给他惹过大麻烦，不像有的娃娃整天偷鸡摸狗不学好。他念书也算用功，一到假期里就主动帮他干这干那。记得考试前，他曾问他有没有把握，当时儿子沉默了一会儿，才说像咱们这样的人家，就算考上了也念不起，还不如早早进城打工挣钱去。他没好气地说，你给老子好好争气考，爹就是砸锅卖铁也供养你。后来儿子名落孙山，闷头闷脑在家躺了三天，连饭也不想吃一口，他看着心焦啊，就一遍一遍好言规劝，说这没啥的，大不了再复读一年两年，不信考不上。儿子后来扑棱一下从床上坐起来，他以为他回心转意了，可儿子只撂下一句话：我死也不想复读。现在，他枯坐在儿子此前驾过的小船上，吧嗒吧嗒吸着旱烟锅子，浑浊的老泪模糊了视线。他似乎明白了不是河水的漩涡卷走了可怜的儿子，而是穷困无奈的生活终究将娃娃推到了绝境。他就这样苦苦地想着揪心撕肺的事，人一下子苍老不堪——他的头发几乎在那个暴风雨夜后全白了。

河水汩汩流淌着，小船像片树叶正随波逐流向下游方向漂去。

对此他似乎完全没有知觉，唯独内心在跌宕起伏。为啥要卷走我的命根子……为啥非要卷走我的命根子啊……河神啊，河神，我尊着你敬着你，可你到底睁不睁眼啊，娃娃虚岁才将满十七呀，他还有好几十年的光阴前程要奔呢，他还没成家立业娶媳妇生娃呢……若真是冒犯了神灵，也该把我这老家伙卷走嘛，我已经活过大半辈子了，死了也甘心啊！只要我娃好好的……他终于止不住号啕起来。悲剧发生后，他还是头一回这样放开声音大哭呢，简直伤心欲绝，肝肠寸断，汹涌无助的哭声伴随着哗哗的水浪声，在刺目的阳光下朝着四面八方荡漾开去，似乎整条河都在跟着他呜咽不休。最后河水真的动了感情，竟裹挟着这苍老的父亲的悲恸之声一股脑冲到岸上，冲到河滩村所有人的耳朵里，也冲向岸边来来往往的陌生路人，大伙的心像是被什么钝器重重地戳了一下。

几乎一整天，在苍茫的河面上，在这条破破烂烂的小木船里，他都没有划动一桨，唯独眼泪始终不停地流淌着。

直到黄昏悄然来临，直到远方的地平线迸射出一道道金光，随即鱼嘴湾里似乎有什么东西在起伏跳跃。那竟是一条金黄色的小龙！他蓦然抬起头，小龙的样子灿然而鲜活，摇首摆尾，跃跃欲试，神采飞扬。恐怕这辈子在睡梦中，他也从未见过这么生动真实的一条神龙。他使劲揉了揉哭得红肿不堪的眼睛，忽然想起来大河原本就是属龙的。哦，龙啊……你是我家大河吧……大河转世成小神龙了……我就知道我娃儿是不会白白送命的，要知道他做了天底下最了不起的善事……他恍然回过神来，有些神经质地喃喃自语着，倏忽间有种神奇魔力注入体内，让这枯坐了一整日一蹶不振的老迈身躯渐渐恢复了知觉。后来，他平静地从舱里抓起桨板，一左一右划动起来。

小船一路劈波斩浪，很快就驶向了他再熟悉不过的金黄色的河湾……一只青灰色的燕鸥不知何时飞落在船头上，小家伙正轻盈地扑扇翅膀撴动羽毛。

（原载《中国作家》2013年第5期）

夜空晴朗

吴　君

“伊莱文”是女儿的英文名。叫起来有些别扭，尤其当着外人的面，显得有些装。秋明还是很注意别人的感受，不能因为有钱，孩子到美国读书，就高人一等。她更喜欢“宝宝”或“宝贝”地叫，这样的时候，连心肝也颤着，充满了甜蜜。秋明很多事都顺着女儿，包括名字。为了伊莱文，她管住了自己的脾气，也忍了丈夫的外遇。

离婚之后，秋明把房子重新装过，最大这间给了女儿。伊莱文出国的时候，她又按着女儿的兴趣，改成了日本风格。伊莱文说对国情不熟，看什么都不顺眼。上次回来过圣诞，她见过有人从车里向外扔垃圾，国道上拦车乞讨。担心伊莱文再焦虑，人还没回来，秋明便把工作先联系了。是个文化公司，专做文博会生意。根据伊莱文的兴趣，她选了策划和营销。协商好，伊莱文倒过时差就去见工。

在机场一见到女儿，秋明便傻了，拿在手里的风衣差点掉在地上，伊莱文理了一个男仔头，耳朵上还有几枚闪钉。伊莱文说过，只要心乱就想在脑袋上做手脚。后来秋明庆幸，好在做手脚的地方只是头发，而不是其他，如果像梵高，她就惨了。笑容在脸上僵了一会儿，她故意不看伊莱文的头发。对于这种病，不能太重视，再急也只能放在心里，否则会放大，导致病情复发。她说，空调太低，冷了吧？想吃什么呵？说完把风衣递过去。她知道，如果不能按时面试，工作肯定泡汤了。可这个样子，怎能去面试？在那个地方可都是西装革履，包括老板自己。

想起九年前，伊莱文一到美国，便打电话回来，说要回去，那是抑郁症最严重的时候。当然，后来坚持下来，伊莱文不仅读完本科，还拿了硕士学位。

两个人被人流推到了停车场，找到车，离开了机场。很快，汽车便驶出宝安大道，上了深南大道。两侧建筑上的霓虹灯不断划过，坐在前面的伊莱文眼睛盯着窗外，脸上变幻出各种色彩。准备好的话闷在肚子里，秋明不知怎么说了。担心伊莱文受刺激，秋明只好让自己忍住。透过后视镜，她看见伊莱文的眼神正一点点变冷。

为了帮伊莱文留住这个男孩，秋明给前夫打了个电话。请他过来客串一下父亲，她在电话里说，你也只能做这么多了。她希望男孩可以见到一个完整的家，认为这会给伊莱文加分。好多男孩表面很潮，说不在乎，实际上很看重。女儿的事情上，她需要全力以赴，包括细节，都要想到。一周前，这个男孩已经和伊莱文摊牌，提出分手。

事情的起因是一把枪。为了好玩，伊莱文从淘宝上带了一把仿真手枪去了广交会。想不到，兴高采烈的伊莱文刚进门就被查，并被带走。男孩子接到电话后，请了假去广州担保，把伊莱文领回来。只是，回来当晚便提出了分手。

秋明怪伊莱文不先给她打电话，而去找男朋友。她说，还没有结婚，就让她知道你这么多不好。伊莱文冷着脸说，早晚都会知道。秋明道，只有早，已经没有晚，现在人家说分手了。伊莱文说，分就分，本来我也不想结婚。再好的修养也忍不住了，秋明说出了自己的各种不满，你不要再吃那么多，暴饮暴食，连药也吐了。她熟悉洗手间里那种声音。伊莱文眼圈红了，低声道，没办法了。

见到伊莱文由强硬变成现在这样，秋明心又软了，她猜到伊莱文对这个男孩动了心，尤其发生这种事，他第一时间赶过去，又找了熟人帮忙，没让伊莱文受苦，非常有责任感。换成其他人，也许早找个借口开溜了，谁愿意大庭广众下承认这么没脑的女孩跟自己有关系？想到这儿，秋明有些心疼女儿，心想，这人好是好，可还是嫌了伊莱文。这个时候，应该安慰自家人才是。可又能说什么？难道说这事不怪你，要怪就怪安检太严，多管闲事，连玩具枪都没见过，土老帽？想到女儿眼下正难受，秋明赔着笑说，对不起啊，我也有责任，这些年国内变化不少。担心伊莱文再自责，说，我应该早点提醒你。伊莱文出国这些年，她经常反思，也用微信提示过自己有错，还借用香港电影麦太的话，要知道，妈妈在外面也不是一只成功的母猪，来示弱。过去，她不会这样，要知道作为公司老总，她极少对别人说软话。伊莱文说，你眼里只有他，他走了，你的心也就不在家了。秋明有些不好意思，是啊，本来是大人间的事，受苦的却是你。伊莱文说，你没完没了地接电话，谈项目，我作业本上需要你签个名都没时间，想通知你第二天去开家长会也和你说不上话。秋明讪笑，不是去了吗？还记得我还傻乎乎跑错了地方。伊莱文说，那是因为我被那些野孩子打了。其实你和他一样自私，只想到自己的恨。伊莱文从来不喊“爸爸”，一律用“他”代表。秋明坐到女儿眼前。是呵，我太傻了，陷到里面，不能自拔。阳台上，两个人离得很近，她想拉女儿的手，又觉得不好意思，收了回来。秋明把脸向前拱了拱，近了对方的脸，说，能原谅妈妈吗？没等对方回答，秋明便在心里对自己说，我也不原谅自己。

趁女儿到香港参加校庆，晚上不回来，她约了男孩子，想做个补救，希望他与女儿和好，不要再折腾了。很明显，女儿喜欢这个男孩，也从来没有这么认真过。

天上下了点雨，云彩压得很低，到处都是灰色。担心男孩找不到，也是为了显示诚意，秋明走到路口去接。电话里，她让对方打的士，秋明做好了付钱的准备。男孩的车一停，女人就掏出了钱。男孩则要争，秋明的钱已经递了过去。

一路上没有说话，包括进了小区里面，需要登记的地方，秋明事先交代过了。她跟保安说是自己侄子。这么介绍的时候，心里也有些不一样。只是想不明白为什么这样说。

正是盛夏，她不明白男孩为何穿了那么多，还是黑颜色。进了门，为了让男孩感到家的温暖，她说，把外衣脱了吧。秋明接过男孩放在沙发上的衣服，挂在衣架上。衣架上有家里每个人的衣服，前夫的一件旧衣服也被找到，挂在上面。做这些时，女人显得手忙脚乱，似乎是自己相亲。她希望男孩在她身上看到女儿将来的样子，为此，还特意跑到发廊染了发根，秋明不想让男孩看见自己的苍老。

秋明让男孩坐在沙发上看电视，说自己先去做饭。在厨房的水蒸气中，她总是想不起接下来应该做什么。有时候，她蹲在厨房的地上，想象外面那个男孩的模样。她多么希望这个男孩和伊莱文好下去，一辈子，哪怕十年、五年也行，自己愿意拿余下的生命，去换取他们的幸福。如果老天嫌弃她，那么她可以不走，心甘情愿为女儿和这个男孩做些力所能及的事情。比如做家务，带孩子。所有的脏活累活干完之后，她会离开。这时，想象自己是传说中的田螺姑娘。当然，她早已是田螺婆婆，只要看见孩子好好的，便可以重新回到田里，在水里向自己的亲骨肉默默告别。刚刚男孩谈到人生规划，秋明激动了，脑子里闪出前夫模样，男孩的有些想法，竟和他一样。当年他是那么有理想，才华横溢。“英俊”，“优雅”，她用了这两个词。她太喜欢这个男孩了。正因为如此，她似乎有了不好的预感。他的规划里没有一处与伊莱文有关联。看起来，这不过是老天爷的一次眷顾，像彩虹一样，很快会消失。想到这儿，秋明心里难过了。当然，这不只是老天对伊莱文一个人的福利，而是对全家，所以前夫也有份见证。

饭已经做好了。本来想做些好的，或等前夫，他手艺不错。又等了一会，男人还是没到。秋明只好端出准备好的饭和菜。本以为做得还行，结果吃到嘴里每个都很苦。男孩吃了几口就说饱了。秋明准备好的话，只讲了个开头，便说不下去了。她想好了，哪些由前夫说，哪些归自己讲。

你喜欢自己的工作么？秋明问。

男孩子想了下，说，还好吧。男孩说这话的时候，起身走到衣架处，取下外衣，穿好，连帽子也带上了，然后又蜷进沙发里。

秋明希望男孩能有一件事求自己，比如想到她公司来做事，其实这个平台更适合他。这样，他和这个家就有了联系，伊莱文的关系便不会那么快断了。

茶几上面的小号是特意摆的。为了能吸引男孩，打开话题。因为其他人家不可能有这种东西。乐器主人是个温州人，全城下海经商的时候，他不为所动，南下深圳，寻找自己的音乐梦想，这是秋明爱上他的原因，他便是伊莱文的爸爸。想到这些，秋明心潮起伏。

显然男孩不愿意多聊自己，也没有兴趣了解这个家和伊莱文，秋明只好忍住了要说的话。担心男孩感到无聊，提出要回去，她准备拿几本相册拖住男孩，又担心对方发现伊莱文十岁之后，父亲没有再出现过，想了下放弃了。过了一会，连秋明也觉得冷，取下一件衣服披在身上，把沙发上的抱枕放在了怀里。

九点钟。全城响起科学馆门前大钟的声音。

男孩看看表，又看了看窗外，对女人说，得回去了。

男孩站起身的时候，秋明听见了那熟悉的脚步声和拉门声，女人的前夫回来了。

门铃的声音总是很大，安静的时候，许多家都能听到。秋明故意把门虚掩着，这样，前夫就可以省掉按门铃环节，像家人一样进来。男人慌里慌张在门口换鞋时，喘着粗气，女人快步迎了过去。由于走得太快，她差一点撞到前夫的怀里。过道尽管很暗，看得出，男人认真收拾过自己，换了条新裤子和干净的皮鞋。男人走在前面，眼睛四处看着，低声问客人在哪。女人跟在前夫后面，没说话，用手指了下客厅。

没想到又进来了人，男孩显得紧张。秋明赶紧互相做了介绍，男孩才重新坐下。这回他直接说到了伊莱文，先是夸伊莱文漂亮，优秀，学历高，说自己是个电话编程，外地人，没什么积蓄，说不准哪天混不下去了，便要回到老家那个小城里。秋明已经感到了不安，她担心男孩说出她最害怕的话。果然，像是下了很大的决心，男孩最后说，自己配不上伊莱文。

秋明说，我和叔叔都喜欢你，钱说明不了什么。说话时她把手搭在前夫的手臂上，还看了一眼，暗示他应该说话，挽留男孩。

前夫把半秃的头低着，半晌才说了句，孩子，叔叔尊重你的任何决定，我今天有事回家晚了，对不起啊。

秋明在一旁生气了，这是要挽回的话吗？她已经不想看前夫。

这时，男人的眼睛瞪着秋明，愣着干吗？还不拿酒过来，让我们爷俩喝点。他发现茶几上的小号。

好的好的，我怎么忘了呢？秋明应的时候，嘴上是欢快的。她突然意识到摆乐器这个想法太棒了，说不准等会还可以表演一段呢。表演完毕，她可以带动男孩子一起鼓掌。到时候话题自然就打开了。此时，她收着腰，走在大理石的地板上，脚步是欢快的。她多想看见这样一幕啊，未来的女婿和老头子坐在厅里或阳台上，喝着温热的烧酒，而自己扎着一条艳俗的小围裙，在厨房里忙前忙后，时不时被男人叫着老婆子，再炒两个菜，而她一边擦汗一边哼着歌。

发现前夫喝多，是男孩子站在厨房门口，叫女人过去的时候。男孩说，叔叔睡着了。男孩也意识到女人的尴尬，说得回去了，让秋明好好照顾叔叔。

秋明心里发着狠，让他死吧。她明白，女儿的恋爱泡汤了。

送走男孩，回到客厅前，她准备好了一肚子骂人的话。见到前夫把口水流在沙发上面，往事又回来了，有一阵，他就是这么颓废。秋明拿起酒瓶，深深地喝了一大口，竟不觉得辣。她用酒瓶碰了下前夫，等对方慢慢睁开眼睛时说，别睡了，这不是你家，着了凉，我可担不起。

前夫似乎醒了过来，说，走了吗？他是什么时候走的？

走了。此刻女人想哭，还想骂人。

这时，一只手放在了她的膝盖上。前夫仰着脸看她的时候，竟有些像个孩子，声音也跟过去不同，他说，别自责了，他不是我们家的人，太好了，我们伊莱文配不上。

为什么？秋明对着前夫的脸吼叫。这些年被失望自责折磨着，女儿过得不好，我怎么能好？我们？何时成了我们？我是我，你是你，今天，不过是让你来客串一下父亲这个角色，只是，你演砸了，我们没有帮上女儿。

前夫低着头说，是，我很遗憾，不是一个合格的父亲。说完，前夫从沙发上坐了起来，整个人彻底清醒了。

或许在乎的原因，伊莱文也有变化，包括通完电话，没那么快放下，会问句还有事吗。秋明感动了。她一直盼望女儿有正常的家庭生活，有男孩喜欢她。因为抑郁，转了几所学校，已经没有异性愿意接触她，连她自己也灰心了。伊莱文病了很久。她怪自己太粗心，直到有一次，她发现了一封长信，才明白之前的猜测是对的。伊莱文得病了。否则，伊莱文早该结婚生孩子，毕竟二十七八岁了。约她的男孩子明显少了，甚至没有。以前很要好的，也开始躲躲闪闪，后来，都像不认识。有时候，秋明路上见了，主动上前搭讪。有时间过来玩吧，我们家有乐器，音响也不错，喜欢架子鼓吗？在过去，秋明绝对做不到。她凭什么要这么低三下四？你算老几？秋明过去看得起谁啊。她早已习惯了别人对她行礼和致敬。

阿姨，我最近有些忙，说话的男孩答。

秋明笑着问，忙拍拖了吧？她心里有些酸楚，仿佛自己再一次成了弃妇。秋明的喜欢一厢情愿。她已经没有任何要求，只要对伊莱文好，同意和她结婚。

跟我们家伊莱文见见吧，她已经回来了，在英国待了几年，一口流利的英语，连打扮好像也洋气了，至少比过去有女人味，我年轻时也不懂打扮，家长越说自己越要这样，唉，没办法，也许年轻人会这样吧。伊莱文真的很可爱。这样夸自己家里人，还是让秋明感到了心酸。

有时夜里睡不着，秋明会上网查找相关知识。网上说这是一辈子的病，如果境遇不好，随时会犯。她感到了无望。她突然明白对眼下这个男孩异样的情感，原来有亲人的感觉。只有把女儿托付给亲人，自己才能安心。否则，将死不瞑目。“死不瞑目”，她被自己想到的词吓了一跳。想过死之后，她开始变得轻松，心想，大不了就这么陪着她，反正也没人看上自己了，不如就这么侍候女儿。再想想又觉得不对，伊莱文还什么都没有经历过呢。她希望女儿伊莱文忘记一切，包括那些不愉快的事，像个婴儿那样，重新生活。而自己也要主动介绍一些男孩。想好了，尽早去广场跳舞，她相信，那些妇女的家里一定有个可爱的男孩。她开始对自己的人生有了规划，包括锻炼身体，为了应付各种家务，包括将来为伊莱文带孩子。想到这些的时候，她感到连说话都温和了许多，她早忘记了身份。

前夫坐在沙发上，眼睛盯着小号。知道秋明还在生气，他管住了自己的手，忍着没动。秋明为他倒了一杯水。男人刚喝了一口，女人便从柜里拿出一瓶红酒，给他和自己分别倒上。

秋明喝了一口问，你说，她这辈子会有家庭生活吗？

前夫拿着杯，低下头，眼睛看着酒，用力喝了一口说，能。他的样子很坚定。女人觉得男人的心虚弱得一塌糊涂。看着看着，她有点恨眼前这个人。你如果不是瞎混，非要闹离婚，孩子会变成这样，会恐惧婚姻吗？原来是多么好的孩子啊，阳光，孝顺，懂事，很小就给我们洗水果，扫地，秋明伤感了。

男人安慰道，再大一些就好了，你看哪个女孩，三十多或四十了还游游荡荡不想成家？多不好意思啊，年轻的时候，做什么都不算太难看，图好玩。你年轻时不也是那样没心没肺吗？对，我记得，那时候，你那么胖还穿牛仔裤，我当时想，这个女孩也太没心没肺了吧。

用现在的说法是“婴儿肥”，喝开水都长肉，我连晚饭都不看，你给我买的鸡蛋，我没怎么吃，全给人了。女人答。

是吗？不记得了。前夫闷闷不乐地答一句，显得有点心不在焉。那时，他还不知道秋明的家多么富有，那时，他只是个穷小子，什么都舍不得用，省了钱，给秋明买营养品。可这些，秋明哪里懂。

你不喜欢胖，我知道。秋明似乎想起了什么，看着前夫的眼睛。

男人看出女人的情绪，说，其实胖也挺好的。

是吗？女人故意发出讽刺的怪声。男人后来找了一个苗条的。

两个人不再说话了。过了一会，前夫拿起瓶子，给女人加了些。

秋明盯着酒瓶，说，刚才你太没有节制，应该让那男孩子多喝，说不准，他头脑一热，就会说出愿意娶我们女儿做老婆的话呢。她觉得自己的表现也失水准，主要体现在对话上。工资够花么？她竟然这样问。

男孩答，够用，有时还用不完。

噢。女人听了，有些失望。她希望男孩子钱不够，或者要寄回乡下，说老家生活困难，他需要负担一部分。那么秋明就可以说，不用担心，我们会帮你。接下来，她还会再说，你的困难也就是我们家的困难。

她怪前夫不懂接话，应该把这些话巧妙地放进去。

别费心了，这么低三下四，人家说得很明白，不合适。为了证明自己的说法，前夫又补了句，如果是你的孩子，你愿意找个在单亲家庭里长大，心里有问题的孩子结婚吗？

秋明连想也没想便说，不愿意。说完这句，她低下头，看着地面。她看见一根头发。那是自己掉的。为什么白发不掉呢？伊莱文生病之后，头发全白了。最初她还到发廊里去拔，现在太多了，拔不过来，只能染。

女人把酒喝完，发现前夫低着头，若有所思，不说话。女人问，是不是想她了？出来太久，催你回去了吧？

男人说，没事。

没所谓啊，其实你说想，我也没所谓的，秋明说。

前夫说，留下了你们娘俩，换成谁都受不了，你不是说，见到，要杀了她吗？

女人摇着头，管不过来了。

前夫不说话，伸出手，想摸下女人的头，安慰一下，又觉得不合适，放下了。分开很多年了。如果没有伊莱文，他们可能早就不见了。因为女儿，他跑回来很多次。当然，有时候也过不来。那次是伊莱文生病，打完针已经半夜了，路上打不到车，担心女儿着凉，只好联系他。男人过了很久才接，电话里吞吞吐吐，说太晚了，出门不方便，下次再帮忙之类。显然是旁边有人。秋明听了，心里骂，下次你个头，永远没有责任，还是没变。担心伊莱文听到，不敢再说。回头看伊莱文，倒是一副无所谓的表情。原来她全都记在了心里，最后变成病。

女人喝了口酒说，谢谢你过来。她表现得很节制和礼貌，她喜欢这样的自己。

别客气，你这也是尊重我嘛，男人说。

女人不说话，两个人又坐了半个小时，其间各自喝了几次，前夫的手机来了信息。男人想了一下，才回复。秋明发现男人的眼睛已经老花，要把手放很远才能看清。她的也花了。

女人说，回去吧。

像是一直在等这句，男人想也没想便站起来，似乎怕女人反悔，他的眼睛看着别处，说，那辛苦你了。说完，便转了身。由于太快，男人高大的身体没能站稳，差点摔倒。男人走路总是不稳，还和当年一样。女人红了脸，向旁边躲了下，与男人拉开了距离，前夫接着向外走。女人心冷了，心想还是老样子，冷漠。怎么不问问我今后怎么办？是继续劝她，帮她，还是认命？当然，男人早就不把她当女人了，不然，怎么会跟那个妖精呢？她心里痛得要死，还是想掐死那个女人，是她把秋明的生活毁了。过年过节还假惺惺地捎过来巧克力和花。生活是巧克力和花吗？是柴米油盐，是每天送伊莱文上学接她放学，检查作业，开家长会，惹了麻烦，当着所有老师的面接受训话，是成长阶段每时每刻的紧张，等着她一点点懂事，你能做到吗？想到这，秋明又觉得对不起伊莱文，作为家长，自己做得并不好，耐心不够。可是明白的时候，已经太晚了。惭愧通常发生在晚上，她拿着伊莱文的照片改进忏悔，自己不应为了报复前夫，而自暴自弃，甚至连生意都不管了。

有段时间，我恨你。前夫突然站住，他返回身，对着秋明。

秋明惊住了，这原本是自己的话，何时成了他的？前夫刚刚还一脸惭愧。现在却要倒打一耙。她忍住了怒火，故意表现得平静，问，为什么？

男人说，你也看不起我，我整个人废了，没事业，没有人看得起。

女人答，我没有，我只是看不起你的颓废和乱找女人。

知道，这是我的错，可最后，害了你自己。

对，可是，我需要止痛药。见男人不说话，女人又说，其实是无望。每天两点钟醒过来，不知道怎么办。

前夫说，为什么不给我电话？

你已经有人了，正和另一个女人卿卿我我。

根本没有，我也在失眠，你以为这些年我过得好吗？

你也会睡不着？女人发出冷笑。

前夫不喜欢女人的讽刺，那是他熟悉的腔调。正因为女人的腔调，前夫找了其他女人。

我鼓励他追伊莱文，别怕，男子汉要敢于征服。他不管不顾，重新回到客厅，再次说伊莱文的事。

女人跟着回来，嘴里嘟哝着，人家身体好好的，家庭也完整，这样的人怎么会看上我们女儿呢？说到这儿，她叹了气。

男人说，伊莱文怎么了？她年轻，漂亮，热情，高学历。

可是她怕婚姻，不相信一切，秋明说。

男人说，以后会好。

会吗？别忘了，人家可不存在什么征服，已经说得很明白，是不选伊莱文。秋明把话说到这里，竟引出心里一阵刺痛。

沉默，连呼吸声也没有，两个人似乎睡着了。

如果我把房子当嫁妆给那个男孩子，你认为他还会这么说吗？前夫的声音好像从遥远的地方传来。

你会吗？女人愣了下，随后不屑地说。当初为了房产，他们差点闹上法庭，没了这个，他便是穷光蛋了，怎么会把房子留给外人？她说，你不怕那女人跟你拼命吗？

拼呗，至少有我一半吧。前夫说得有气无力。见秋明盯着自己，前夫又说，当然，她如果只看重这些，那我更无所谓了。眼下这个形势，房子还是比较大的诱惑，我希望这个外地男孩上钩，娶了咱们的伊莱文。

上钩？难听死了。女人瞬间瞪了男人一眼，说，娶了她，又不要她了怎么办？

前夫看了下女人，低下头，有一会儿，没说话。

见前夫这样，女人似乎得了把柄，越发逞能，她冲着前夫的脸：你终于承认，你们男人是这德行了吧？我有句话一直想问，请不要介意，如果不妥，就当我没说。

你问吧，客气什么呢。男人故意装出轻松，身子却已经紧张起来。

你是不是因为我们家生意不好，开始走下坡路，才想着跟我离婚？女人盯着前夫的脸。当年她家的生意很大，是远近闻名的富人。正因为有钱，才不在乎钱，想找个才子，她喜欢这个执迷于音乐的男人。没想到，后来乐团解散了，他这个小号手，变成了一个没有目标的胖子。

连发丝下面的头皮也红了，前夫仰到沙发上，将手托着后脑说，生意好不好关我什么事？

说得很对，的确与你无关。家里的吃喝拉撒一切开销你从来没有问过。女人冷着脸，脸对着窗外。乐团解散后，男人把自己关在家里，如同丢了魂。

不是那意思，我只是不喜欢你的傲慢，似乎有钱就可以欺负人了。男人的脖子露出青筋。

女人说，欺负人？你那些穷亲戚一个个进了我们家公司，有的还做了主管，买了房，办了户口，我帮了那么多，最后换来的竟是这些。

想不到，女人把这些全记在了心里，前夫红了脸说，的确帮了很多，可那是同情，我要的不是这些。

秋明气愤了，那你要什么？她不想再理这个男人，更不想跟他说话。她冷笑道，看起来，我的坏脾气没有机会改了。

前夫想了下，说，你已经改了很多。

前夫这样回答，让秋明觉得自己过分了，有些不好意思地笑了。前夫跟着笑，说，如果我们这个时候遇上多好啊，我敢保证不会乱来了。

女人想说，你终于承认是乱来，话到嘴边又咽了回去。过去自己太喜欢逞能，争着说话，爱讲道理，把人逼进角落。担心气氛被破坏，女人不敢再说话了。

其实你一直居高临下，让我受不了。男人又回到最初的话题，我去公示，让那个男孩占不到便宜，也不能抛弃我们的伊莱文。

过了半晌，秋明没接话，眼睛却红了。她背对着男人，说，每次去见介绍的人，脑子里还是你。今天我去找你的小号，一看见它，就想起你当年的样子。

别说了。男人坐了起来。

女人跟着也坐起来，随后她扶着沙发站起，指着外面的阳台说，你想看看花吗？还是当年你种的呢。

谢谢你帮我打理，善待它们，我现在一盆花也不想种了，没心思，男人说。

秋明苦笑了下，有什么办法？我又不忍心看着它们枯死。

前夫眼睛盯着女人的鬓角，说，我没看错，你真的很善良。

才发现啊？秋明有意换了一个角度，她担心男人可能见到了自己的白发。

前夫说，早就知道。从团里出来，我成了穷光蛋，可你对我家还是那么好。父母不知道我下岗，没工资领了，还为难你，连我都看不过眼，跟他们发火，不能这么欺负人。最后反过来你劝我，不要跟老人发火。这些话我全记得，谢谢你。

这一句之后，男人发现女人已是泪流满面。

男人觉得应该抱抱女人了。女人突然瞪了一双眼睛，说，我的存款，还有车，也给他们，只要他愿意和我们女儿结婚，不嫌弃她，一生一世爱我们的宝贝，让她尝到爱情和婚姻的幸福。

前夫看着女人，很久没有说话。

女人急了，难道说错了吗？她如果不幸福，我也不可能幸福，留这些有什么用？难道带到棺材里吗？

前夫突然伸出手，抱住女人，随后，他又推开了她，郑重地问，愿意和我一起回乡下吗？

喂猪，种田，这些我都能做。说完这些，秋明也吓了一跳，自己何时会做这些了？她觉得在说梦话。离婚后，两个人第一次说了这么多。

前夫的声音，仿佛从某个角落里发出的。别忘了，你是城里的大小姐，从来衣食无忧，怎么能做这些粗活？就是你想做，我也不会给你做，到时脏活累活我全包了。

我能的。秋明没有再说话，黑暗中，她坚定地看着前夫。她相信自己说到就能做到，干活累不死人，最怕的是没有希望地活着。

那好，把房子留给他们，这个城市我们不要了。男人两只手放在一起，用力拍了下，似乎把事情定下。秋明想起，刚刚那个男孩子答工资够花时的样子。对，是自尊心，秋明喜欢这可爱的品质。

这时，男人的电话突然在夜空中响起，声音越来越大，仿佛是警报，在深圳的上空划过。

你接吧，女人故作大方地说。

前夫起了身，快步走进厨房，拉上了门，轻轻地喂了一声，女人听见他说自己在谈生意。到后来，声音越来越小，直到听不见。秋明看着窗外，发了一会呆后，她抹净了眼泪，把最后的一点酒倒进杯子，仰了头，全部喝完。

你还回乡下吗？听见前夫回来了，她酸溜溜地问。前夫没说话，衣服贴着墙，发出闷闷的声音，一坐下，便拉住了秋明的手。

你干吗呀？喝多了吧？请不要这样。秋明的表情严肃。

男人眯着眼，仔细端详女人新染的头发，说，喂猪还是喂羊去哪儿都行，都听你的。

女人知道前夫说酒话，不可能实现，再说，哪里去找那种地方，可她愿意听。不知为什么，她觉得，这些话合她的心。

两个人又喝了一瓶，随后便失去了知觉。

不知何时，女人醒了，完全想不起自己在哪，包括之前发生的事。她瞪大了眼，由远到近。先是见到墙角躺着的两只瓶子，随后，她发现自己被什么捆了手脚，无法挣开。原来是被人抱住了。她吓了一跳，迅速挣脱出来。随后便感到了口渴，似乎要喝许多水才行。她慢慢站起身，给自己倒了满满一大杯。喝完，走向阳台。外面开始发灰。她又到了饭桌前，坐下，回头望向熟睡的男人。前夫睡得正香，翻了个身，打起了呼噜。她认真看了看，觉得男人的眉眼没有变，还是很秀气，耐看。她瞧了眼时钟，发现天很快就要亮了。她迅速跑到冲凉房，认真洗漱了一番，并换上一件浅绿色的睡衣。

此刻，女人的身体好像比平时小了一号，不费任何气力，便钻到了前夫胸前。她把男人的手臂搭在了自己的肩上，任巨大的呼吸声在头顶盘旋、轰响。随后，她发现男人的双肩开始抖动，一只脚似乎正打着拍子。她看见男人的嘴角一会抿着，一会翘起来，仿佛站在舞台中央，演奏他那首最心爱的曲子。

（原载《中国作家》2013年第6期）

典当奇闻

聂鑫森

在上个世纪三四十年代的古城湘潭，当铺和钱庄一样，到处都是，特别是在平政街、城正街、杨家园一带，隔不了多远，就有一块“當”字布招迎风招展。

当铺说穿了经营的是有抵押贷款，其实就是一种变相的高利贷，属于暴利行业。当铺牟利的手段，无非有二。其一，不管多好多新的东西，一搁上当铺的柜台，能够当出三成的现钱就不错了；而当到手的现钱，到了赎当的期限，必须付出很高的利息，利息一般以月计，三到五成不等，也就是说一千元钱月息就是三到五百元。其二，到时无力赎回原物，即成“死当”，当铺可作价变卖，从中得到更大的好处。

在各行各业的店铺格局中，唯有当铺是最为奇特的，它的建筑与装饰风格，与监狱相似。大门前有一束油布扎箍的幌子，即仿原来监狱中曾有过在牢房门前挂一件衣服或一把雨伞的暗记形式；砖砌的院墙很高，柜台上方安着红色的木栅；院内用石头砌起高大的瓦房作为仓库；房檐以石头雕刻成柱子作为窗户，一如牢房。头柜（当铺聘请的业务经理）和其他伙计，坐在很高的柜台后的高凳上，隔着木栅，与顾客进行交易，居高临下，就像公堂问案。开当铺的，有个不成文的规矩，从不笑脸迎人，脸冷目光也冷。

当铺为什么形如监狱？据说很早以前，有一罪犯，因犯重案关在狱中，熬了多年成为一个牢头。他在狱中勒索囚犯钱财，买卖食品百物，又令囚犯赌博，输者以物抵款，日久积资甚多。遇赦出狱后他便开了一家“小押当”，其形制模仿监狱；物值十而押三，到期不赎则变卖折本。因为此业获利甚多，人争仿学，便成为一个行当延续下来。

但开在平政街十二总怡和坪大码头边的潭丰当铺，却与城中的其他当铺有着很大的不同，它的建筑和装饰风格绝不似监狱。店门上方悬一块“潭丰当铺”的颜字横额，厚重古雅。店堂很宽大，内设着桌、椅、花凳，花凳上四时轮换着搁上盆花，春兰、夏荷（盆栽的荷花）、秋菊、冬梅，成为永恒的程式。柜台不高，与顾客取一种平等的姿态。店堂的墙上挂着名人字画，有笔有墨，可让人尽意观赏。店堂后面是一个小院子，库房是砖砌的，红漆库门，挂着式样别致的黄铜锁。院中四角，各有一株樟树，枝叶舒展，绿荫可以遮盖整个空间。院子中间则留着一块空地，铺着细沙，据说掌柜左铭碣饭后常在这里遛腿。

潭丰当铺在业务上也独出一格，专门典当古玩字画，不像别的当铺，什么都可以典当。凡来典当的人，掌柜左铭碣和伙计都是春风满面地接待，决不盛气凌人。

这个当铺，怪！

久而久之，人们便猜测出这个当铺之所以如此，首先是拥有雄厚的资财，你敢典当价格不菲的古玩字画，当铺就出得起价，囤得住货；而且左铭碣相信自己的眼力，他不请头柜，凡事亲躬，能够识别真假，精审价码。更重要的一条，正如左铭碣的夫子自道：“典当衣服、日用器具的多为小户人家，在他们身上获利，于心不忍。典当古玩字画的多是名门显府，他有难处需要应急，我们彼此得益而已。但我不轻视他们，殷勤接待，礼貌周全，谁没有走麦城的时候呢？”

左铭碣五十岁了，脸上终日浮着浅浅的笑意，一身上下文质彬彬，给人的感觉是儒雅文弱。其实，他的性格很刚烈，只是不露声色罢了。

有一年夏天，湘潭城一个有名的青帮小头目吴忠，着一身香云纱长褂，带着两个弟兄，大摇大摆地走进了潭丰当铺。

正在柜台里站着和伙计说着闲话的左铭碣，忙拱了拱手，说："吴爷，你来啦，快坐，看茶——"

吴忠冷着一张脸，说："左爷，不忙。我来当一样古玩，你敢不敢收？"

"好呀，谢你照顾小店的生意。吴爷出手，一定是上等玩意。"

"那是的。这玩意儿不知传了多少代了！"

吴忠说完，把左手袖子一捋，露出一条滚壮的胳膊，再拔出一把匕首，用匕首敲了敲胳膊上的腱子肉，嘭嘭地响。

"我这身子是父母给的，父母的身子是上一代给的，以此类推，这是不是古玩了？"

左铭碣脸上依旧是笑，点点头，赞叹道："果然是好古玩。"

吴忠说："既然左爷赏眼，我就切下一块来典当了！"

吴忠右手执匕首，在胳膊上切下一条肉来，然后血淋淋地搁在柜台上，再把匕首猛地往柜台上一插，刀尖入木二寸许。

左铭碣说："吴爷，恕我直言，小店也有这种东西，就不好再收你的了。"

吴忠冷笑一声："左爷，贵店既有，请给我一看。"

左铭碣也捋起左袖，右手拔出插在柜台上的匕首，笑吟吟地从瘦瘦的左胳膊上切下一条肉来，从容地摆在那条肉的旁边。"吴爷，你看看，同是炎黄子孙，这玩意儿应来自同一源头！"

吴忠愣住了，然后哈哈大笑，说："左爷，你是条汉子。贵店既有，我就不典当了，恕我打扰。"一手抓起那条肉和匕首，扬长而去。

待吴忠他们走后，左铭碣对伙计说："拿伤药来给我敷上！"

到了晚上，左铭碣提着一个礼盒，礼盒里放了两百块光洋，坐一辆人力车，去了吴忠的家里，一是说些闲话，二是表示慰劳。吴忠很高兴，觉得在弟兄们面前挽回了脸面，很痛快地说："我不过想跟左爷开个玩笑，左爷这样认真，倒让我不好意思了。你就放心开你的店子吧。"

左铭碣能刚也能柔，刚得是地方，柔得也是地方，一般人难及！

一九四四年初春，日军大举南下，锋芒逼近湘省，紧连省府长沙的湘潭，气氛顿时紧张起来。大街上游晃着一些日本浪人，腰间挂着倭刀，醉醺醺的，不时地寻衅闹事。

左铭碣的家眷早就送到乡下去了。

潭丰当铺照样稳稳当当地开门营业。

初春的雨，一会儿紧锣密鼓，一会儿细管柔弦，老天似有流不完的泪。

左铭碣坐在店堂里的八仙桌前，读着清代宣鼎的线装版《夜雨秋灯录》。忽听有人高喊："左老板，好兴致，居然能忙里偷闲读先贤典籍！"

左铭碣一抬头，原来是同行普仁当铺的掌柜冯辛其。

"冯老板，冒雨而来，兴致也不薄！来，坐下，喝杯茶。"

冯辛其腋下夹着一个包袱，把雨伞交给上前迎接的伙计后，说："我有难事了，找左老板帮忙。"

"哦，请讲。"

冯辛其坐下来，说："我栽了，栽在一个叫寿山的日本浪人手里了。几天前，他拿了件古玩来典当，我正好不在，柜上的伙计被迫当了一千块大洋，当票上约好十天后来赎。我一看，这古玩不过是一个新造的赝品，顶多值个二十元，他怎么会来赎？"

左铭碣笑了："寿山怎不上我这里来？"

"你是一双法眼，能蒙混过关？再说，你敢切胳膊上的肉，证明是个狠角，没人敢来找麻烦。你先看看这件东西，到底是真还是假。"

冯辛其打开包袱，现出一个直径两尺多大的瓷盘，釉色洁白，盘内画着几枝娇红鲜亮的桃花，两只蝴蝶绕花而飞，十分工细。

左铭碣先是凝神细看了一阵，再双手托起，翻转来看盘底，上有一方大印：雍正御制。再用手里里外外触摸一番，凡有彩色面的地方涩涩的，似有毛刺扎手。

“左老板，雍正到现在二百来年啦，怎么还有毛刺扎手？可见是件新出窑的东西。”

左铭碣放下盘子，缓缓地说：“那寿山小子自个儿也没认为是真的，真的不止当这个数。”

“左老板，那么说是假的了？”

“我也说不好。但寿山不会来赎当，这是可以肯定的了。”

“唉。”冯辛其叹了口气，说，“一千个大洋，对于我这个小店来说，可就是大事了，不像贵店财大气粗……”

左铭碣看着满脸愁云的冯辛其，说：“我看做工、绘工都不错，一千个大洋，还是值的。”

“左老板，你又说风凉话了。你说值，你要不要？我让给你，只要八百个大洋。”

“老实说，我很喜欢，你出让，我仍给你原价，只是你不要后悔。”

冯辛其忙站起来，朝着左铭碣鞠了个躬，说：“左老板，我就谢谢你了！”

左铭碣对身边的伙计说：“给冯老板拿一张一千元的银票！”

冯辛其收好银票，拿起雨伞，就要离去。

“冯老板，且慢走一步，我有话要说。”

“你翻悔了？”

“不，君子岂有翻悔之理。我做人素来堂堂正正，我想告诉你，这个大盘是真的！这是真正的皇家库货，因为从没使用过，所以才有毛刺。我看了看胎质和画工，是典型的官窑粉彩。寿山不懂这个，冯老板也看走眼了，让我捡了便宜。你如果翻悔，我愿原物退回。”

冯辛其心想：分明是你要翻悔，反来激将我。便说：“我不翻悔。”

“那好。你暂时给我守着嘴。下月古玩行业的例会上，我要带着这个大盘去博个好价，也让那个日本浪人见识一下我的手段，他想讹诈中国人，自己却屁都不懂，猪！”

“左老板，别去惹日本人，不是自己找不痛快吗？”

“我就去惹了，他们能把我怎么样！”

冯辛其一张脸都白了，忙岔开话头，匆匆而去。

左铭碣果然把这个雍正官窑粉彩蝶恋花大盘，带到了古玩行的例会上。他先在会上介绍了这件东西的来龙去脉和对它的鉴评，然后对那个虽未临会的寿山冷嘲热讽了一番，博得一阵又一阵的掌声。末了，这个大盘以一万元的高价出手。

第二天的《潭城日报》上，登出了这样一则消息：《日浪人寿山视真为假　左掌柜铭碣慧眼识珠》。

冯辛其看了这则消息后，又难过又佩服又担忧，难过的是自己确实有眼无珠，高兴的是左老板羞辱了那个日本浪人寿山，但他不能不为左老板担忧，年纪一大把的人了，虽图了一时嘴上的痛快，可留下了后患，日本人能得罪么?

这年的六月，正当初夏，湘潭沦陷了。

潭丰当铺店堂里的名人字画，左铭碣叫伙计通通摘了下来，一律换上了白纸黑字的对联，联语都是他选取的古人诗句，用篆、隶、楷、行、草各色字体写就，如文天祥的“山河破碎风飘絮，身世浮沉雨打萍”，杜甫的“万里悲秋常作客，百年多病独登台”，刘长卿的“秋草独寻人去后，寒林空见日斜时”，柳宗元的“惊风乱飐芙蓉水，密雨斜侵薜荔墙”……满室素白，愁云堆积，感时伤世，一如悼亡之挽联。

生意闲暇时，左铭碣徘徊在这些对联前，低声吟哦，涕泪难禁。

在一个黄昏，日本浪人寿山和吴忠一前一后走进了潭丰当铺。

此时淡淡的略带凉意的夕光，从门口反射进来，漂满了整个店堂。

一个伙计用抹布在拭擦柜台，另一个伙计在店堂后小院的库房里整理物品。左铭碣则坐在桌子边闭目养神，听见脚步声仍是纹丝不动。

吴忠高喊一声：“左爷，我给你带来大生意了！”

左铭碣睁开眼，然后缓缓站起来。

“吴爷，好久不见，这位是——”

“日本的寿山先生！”

“哦，寿山先生，早闻其名了！不知先生要典当什么？”

寿山四十来岁，窄长脸，扫帚眉，目光很凶，腰间挂着一把倭刀。他把一个很大的锦盒小心地放到桌上，然后揭开盒盖，从里面捧出一墩半尺高、四寸见方的翡翠印，说：“这是一方汉代骠骑将军的私印，上等翡翠所制，不知左老板敢不敢收？”

左铭碣笑着说：“你敢当，只要是好东西，我就敢收。看座！看茶！”

伙计高声应诺了一声：“来啦——”

左铭碣捧起翡翠印仔仔细细地看了一阵，说：“不错，是好东西。寿山先生，你要当多少钱？”

寿山说：“这印少说也值个两万元，按你们这行的规矩，我当七千元。因为手头暂时紧促，不得不这样了。一月后，我来赎当，利息呢，左老板，你说就是。”

“月息五成，也就是三千五百元，这个利息要先扣除，你只能拿走三千五百元，如何？”

“行，行。左老板，谢谢你。”

“不必客气。”

左铭碣亲自去柜台里取出当票，填写好了，连同一张三千五百元的银票，一并交给寿山，然后转过脸问吴忠：“吴爷，近来在哪里发财？”

吴忠很满足地说：“给日本人跑跑腿引引路，赚几个小钱，哪比得上你左老板。”

左铭碣随意地说：“我猜，寿山先生拿了这几千块钱，恐怕不会再来了。一过期，对不起，我就出手换钱了。”

寿山哼了一声，说：“左老板，你放心，我再不会吃雍正官窑大盘那样的亏了，我会准时准刻来的！”

吴忠一脸谄媚的笑，附和道：“那是自然的。”

说完，两个人匆匆走了。

天色渐渐暗了下来，伙计忙去关了店门，扯亮了电灯。

左铭碣把翡翠印轻轻地放入锦盒内，盖上盒盖，然后吩咐伙计找来一个木箱、一叠皮纸和一小盆桐油。他把锦盒放入木箱内，把盖子钉严，然后在木箱四周糊上蘸了桐油的皮纸，一层又一层，一共糊了九层。

“你们去院子东南角的那棵树下，挖出一个深坑，把箱子放进去，厚厚地覆上土。”

“不放到库房里去，左爷？”

“不放到库房里！我要把它深埋在地下，这是好东西。我警告你们，谁也不要说出去，记住了？”

“记住了，左爷。只是不懂，为什么要埋到地下去？”

“少问！”

一个月飞快地过去，正当盛夏，太阳烈腾腾地悬在天上，空气里像燃着无数看不见的火苗子，抓一把都烫手。

左铭碣今天穿了一件白绸长衫，手执一把白纸折扇，精神抖擞地站在柜台里。

两个伙计问：“左爷，他会来赎当吗？”

左铭碣仰天打了个哈哈，哗地打开扇子摇了几摇，说：“会来，而且场面会很隆重。”

“为什么？”

“因为那翡翠印是假的。”

“是假的他还来？他不来赎，就成‘死当’了，白赚三千五百元。”

左铭碣收拢扇子，用扇骨敲了敲柜台，说：“因为他想索要一个天价！我还约了不少朋友来看热闹哩。”说完，他冷冷地一笑。

上午十点钟，吴忠领着寿山意气扬扬地走了进来，不同的是，后面还跟着两个扛三八大盖的日本兵。

寿山拱了拱手，说：“左老板，我是如期而至，没有失约吧？”

“好。怎么还带了卫兵来？”左铭碣笑着问。

“这翡翠印太昂贵了，我今天赎出来，准备回国去敬献给天皇，不带卫兵行吗？吴忠，你把当票、银票交左老板验收。”

吴忠答应了一声，从口袋里掏出当票和一张七千元的银票，猛一下拍到柜台上。

左铭碣拿起当票和银票，冷冷地扫了几眼后，说：“票、钱齐清了。伙计们，去后院把那锦盒取出来交给寿山先生。”

这时候，店堂里陆陆续续进来不少人，有古玩行的，也有典当行的。冯辛其是最后一个进来的，来了也不跟左铭碣打个招呼，悄悄地挤到人丛中去。

不一会，伙计把锦盒取来了，搁在柜台上。

左铭碣打开盒盖，对寿山先生说：“也请你验收，看是不是原物？”

寿山愣住了，抖着手从锦盒里捧出翡翠印，左看右看，居然分毫未损。他咬牙切齿地说：“左老板，你……行！”

吴忠说：“这三伏天，它怎么一点也没融化呢？”

寿山骂道：“八格牙路！蠢猪！”

骂毕，举起翡翠印狠狠地砸到地上，乒乓一响，刹那间这印变成了无数碎块，并立即飘出洋松香、石蜡和冰糖的气味。

众人一片唏嘘，这是翡翠吗？原来这印是用洋松香、石蜡和冰糖制作的，再施以雕工，俨然一方翡翠印。按理说，这三样东西都是易融物，在盛夏能保存三天不损坏都很难，左铭碉不知用了什么高招。

日本兵猛地拉开了枪栓。

寿山把手往下一挥，恶狠狠地说："开路！"

左铭碉头一昂，高声说："不送！"

吴忠和日本兵簇拥着寿山向店堂外窜去。

冯辛其弯腰拾起一块碎片，嗅了嗅，说："左老板，你知假而敢收假，收了假又可以让它原封不动以归原主，有胆量也有智慧，我服了。"

左铭碉眼睛忽地湿了，他向众人拱了拱手，高声说："谢谢各位来捧场！如果我哪天离开这个世界了，今日就权当我向各位辞行！"

停了一会，他很潇洒地指了指挂满白纸对联的店堂，说："这个灵堂我早就布置好了，有这么多这么好的先贤诗句相伴，我心满意足。哈哈！"

笑声在店堂里回荡，墙角花凳上的一盆荷花，被震得花叶簌簌地响……

（原载《长城》2013年第4期）

酋长在天上看着

魏思孝

情况基本上是这样。她不在的这几天，我睡不着时经常想起她走之前的那晚。躺在沙发床上，我背对着她尽量使身体往里靠。墙下有个高半米长一米的空当，一个大纸箱塞在里面，留有一道缝隙。冬天有只老鼠曾从里面跑出来，在房间里到处乱窜，把垃圾桶撞倒，洒了一地的垃圾。还把她的衣服咬破。一开始我没听到老鼠的动静，半夜里她把我推醒说有老鼠。等我下床将灯打开，老鼠消失不见。一连几天我都没睡好，倒不是因为老鼠。我说过我根本听不到老鼠的动静，它总是在我入睡后才出来。我是被她弄醒的，黑暗中她对我说，你听，老鼠又出现了。我说，你管它干什么，睡觉。然后她用拳头狠狠地敲几下床头的隔板，老鼠受到惊吓跑回洞里。过了一会，又出现。她又敲隔板，老鼠又跑回去。如此反复，也不知道几点睡着。我买了几个粘鼠板，放在垃圾桶的周围。除了爪印和几根毛，老鼠没留下任何东西，甚至连板上的肉片都没动。这是只大老鼠，而且还不吃荤。我又买了一个老鼠夹，将一块饼干放在上面。第二天醒来，饼干还在。这只老鼠还挺挑食的。她说，这只老鼠快要成精了，怎么会这么聪明？她还说这只老鼠迟早会在这里结婚生子，子孙满堂。我们没有下老鼠药，她担心它会死在我们找不到的地方，腐烂发臭。早上她起床看到老鼠夹落下了，苹果核却还在。当她转身时，发现老鼠躺在离老鼠夹半米远的位置，像是睡着了。

老鼠死后的几天，晚上我们躺在床上感到空虚，房间里静悄悄的，是它阴魂不散还是如同家庭成员的离开？她走后，我的心情和老鼠死掉是一样的。这也是没办法的事，只能尽量去适应。她走之前的那天晚上，我背对着她，她把手放在我的后背上。我想起死掉的父亲，还有床下面的老鼠洞。体温在下降，死人的皮肤有种从骨髓中散发出来的寒气。我突然想抽根烟，但又害怕呛到她，时间已经不早，如果我非要抽烟只能跑到卫生间去，但是这样就会吵醒她。我没有抽烟，只是觉得悲伤，连续叹了几口气，一次比一次声音大。我甚至想转身将她抱在怀里，可也只是想想而已。我希望她能够和我说句话，问我为什么要叹气，还不睡觉，到底在想什么。但是没有。不过她要是问我的话，我也不知道如何回答。我肯定不会将实情说出来。好吧，还是说出来好一点。我想到死人的体温，想到父亲死掉之前，我摸着他的皮肤，感觉到寒冷。比较而言，北极的冰块过于炙热。我摸着父亲的皮肤，然后跳上床把耳朵贴在他的鼻子上，听了一会，终于眼泪掉下来，继而放声大哭。我从床上跳下来，捂住脸空哭，越来越进入状态，身体变得轻飘飘的。现在想来，还挺舒服的。

晚上我睡不着，等沿街商铺差不多都关门后，我就骑着电动车出门了。其实也没什么地方可去，就顺着柳泉路往南走然后右拐到新村路往西然后右拐到西四路再右拐来到商场路然后右拐到柳泉路。商场路练歌房的门口有个减速带，天黑没注意，车子一晃，木棍就从车头框里掉了出来。我停下车去捡木棍，就在我拿回木棍准备发动车子离开时，一个人打开出租车驾驶座的门下来，问我在干什么。我看着他没说话。他递给我一根烟笑着说，你在干什么？我说，你在干什么？他说我在拉客，你呢？他指着我的电动车，我看到你两次了。我说，还会有第三次的。他说，那你究竟在干什么？我说，没事干。此时一帮年轻人从练歌房里走出来，摇摇晃晃地朝我们过来。他们说，走吧，司机？司机说，不走，在等人。这帮人就过了马路，在对面站着。这帮人中间有个女的，挺漂亮。我回头多看了几眼，眼睛转过来发现那人也在看。我笑了笑。他回过神来说，我就是不拉他们。我问为什么。他说，吐我一车，怎么办？我说，拒载不好吧？他说，不好他娘个逼。

我骑上电动车，为了防止木棍再掉出来，我将它用力往里塞。再次经过练歌房时，他招手让我停下。他笑着说，第三次看见你了。我说，然后呢？他问我有没有烟。我递给他一根烟。他指着马路对面的店面说，前几天这里发生了件事，你知道吗？我说什么事？他说，两个男的过来向卡车司机收保护费，司机不给，其中一个拿着刀把卡车的轮胎给扎了。我说，现在还有收保护费的吗？他说怎么没有，当然有，我碰到好几次了。然后呢？他说给个十块八块的破财免灾。我说这是打发要饭的吗？他说刚才的事还没讲完，那个人扎轮胎，你猜怎么着？车胎的高压气把这个傻逼打翻了，啪的一下摔在地上，我操真他娘的响，整个人都拍在地上，短袖都给呲成碎片，流了一胳膊的血。我说然后呢？他说另一个人把他扶起来了，然后又问司机要保护费，司机不给，那家伙说多少给点医药费买件新衣服，司机说操你娘的我一个轮胎一两千块钱。他说完抽了口烟，说下次再跟我要保护费我也不给，有本事你扎我轮胎，呲不死你这个逼养的。我说他们再问你要保护费你就给我打电话，我保护你。他不太相信。我从车头掏出棍子。他说我也没这意思就是跟你说着玩，你不会当我是神经病吧？我问他还要在这等到什么时候。他说不知道，看看能不能拉个小姐。我抬头看了眼练歌房那闪着红光的招牌，这里面有小姐吗？他说，当然有，你不知道吗？我说不知道，我没去过。他说我有很多小姐的电话，可以帮你联系，外出包夜。我笑了笑。他说她们晚上让我在这儿等，你要是想找的话，我给你介绍个，绝对保质保量。我说你有照片吗？他回到驾驶室，回来时手里多了个相册。我看了看说，都是艺术照，没有素颜的吗？他说，办事的时候用不着卸妆。我合上相册。他说有几个活不错，我试过。他在相册上一一点出，分别是九禾和司聪。九禾的眼角有点往上挑，像整过容似的，笑起来不自然，有点凶。司聪的脸有点胖。他问我，怎么样有没有兴趣？你要是点头我立刻给她俩打电话，随叫随到。我说，两个一起吗？双飞，他看着我说，你他妈的很会玩啊。我说，两个一起多少钱？一千。我跳了起来，随即身体往后躲，这么贵？他说这可不贵，你到底是不是真心的？我把相册拿在手里，盯着九禾和司聪看了几眼，左看右看，有点拿不准主意。他说，看在你用情这么深的分上，我的介绍费就免了，八百，不能再少，你不用再犹豫了，这样的姿色错过可别后悔。我说，五折可以吗？你开什么玩笑？双飞五百？你是玩我呢？我没说话。他看了看我说，五百的话你选一个。我说你再给我优惠点就当拉个回头客。他说，你是不是在玩我？我怎么能做主？我说那你把她俩叫出来，我和她们谈。他说不行。局面有点僵。他说要不这样我给你一张名片，等你想清楚了再联系我。他从车里拿出一张名片。马伯贤。我说，你这名气很港台啊。

一个小时后，我想给马伯贤打电话时，发现他的名片不见了。我只好来到练歌房的门口等，没有等到。夜深人静，我坐在马路边，看到一些年轻人从练歌房里走出来。其中有个女的长得特别像九禾，她穿着紧身裤从我眼前走过去。我的目光刚好落在她的屁股上，情理之中她放了一个屁，声音不是特别响，也只有我和她心知肚明。这就像一个信号，只属于我们俩之间的默契。我笑起来，目送她走进一辆车里。我又坐了会儿，马伯贤仍旧没有出现，我就回到了住的地方。三天之后的晚上我见到了马伯贤，我过去拍了下他的肩膀，他回头看着我但没有认出我来。我说，我想和九禾司聪双飞。他拍了下脑袋指着我说，原来是你，你今天没骑电动车。我说，一辆电动车坐不下两个姑娘。他脸一沉，你来晚了。我问怎么了。他说你再选个姑娘双飞，九禾不在。我说为什么？马伯贤说，联系不上，手机打不通。我说那怎么办？再选一个和司聪配对呗。我翻了翻相册，没找到合适的。

我们坐在马路边抽着烟，他推了一下我的肩膀，用手指着北边一个小巷子。看见那里吗？我说嗯。前几天有个事，你知道吗？我摇摇头。他说，晚上一个姑娘从小巷子里走，突然出来一个男的拿着棍子上去就打，朝头打，打得那女的嗷嗷直叫，她没办法只能跑，男的就追在后面打，那女的穿着高跟鞋跑不快，没办法她只好把手提包扔掉，这才跑脱。我说，你怎么知道的？马伯贤说，电视上看到的，采访那女的了。我说，那女的怎么说？能怎么说，说自己的头到现在还痛。我说算了，你还是跟我讲讲九禾吧。他想了想说，你这么一问我还真不知道怎么讲。他又想了会儿，活挺好的，有亲和力。我说，别说这个，其他呢？他顿了顿，我就知道这些。我说，你打电话给司聪吧。我想她应该对九禾会有所了解。几分钟后司聪从练歌房里走出来，穿着吊带和短裤，其实她的脸也不是很胖。我们上了马伯贤的出租车，下车时我掏钱包结账，司聪看了眼我的钱包。你怎么用女式钱包？我甩手给了她一耳光。

早晨我回到住的地方，肚子有点饿，也不想吃东西，就躺在沙发床上想尽快入睡，但是怎么也睡不着。我抱着被子发呆，也不是有意想想点什么，但是控制不住脑子，脑子被人借走了。我先想到被打得头痛了好几天的那个女的，她晚上出现在空无一人的小巷，肯定是要去什么地方，或者是从家里走出来，要么就是准备回家。总之她没有想到会突然冒出个男的用棍子打她的头，而且是那种不依不饶的打，她捂着头跑，但怎么也跑不脱，伤心地哭了，回到家后她关上门躲在被窝里继续哭，想着手提包里的钱包和卫生棉，突然感觉到腹痛。她来到卫生间发现刚来几天的月经就这么停了，一点血迹也没有，枯竭的季节说来就来。她回到被窝里想有个男人在身边。想到这里，我笑起来，困意全无。

我从床上爬起来，打开电脑，想找个电影看，但一时也想不出想看什么，这让我变得急躁，有种想拿棍子敲人头的冲动。我甚至想今天晚上就行动，蒙住脸提着棍子躲在暗处，有女人独自出现我就拿棍子敲她的头，不停地敲，这次即便她把手提包扔掉我也不会罢手，一直朝着她的脑袋敲，把她敲晕在地，让她在此后的很多个夜晚都想找个男人呵护。

晚上我骑着电动车出门，慢悠悠地绕圈，被风吹拂的感觉真好。如果电量充足的话，我可以一直这样绕圈绕下去，但实际上没几圈我就有点厌烦了。总是这样，什么事情重复多了就会厌倦。有几次经过练歌房的门口，我想停下来，但马伯贤不在。还真想听他说点什么。最后我在西四路停下，坐在路边等着女人出现。肯定会有女人出现的，就算今天不出现明天也会出现。我抬头看着天，感觉到自己会这么一直等下去，等到死的那天。黑夜还在停留，不知道要停留到什么时候，不想了我就这么等着吧。实际上，能让我想的东西有很多。

十五世纪的北美洲，也就是现在美国南卡罗来纳州的位置，曾出现过一个印第安酋长。姑且就叫他酋长吧，下文所说的酋长只指代他。他的部落人数众多，所生活的土地上物产富饶衣食无忧极少出现自然灾害和猛兽攻击。酋长和他的族人觉得生活过于乏味，需要来点刺激的——如果他们知道古罗马的斗兽场，生活无疑会精彩纷呈，但很遗憾他们不知道——也是他决定每天从族人中抽出一个当众杀死，刻有族人姓名的木牌放在一个大箱子里，为了公平起见，酋长的名字也在里面。木牌由新生婴儿抽取，选中者的死亡方式只有一种，以木棍猛击其头部，直至脑浆迸裂。我把写有酋长故事的报纸扔掉，故事以酋长的死告终，当然他的死不是因为被抽中，而是有天他从马上摔下来，又在床上躺了几个月，死掉了。

我把手伸进垃圾筒，突然一阵刺痛，手掌好像被什么东西划了下，血汩汩地往外冒。我踹了下垃圾筒，筒里发出哗啦啦的声音，大概是碎玻璃。我举着手四处张望，一时不知道该如何是好。这时一个女的从远处走过来，我立刻闪到暗处。女的越走越近，我把手掌贴在脸上抹了抹。女的从我身边经过时，我跳出去站在她的面前，把她吓了一大跳。

（原载《西湖》2013年第9期）

大拇指与小拇尕

马金莲

哈蛋一年十二个月里有八九个月的时间在外面跑，刚嫁给他那两年，媳妇很不适应，老是想他。白天还好说，有公公婆婆小叔子等，混在人伙伙里不察觉一天时间就过去了。晚上就不好打发，看电视吧，看到里面的青年男女都是一双双一对对的，哈蛋媳妇就想到自己的孤单，觉得电视也没意思了，而且也不能由着性子看，婆婆一双眼睛盯着呢，电费贵得很。她睡在枕头上，觉得身畔空，心里也空，世界空落落的。她抱住哈蛋的枕头凑在鼻子下闻，闻到了一股子男人特有的汗腥味儿，深深吸一口气，将气味咽进肚子里，心里还是空落落的。她又不敢给人说，怕惹来一顿笑话，说她一个妇道人家不本分，想男人想疯了。

等把第二个娃生下，哈蛋媳妇竟然很少想哈蛋了。两个娃娃够她忙碌的了，而且又是家里又是田里的，一天忙到黑，一头栽倒在炕上，就盼着娃娃夜里乖，别闹腾，好让她睡上个囫囵觉。两个娃娃也习惯了没有父亲的生活。有时候哈蛋媳妇睡在被窝里想，他们现在的日子究竟是好呢还是不好？说不好吧，男人每个月都能挣回两三千元，够她娘儿仨花销了。她还思谋着存一点儿，趁早给娃娃存学费，等他们上了初中高中再考上大学的话，到时候用起来就不用作难了。可是，说好吧，这日子分明是有欠缺的，这个家里的男人常年回不了家，女人有大半年时间在守活寡，娃娃经常见不上父亲。没有父亲的疼爱和教育，谁知道他们长大了会是什么样儿的？这样想的时候，哈蛋媳妇心里气愤愤的，有些怨恨哈蛋，觉得他真是长着一副铁石心肠，就知道一心挣钱，把钱看了个重，难道就不能少挣点，多回来看看他们娘儿仨啊？白天逗逗儿子，夜里搂着媳妇，多幸福的日子，真是个傻人，咋就不知道趁着年轻多享享团聚的幸福呢？然而，哈蛋媳妇转念间就会把这个想法给否决了。她说，你真是傻啊，你以为哈蛋愿意一年四季像狗一样在外头流浪啊？他是没办法，现在的日子，哪一样上头能少得了钱呢？都是要花钱的，别看是在乡下，没钱还是一步也蹦跶不开的，简直能把手脚给捆死了。

村里办了个幼儿园，几个毕业了找不到工作的大学生凑一块儿办的。村里人纷纷把娃娃送进去，邻居鼻筒的儿子才四岁，鼻筒媳妇也给报了名，把娃娃打扮得新簇簇地往幼儿园里送。哈蛋媳妇坐不住了，大儿子大拇指比人家还大着一岁呢。哈蛋媳妇决定让娃娃上，可是一听收费就愣了，一学期五百，校服、书包另算。哈蛋媳妇说："咋这么贵？"老师笑了，说："这还贵？你去城里打听打听，回来就会发现咱这里一点儿也不贵。"哈蛋媳妇还是觉得贵，回家给哈蛋打电话说了情况。哈蛋一听村里娃娃都上了，说："一点儿不贵，城里最便宜都好几千呢，那也是私人办的，叫咱大拇指上吧。我这辈子没啥出息，就是个打工卖臭力气的，再不能叫咱的后辈踏我的老路。"媳妇一听，说："你和我想的一样，那我就叫咱大拇指上了。"

五岁的大拇指就背着个小书包去幼儿园念书了。他这一走，弟弟小拇尕落单了，一个人没人耍，整天缠着妈妈，前脚跟着后脚，寸步也不离开。哈蛋媳妇下地时也只能带着小拇尕。她干活，小拇尕头上扣着大人的草帽子在地头上捉虫子，或者拔野草。有时候冰草叶子把手割烂了，血糊了手，等她发现都已经干了。哈蛋媳妇一颗心牵扯着儿子，一块子油葵地没好好锄，长势很勉强。还有那一块子玉米地，几乎叫野草给淹了，草把薄膜都胀破了。她只能一手拉着小拇尕的手，边哄他边腾出一只手干活。这哪里是干活呢，跟耍把戏一样。

过去几年，哈蛋媳妇的日子都是这样过来的，一个人拉扯着两个娃娃。做一顿饭，有时候娃娃哭闹，吃不到嘴里就只能饿肚子。有段时间哈蛋媳妇甚至用布带子把娃娃绑在背上，背着娃娃去地里干活。汗流浃背的，娃娃受罪，她也热烘烘地难受。但是没办法，娃娃得拉扯，田里的活计也不能耽搁。那几年哈蛋还是个小工子，挣到的钱不多，一家人的生计还得靠种地垫补。哈蛋父母人倒是不老，才五十出头，但是他们根本没工夫帮儿媳拉扯一把孙子。老两口在忙死忙活地抓光阴，积攒给老二老三娶媳妇的钱，所以一点儿也帮不上儿媳的忙。婆婆甚至比儿媳还忙呢。哈蛋媳妇想起来就对他们有些怨恨，有时候觉得他们是真的忙，有时候又觉得他们偏心，不疼儿媳也就罢了，连孙子也不疼，真是说不过去。前几年她是咬着牙熬过来的，从来不敢指望别人能帮上自己的忙。

看看进入农历五月，枸杞子红了，人们更忙了。枸杞子是这几年才种起来的。乡上宣传叫公路沿线的土地别再种麦子、油葵、玉米，发展特色产业，种枸杞。吆喝了一两年，公路沿途的土地就全部种成了枸杞。去年就挂果了，但稀稀拉拉的。今年开始丰收了，满枝头都是红嘟嘟的小果子，把人的眼都能耀红。枸杞子成熟了就要赶紧摘，不敢耽搁。但这是个慢活，得用两只手一粒一粒地往下摘，很费时间。那些种得多的人家，自然得雇人，几天工夫大家就适应了这种现状。公路沿线的人家男人女人纷纷出门，参与到摘枸杞的队伍里，一天摘到黑，摘了多少公斤，按数量计算工价，当时就能拿到现钱。挣到钱的人心里甜滋滋的，握着票子，心里高兴，谁也没想到在家门口也能挣到钱，还是现钱，免了跑到外头打工的辛劳。而且这时候农活不忙，没有到收割的时节，每家每户的妇女就扔下家里，一心想着摘枸杞了。

哈蛋媳妇起先还犹豫着，主要是娃娃没人看，大拇指送进了幼儿园，还有小拇尕呢。她决定不去挣这个钱，哈蛋也在电话上说了，说只要把两个娃娃操心好，比啥都好，家里有他一个人挣钱就行了。媳妇说："你不知道，别人挣钱都要挣疯了，只要一想到别人一天五六十、七八十地挣，我闲坐着，啥也挣不来，我心里慌啊。"哈蛋说："要不把娃娃给咱妈看，你每天给她二三十块钱，等于咱也给她付工钱了。”

哈蛋媳妇当下就去找婆婆商量，婆婆不在家，只好晚上带着两个娃娃去找。婆婆听了儿媳的话半天没吭声，公公将一口痰吐在地上，用脚踝着说：“你们以为你妈闲着？其实她比你们还要忙。她摘枸杞子不比年轻人慢，一天挣了七十多呢。”哈蛋媳妇一看这架势，就知道叫婆婆看娃娃是不可能了，拉了儿子折回家。

第四天，哈蛋媳妇去幼儿园接大拇指，几个年轻媳妇也都来接娃娃，凑在一起叽里呱啦地闲聊，哈蛋媳妇站在一边听。一个媳妇子说现在摘枸杞子可挣钱了，她一天挣了八十五；另一个说她挣了九十多，这不，新买了凉鞋和衬衣；还有一个撩着衣襟说今年时兴的衬衣是乔其纱，贵了点，但是很凉快，样子也好看。几个女人呱呱笑着，说的全是摘枸杞子和挣钱的事。哈蛋媳妇听着，忽然心里自卑起来，低头看看自己的穿着，一件棉布衬衣，已经对付了两个夏天，脚上是手做的布鞋。和这几个媳妇子比，她显得灰头土脸的。哈蛋媳妇想，凭着自己的利索手脚，连着摘一个月的枸杞子，还不挣回个两三千吗？

第二天，哈蛋媳妇就带上小拇尕进了枸杞子地。她戴一顶软边凉帽，给小拇尕戴顶娃娃凉帽。枸杞子树上长满了小刺，稍不留意就扎手。小拇尕刚进到枸杞丛里很兴奋，到处乱跑，也要摘枸杞子，将这红艳艳的小果子往嘴里塞。不一会儿他就被扎得哇哇哭，枸杞子吃了几把，嘴里苦起来，对那满树的小果子没了兴趣，嚷着要回家。哈蛋媳妇叫小拇尕坐在地上刨土玩。一会儿他又不坐了，说热得慌。确实，头顶上的日头越来越毒了，大人都觉得受不了。哈蛋媳妇觉得娃娃可怜，可是一想到每摘下一把枸杞子，就能挣到几毛钱，她真是舍不得离开啊。后来小拇尕不闹了，她忙快快地摘。她虽然是新手，但是凭着一直以来的麻利劲儿，一点儿也不比别人慢。中午回家的时候，她才回过头去看娃娃，小拇尕睡着了，裤裆尿得湿乎乎的，小脸上全是泪痕，手心里攥着两把土，身上爬着几只虫子。哈蛋媳妇一看这不是办法，就等了几天，等到幼儿园放了学，便叫大拇指看着小拇尕，小哥俩留在家里，她接着去摘枸杞子。两个孩子自然不愿意，嚷嚷着要到外面去耍，哈蛋媳妇不敢往外放。出大门不远就是公路，班车、小车、蹦蹦车、摩托车接连不断地蹦跶着，娃娃万一叫车给碰了挂了，都不是耍笑的事，会出大麻达的。自打门口这公路开通以来，沿线的孩子可没少出事，碰死的、致残的，叫人听着就害怕。

哈蛋媳妇出门就把大门锁上了。她叫两个娃娃在家里好好待着，饿了抽屉里有馍，渴了水壶里有凉好的开水，心慌了打开电视看动画片，乏了上炕睡一会儿。哈蛋媳妇想好了，挣些钱过几天就领他们去集上买凉鞋，每人一双。妈妈走了，小哥俩起先试图趴在门槛下往外钻，可惜门缝很窄，他们的脑袋连半个也挤不出去。爬上门框往外翻，更是困难，铁门很光滑，大拇指爬上三四步就滑下来了，只能从墙上往外翻了。他们把房前房后的土墙都观察过了，奇怪的是平日里觉得这些墙并不怎么高，可是真要爬上去，还是不容易。大拇指搬来椅子，站在椅子上，还是离墙头差着一截儿。哥俩决定不再翻墙，回屋看动画片。

此时，哈蛋媳妇正淹没在枸杞丛里。撒落在枸杞子地里的人群花花绿绿的，大姑娘、小媳妇一个个麻利地忙活着。哈蛋媳妇学大伙儿的样儿，在凉帽上面再搭个纱巾，这样可以遮挡阳光，不至于整个脸面遭到曝晒。说实话这活计不好干，时间一长，腰身就酸疼酸疼的，直起来弯不倒，弯下了就觉得很难再伸直。然而，摘枸杞子就是不断站起又弯腰的过程，幸好她不娇气，打小就与农活打交道，啥活儿也吓不倒她。左右两边的树丛里都是妇女，只听见一双双手采摘枸杞子的沙沙声，一刻也不停，仿佛在提醒她不敢慢，慢了就比不过人家。她是个好强的人，生怕落在姐妹们后面，就一刻不停地采摘着。

头一天，哈蛋媳妇挣了七十五块，第二天八十七块，从第三天开始每天都达到了九十块。摘枸杞的妇女都知道哈蛋媳妇麻利能干，夸她真是利索。哈蛋媳妇也觉得说不出的高兴，夜里给哈蛋打了个电话，说了自己挣钱的事。哈蛋沉默了一下，说："你把娃娃锁在家里，这能行吗？家里又是水又是电的，娃娃还太小，万一弄出点啥麻达，那可咋办？"哈蛋媳妇说："我也愁这个呀，但是有啥办法呢？咱不能眼看着把日子过到人后头呀，我想着挣几个算几个，多少也能减轻你肩上的担子呢。”哈蛋想了想，说：“你说的对着呢，但我咋总觉得不放心呢？你把水缸锁在厨房里，别叫娃娃进厨房去，还有把低处的电绳子都往高搭一搭，免得他们胡乱去抓。”哈蛋媳妇说：“知道了，婆婆妈妈的，咋变得比我还唠叨呢？就不想我啊？”哈蛋哈哈笑，说：“你个死婆娘，我成天和水泥打交道，累死累活的，哪有精力想老婆？再说想也白想啊，水缸里的月亮，镜子里的花儿，那是白熬煎人呢，所以我不想。”媳妇眼窝热了，说：“我也不想你。”两口子都明白对方是正话反说，沉默了片刻就挂了电话。

哈蛋媳妇又去摘枸杞子，大拇指和小拇尕照旧看动画片。看着看着，忽然没电了，去拉灯泡，是亮的，说明没有停电。大拇指趴在电视后面看情况，有好几根电线，粗的细的都有。大拇指喊弟弟给自己递个改锥，他要看看究竟哪里出了问题。小拇尕将两个改锥全递上，大拇指将改锥头别进插头里，太大进不去，就换了个小的。这一下进去了，他还没来得及在里面转动，胳膊一麻，半个身子全麻了，一头栽倒在地上。小拇尕尖叫了一声，上前去拉哥哥。哥哥直挺挺躺着，小拇尕吓坏了，就哇哇大哭起来。这时，大门一响，哈蛋媳妇回来了。哈蛋媳妇在门口听到了哭声，跌跌撞撞扑进来，一看呆了，忙抱起大拇指揪着他耳朵哭喊。大拇指慢慢睁开眼睛，说：“妈妈，你别打我，我只是想检查为啥没电了。”哈蛋媳妇见儿子没事，把两个娃娃抱得紧紧的，高兴得流出了眼泪。两个娃娃从惊恐中缓了过来，也都抱紧妈妈哇哇大哭起来。

娃娃保证不再动电了，但是哈蛋媳妇不敢把他们锁在屋里了。就算她把电绳子全都高高挂起来，这娃娃要是动起来，你能挡得住吗？万一被电打出个好歹，她可咋给男人交代呢？她越想越是心惊，第二天没有出工，给娃娃把脏衣裳洗了，又在当院里晒了一盆水，摁着俩小子的头给他们洗澡。小哥俩拍打着光溜溜的身子戏耍，溅得妈妈满身的水。干活的间隙，哈蛋媳妇走了几次神，冷不防心思就滑开，跑到枸杞子地里去了。她似乎看见那些妇女们正在热火朝天摘枸杞子的场景，一双双手带了电一样刷刷刷，要多快有多快。那速度就代表着挣钱的多少呢，一想到硬挣挣的票子，谁心里不热呢！哈蛋媳妇心跳跳的，再也不能平心静气地干家务了。她这是怎么啦？以前可不是这样的，以前干啥都心思清晰，静着心一样一样干。自打摘了枸杞子，尝到了挣钱的甜头，这颗心就不安静了，干啥都想着这活计能挣多少钱，划不划算，真是钻进钱眼里出不来了。她笑着骂了自己一声。转念一想，心思又绕到挣钱上来，心里说今儿天气不算太热，有些碎散的云彩，正是摘枸杞子的好天气。今儿若是出工，挣个一百元也说不定呢。她觉得一颗心就像那红艳艳的枸杞子，热切地盘算着，转念又为自己今天少挣了钱而惋惜不已。

下午，哈蛋媳妇终于想到了一个寄放孩子的地方。后院土崖下不是有口窖嘛，窖空着。她将四壁的老鼠窟窿全部用土块填实了，扯了几抱干麦草铺进去，又在里面放了一壶水、几个馍、一个尿盆子。第二天早晨临出门把两个娃娃放了进去。娃娃很不愿意下窖里去，大拇指说："黑乎乎的，要待一整天，肯定要心慌的。"她连忙说："猛一看里面黑，待一会儿就适应了，不会觉得黑，再说窖口我不盖，叫敞开着，等日头出来了说不定还能看到光亮呢。"哈蛋媳妇答应晚上回来一定给哥俩买方便面、麻辣条，一人两包；还有，忙过了这一茬马上给他们买新衣新鞋。哈蛋媳妇又把一个被子一对枕头给放进去，说："你们就放开了要，瞌睡了躺下睡就是了。我想过了，这里面绝对安全。"大拇指和小拇尕还是不愿意，哈蛋媳妇没有工夫跟他们纠缠，连哄带骗把他们弄下去，急急忙忙锁了大门就往地里赶。

哈蛋媳妇准时出现在摘枸杞子的队伍里。这一整天，她心里很踏实，再也不用记挂孩子了，一心都扑在摘枸杞子上。这种感觉真好，虽然是为别人摘枸杞子呢，但是只要你摘得多，天黑拿到的工钱就多。照这样干下去，几茬子枸杞摘过，她挣的钱就能超过哈蛋一个月的工钱。到时候把哈蛋叫回来，叫他在家里多待上两个月，叫娃娃享一享一家人团聚的福。她甚至为自己想到的办法感到骄傲。那口窖很深，四下里都是黄土，一排人踩的台窝间距很大，只有大人才能够得上。两个娃娃在里面就像进了保险柜，由着性子闹去吧，水、电、火、交通等等的安全隐患全被排除了，就算心慌些，熬一熬也就过去了。唉，千说万讲都是为了穷日子啊，只能委屈他哥俩了。哈蛋媳妇想晚上回家路过小卖部一定要给他们买点小零食，好好表达一下当妈的心里的歉疚。

天黑算账时，哈蛋媳妇果然挣到了一百元。开工钱的男主人说：“你这个媳妇子咋这么麻利？机器人也赶不上你啊！”哈蛋媳妇接过钱，心里灌了蜜一样甜，觉得满身的疲惫也减轻了，飞一般奔向家里。把两个娃娃从窖里拉上来，她心疼了。小哥俩全身都是土，头上、脸上、鼻子眼儿里、指甲缝里都是土，头发乱蓬蓬的，脸上就剩下一双眼睛骨碌碌转动。他们围着妈妈乱跳，老大说心慌死了，跟坐监狱一样。老二想说什么，一着急越加说不出来，吭吭哧哧地打着结儿。她没工夫细听，就忙打断了说：“看看这是啥，好吃的，美死你们！”两个孩子果然高兴，抱着零食就忘了一天的不愉快。

第二天，哈蛋媳妇照旧把娃娃放进窖里。两个孩子在身后闹着不愿意，她心一横就风风火火出了门。说实话窖里一点儿也不好，潮湿、黑暗，就那么大一点儿地方。对于爱到处玩耍的娃娃来说，要待上一整天，真的很难受。她觉得自己有些残忍了，娃娃还这么小呢。然而，转念一想，觉得这是最安全的办法，还能叫她怎么办呢？一个人忙里忙外的，又没有分身术。别的媳妇还有婆婆帮忙，她是没指望的。在摘枸杞子的队伍里，婆婆干得最泼实，恨不能给家里挣个金娃娃抱回去的样子。婆婆见了她竟然都没有问一声两个娃娃由谁照看，看来婆婆的眼里就剩下钱了。

哈蛋媳妇白天在枸杞子地里忙一天，晚上回到家浑身就像散了架一样，酸疼、困乏。偏偏大拇指和小拇尕调皮，不好好睡觉。这一个骑在她身上，那一个趴在脖子上。一会儿哥俩打起架来，你哭我喊。哈蛋媳妇说：“你们睡吧，妈妈实在太累了。”娃娃说：“白天窖里睡醒了，现在睡不着。”哈蛋媳妇气急了，说：“我为啥要养你们两个土匪儿子呢？要是换成一对女娃肯定没有这么害！”大拇指嘎嘎笑地说：“你后悔也迟了，我奶奶说你肚子上挨了刀，再也不能怀娃娃啦。”哈蛋媳妇一巴掌甩过去，大拇指躲得快没打上，巴掌就落到了小拇尕的屁股上，只是力道早就减了。小拇尕没感到疼，一双小手抱住了一个奶头，嚷嚷着还要另一个。哈蛋媳妇心里烦躁，一把推开他，小拇尕哇的一声哭开了，说："爸爸，爸爸，你来看，坏妈妈惹你的小拇尕。"他发音含混，但是当妈的能听明白一串话里的意思。她不由得心酸了，紧紧搂住他，把一个奶头给塞进嘴里，孩子噙着奶头不再闹，慢慢睡着了。

等两个娃娃都睡着了，哈蛋媳妇的困劲儿错过去，睡不着了，就开亮灯看一对孩子。大拇指叉开腿子睡着，一只手窝在脖子下，另一只搭在肚子上，连肚脐眼儿里都糊满了泥巴。再看小拇尕，趴着睡，胖乎乎的小屁股圆鼓鼓撅着。她拍拍软乎乎的小屁股，将他扳正过来，这娃娃打小就爱趴着睡。这一对娃娃呀，真是她心里的一对宝。有时候想起自己这几年在这个家里吃的苦、受的罪，觉得委屈，但是一想到娃娃，就觉得啥都是值得的。只要他们俩乖乖地成长，当妈的还有什么奢求呢？现在就盼着他们以后能好好念书，成人后比哈蛋有本事，至少不再活得这样艰辛，她和哈蛋就心满意足了。

清晨天气似乎阴着，感觉没有平时亮堂，两个孩子留恋着被窝，十分不愿意起来去窖里。大拇指说他再睡会儿，困得很。哈蛋媳妇忙给牛添上一整天的草，水槽里倒满水，钻进厨房快速烙出一沓饼子，烧了壶开水，看天色还没亮起来，但是看表时间早就超过了平时，她不敢再等，将娃娃从被窝里扯起来，草草穿好衣裳往窖里送。

哈蛋媳妇将窖里变潮的麦草抱上来，重新铺了层干爽的。她看到四壁的黄土被孩子的小手挖得千疮百孔，是哥哥带着弟弟过家家呢，挖一间上房、一间厨房，再挖一间草房、一间牲口窑。他挖了无数间小窑洞，小小的手在黄土上留下了大大小小的壁窝和划痕，连那些她塞掉的老鼠洞也挖开了。她叹了口气，抓起孩子的手查看，哥俩的指甲都磨得很秃，尤其大拇指右手几个指头磨得红红的。她拿起小手亲了亲，摸摸孩子的头，心里说要是给他们每人一把小铲子，他们一定会很高兴，也不会伤到手了。然而这肯定行不通，万一他们打起架来就很危险。

小拇尕吃着热饼子乖乖下去了，大拇指忽然一把抱住哈蛋媳妇的腿哭起来，说：“怕怕，妈妈，我不去窖里，有虫虫咬。”哈蛋媳妇说：“当哥的还不如弟弟了啊，哭哭啼啼像个啥！乖乖听话，妈妈晚上给你们买好吃的，大拇指听话得很，快快快，我要迟到了。”大拇指哭起来，坚持不下去，说害怕、心慌，里面黑得很。哈蛋媳妇狠下心将他放进去转身就走，不知道是哥哥打了弟弟一下，还是哭声惹哭了弟弟，就听到弟兄俩一齐哭起来，含含糊糊说着什么。她顾不上细听，忙忙抓了遮阳帽将大门锁了就朝地里跑。

赶到地头，发现好的地方被别人抢占光了，就只能在最边上干起来。她抬头打量前方，地头很长，一直延伸到前面去了。她觉得懊恼极了，这一迟到真是耽搁事情呢，看来她今儿一天时间都要在最边上这块差地里和最小的枸杞子打交道了。晚上算账时挣到的钱肯定要输给那几个麻利妇女了。这时候，云层淡开，日头照在头顶上，她觉得热得不同以往，摸头上，才记起今儿走得急只戴了遮阳帽，罩在外面的纱巾忘了。别看是个薄得透明的纱巾，罩在外面却很顶事。没有它可是将整张脸都曝晒在骄阳下了。女人们终究都是爱惜脸面的，下地前一律用帽子加纱巾武装了自己。哈蛋媳妇想，看来中午得回去取纱巾。到了中午，最热的时节，头顶上一颗大日头像颗巨大的白炽灯定定照着，人感觉热得没地方躲，恨不能扑进凉水缸里图个爽快。但是摘枸杞子的人一直顶着烈日干活，直到十二点了，大家才凑到地头的阴凉下，各自掏出干粮啃起来。哈蛋媳妇觉得脸上热辣辣的，知道是晒伤了，心里想着回家去，但是脚步沉沉的，一屁股坐下就再也不想往起爬。干活时全凭着一口气，这口气一旦吐出来，浑身就散了架一样。哈蛋媳妇草草咬几口馍馍，把带的一瓶子凉开水全喝了，然后趴在地埂上睡着了。真是累啊，她觉得要不是咬着牙撑着，连走在路上都会睡着。一旦睡倒，觉得一身的肉不属于自己了，一个劲地拧着酸疼酸疼的。她想起男人哈蛋来，他也是成天顶着毒太阳干活的，这会儿不知道干啥呢。

下午接着早上的活茬继续干。哈蛋媳妇挪着脚步，凑到枸杞子树前，看到满树红艳艳的小果子，伸手摘起来。人就是这样，即便很乏很累了，但是来到活儿跟前，还是能强打起精神来。枸杞子树矮小，满身都挂着果子，就得人不停地直起身子摘高处，再弯下腰摘低处的枸杞子。这样不断地起来蹲下，蹲下起来，最难受的是腰部，到了下午简直就像打了石膏，完全僵硬了，僵直中带着疼痛。这时候摘枸杞子的人要克服的不仅仅是疲劳，还有疼痛。盯着树身瞅得时间一长，感觉满树的果子变成了小小的红点，到处晃动，晃啊晃，眼前一阵一阵发虚。最渴望的是找一个阴凉的地方躺下睡一觉，美美地、无牵无挂地睡上一觉。然而，她想到长年在外的男人，两个正在长大的儿子，一个家庭的生计摆在眼前，就再也不敢睡了，咬着牙继续摘果子。一双手潮津津的，身上的汗溻下去一层，又冒出一层，根本记不清重复了多少遍。盼着天上的太阳脚步快一点儿，时间过得快一点儿，天黑了就能收工回家。一想又被自己的想法逗得暗自发笑，时间又不是刮的风，呼啦啦一下就能过去的。

下午，离收工还早一点儿，哈蛋媳妇心里忽然急慌慌的，把什么丢了一样，再也无法集中精力摘那一颗颗小巧的红果子。有时候眼前发虚，竟然摘下了绿色的果子。她想不明白自己是怎么了，就是说不出的心慌。哈蛋媳妇第一个收了工，过完秤，领了钱，数目没有昨天多。她脚步虚虚地走着，心里盘算着明天一定早早来，抢一片最好的地，把今天少挣的给补回来。她在村口的小卖部买了一包盐和一包酱油，给大拇指、小拇尕买了方便面和薯片，看到有点心，又买了一包，准备明早拿出来哄他们高兴。

哈蛋媳妇打开家门，去后院看娃娃。后院里静悄悄的，太阳早就西斜，土崖下的窖口黑洞洞的。她忽然腿子软得厉害，没有听到两个娃娃等到她回来的欢呼声。他们大概睡着了。这会儿睡什么呢？她心里带着说不出的爱怜，还有点儿细微的嗔怪，趴在窖口上喊他们的名字。刚从太阳下面走来，猛地俯身在窖口上，眼前一团墨黑。慢慢才适应了，能看清窖里的情形，他们果然睡着了，喊了好几声都没声息。她看到他们睡在窖里，睡得很沉的样子，她那么大声地喊都没有反应，她决定下去抱他们。哈蛋媳妇慢慢溜下去，脚下踩到了一个坚硬的东西，一摸是手电筒。打开手电筒，一道雪白的光扑满了窖。借着光，她看到大拇指趴在地上，小拇尕仰面躺着。他们的脸色青中发黑，身子直挺挺、硬邦邦的。她推推大拇指，再拉拉小拇尕，都没有反应。她吓坏了，一把扳过大拇指的脸，倒吸一口冷气，只见娃娃的脸肿得有脸盆大，冰冷冰冷的。再看小拇尕，咣当一声掉了手电，她爬上窨口，哭喊着奔出大门去喊人。

正在收工往回走的人被哈蛋媳妇的哭叫声吸引了，纷纷跑过来看个究竟。很快，有几个男人出面帮忙，下到窨里把娃娃抱上来放在院子里。他们早就没有了气息，大拇指脸色黑紫，一条腿肿得明晃晃的。最骇人的是小拇尕，他嘴巴大张着，一根灰麻的东西横在嗓子眼儿里，留在外面的一小截还在慢慢地扭动。蛇！是蛇！人们被电击了一样，惊呼着退开，又聚上前。一个老汉拍着大腿说："是一条蛇钻进娃娃的嘴里了，它还活着呀！我活了七十多岁，还没见过这么可怕的事，这是遭啥孽了呀。"一个反应快的男人说："一定是蛇咬伤了大的，小的吓呆了，张着嘴哭，蛇就爬进了嘴里。"女人们纷纷捂住了自己的嘴巴，似乎害怕忽然有条蛇钻进去。一个男人脱下外衣抱住手一把揪住蛇尾巴，慢慢往外揪。人们觉得自己的心被蛇咬住了，血在一滴一滴淌。一条蛇被拉出来了，足足有二尺长。它可能闷坏了，不太灵活地扭着身子。男人高高抡起，对着地面摔下来，啪的一声响，蛇扑腾了几下，在地上艰难地挣扎着。有人拿过铁锨要剁死它。

忽然，哈蛋媳妇扑过去，双手抓住了蛇，张大口一下咬住了蛇。蛇猛然苏醒过来，身子弹起来，鞭杆子一样乱扫着，嘴里的信子哗哗地闪。哈蛋媳妇不怕，死死地咬着，满口冒血。人们清醒过来，忙上前帮忙，但是哈蛋媳妇根本就不要帮忙，她用嘴巴撕扯着蛇，蛇咬了她两口，她似乎不知道疼，看着眼前的人说："怎么会有蛇呢？我细细看过窨里的，只有几个老鼠窝，被我用泥土填掉了，蛇从哪里来的呢？从老鼠窝里，还是从崖面上爬下来的？"她问一句，咬一口，再问一句，再咬，直到将蛇扯成了几截子，然后慢慢歪下身子晕过去。寺里的马乡老闻声赶来，对着惊呆了的人群喊："愣着干啥？快把这媳妇子往医院送，把娃娃的埋体往屋里抬！"大伙儿如梦初醒，纷纷忙乱起来。

快收工了，哈蛋爬到了建筑的最顶层。这是一个即将完工的商场，坐在最高处往下看，密密麻麻的钢筋和水泥之间，工友们像一只只小小的蚂蚁，攀爬在建筑的各个缝隙间。快下班了，干了一天活，他们都很疲累，但还没听到收工的哨子响，所以一个个咬着牙动作机械地坚持着。哈蛋松松头上的安全帽，向着正在降临的黄昏深深吐一口气，然后向着西南方向瞭望。城市里鳞次栉比的建筑被他的目光越过，他对这些千篇一律的建筑没兴趣，他瞭望的是西南方的远方。沿着这个方向往前方延伸，几千里之外就是家乡。在那偏远的地方有他的家，家里一个年轻的媳妇带着两个孩子。想起儿子，他禁不住偷偷乐了。摸出手机打开相片看，里面存的都是儿子的相片，媳妇用手机拍下来发给他的。哈蛋有空了就打开来看，一张一张地端详，儿子在笑，儿子在哭，儿子吃饭，儿子穿衣，儿子捏着“小牛牛”撒尿，儿子背着书包去幼儿园。媳妇拍照水平差，有些画面是虚的，他觉得遗憾。另外媳妇说发彩信费钱，舍不得多发，一次就三张，大拇指一张，小拇尕一张，哥俩一张合影。他贪婪地看着儿子，似乎听到了他们欢快的笑声、打闹声、喊爸爸的声音。两口子打电话时他叫媳妇让儿子接电话，对着手机喊爸爸。两个小家伙都闭上嘴不吭声，似乎对着手机喊一声千里之外的爸爸是很不好意思的。哈蛋想起他们肉乎乎的小手、暖融融的脸蛋、黑白分明的大眼睛，觉得心里毛茸茸的，恨不能现在就伸手摸摸那两张小脸脸啊。还得有小半年时间才能到年底，才能回家团聚，那时候他们肯定又长高了不少。他要好好地抱抱他们，半个月不刮胡子，用浓浓的胡子茬扎那两张嫩脸脸，最好扎得他们哇哇叫。晚上，也可以扎一扎媳妇的脸蛋。想到这些，哈蛋不由得乐了。

收工的哨子响了，哈蛋站起身，准备向下爬去。

这时候手机响了，是媳妇的号码。哈蛋有些奇怪，媳妇一般不会这个时候打电话。

哈蛋摁下接听键，将手机搭在了右边的耳朵上，同时目光向着远方望去。

西边，残阳染红了半个天空。

（原载《回族文学》2013年第4期）

到Y星去

文　珍

张爱一天到晚告诉许先：你再这么鸡贼，我不和你玩了，我早晚要回到Y星上去。

许先刚开始还涕泗横流假装挽留：求你了，可别抛弃我！张爱发现这卓有成效，遂年年说，月月说，天天说，时时说，直到许先终于不耐烦：要回就回吧！记得和你们星球上的哥们儿带个好啊！

自个儿挖坑自个儿跳——这时候就剩下张爱怒目而视、无言以对了。

他们和在北京打拼的所有小情侣一样，最大的困境就是住房问题。唯一和一般情侣不同的是，他们六年来搬了七次家。主要还是因为租不起太贵的房子，所以尽可能找便宜的，变数遂和房价成反比，租房价格越低，房东反悔变卦的可能性越大，反正大不了赔一个月便宜租金。很多次，张爱跟着许先大包小包坐在搬家公司的卡车上时都咬着牙赌咒发誓：下次再和你这样半夜搬家，我就回我的星球上去，不陪你玩了！

许先说：别啊，你上班的五道口已经是宇宙中心了，你还想去什么更中心的地儿？

张爱说：和你在一起，住宇宙中心也和住银河系之外没什么区别，反正都是混吃等死。

那不开心么？许先呵呵地笑着说：混吃等死，已经是地球人类的最高境界了。你多有福气。

许先在中关村一家小软件公司上班，张爱单位在五道口，海淀区以内方圆十公里各个方向他们都住过，上地、西二旗、骚子营、圆明园……连北大对面的挂甲屯他们都租过半年房子，后来被两个考研学生以更高的价格取而代之逼走了。每当此时张爱都要重复一句她的誓言：回Y星去，立刻！马上！一分钟都不待了！

这话现在许先根本不接腔：你还不如先休个假，先回安徽老家散散心，我一个人在这边想办法，慢慢找房子。反正我一人找地儿蹭住，总比和你两人方便。

张爱不肯回去。她刚从五道口那家英语培训中心辞了职，失业加上流离失所，每天心情都很恶劣，基本到了炮仗一点就着的地步：我回安徽去，你好一个人在北京清静？我知道你就是想住于小乐家和他鬼混。

怎么说话呢怎么说话呢？许先哀号，体贴你还惹一身臊，得，娘娘我不伺候了。

他们那天晚上住的是中关村的青年公寓。已经是第二次事出突然，临时跑到这儿落户了。所有箱包都还搁在青年公寓楼下的大仓库里。前台小姐都忍不住问：你俩怎么搞的，老连夜搬家？

许先嘿嘿笑，不说话。张爱气不打一处出：还不就是这人非要省钱！现在房子这么难租，人家一提加价，他就一百两百地和人家磨，好像省下这两百块钱就立刻能发财似的，房东最后都烦我们了，宁可赔一个月房租也不肯续租啦！

许先说：他那破房子哪哪儿都不成，还好意思加钱？空调冰箱最后连煤气灶都坏了还不给换，还能找着比他更抠门的房东么？这也太黑心了——此地不留爷，自有留爷处！

前台小姐偷看了看俩人脸色，不敢说话了——其实在这公寓住一晚也得两百，省下这两百还不如给房东呢。

那天晚上，许先和张爱肩并肩躺在青年公寓陈旧诡异的房间里的双人床上，空调开到最大报复社会，以泄之前房东不给修空调之恨。两个人都想不出什么话，连电视机都懒得打开，刚才折腾搬家，骨头都快散了。

张爱突然指着天花板说：你说巧不巧，就是上次咱们住过的那间，连天花板上发黄的水渍位置都一样。

许先肯定地说：不是这间。上次那间屋角的墙皮还脱落了，你看这间好好的。

张爱怀疑道：你记错了吧？

许先说：不可能。你一个射手座和我摩羯座比什么记性？

他俩争了一会，无果。两人都很沮丧。

还剩多少钱，你银行里？

我爸汇的那笔钱现在还剩五千多吧。你呢？

加上今天退的押金和赔的一个月房钱，大概我手里还有不到一万吧。

一万五千块钱，就是张爱和许先两人在这个世界上全部安身立命之本。他们工作已经三年了。

张爱说：你说，每天都看到报纸上新闻上那么多人发财了，世界上这么多有钱人，为什么咱俩就这么穷呢？我们还是大学生呢。

大学生现在最不值钱，还不如职高学生，出去就能干活。

命苦不能怨社会，咱也想点儿挣钱的门路。你不是说你们公司马上就要给你加钱了么？

早着呢，许先说。现在又是暑假了一下子好多学生投简历，还有好多大四学生求实习的，老板一下子又牛气哄哄了，对我们横挑鼻子竖挑眼的。这时候去提涨工资的事，不是找死是什么？

真活不下去了，咱还不如找死呢，张爱懒洋洋地说。这节骨眼她正好失业了，对工作问题不便发表太多意见，顺势就把话题转到感情上来：你是不是最近特心烦，都不太喜欢我了？

许先说：除了喜欢你，我特么还能有别的爱好么？我特么还能爱得起别的么？

喂，别说脏话。

特么不行，你妹可以吗？管真宽——唉我就是挺心烦的。对了你一天到晚都说要回Y星上去，这事靠谱么？要是靠谱，带我一个。

张爱笑嘻嘻地说：挺靠谱的，要不我今晚就申请？

许先直起身子，目光灼灼地看着她：真的？那你快写。

张爱也坐起身，不太确定他是开玩笑还是真疯了，她想了想，没下床去找笔：我们Y星其实也挺没劲的，真考虑清楚了？

咱去落户了，能有地方住吗？

那倒是有，挺宽敞的还，现在Y星人烟稀少，特鼓励外星移民，谁去都给一大套house，郊区豪宅，联排别墅。

嗬，听上去像美国。唉毕业那时我要是申请斯坦福就好了——

就凭你那GRE成绩？何况现而今美国也不容易申请奖学金了。就你爸妈那点退休工资，得攒到猴年马月才够你去造个博士学位的。

也是，那继续说咱Y星的事儿。一家发一套别墅，然后呢？具体条件怎样？

那自然是楼上楼下，电灯电话。别墅门口还有小花园，能养一只巨大的拉布拉多，还能弄一狗屋，也带电灯的，外边一拉灯就亮了，冬天还能当暖气使……

等等，Y星也有拉布拉多？

就是有点像拉布拉多的一种外星宠物，其实都不是狗，怕你不理解，随便打个比方。那外星宠物特别好，不爱多吃，拉完屎还会自己冲厕所，神吧？

挺神的。比咱们地球动物聪明多了。

那是，否则这物种怎么能在我们Y星生存两亿多年呢？还有，Y星植被非常繁茂，随便什么东西扔地里都嗖嗖地长，根本不带施肥浇水的。

你意思是，我们去了Y星都不用干活，每天等着树上往下掉果子就成？

这事其他Y星人都不知道，他们都特老实地干活，挣钱买当地商场的食物。水果能吃这事只有我们来过地球的人才知道，厉害吧？

厉害。然后呢？

然后我们每天就躺在大house前面的草地上晒太阳，空气特别清新，外星宠物跑来跑去，张开口就有滋味鲜美的水果吧唧落嘴里，吃饱喝足了，我笑眯眯地看着你，你也笑眯眯地看着我……

许先狐疑地说：这情形我好像在鲁迅先生《幸福的家庭》里读到过。不过那两人其实不怎么幸福。具体情节我都忘了，就记得字里行间一股子放馊了的冬储大白菜味儿。

别打岔。——有时候我们实在闷得无聊了，也出门去看电影。

Y星也有梦工厂？有好莱坞吗？

当然都有，我们Y星比地球先进两万多年呢。声光电影，应有尽有。

两万多年都还没把电影这种低级娱乐进化掉？那至少得是8D了吧？

张爱瞪了他一眼：8D，还16D呢！反正我们坐在那里，就跟演电影似的，电影里的风嗖嗖地在我们耳边刮着，花花草草随手能揪一大把，你要看上电影里大街上的美女，过去就能套磁儿——

合着咱们直接就在大街上吧，啊？除了看高级电影、吃免费果子、养外星宠物，咱还干别的吗，收拾卫生、当当义工什么的，任何有点意义的事？

你这人横是地球上苦没吃够怎么的？好不容易到一个不需要干活的天堂了，还可劲儿问要不要干点别的？告诉你，我们那科技水平高，房子自动就打扫干净了，不干净的地方有机器人料理，免费的，外星政府给掏钱。义工也没必要，所有人都挺幸福，没人需要你帮助。

实在你闷得不行了，咱就生孩子玩吧。

你回Y星都愿意生孩子了？哇。你不一直都特别讨厌结婚生孩子什么的么？

那是在地球。幸福指数这么低空气质量这么差，神经不正常了才结婚生孩子。生下来的孩子再原样儿走咱们这么一遭，不是活受罪么？没准还不如咱们呢。

那你说说，在Y星生孩子如何幸福法？

首先，生了孩子我就母乳喂养。吃那果子特催奶，也不需要熬鸡汤什么的了。孩子吃了果子奶以后就噌噌噌地长大，一会儿工夫就三四岁，该上幼儿园了。Y星的幼儿园都不花钱，好多小朋友在里面快乐游戏，幼儿园阿姨都特别慈祥。接着他就上小学了，成绩特别好……

等等等等我持保留态度，我怎么觉得Y星的小孩长大得一点难度都没有啊？就跟没养这个小孩一样，不好玩。

所以说你这人就是贱嘛。非要苦大仇深到处塞钱找门路地生孩子养孩子送学校，压根就不信有什么轻松健康的育儿方式。听我说完，那孩子很快就上小学了，Y星人智商特高，在那出生的小孩智商也高，门门功课都一百多——

一百多？多少分满分？

别打岔！我的意思是，每门都接近满分。就这样不用托关系走后门成绩倍儿棒和班上同学们融洽快乐地读完小学、初中、高中，高考随便那么一考，喃，Y星第一重点。

这么和谐的地方还有重点大学和非重点大学一说么？许先说。

嗯……所有大学都是重点，有的地方重点在于环境好，有的地方重点在于食堂好。我们孩子上的这个重点，里面老师特别好，都是上“千年讲坛”的教授，开口银河系闭口熵物理。

呵。咱们孩子学熵物理干吗，以后也当科学家？

可能。反正闲着也是闲着。

不是地广人稀资源多、每天吃果子就行了么？当科学家干吗？重新侵略地球？

……我发现就没法和你正常交流。张爱有点说不下去了：多美好的愿景啊，老打岔。

听你说了这么久，不知道为什么，我觉得自己能当一个地球人挺幸福的。你们Y星生活可真够无聊的。

可能是我说得有点无聊。张爱本来想反驳，想了想只好承认：在你们地球摸爬滚打地生活这么久，都有点想象不出来真正美好的生活了。比方说，你要不每天挤地铁坐公交挥汗如雨地去上班，都没法觉得自己是在生活。一件什么好事，大家不挤破头去争，都没法相信那是真的。我们中国人——她这时忘了说你们地球了——最大的好处和最可悲的地方都在于，心往一处想，劲往一处使。挺绝望的。可也挺热闹的。

要不是这样，更绝望，许先说。你想想，一个繁花似锦的花园里，躺着俩啥也不干的人，整天无所事事，就张着嘴等树上的果子掉进嘴里——这太可怕了，想起来都打哆嗦。

……

张爱懒得说话了，继续专心致志地研究天花板上那块污渍。过了一会她说：你仔细盯着它看，看出来什么门道没有？

看出来了。

什么？像个兔子吧？

我不得不说，你想象力太低级了。明明是个边缘不太规则的几何体……像一圈圈的旋涡……旋涡中间有个黑洞，你盯着它看，黑洞越来越大……

然后呢？张爱紧紧地盯着他的脸，语气急促。

然后我就往里看，看到了宇宙星云密布，流星飞逝，恒星转动着发出或灿烂或黯淡的光华……有些星星有桃子的颜色和香气……还有些星星看上去就像坏掉了的芒果……噢，我也看到你们Y星了。

怎么样怎么样？长得还成么？

还成，就是像个用旧的网球，边缘有点起毛的那种。你们Y星肯定是太无聊了不受人待见，老在宇宙里被人打来打去吧？

哼。继续瞎掰吧你就。

然后，突然间！我就看到一个特别特别美丽的蓝色星球，哎呀，那颜色真是难以形容……大海一样深邃，梦一般飘渺……星星月亮太阳都围绕着它，还有很多宝石一样闪着光芒的陆地，其中一块地方被一条长长的带子贯穿，仔细一看，原来那是一座长长的城墙……

长城是吧？张爱用鼻子嗤出一声冷笑：可惜你科普知识有待更新，美国宇航员早就说了，在太空里压根就看不见什么长城。

是吗？那我看到的可能是长城的灵魂吧……那么浩荡无边，雄伟壮阔……沿着长城，我看到了一个美丽的国家……山清水秀，河川壮美，街上行走的姑娘小伙都倍儿体面，倍儿精神……

真有你的，在太空都能瞧见街上的人，你是带了宇宙望远镜还是显微镜哪？听你瞎掰我都憋坏了先去趟厕所。

别打岔。这回轮到许先同学闭眼陶醉了：其中，有一小伙和一姑娘尤其郎才女貌，彼此相爱，每天辛勤地为社会主义事业添砖加瓦，胸怀伟大抱负——要在今后十年内，在宇宙中心五道口购买下一套不低于四十平方米的房屋。今晚他们搬了个家，入住了一家高级酒店，略觉有些倦怠了，遂静静地躺在床上，笑眯眯地你看着我，我看着你……

你也笑眯眯了？厕所里静了一会儿，估计是听到最后一句话了，随即传来哗哗的水声以及大笑声：你知道现在几点了么？

这时候，姑娘问小伙：你知道现在几点了么，笑眯眯的先生？小伙子说：时间都是虚幻的，我们地球上爱因斯坦的相对论你听过吗？和你所爱的人在一起度过一生，也就像过了一瞬。但和你不喜欢的人待在一起，哪怕一秒钟呢，也足够好几个超新星爆炸好几回的了。许先富有感情地，闭着眼睛说。

明天你要上班，我还得找地方搬家呢。张爱裹着一条浴巾湿漉漉地出来说，地板上到处都是水，她刚开始有点手忙脚乱，很快就想起来这是在宾馆，释然地听凭头发继续往下滴滴答答滴水：对了望京那家你到底觉得怎么样？三千五，小一居，九七年的房子，还算新吧。

好吧。许先不情愿地睁开眼睛，看了一下手表：哎呀真不早了一点半了！你先洗我先洗？

你刚才去宇宙漫游那会儿，不才已经在地球洗过了。你闻，这就是你们地球廉价日用品的香气。它来自于地球上的血汗工厂。就在你说超新星爆炸的那秒钟，又生产了四万八千多瓶，正在流水线上灌装、塑型，轻盈如闪电、顺滑如丝绸般流向世界各地……这幅壮观的场景能想象出来么，笑眯眯的先生？

不能。许先站起身，留给她一个地球男人结实而日趋发福的背影：对了，去看望京那房子的时候，你一定得确认有没有空调，如果没有，问问房价能不能少两百，啊？

（原载《光明日报》2013年8月23日）

当我们谈起星座

鲁　敏

1、有个熟人，叫大林，才四十多，冷不丁地，竟死了，以那样的方式，像一个小心翼翼的耳光，无声息地打在我们赤裸的脸上，倒也没什么特别的痛感，毕竟，嗯，真的蛮忙的，尤其我们这个圈子。

……每个地方，都有各种小圈子，而每个小圈子，其基本活动方式就是不同名目的聚会与饭局。你晓得的，到处都是这个样子。我们都习惯并需要这样的圈子。

大林呢，算是鄙圈的，也忘了认识多久，反正看上去也是有模有样的。我们这圈子就是这样的，大家都煞有介事地混着，若干年下来，便都有“分量”、有“格局”了，常会摆出一副懒洋洋的表情，被别人这样地介绍：新锐画家某某、知名编剧某某、领袖诗人某某某、首席设计师某某之类的。介绍到大林时，常常会发现他不知钻到哪里去了，可能是在替大家点菜、找服务生要空调遥控器什么的，就算好不容易逮到，他会滑稽地一碰脚后跟，站得笔直，伸出两根手指贴着眉毛，敬个微型的西式礼：“诸位好，我是来打酱油的。”大家哄笑：“我也是！我也是！”嘿，谁不是呢？

大林长着一张溜圆的脸，黑粗镜框，人缘好极了，不论新朋旧友，再格色再端的，他都能逗弄得对方走下云头。聚会时，他一般负责搞气氛——一个像样的聚会，是需要角色构成的，咳唾成玉的大人物、豪放的买单人、抽风的酒鬼、壁花美女、持不同政见者、插科打诨的等等。大林呢，约摸就是最后那个角色，他掐掐捏捏的懂点测字与释梦；擅长用文雅的方式讲荤腥段子；还有点小丑风格的表演才能，模仿某位名人模仿一个结巴什么的，能让大家欢乐得胃口大开。哪次聚会没他，那真像是高汤里少了一小撮盐。

近些年，弄顿热腾腾的“高汤”越来越不容易了——大家都熬过了寒酸的季节，或多或少地阔了，彼此反不若从前那般地亲密无间。比如，这个大佬与那个大佬，不知什么缘故，不对路子了，且各有各的拥趸，场合上虽也共同露面，但那面目里的生硬，蛮让旁观者难受的。再比如，好好地搞个创意吧，这几个只想要媒体效应，那几个却图个真金白银，有的想沾点主旋律的好处，有的则恨不得把反骨支在脑门子上，几种想法一搅和，到最后就弄成了四不像。当然还有其他更多的小麻烦，关于介绍的先后、发言的安排、采访与见报的篇幅等等，更不用说某个异性不均匀的荷尔蒙作用等等——其实也不奇怪，都是艺术家嘛，“难搞”就是他们的特征。

这样的时候，大林就有点作用了。他上下左右跳跳，暖场，救场，甚至让大家笑场。就算他把所有的宝都耍完了，总还会有最后的救命稻草：星座。这真是屡试不爽的万灵妙药，一旦席上尴尬或是僵持了，大林就会不动声色像是无聊地问起身边的姑娘——她毫无疑问相当漂亮，并有着同样漂亮的无知，你知道的，圈子里永远都会有不断加入的新鲜人，像流动的河水一样冲刷着我们这些生了青苔的石头们：“嗳，小某，你信不信，我能猜出你的星座？”

“不可能吧？第一次见，就能猜得出？”姑娘的明眸在桌子上流转，灯光下这一张张保养优良、牛叉极了的脸，她可仰慕多时了呢。

“对，是挺难的。”大林真诚地盯着她，“那不如，我猜你喜欢谁好不好？”

小某的脸，得体地红了：“那算了，你还是猜星座吧。”

大林于是拉起姑娘的右手，一点不色情地看了许久，无聊中的我们都在无聊地等。大林最终慢吞吞地说：“你的手……真白。”

哈哈，我们笑了。大林不笑，仍旧拉着那手：“我知道了，你这个星座跟金牛座最合的！在座的，哪位男士是金牛？”

星座的小火苗，一点就燎原了。马上有人自动认领或相互指认，又有半老的男人假装生气，说大林欺负他不懂得星座不星座的，大林连忙认错，并开始扫盲，以席上各位的星座为教材，分析其性格强弱、扑朔迷离的桃花史与令人感慨的命运曲线……星座学真跟红楼学一样的深不见底，甚至可具体到每日运势——大林在手机上找到专业网站，输入某人的星座，并配合其生肖、出生时辰以及血型什么的，然后一本正经地逐字念出：你明天出门一定要戴绿色饰品（眼镜也算）；午休时间可能会遭遇暗恋者表白；建议逛名品店，会碰到心仪货品打折。

瞧，是有点意思吧？席上哄哄然狂欢了。人本来就是自恋的动物，艺术家更是自恋之王，有的还会延伸到自己的旧恋人、未来的追求者、某个同行（对手）等。一时间，各种细嗓门粗嗓门都在抢提问权：那白羊座的下月运势如何？你替我测测下个星期的社交禁忌？嗳，我！摩羯的速配星座是什么？

对照、惊愕、拍大腿——碰杯、喝酒。怀疑、笃信、一声叹息——碰杯、喝酒。桌上如火锅烧开了一般……大家都那样的天真、投入、欢乐，好像这茫茫人世间除了星座值得信赖，还算有趣，还能一谈，别的就全是他妈的狗屁。

当然也有人嘀咕：“什么星座不星座的，我从来不信！我工作室最近忙死了，专程赶过来就为听这些？都是大林闹的！”

“行啦，这年头谁还一本正经谈话啊？就是互相打发打发、搞个气氛呗。就算大林不在，也同样会有人聊起星座的，全天下都这样，所有聚会都这样，不谈星座别的还谈什么呢？再说，星座有时也蛮灵的，就是男女相亲、填大学志愿、单位招聘什么的，也要分析星座的，你别老土了。”

“哼。”这位抿住嘴，想想还是不服气，“我就不明白，这大林到底干吗的？不能写不能画的，就这么无事劳地瞎混？”

“没听过‘社交名媛’么？我觉着大林就是这么一朵很正点的交际花。”有人插话，他手里正翻着一本死厚死沉、180克铜版纸的设计杂志，他翻到封三，用指头点着由露肩礼服、手袋、名表和珠宝构成的“爬梯”照片。

这位于是低头凑到杂志上去，把眼镜推到头顶研究了好一会儿美人图，思索片刻说：“我们这个圈子，都应当是‘家’嘛，谁说大林不是呢，他是社交家。”

闲聊的这几位，的确是一等一的“大家”，作曲家的歌五年前上过春晚，影评家则是“金扫帚”票房毒药大奖的独立影评人。他们虽则嘴中刻薄，这不过是圈子里一贯的表达方式，其实跟大林都是好朋友，家里侄子找实习单位、车子年检或身份证挂失什么的，都是大林替他们搞定——弄艺术的人，最是面嫩，又藐视社会规则，世俗能力总是弱的，尤其讨厌等人、找人或是与人理论，大林呢，并没什么社会关系，大事办不了，这些恼人的小事，绝对可以一手包办。所以，也对，就算是社交家吧。

……大林后来也听到这个玩笑了，索性直接拿来用，做了一张花哨名片，自称“非著名社交家”，在圈子里发着玩。

“这个顶适合你！你看我们还做不了呢。”大家弹着名片发笑，知道他才不会把这个当回事儿。大林天性乐观，从不摆死脸。不像圈子里的大部分家伙，为了艺术或非艺术的烦恼，搞不好就“low”了，脸色总那么难看，情绪总那么愁苦，强迫症、抑郁症、失眠症、梦游症、亢奋狂想症什么的简直就是日常装备，谁要没有，那还真是没得艺术前途了。

2、现在回想，大林还真是不辱“社交家”这一名号。目下遭逢盛世，所谓文化大繁荣，活动委实太多，诸如新书发布、名人对话、拍卖品预展、中韩水墨记、两岸书家会之类的，简直没完没了，其实是“老三篇”，大家都不耐烦极了，这个借口出差，那个托病不便，反正总有人缺席，倒是大林那四喜丸子脸绝对一场不落，笑容可掬地晃来晃去，如及时雨一般——可接待记者，可带头鼓掌，可替众人拍合影，可与音响师沟通，可签字代领车马费……一天天的，大家对他都有感情了。

而圈子里的社交感情嘛，就像我们与星座的关系，你懂的，又不可能当真疼到肉里戳到心里的，就是一种含含糊糊的场面上的热闹感觉。

不知大林是否也意识到他已经拥有了我们的“关系”。总之，就在不久前，他居然“策划”起一个“大爬梯”了，几乎邀请了我们这个圈子里所有的大人物与中等人物，并巧妙地暗示，这是一次单纯的“同好雅集”，并没有润笔费、剪彩费或随便什么费。

不消说，我们相当意外，乍一接到邀请，简直有些酸不溜丢的，他算老几呀？一直跟着跑跑龙套的，现在竟占起我们的便宜？开玩笑，我们哪是随便请的？省图书馆的演讲都推掉了；开玩笑，5000块以下的出场费根本都不考虑的呢；开玩笑，多大的官员都不放在眼里，还怕得罪大林吗？

不过，那些小器量的念头也就是一秒钟的事，大家毕竟都是成熟的理性的动物，想想大林也曾帮过忙，虽然是些芝麻绿豆的提不上筷子的忙，可他毕竟在圈子里混了这么久，哪怕仅仅是出于人道主义……再说，越是平常人物，越是不要怠慢了，传出去会显得太势利了。而且，这种事情，一次头的买卖呗，就算大林再有本事操办，以后断断是不可能再给他面子的。

可能大家的心理都差不多，彼此暗中打听一番：“你去不？你要去的话那我也跑一趟吧！”“烦呢，地方很偏，都没听说过！”

聚会地点确实远，出了市区上绕城高速要开很久，下来再穿过一大片树林，弯弯绕绕转过一个大水库，接着又是无边际的人造湿地……最终，大家坐定，环顾一番，嗬，这地方可以呀，远离尘嚣、坐拥山水自不用说，也太实在了，桌椅，器具，摆件，墙上地上顶上，包括侍者的制服与卫生间水龙头，全像码着美元欧元或支票。这是什么主儿的地盘哪？

看到桌上的嘉宾名单，大家更吃惊了，大林这场子搭得很屌呢，绝对跨界，绝对“高、大、全”，有多年不出山的老家伙，有崭新的当红炸子鸡，有的连我们也只是听过大名，大林何德何能，能凑成这么个局呢？——稍后大家有空咬耳朵一碰，哦，原来大林运作这个“场子”是有一套“方法论”的。

比如，圈子里最有影响力、画作被旧金山亚洲艺术馆收藏的A老，完全不可能请动的，可A老有个忘年交，年方21岁的研一女生小B，大林先跟小B讲定（她跟大林一样，是星座专家，两人常有“业务探讨”），通过小B去搞定A老；而A老一定下来，与A老地位相当的著名作家老C觉得他不去的话，反而不对了；A老与老C一出来，画坛文坛别的画家与作家D、E、F们便不会推托了……再往周边推，以每个人为圆心进行涟漪般的扩散，版画家E与设计师G是同门师兄弟，而概念摄影师F与女诗人H一般喜欢出双入对。同时，他们分别又有交好的昆曲名角I、出版界大牛J、言论公知名人K。如此这般，这般如此。

想想也有点感叹呢，随便换作我们哪一个，恐怕都没有这么周全的耐心与巧心。社交力也是生产力。

但看今天的大林——起先他是站在拱廊的台阶处，照应着四面八方的漫长寒暄，一边极为恳切地搀着这个老某、挽着那个某老，把他们一一带入，他那富有仪式感与历史感的架势，像有最长的红地毯铺着，像有一百个镜头与闪光灯对着，像在进行网络视频与卫星直播，让观者都陷入某种荣幸而高雅的情境……这会儿，他守在签到厅，带点小淘气地，给这个伺候着笔墨，夸赞某女士的帽子或某男士的烟斗，或是赞叹谁谁引起争议的新作，浑身散发着头牌司仪般的熠熠光彩。

妈的，今天简直是他的大喜日子啊。我们远远地观赏，感到一丝助人为乐的欣慰感。

只是这个聚会的主旨一直隐而不露，现场看不到横幅、主题墙，也没有海报或易拉宝，没有不停播放的企业形象片，没有人手一份的集团画册或项目策划书，总之，没有任何信息可以说明此次活动的性质与目的。我们如常地闲聊，心中却暗中思量，世上绝没有无缘无故的雅集，真不知大林要打我们什么主意呢。

聚会渐至好处，葡萄酒苏打水冰块，蛋挞慕思草莓，侍者高举着托盘跑来跑去，还有一个器乐四人组在一侧很有分寸地搞情调。

会所主人姓蔺，蔺相如的蔺，四肢孔武，面相粗放，反倒像武将的后人。在大林的引导下，着马球衫的蔺总在各个台席间穿行，大林挨个儿地替宾主做着流光溢彩的介绍，这是他的强项，他对我们太熟悉了，随便谁在哪个旮旯获过什么破奖，再冷门再拗口的他都能吹得像诺奖似的，惹得蔺总一阵阵惊叹，极其谦逊地递上名片敬称“大师”，邀请各位“大师”以后到他的会所做客，他另外还有几处风格不同的，大家看哪里方便就好。

而关于这位蔺总，大林避重就轻，只说蔺总对艺术很关注，搞点人像摄影什么的。哦，摄影，大家点头。大林顺便就蔺总的摄影装备进行了重点介绍，光是那些个镜头，就够惊人了。

我们啜着红酒，用指尖拈半块曲奇，仍在相互嘀咕，竭力想要摸到这个聚会的脉络所在。

“这位蔺某肯定是赚钱赚得无聊了，就玩艺术圈呗。”这样的人，现在也多，常以“金主”的身份到我们圈子里来打几个照面，搞点艺术或貌似搞点艺术，顺便洗洗钱。

“现在什么人都搞摄影！他那个哈苏，他妈的我都没摸过。放他手上，东北人怎么说的？白瞎了！”说话的连连咂嘴。

“哈苏！他真有钱玩哈勃呀。”

“切，专攻人像摄影，我看是替小三小四拍拍写真吧？”

“等一等，我晓得了！”有人轻轻敲敲桌子，表情突地严峻了，“搞不好这场‘鸿门宴’最后是替我们拍照片吧？”

开玩笑！我们可都是有影响力和公信力的，难道想拍就拍？版权在哪里？使用权在哪里？如作商业用途又怎么说？有人当即百度，查到这位蔺总下面的子公司，业务范围涉及医药、房产、保险，保不准最后会拿大家的肖像照去弄些铜臭熏天的事来！

众人胡乱猜测，有人埋怨大林做事不知轻重，也有人觉着大林可能也不知其详。当然呢，其实也无妨，都是场子上混的人，这么多年下来，说“不”的资本与技巧已经越来越高了，尤其对我们宝贵、苦短的艺术生命来说，更该在必要的时候坚定地说“不”。哈哈这位蔺先生到最后肯定会白欢喜一场的。至于大林最后怎么交代，管不了那么多了。

这么一盘算，大家反而心安了，只管举着美酒热络畅谈，一位书法家还上去抚了几把古琴，昆剧院的当家闺门旦则起舞为其助兴，气氛真是越来越洽好。所谓社交嘛，就是这样的，越是没有下文，上文就越要显得热火。

这样深度配合着的气氛一定让大林很是受用吧？他如小火把似的热气腾腾地四处走动，跟各个桌子的“兄弟们”开玩笑、抢蛋糕、互相点烟，不时仰头大笑，掀起快活的波浪，十足烈火烹油、左右逢源的轻佻劲儿——算了，由着他要吧，不是给面子么，给到底，反正也没下文。

那位蔺总在不远处举杯吞着酒，一边机械地拿坚果下酒，像在思考人生要义，姿势如同某个俗气的电影镜头。再仔细点看，他其实一直注意着大林，眼神里竟有着几分沉痛。大林呢，偶尔回看一下蔺总那个方向，带着点羞怯的胜利感。搞什么名堂呢？

时间慢吞吞地过着，人们各自闷头打电话、玩ipad、四处走动到外头透气，再拖下去就要散黄了，不如赶紧地图穷匕现吧。终于，有人拍话筒了，一看，是蔺总。

蔺总另一只手仍举着酒，脸还是白的，舌头不算大，脚步也稳，依然极其谦逊，以他的那种方式：“各位大师，有缘千里来相识，今天真是蓬荜生辉，蔺某实在是三生有幸，能够与各位大师欢聚一堂……在此，我要隆重感谢大林！大林啊，过来，来这边，咱们要喝一杯。”

大林此前是在跟几位年轻女士研讨塔罗牌，因蔺总发表宏论，便停下仰头聆听，猛听得喊他上去喝酒，大林显得意外，他那一角的人连忙起哄架秧子地推他上去。是啊，喝呗，早喝了早散，大家都忙，还有别的场子要赶呢。

大林于是跑上去，手中还捏着几张花花绿绿的纸牌，表情也没收拾好。其实蔺总喊他上来，大概只是为了抒情吧？蔺总对大林举举杯子，又转向话筒："各位大师有所不知，借这千载难逢的机会汇报一下，我跟大林从光屁股就认识的、小学中学一路过来的同学，大林书念得好，名列前茅是老师的心头肉，我呢，名落孙山是老师的眼中钉。我家老子一看到大林的脸就打我屁股，打得屁滚尿流……"大家配合地拍手。一位编剧小声评价："他成语掌握得不错。"

大林也在笑，略显不够自然。

"可讲实话，我不服气，成绩有个屁用！对不起，各位大师，我讲粗话了。我的意思是，谁最能混才是硬道理，现在你们看看。"蔺总看来还有点演讲的艺术，他戛然而止，像演员谢幕般地平举起两只手臂，把下巴半抬起来，指向这个金碧辉煌的会所，从左边移到右边，又从右边移到左边，手上的大酒杯晃荡着，可以看到里头红酒的"挂壁"颇厚，像最微型的帷幕一样慢慢垂挂着——座中刚才有位教授替这酒估过价，一瓶起码人民币四五千，他中途溜到地下酒窖转了一圈，回来显得有些愤然，咕里咕噜说了一长串谁也听不懂的酒牌名，教授曾应邀在澳大利亚讲学过两个月，回来后便以红酒鉴品专家在圈内闻名。

蔺总的上等红酒在每个人的杯中晃动着，大家这回没有拍手，现场一片寂静，好像听到流金淌银的无声巨响。是啊，从内心而言，大家黑头发熬成白头发、白头发熬成没头发的，图的什么呢？差不多也就是能像这位蔺某一样，抬着下巴，做个牛叉的谢幕动作。可是，他这么赤裸裸地以大林为参照物来夸耀其成功，实在太粗鲁了。大林好歹算我们的人哪，而且鄙圈一向是以视金钱若粪土而区别于世人的，最起码姿态上是如此。蔺总来这一出算是什么？喝多了，肯定是喝多了。

大林极度地抱愧而难堪，手里几张塔罗牌都给捏得软了，一双眼睛在粗框眼镜后面冲大家直赔眼色，有些可怜。

气氛有点胶着，蔺总却像演员似的，表情猛地一换，动作很大幅地把酒杯直举到大林鼻子跟前："大林，怪不得你死不肯认输。今天我算明白了。看来你真是吃得开的！结交了这么多响当当的大师、名人，绝对了！还真是没有吹牛，一分钱不用花，一喊人家就来了，老子我认了！来，敬你！"蔺总冲杯子戳戳大拇指，系领结的侍者紧步上来替他加满，他仰起脖子，像倒啤酒似的，从喉咙管里直灌下去。

哈。大家哑然，但还是拍起手来。原来如此，大林搞的就是个主题阙如、只需面子到场的聚会嘛，真是的，还害得我们刚才好一阵猜度……这样也好，我们倒替大林挣了个上风呢。看看，艺术毕竟还是艺术啊，四两拨千斤，大林只要沾点边，那蔺总就算有再多的会所、别墅也得"认"。

"嗳，大林你酒杯呢？拿来，满上！"蔺总抹着嘴角直嚷。

大林正满脸是笑，笑得两边的肩膀都在抖，却没声音，还真没见他这样笑过呢。他手中的塔罗牌掉地上了，被他的脚踩住了，他都没注意，只管全力以赴地笑，然后接过满满的酒杯子，同样喝啤酒似的仰头便倒。

另一侧的小乐队很有眼色地提高了音量，欢快地奏起了拉德斯基进行曲。大家站起来拍手，有的还跺脚，他妈的活像在中国版的维也纳金色大厅。

如果感到高兴你就跺跺脚，如果感到高兴你就跺跺脚，如果感到高兴你就跺跺脚……

3、理论上，大林成为圈子的主角，应当只有这么一次吧？乏味如生活的，照旧乏味；繁荣如艺术的，仍然繁荣；腐朽如社交的，继续腐朽……事实上，不久之后，他又一次成了中心，不，这么说不是很准确，应当说，是他的名字成了中心。他的名字，发出了类似于电动自行车的刹车音，震荡了慵懒的空气，震荡了我们的耳膜、视网膜、心肝肺与大脑皮层。

是的，如开头所说，他竟是死了。

直到最近的一次聚会——为新开张的画家村捧场，大家才得知这个消息，人像往常一样不太齐，有的到上海办签证，有的去深圳布展，有的说是在家闭关。不过少了大林，这个初次的同时也是永久的缺席者，感觉颇是怪怪的。距大林出事已经快十天了，不少人还不知道。

他从他家所在的19层阳台上跳了出去，具体一跃的时间应为凌晨三点多。阳台上有个植物枯萎了的小花盆，里头戳满了一层新烟头；他手机里最近的通话记录是前一天晚上十一点多，一个编导找的他。说什么的呢？编导无辜地摊开手："请他替我儿子找个物理补习，他挺正常的呀，我想要南师附中的特级，他说好第二天答复我的……"

"可惜，我要有他的电话就好了，他就跳不成了。"我们当中的音乐台DJ叹息一声，音质如醇酒，"那晚我在外边儿喝得多了，本想着喊大林来帮我开车回去的，妈的，翻了好一会儿手机，发现没存他的号，还想找你们谁问的呢，想想都两点多，怕你们睡了。冷风里站了一刻钟才打到车。唉，要找到他电话，以他的热心肠，一准会来替我开车的，就不可能跳楼了。"隔了一会儿，他严谨地补充，"最起码那晚不会跳。"

"想想啊，那晚我干吗了？"策展人摸摸他的新发型，"对了，那晚我刚剃了这个光头，你们看看，我这头型，蛮好的吧？夜里头失眠，就走明城墙去了，我一边走还一边乱想着，要是策划一个全体艺术家的光头造型，在墙头暴走，月光下，无数的光头模糊地起伏、飘浮，那绝对牛B啊。你们相信吗，我当时还真想到大林的，你们这些家伙忽冷忽热的不好说，但大林肯定会第一个响应我，把头发给剃光喽，他那脑袋饱饱的，光头正合适。唉，再也看不到大林那圆头圆脑的了。"

毕竟处了这么些年，大家不免一阵嗟叹，同时百思不解：大林那炭火般的好心肠，红花绿叶的好性格，怎么会起了这种堪比行为艺术的念头呢？

反正这场子还得撑会儿，媒体都还没撤呢，不如谈谈大林好了。是不是工作上出什么事了？啧，问了一圈，竟没人说得清他在哪里“高就”。有说他是哪个出版社的美编，有人记得他做过平面设计，还有人说他在少年宫做培训，带中学生上水彩课。

可能是性格缺陷吧？有人大摇其头：“我们谁都有缺陷，大林还真没有。”

“不同意。”另一位反驳，“你们想想，他这个人哪儿哪儿都好、一直一直都好，不可能这样的嘛，除非他是装的、是遮蔽性的。这才可怕呢，轻轻一戳就会破。”

那不如就再要壶茶，咱们找找看，什么东西戳着大林了？

于是扑向废纸篓似的，比赛看谁眼尖心细，尽可能地多扒拉出一点大林最后阶段的碎片片……大林要知道我们这么的尽心，肯定会蛮高兴的吧？我们似乎可以看到他那四喜丸子的脸，黑框眼镜闪动着，他从某个角落里站起身来，热络地替我们张罗着，去叫服务员泡一壶新茶去了。

编剧说，用穿越式的架空语气：“以前不知道他抽烟的，最近他身上有烟味了，很重呐。”

新派四格漫画家则忆起件怪事，几天前托大林办个急事，大林罕见地隔了很久才到，鞋子上全是黄泥，他吭哧着解释，到东郊的小树林去转了一圈。一个人到那荒地干吗去了？漫画家随口问。大林脸上一红，表情艰涩，只打个哈哈，回避了。

“啊对了。”正拿“爱疯”对着咬了一口的榴莲酥拍特写的微博名人突然插嘴，“上次大林搞的那个聚会，他表现有点夸张，尤其是最后那一通笑，你们不记得吗？我当时还拍照了，回家仔细看看，发现他笑得相当瘆人，删了。”

那聚会已过去蛮久了，他要不提我们还真忘了，毕竟，新聚会像春天的花瓣一样层层叠加着，旧的场景则像秋天的叶子那样掉落着，哪里记得住哟，这也是必需的新陈代谢。

“那聚会不是史无前例地成功嘛，一分钱没出，就纯粹为撑个面子，那么奢侈的大阵容！”

“没准大林回家倒头一想，这个了不起、成功的聚会，统统都靠大家呀，他仍然啥都不是。”这话听得人蛮舒服的，有几位不由自主地点头，坦然承认自己的光芒效应。

“不会吧，大林跟我们又不是一天两天的，真要自卑，早千疮百孔死多少回了。”

“行了，想那么复杂！保不定就是抑郁症。我最近还研究了下，这种病就是平常比哪个都好，一发作就是个寻死觅活，全世界都拉不住，越是成功人士越容易抑郁，自我期望值高嘛，就是好到天上他仍然觉得自己很怂！你看看，那些私企主，教授啊明星什么的，自杀率可高了。”

“大林肯定不算这一类的吧？”有人不信，好像得抑郁症也是要有资格证书的。

大家胡乱凑着话，聊天儿就是这样的。“嗳，有人去送送他的吗？”这倒问得有点冷不丁。想想呢，大林平常对待我们，那么赤诚，好比一个无条件的、忠心耿耿的追慕者。

还真没呢，随即各自解释。消息来得太迟了。唉，我当时正好人在西藏呢。我还以为是个谣言呢。我倒是想去的，没人张罗呀。咱也不认识他家，不知怎么联系他家里人……

有人问：“嗳对了，大林结婚没啊？有孩子没？父母在南京吗？”

大家互相望望，语塞中感到一丝惊讶，奇怪，真是对大林所知甚少啊，平常他净是逗趣，很少说起自己，当然，也没人当真感兴趣……毕竟，他就是大林嘛。

“就是有老婆，也不会对大林太好的。女人，那是多势利的物种！”拿过文华表演奖的京丑不知为何发起感慨。他离婚多年，并坚持不婚。

“就是有孩子，也一样势利——小孩长大的第一件事就是比老爸。我们这么这些年，不都是在替小孩卖命？我倒宁可大林是个老光棍呢。”

“哦，我！我到他家去过。”咬着雪茄的策展人突然举手，“也不是特地，我笔记本突然中毒，大林带我去找电脑公司挽救文件。要知道，我有许多很棒的灵感都在电脑里。记得中途在他家停了一下。”

策展人皱起眉，竭力回忆：“不过，真忘了他家具体住哪儿了，也忘了他家里有些什么人，因为我只在客厅站了一会儿。想起来了。”策展人忽然呵呵笑了，“他家里有个类似博古架的木柜子，装得满满的，我翻了翻，尽是些邀请函、拍卖目录、展品图集、嘉宾证、活动议程什么的，有的上面还有些乱七八糟的签名儿。大林把这堆垃圾都好好收着呢。你们这些家伙，就从没人送过他一字半画的？”

大家抢着摆手：“他没开过口呀，字画得对方讨要的，哪能赶着送？再说，总以为时间长着呢，谁想到他会走呢！”也有人叹息：“这方面，大林最自觉了，多少外人到圈子里混，不就想白拿些字画！”

“其实，我们算是都见过大林最后一面了——想想上次那次聚会，基本都去齐全了嘛。”

“啧啧你别说了，听着心里发毛，好像那个聚会就是大林自己弄的告别式似的。”

话说到这里，好像被冷风呛住了。大林这无法辨识、戛然而止的命运，让大家心里有点不得劲。有人咳嗽一声，谈起上一轮保利秋拍的行情，气氛勉强死灰复燃……好久没吭声的电台女主播却又打断，颇为生硬地让我们“等一下再谈业务”，她环顾众人，慢吞吞、别有用意似的问：“嗳，我说，这么些年，咱们都是朋友吧？”

那还用说，铁哥儿铁姐儿们呀，杠杠的。大家自然如是说。

她露出一丝下了圈套的短促笑容：“那我问问，除了我的工作，你们了解我什么？知道我多大？家住哪儿？结婚了还是离婚了？我身体怎样心情怎样？我的梦想是什么？如果我突然出事了，你们这些家伙也不知道到哪儿送我吧？”

给她这么一问，大家似乎也悚然一惊，彼此错开眼神。有人忙俏皮地打岔：“你跟大林比什么！他不也说自己……是打酱油的。你都得过两届金话筒奖了，我们都是你粉丝呀。”

“切，粉丝。我们互粉。”她冷淡地一笑。这些词，真说得太多、听得太多了。

另一个的回答机智些：“行了大才女，你说的那些都属于女生的超级隐私，谁敢乱打听啊？不过，我知道你的星座哎，你是‘太阳落在狮子，月亮落在金牛，上升在天蝎’对不对？大林有次特地替你分析过，你看我都记得一清二楚！”

女主播并不领情：“撇开大林，就说我们几个！”她随手指着身边的动漫大师，此人最近火速蹿红，在国内的3D设计领域，排位绝对靠前，“他总不是女人吧？你们了解他多少？不许再说星座。”

大家看看设计师，仍是语塞，很快有人胡乱说他白酒能喝一斤，有人说他微博开了三个，倒是设计师自己出来打圆场，对女主播举举杯子：“别顶真了，这个太正常了，出来混嘛，都是赤条条的，没有人会随身带着户口本、结婚证、日记、药方子、愿望清单或凌晨噩梦，婆婆妈妈的像个杂货铺……”

“你们就只知道我的星座，我也只知道你们的星座！我们彼此之间，跟与大林之间，有什么两样？！”女主播竟然哽咽了，“可是，真该死，我偏想不起大林的来了，你们谁记得的？要详细一点的，月亮和太阳的都要，我来查一查他跳楼那天的星座运势……”

不知谁叹口气，用干巴巴的声音安慰她：“看看，你还真以为星座算个什么呢。”

“好了好了，难得聚聚，不如还是聊聊保利秋拍吧？”有人费力地重新拾起方才的话题。

时间有点迟了，今天的场子要散了，服务生开始搬弄桌椅，把烟灰缸、杯碟、残酒什么的往塑料框里扔，卷起雪白的桌布和金色围幔……刚才还十分体面、摩登的现场眼看着便恢复了本来的粗鄙。

我们也纷纷起身，拿起外套，轻松地伸展肢体。像以往的这个时刻一样，伴随着对杯盘狼藉、曲终人散的厌倦，内心里却总会升腾起一种被火苗所灼的孤独感，大家像往常一样亲热地大声道别，相约着“哪天有空多喊几个鸟人好好喝上一顿”。

（原载《江南》2013年第4期）

单行道

李 晁

她朝我走来，在街的那头，一辆明黄色福特轿车转动着银白色的车毂缓缓碾过我的目光，我等着车开过，她走来。

在我所在的地方，这条叫林荫道的单行街，它毗邻一条六车道的城市干道，在那个十字路口，有一条地下人行通道，究竟是哪一年里冒出这么多地下通道的，我不知道。我恍然记得从前，这条路上是有一座人行天桥的，钢架结构，可容两人行走，而一旁高大的梧桐树常常将枝丫伸过来，不管不顾，有时人竟要弯腰或将枝叶强行抬高才能通过。春天，桥上最多的是风，依次是炙热的阳光、枯黄的树叶和行人脏兮兮的鞋印。

如今，一切都像是老照片中的风景了。

时间过去了多久？

现在是秋天，气温又降了，风里似乎暗藏着园艺剪，所过之处，树叶纷纷坠落，我们这条单行街种满了法国梧桐和银杏，都是美丽的树，所以，你能想象这样的街面拥有怎样富丽堂皇的面孔了，似乎都配得上“香榭丽舍”这样优雅的名称，时常有摄影师在这里游荡。街上一式的老建筑，乳白色的涂漆覆盖着统一的六层小楼，切线之间爬着藤蔓，阳台的位置为了迎接某个重大节日已改为统一的复古朱红木格，一些空调外机挂在那里，有的已经开始嗡嗡转动，一些死去般寂静。我的家，当然，我的家被这些楼群所遮挡，并不临街，也就没有这么多精心装饰了。

我坐在马路牙子上，屁股下的树叶暖烘烘的，坐上去时发出脆响。我坐在这里多久了？这是一个问题。我每天都来这里，手握一本软壳记事本，一支老派克笔插在我的夹克兜内。记事本显得陈旧，边边角角卷了起来，发了毛，时间的污迹遍布其中。

我仍在这个角落，你们可以找到我。

是记事本封面上一行黑体小字。

打开记事本，里面密密麻麻地爬满了文字，似乎是日记一类的东西，我却读得一头雾水，当初也是妈妈交给我的，说是我的东西。我读上一段，但文中的内容却让我怀疑此刻的自己来。

二月的开始，气温上升，最高达到二十五度，让人一度以为一脚跨进了夏季的门槛，风也温和起来，吹在脸上惬意无比，没事儿的时候总待在院子里。

上午九点的时候，阳光才从对面骆驼状山峰上倾斜下来，北面断背山的峭壁此刻才变得清晰。在傍晚的光线下，你只能见到雾霭中偶尔露出的一截灰白色山崖。我仰望它时，总觉得它是那么高不可攀，还幻想着亿万年前这里的景象，兴许是一派汪洋。

就是这样一些让人摸不着头脑的文字，我似乎置身于另外一处地方，有山，兴许是乡下，可日记里并没有留下具体的日期，只有一个模糊的二月可供人回忆，于是，也就难以确定我哪年去了哪里。

我习惯性地将记事本翻到空白处，记事本有些厚度，还有一大半待写，我抽出笔来，甩上两下，这是一支出墨已不太灵光的笔，我耐心地记上几笔，时间地点景物，然后不等笔迹干涸，一把合上本子，今天的任务就算完成了。

她出现了，是第三天。我还记得第一次见到她时，她微微惊讶的面孔，不敢置信的样子，我们互相凝视了几秒。她竟主动找我讲话，好像我们是一对久别重逢的故人。

你认识我吗？这是三天以来我最想问的问题。

她又咬嘴唇了，一粒比米尖的虎牙暴露出来，扣在红唇上，似乎要深深地插进去，渗出血来。她摇头，她说，你见过我吗？

我想了想，说，我没有见过你。

她说她叫玛伽，她突然伸过手来，吓我一跳，她的手骨节细小，手腕在风中仿佛随时能被折断，我握上去时那么小心翼翼，不敢用劲。她手心很凉，没有一丝热度，我握着那双手，握得有些久，我见她没有缩回去的打算，就又多握了一下，我想让我温热的大手匀一些温暖给她，但就在那一刹那儿，她的肩膀微微耸动，眼眶中的白光纷纷退去，朦胧的水汽浮上来。我不解，抽出了自己的手。是我太用力了吗？好在，她很快平复下来，她说，你还没说你叫什么呢。

我木讷地回答，他们叫我多多，很高兴认识你。

我又见到她难过的表情，这次她的眼眶中没有了水汽，但目光变得幽深，一种晦涩的光在她的眼眶里流转，转瞬又消失得干干净净。我就想，难道我的名字也能伤害到她？这也太奇怪了。

多多。我听见她复述，完全没有陌生感，不像一个从未谋面的人，只听我说了一遍，就完全掌握了妈妈叫我时的语调，前重后轻，前一个字在口腔内共鸣，舌头顶一下，后一个字吐出来，干净利落。

我问她是怎么做到的。她避而不答，转而和我说了通让我无法记住的话，就这样，当晚高峰到来时，她终于向我告辞，转身回到马路对面，隔着缓缓通行的车辆朝我挥手，并大声询问，还能见到你吗？

我茫然地点头，目送她离去，朝来时的方向，那个十字路口，她的身子一点点降下去，在阳光和汽车尾气共同制造的光线中，消失无踪。

我怅然若失。后来，我才奇怪地想，难道她不住在这里？她来就为了见我？

我认识她吗？

就在我冥想时，妈妈出现了，抱着卡卡，那只英国短毛猫，远远地打街角走来。

卡卡跳上沙发，窝在那张特意为它准备的坐垫上，坐垫的图案是莲花，五彩的花瓣次第开放，卡卡蹲坐上去，像一尊绿度母，它用明黄色外圈黑色瞳仁的眼睛打量众人，尾巴围住前爪。

家里来了好些人，大多比妈妈年长，她要管他们叫叔叔阿姨，全是退了休又不愿回到故土的人。他们在搞同乡会，其实也就是打打擂茶看看戏叙叙旧什么的。这场景，我还依稀记得，只是没想到今天轮到我家。

擂茶的香味已经飘散在客厅里了，满满一大钢精锅，粥状，酷似更南方一些的芝麻糊，但比那要可口得多，更有内容，有独特的茶香。屋里的每个人都端着一只白瓷碗，擂茶已经舀上，客厅的茶几上摆着几碟小吃，无非花生瓜子咸菜萝卜丝一类。电视开着，综艺频道，看上去繁华尽显歌舞升平，如今也只有老人们爱看这样的节目了，热热闹闹，每天都像是过年。屋子里的人闲聊着，喝着擂茶，发出噗噗的吹气声和心满意足的吸溜声。

见我来了，一位老人端起一碗茶，穿过好几个人递到我手里，说，多多，趁热喝。我看她，面孔有几分熟悉，不知哪里见过。老人已老，面容被皱纹吞噬得几无完好之处，尤其眼角，被耷拉出来的皱纹覆上，似乎连睁眼都成了问题。老人努力地打量我，目光似乎穿透了好些年的时光，一下抵达了我的童年，我不知哪来的印象，脱口而出，邓奶奶。

满屋哗然，随即欢呼声响起，为我的记忆喝彩，眼前的老人更是激动得迸出老泪，泪水浑浊，如同泥水。老人随手掏出臃肿身躯外庞大外套里的手帕，揩了揩眼角，然后双唇激烈地颤抖着，一张一合，说，多多，你想起来了，你还记得啊。

真是菩萨保佑，另一位我毫无印象的老人拍着妈妈的肩膀说。

接下来的过程却万分痛苦，因为所有人都想站出来让我一一叫出他们的名字，可我怎能做到呢？望着那些期盼的目光，如出一辙的栉风沐雨的脸庞，我一句话也说不出来，很快那些老人又无不变得沮丧，一两个还说我没良心，并且历数起小时候他们是如何如何照顾我了……

最后，一个陌生女人绕开众人走到我的身旁，自上而下打量我一眼，然后伸出手来摸我不及闪避的脸，小子，连我也想不起来了吧？我微微吃惊地凝望她，这个头发绾成髻，施了粉黛，脸盘小巧的女人，令人耳目一新，她是谁？我将目光转向妈妈，她急忙提醒说，多多，这是娟姨，你小时候最亲的人了，娟姨还带过你一个月，你记得凉凉吗？她是凉凉的妈妈呀。

我还是没能想起来。凉凉？凉凉又是谁呢？

见我呆呆的样子，娟姨笑着说，你忘了小时候说喜欢凉凉了，长大了要娶她吗？我抱歉又有些吃惊地摇头，我是真想不起来有这么一对母女了。我肆无忌惮地打量她，眼前这个和妈妈一样已经青春不再的女人还保持着姣好的身材，已经凉下来的秋天，她竟然还穿着裙子，只是在外加了件羊毛坎肩，她身上散发着妈妈没有的香水味，作为女人，妈妈似乎已经遗忘了这些女人用品，平日里，她更多地被老人们包围，这使得她的趣味也跟着提前衰老了。

不知为何，娟姨的突然出现让我有种隐秘的兴奋，我也说不清这情绪从何而来。看了我一阵之后，大多数人又回到了自己的位置上，娟姨和妈妈把位置留给了他们，俩人独自在角落里说话。

妈妈说，看见了吧，他就这个样子……你那边还好吧？

会好的，我看眼下也蛮好，有些事情不记得也罢……你晓得的，那边哪样都要我亲自上阵，底下人嘛又巴不得偷懒。

妈妈说，可不是嘛，毕竟不是自家人。

娟姨用苛刻的目光审视妈妈，说，怎么就自暴自弃了？还没老，看你，穿得多老气。

妈妈的目光有些黯淡，似乎无从回答，好在娟姨说，给你带了两套衣裳过来，你试试。

妈妈拍拍娟姨的手，暗示有心了。看她们的样子，像是一对闺蜜。我不再偷听她们谈话了，转身离开。卡卡不知什么时候猜出了我的意图，从沙发上一跃而下，灵动地闪避着众人的脚，先我一步抵达了房间。

我的房间不大，却有一个阳台延伸出去，中间隔着一道玻璃拉门。暮色下，阳台上一片空旷，没有盆景，没有晾晒衣物，斑驳的瓷砖上只落着细细密密的灰尘和一片孤单的落叶，一把带软垫的椅子缩在一角。

卡卡习惯性地跃上了椅子，身体一软，蜷缩起来，似乎想寻个清静的地方饱睡一场。我阴险地笑着，这个不长记性的家伙。我走近它，将它一把拎起，双手钳住它的胳肢窝，一下将它伸出了阳台。卡卡的身体在空中扭动，这里是六楼，离地面还有可观的距离。卡卡果然挣扎起来，手舞足蹈，身子开始一点点变硬，甚至能听到它的骨头缩紧的声音，手风琴一般，毛发也根根耸立，针一样扎手了。这时，我就满意了，完成仪式般喊了一句，卡卡，自由。卡卡自然是不懂的，我将手臂伸回来，将卡卡搂在怀里，用手安抚着它已经炸了锅的情绪，许久，它才安静下来，眼神流转，这才用难以揣摩的心绪叫了一声，喵——

在做什么呢，躲在这里？身后传来一个声音，一个袅娜的身影浮现在窗帘背后，随即窗帘展翅般露出一扇缝，娟姨出现。

我回望她，脸上是警惕的表情。娟姨可能也感到了气氛的紧张，她无奈地浅笑着，笑容柔软，似乎也只有笑了。眼前这个把她忘得一干二净的家伙怎能回忆得起来呢？多年前，在电站上，两家有着怎样牢不可破的关系啊，就是门对门的邻居，男人又同在一个部门工作。那时他才多大一点？三岁或略大一些，娟姨的女儿呢？和他一样吗？他想不起来，那个小人只活在他已丧失的记忆里，她的模样已不可再现，曾经的一切被无情地蒙上面纱，难以窥视。

放心，我不会逼你娶凉凉的，追她的人可多啦，娟姨打趣说，你要不要看看她的照片？

我不响，仍紧紧搂着卡卡，搂得它几乎要喘不过气来，好不容易才挣脱我的怀抱，屁股一翘一翘地跟在娟姨身后，溜了出去，空气中残留下一丝香味。接着，阳台上的风大了起来，有些待不住人了，对面楼顶的鸽群正在空中回旋，发出悠扬的哨声，等待回笼。楼下的路灯已经提前亮起，小区不大的停车坪内，塞满了横七竖八的汽车。有时一只流浪猫就趴在发动机盖上小憩，一动不动，瘦弱的身体像一只口袋，使人忧心。更多的时候它在小区内走动，四处觅食，某些好心的居民在它出没的地点散放着一些猫粮，它不大吃，似乎对锦衣玉食的生活不感兴趣。我曾亲眼见它抓老鼠，在那盏彻夜不眠的路灯下，嘴里叼着新捕获的猎物，一根长长的尾巴从嘴里掉出来，等享受完美餐，它攀上一道砖木结构的栅栏墙，然后沿着墙头消失在拐角。

回到客厅时，大部分人都走了，老人们回去做饭，给儿子给孙子，给任何靠她们才能吃上一口饭的人。留下来的都是妈妈这类年纪的人，她们搓起了麻将。她见我出来，问，饿了吗？饿了再喝碗擂茶，我们再打几圈就做饭。

她们打了几圈，又热了擂茶来吃，我也跟着吃了一碗。娟姨用一双细筷子挑着碗里没被擂碎的茶叶杆说，凉凉可不吃这东西，说腻死人，你们呀——娟姨望着我，等以后，就是想吃也没人做了。

可不是嘛，也没那套工具了，妈妈说。

见我吃得挺香的样子，娟姨又说，多多，你真的什么都记不起来了？

我痴痴地望着她。娟姨说，你小时候啊，有一次，你还记得吗？你们差点淹死啊，和凉凉，不是我和你妈发现得快，肯定就被江水冲走了。

这我倒来了兴趣，从前没听妈妈讲过，我希望娟姨能把故事讲下去，往常的日子，妈妈是不会和我讲这些的，她似乎不愿提及我的过去，仿佛往事不堪回首，她愿意的就是眼下这个样子，她说什么就是什么。

娟姨看出了我的渴望，接着说，那时候啊，你们才多大一点啊，四五岁，还在四川，你和凉凉还在上幼儿园呢，就有那么一天——娟姨理了理她脖颈上的蓝色方巾说，你和凉凉到了放学的时候都没回来，幸亏是夏天，天黑得晚，我和你妈都准备炒菜了，还见不到你们的影子。那时候广播都开始播《亚洲雄风》了，你还记得这首歌吗？娟姨轻唱起来：我们亚洲，山是高昂的头；我们亚洲，河像热血流……

那旋律确有几分打动我，我在脑海里搜寻关于这首歌的记忆，希望能想起什么来。按娟姨的说法，那是一座水电站工地，九十年代刚刚开始，人的面貌似乎也与过去不同，高音喇叭挂在营地最显眼位置的电线杆上，音乐由此而来，正是那首风靡一时的《亚洲雄风》。我忽然有些印象了，竟想起这首歌来，还有工地模糊的影像。我记得那时家背后有一座不大的青山，在二层的位置，一旁是一座白色水塔，水塔被一圈铸铁栏杆围着，一把铁锁封锁了里外，没人进得去（此前淹死过人）。而离水塔不远的位置就是幼儿园，那里的小操场上还安置着一些游艺设施，滑滑梯转转轮什么的，那里总是人满为患的样子。但我极少去那样的地方，我更爱去的是施工区，被那些粗壮的司机一把拎上T20大型装渣车，满工地跑，仿佛那里才隐藏了无数宝贝待人去发现。可凉凉呢，那个小女孩，我真的想不起来。我屁股后面真的有那么一根小尾巴吗？

我还来不及将这一切在脑海中勾勒出一副清晰的图景，娟姨就又说了下去，我和你妈妈一听见歌声就出去找你们了，整个家属区都没有你们的影子，我们只好往外找，问当地的民工，比比划划，语言嘛又不大通，好在有个人指了指江边的位置，我和你妈就去了，结果你们还真就在江边上，早就在水里了，小脸都贴上了江水……

第二天出门时，娟姨还没起床。妈妈说，娟姨要来住些日子，等爸爸回来，他们也有很多年没见了。我就问，娟姨的那位呢，怎么不见？妈妈叹了口气，早离了，不过，凉凉也会来哦。

今天比昨天冷了，风藏在雾气里，我在蓝色套头衫外加了一件马甲，揣着记事本和那支出墨不灵光的笔出门了。只是一夜之间，街边的银杏就掉光了叶子，零星的一些挂在枝头，更衬托出树的凄凉，梧桐斑驳的树身像生了藓，巴掌大的叶子覆盖了整条街道。这条街我已经看了无数遍走了无数遍了，似乎已经掌握了它的细枝末节，所以今天，我很想到对面的街道上去，那条与我们遥遥相望的街，路牌上清晰地标明：普陀路。

我想玛伽就是从那里过来的吧。

站在地下人行通道入口前，我有些犹豫，通道看来很深，阶梯以弧形的方式深入地下，从入口你根本看不见真正的通道，只有“人民防空”的牌子钉在拐角。这将是我出事以来，第一次打算离开我们这条街。此前妈妈叮嘱我，不要走得太远。但此刻，我的脚似乎被那个强烈的念头吸引着，到对面去，去看看与这边截然不同的风景，况且这是玛伽来的方向呀。我能遇见她吗？

迈下台阶，跑鞋踩在窄窄的地砖上，一点声音也没有，走出第一步，我的身体就像被上了发条，无论如何也停不下来了。

地下通道内漆黑一片，中间是一条条形盲道，走进通道，像走进一个梦里。这里的空气变了，光线纷纷后撤，只在出入口处盘踞，好像前方就是龙潭虎穴，不肯前进半步。

走到一半，头顶传来清晰的汽车碾过路面的声音以及四壁传来的震动声，这声音使我想起了什么，接着，脑袋嗡的一下，昏天暗地了。

我不知道自己是怎样来到对面的。玛伽竟在我身旁，在普陀路上，我和她坐在马路牙子上。奇怪，这边竟没有一棵树，没有一片树叶，我们坐在光秃秃的路沿儿上，望着眼前的街景，渐渐入定。

好一会儿，我和玛伽才沿着光秃秃的人行道走起来，这条街很长，是条商业气息浓厚的街，不像我们那边，一家像样的店铺也没有。我们依次路过咖啡馆、便利店、服装店和银行，在毗邻一条狭长菜市场的路口，我看见一座木格尖塔高高耸立在居民楼的向阳面，一扇打开的黑色铸铁门后是一条带减速带的坡道，坡道的终点是一座带有彩色玻璃的教堂，那木塔顶端赫然立着一个黑色十字架。

是天主堂，要去看看吗？玛伽提议。

教堂建在一座二进的台阶上，形同过去的宫殿，青石台阶，两旁是微型水池，鹅卵石散落池底，喷泉的中心，是一尊彩色圣母像，小天使们围绕四周，看上去温馨祥和。一抬头，教堂朱红的大门紧闭着，门前一左一右搁着一对青花大瓶，乍一眼还以为来到一户青砖黑瓦的大户之家，可几何形的窗户折射出斑驳的光彩顿时将人引入圣洁的境地，这才知道来到了一处别样的地方。

且往为佳，我念道。

什么？玛伽问。

我说，你看。顺着我手指的方向，玛伽看清了教堂门楣上的几个楷体大字。

这是让人皈依呢，玛伽说。

我们绕着教堂走了一圈，然后选择一处台阶坐下，玛伽陷入沉思或短暂的走神之中，我掏出记事本和钢笔，随手写上几笔，奇怪，今天的笔却没有出现状况。当我合上记事本时，才发现玛伽正用好奇的目光注视我手中的本子，她怯怯地问了一句，你记了什么？我能看看吗？

我忘了自己是怎样拒绝玛伽的了，或许是我的默然和她眼神中的胆怯让这一愿望最终成为泡影，像从未发生。

娟姨住的那间屋不大，好在有一扇不小的窗，但这个季节，窗似乎是多余的，屋内没装空调，所以更多时候娟姨都在客厅里，抱着和她不亲的卡卡，用一种懒洋洋的贵妇人的姿态抚摸卡卡圆溜溜的脑袋。我看见卡卡抽动的胡须，心领神会了它的厌恶，但我没想到要去解救它。好在很快，娟姨就厌恶了这样的爱抚，施舍出的爱一下收回，好在整个过程卡卡连哆哆的一声喵也没有奉献，也就各留各的尊严。娟姨放下卡卡，轻拍着手，将手腕抬到鼻下检验，见我望她，娟姨又讪讪地笑了，掩饰尴尬说，你家卡卡几天没洗澡啦？然后起身，去洗手，回来时，身上又弥漫上了一股淡雅的香味。不知为什么，我一点也不讨厌娟姨这样，我觉得她竟有些小女人的味道了，这味道是妈妈没有的。

闲暇时光几个女人凑成了一桌麻将，她们在热烈回忆过往，八九十年代，那是她们的青春期，从胜往事，说起来风情万种，仿佛那是世上最美好的年代。而我却无可回忆，又不愿离开她们，我喜欢听她们交谈，在她们的交谈中过去的岁月显得贫乏却又充满激情，是如今所无法比拟的。

在我发愣般听她们讲述的过程中，娟姨还不时与我搭话，插讲一些我小时候的事情，她说你十六岁之后的事我就不知道啦，但是以前，我和你妈妈一样清楚。我知道娟姨是我十六岁那年离开我们的，起因是与丈夫离婚，她带着女儿独自回了娘家，在南方的某座小城里谋生，妈妈说，娟姨一直未再婚。

我难以想象，这对母女是如何度过那些时光的，但我惊奇地发现，艰辛的岁月反倒给了娟姨某种坚韧，酷似竹子，打不倒的。而且娟姨身上还焕发出一种妈妈所没有了的风韵，现在想来，平稳的生活竟更容易使一个女人失去往日的光彩，一如死水。

娟姨的风采是经过淬炼的。

晚上清冷的时光，没有女人光顾，麻将凑不起来，娟姨便拿出ipad给我看相册里凉凉的照片，一个眉清目秀的瘦高个女孩，留着齐肩长发，刘海分成两缕披在脸颊两侧，照片背景在海边。

就是太瘦了，不像话，娟姨说，饭量就跟耗子似的。

妈妈看过照片，搭腔说，瘦什么，这才叫苗条，现在这样的女孩多吃香啊，你还不知足。

也是，娟姨不无骄傲地说，跟我年轻时一个模样嘛。

臭美，妈妈说，然后她们齐齐望着我，希望我能有所表示，流露出什么来。可面对另一个曾经熟悉的人，我能说什么呢？我不想泛泛地夸奖凉凉的相貌，我不能仅被一张照片打动。见我木木的样子，妈妈也按捺不住，从柜子里抱出了一大摞相册来，计有五六本之多，按她的说法，几乎记载了二十多年来家人的全部影像，每一年都涵盖其中。妈妈说，十六岁前的事就由你娟姨讲吧，她比我还熟呢。

林荫路上，树叶在雨中腐败，一点点烂，和污水混为一潭，我再也不能随随便便就这么坐下了，我的记事本还揣在怀里，可我却不想记下任何东西，眼下的一切都失去了记录的必要，没有意义的生活，你还去记它做什么呢？

我只是想见玛伽，我越来越确定她是我所认识的人，对我的过去一定了如指掌。但是她装作不认识我，我真是一点办法也没有，更无力去拆穿，而且我突然就喜欢上这种感觉，像玩捉迷藏的游戏，她永远知道我藏在哪里，可还是假装东找西找，就好像我藏在一个绝妙的地方，并为此沾沾自喜。

是这样的吗？

每个午后我都来这里，困扰我的事情过去了，那些入梦的金属撞击声已经平息下去，和我握手言和。

玛伽没有出现的下午是寂寥的，我沿着这条街走走停停，哪扇窗后传来悦耳的钢琴声，弹的什么我全然不知，只是跟着调子胡乱哼几下，用手指假装在大腿上弹奏，就满足了。

玛伽未来的午后，我一次次站在地下人行通道入口，盯着对面的街道发呆，那条叫普陀路的街道越发显得五光十色流光溢彩起来，充满了诱惑，但我已没有勇气过去，我怕地下人行通道里的声音，那些入梦的金属挤压声，玻璃碎裂的声响……我只能冲玛伽来的方向悻悻地望上几眼，然后离开。

我是看着你出生的呀，你和凉凉差五个月，你妈妈生你时，我已经挺着肚子了，这张照片就是我照的嘛，娟姨指着一帧黑白照片对我说。

她看上去还很年轻，头发浓密而茂盛，盘在脑后，酷似如今电视剧里的皇太后。她抱着据说只有一岁的我，穿一件白色带蕾丝边的的确良衬衣，手腕上是一块上海牌女表，表情是称心如意的，也可以称得上喜悦。照片的背景是乡下，无疑离工地不远，因为一眼就能见到山头立起来的高压铁塔。我们的身后是一片模糊的水田，稻子快到收割的时候了，纷纷垂下腰。相片上年幼的我戴着一顶女里女气的白色宽檐帽，娟姨透露说那是她特意给我戴上的（这顶帽子后来又出现在凉凉头顶上）。唯一值得注意的是，在妈妈的怀抱中，我的双手紧紧捏成拳头，孔武有力的样子，而脸上又没有愤怒的想和别人干上一架的表情，只是目视前方，目光空茫。

那时的我是否就预见了此刻的我呢？

接下来娟姨的话只有只言片语进了我的耳朵，她对着照片历数起我十六年来的时光，尤其是某一年父母回老家奔丧，我被留在娟姨身边，据说连睡觉也是和她一块的。我不愿意和凉凉睡，嫌她说梦话又磨牙。这是娟姨的原话。说得我脸红起来，我怎么可能和娟姨睡呢？但我只能听她讲，讲到这里，娟姨就吃吃地笑起来，补充道，我家凉凉还吃醋呢，几天没理我们，倒像我们是母子，她是外人了。

说到后来，也就是我们和凉凉十六岁时，娟姨便戛然而止，两个女人相视一笑，娟姨说，你们那时的事，我们可全掌握着呢。却又不肯细说，让我心潮莫名澎湃，对即将见到凉凉也忧虑起来，害怕她见到我时是一副失望的样子，我破天荒地偷偷去照镜子，照得沮丧又沾沾自喜，凉凉会惊讶如今的我吗？这时，我也才知道二十多年的时光看似漫长，但夹杂在两个女人的讲述间，不过短短一瞬，上学的日子占去了我们大部分的岁月，十六岁后的时光更是白驹过隙，妈妈寥寥几句讲得如拍电报。

关于那场车祸妈妈也有意一带而过，不是娟姨在，她是决然不肯提及的，她说那天我是要去某个地方的，离城不远，两小时车程，那天天下着雨，路面湿滑，而那段路又以雾重出名，车就这么出事了，翻出了车道，撞上一棵枫香，我醒来时，就成了眼下这个样子。

不知为什么听到这里我有想走掉的冲动，似乎不愿参与回忆，我害怕那长长的金属撞击声和刺耳的刹车声会再次贯穿我的梦境。自从上次过地下人行通道后，那声音折磨了我好几个夜晚。有时我觉得自己已经死去，被挤在狭小的车厢内，眼睁睁看着自己流血，无能为力，而眼下的一切只是那流血间隙短暂营造的幻觉，最终我还是会死去。

所以我不敢问那次我要去哪里，有同车的吗？还是只我一个？我不问，害怕见到妈妈犹豫的神情，一旦她流露出哪怕惊鸿一瞥的支吾，我也会明白或许受难的不止我一人。我害怕这个，对我来讲这比自己死去还可怕。事实上这已经成为我的梦魇了，我不止一次幻想了这样的场景，一车人，几秒钟前还沸腾的生命，顷刻间，如火焰熄灭，冰凉似水。

虽然妈妈没有给我这方面的暗示，从记事本中也查不到有关那次出行的任何记录，似乎是一件不重要的活动，不值一记，但我总忍不住去幻想那一幕，车里有我的朋友我的爱人吗？

短暂的沉默、留白，只有柜式空调机发出的制造暖风的声音，卡卡精神抖擞地在屋内巡回，尾巴竖起如同天线，似乎在接收近距离内同类的信息。然而无路可走，一如困兽，所以对屋中人产生怨怼情绪，表情也有些狰狞，一律不响应任何召唤。

妈妈一本本合上了照相簿，那些昏黄深蓝的照片定格了过去，一个个片断，我也再次重温了家人的面容，一点点沧桑。娟姨呢，当然，娟姨总也不老，当妈妈的身体逐渐趋于丰满时，娟姨还在原地踏步。我不禁感叹说，娟姨还是老样子，妈妈倒是样子老了。

没有人接我的话茬。

我不知道有多久没有见到她，似乎短短几日，日子就长得让人记不住了，更别提时间本身。那天天光极淡，我记得天气预报在几天前就做出了又一轮冷空气来袭的预报。我在家里，在封闭的空间，时光似乎显得更加漫长，客厅里传来麻将的声响和骤起的笑声，听来却那么寂寥，众声喧哗更让人显得孤独。

我出门，妈妈交代，多穿点。我不以为然，出了楼道，才发觉冷，猛吸一口气，凉彻心扉。走在林荫路上，地是干的，我仍揣着那本记事本，我觉得这是遇见玛伽的必备之物，是一道符。这时候，路上的汽车早早亮起了灯，我沿着街道走了几个来回，在靠近那个地下人行通道时，不知为何，我感觉玛伽会从那里走上来，我已经闻到空气中异样的味道了，那是玛伽出现的信号。

她果然就来了，是冬天的装束，羽绒衣，牛仔裤，裤脚扎进明黄色的雪地靴里，步伐轻盈。她向我这边张望，似乎是习惯性的或者漫不经心，她发现了我，随即挥起手来。

没有寒暄，这次玛伽直接说，我们走走吧。

我们走出了单行街，来到一条叫环城北路的路上，在一家书店前驻足，一个门洞以环形的方式往地里延伸，门洞旁是几个剥落地嵌在墙体里的大字。玛伽径直走了进去，也没和我打招呼，我跟上。

你来过这里吗？玛伽问。她扑闪着那双硕大的眼睛，似乎想望透我的心思。然而我却记不起来，只能茫然地回望她，直到她消失在那一排排书架中。这次我没有跟进去了，而是选择入口处的台阶坐下，感受这昏暗的空间和那丝有些异样的空气。

玛伽挑选了几本书，说是先放在我这里，有时间再来取。我随手翻了翻，是几本我决然看不懂的书，很快兴味索然。我们又原路返回，在单行街上，玛伽露出迷人的笑靥，然后转身。

她为什么要将书留在我这里呢？我没有问出口，只是朝她喊，那我怎么联系你？

你不是常在这里吗，我会碰见你的。

凉凉要来，就在今天。用娟姨的话讲，这次来不光是为了我，顺便也来散散心，她说，你不要有负担。

我能有什么负担呢？一切都是安排好的，我只能被动接受，就连父亲也快回国了，此前他一直在国外的工地上忙，脱不开身。

我们去接机，航站楼内空旷，飘荡着一股煮咖啡的味道，语音播报言简意赅，声音是机械的亲和，谢天谢地，没有晚点。当第一名旅客走出来时，我的心突然就不自然地跳动了一下，是紧张吗？直到娟姨喊起来，出来了出来了。她朝我们走来，一件浅绿色军服式上装，黑发扎在脑后，额前留着“人”字形刘海，脸颊仿佛是被叶片包裹的一枚果实。她朝我走来，穿过人群，拖着那只朱红色拉杆箱。那时候，我已被妈妈和娟姨推到了守候人群的前端，凉凉走来，一路看着我，然后一下停在我的面前，落落大方地说，多多。然后伸过手臂，重重地拥抱了我一下，又在我耳边轻轻地念，你连我也不记得了吗，多多？

回去的路上，凉凉接过妈妈怀里的卡卡，在单行街上，凉凉对这里很是陌生，也不怪她，妈妈说，我们搬过来好几年了，从前的房子早就拆掉了。

凉凉说，这里也蛮好，很安静。

凉凉来的这两天，我忘了出门，把玛伽的存在忘得一干二净，想起来时，才惶惶然，觉得不会错过了她吧。

单行街上大多数时间是静谧的，车道很窄，只能容一辆车行驶，然而奇怪，车道旁的人行道反倒显得宽广，有大片的面积留给了行道树及树后的花坛，在铸铁栏杆后，植物们显得颓唐、萎靡，尚未枯死的呈现出墨绿的颜色，仿佛中了毒。

凉凉说她喜欢我们这条街，不知是不是因为这些树和来年会开的花。

大部分时间，我都待在屋里，妈妈和娟姨白天约人麻将，有时夜以继日，我和凉凉被有意忽略起来，可能也是想为我们制造一个宽松的环境吧，让我们接触更加自然。我想我有些辜负这样的美意。凉凉在房间上网，看冗长的电视剧，有卡卡陪着她似乎就足够了。原本她是要住酒店的，可被妈妈硬拦了下来，说家里住得下，住这里才有家的感觉。

我无所事事，有一阵读玛伽留下来的书，却读得无味，我不知道玛伽的趣味竟这般深奥，从外表你绝难看出她是一个这样的女人，当然，这或许也只是表象。如果说玛伽是一个谜的话，那么凉凉就是一张白纸了，那么通透，有时她悄悄踅进我的房间，将卡卡放在地上，不说话，默默观察房间里的一切，找个座位安静地坐着，将门勾上，然后掏出烟来，问我，你要吗？

我摆摆手。

凉凉说，也不知道你以前抽不抽的，我没想到你会这个样子。

我说，不怨谁。

凉凉谈起了小时候，我们尚未分离的日子，在铁葫芦街，形影相随，不少人拿我们开玩笑。一些事我已经听说了，但更多的是我们间的秘密，外人不得而知，我更是第一次听说，凉凉无所顾忌地讲起来，更显得我们亲密无间了。我听她说着，默然的样子，久了，凉凉就有了些沮丧，问我是不是还记得，我摇头。末了，凉凉才讲，也好，都记不住，少了很多烦恼。眉宇间，竟有了羡慕。

午后的时光形同鸡肋，大多数人选择这个时候午休，我也哈欠连天，想睡又怕错过了玛伽，有几天没见到她了，事实上凉凉来的这几天，我都没能单独出门。我不知道玛伽住在这城的哪一方，这感觉竟像守株待兔，你永远也不知道玛伽这只兔子会何时出现，但只要我守在这里，在单行街上，玛伽就总会过来。

出门时，娟姨和妈妈两个正在忙活，看得出今天又是众人聚会的日子。我换鞋，妈妈例行公事地问，又去哪里？我说，随便走走。妈妈说，早点回来。我说，好。

屋外没有阳光，天被一层稀薄的灰雾笼罩着，有一丝风，小区显得安静，没几个人在路上，汽车停得横七竖八。那只白猫出现了，脏兮兮的身影在车轮间穿梭，孤零零的，但自由，我想到卡卡，不知道谁才是幸运的。

小区外的空气变得复杂，但还未让人掩鼻而走，我不记得在哪里闻到过比这更糟糕的空气了，脑海中浮现出一片昏黄的天与地：高架桥，迎面扑来的夹杂了沙粒的风，还有风中飞舞的宣传单，紧闭的小商铺的门，嘈杂的招揽生意的流行歌曲的声音，一条长街望不到尽头，枯萎的柳树，三轮车。这些影像如同信号不良的电视画面，明明灭灭着，既看不真切又模糊可见。我知道这一定是我去过的地方，一个和此刻我身处的地方截然不同的地点，也许远隔千里。那时的我在做什么呢？这才觉得，没有记忆远不像凉凉口中说的那么轻巧。于我而言，这是一件痛苦的事情，我遗忘了所有人，朋友和曾经的恋人。我应该是有爱人的吧？她们还记得我吗？要是她们知道我如今的样子会作何感想？也许有一天，一个女人款款向我走来，说，你不记得我了吗？以前我们在一起的。我该怎样回答呢？哦，你好，很高兴认识你。抑或，我不记得了，你是谁？

想到这里，一种自我厌弃感腾然而升，心情复又低落，好像每一天我都处于心情的潮涨潮落中，没有尽头。我沿着街道来回走，用一种缓慢得不能再缓慢的步子，双手插在裤兜里，头低埋，偶尔才向玛伽经常出没的方向望一眼，没有人出现，今天的地下通道冷冷清清，一旁是一棵被剪了枝的梧桐，我想象夏天，它枝繁叶茂的样子，如今真是两样了。

下午的时光使人忧愁，莫名其妙地，无精打采。车流盛大起来，天光也渐渐偏西，气温下降，好像还有许多事情没有做，然而身体却开始力不从心，于是，期待新的一天。

我想回去，玛伽是不会来了，这个时候她不会出现，其实我在这里的逗留已经无关玛伽了，而是例行公事地打发时光。望着下班后源源不断从地下通道里涌来的人群，他们裹挟着尘埃四处飞扬，每个人都有自己的归宿，看着他们如出一辙的疲惫的脸，我似乎没有理由再待下去。然而我还是没动，妈妈交代的话我已经忘在脑后，她说今天要来人的，此刻我不想见到他们，他们无一例外拥有模糊的面孔，他们在时，屋内环绕着一圈雾气，似乎连空气也变得稀薄。我抵触什么呢？他们的议论吗？即使不在我家，而在别的家庭别的聚会上，我也总是他们口中的话题。我知道，但我已不关心这一点了，如今的状况对我而言已毫无意义，我被告知的也只是一些无关痛痒的内容，和一篇糟糕的学生日记没什么两样，我想象过去乏善可陈的生活，白开水似的日子，和所有人一样，逃不出一个模子。

想想就觉得恐怖，令人绝望。

入夜前的光线迷离昏暗，一如流水云烟，通通漂浮而过不着痕迹。直到某一刻，她朝我走来，不慌不忙，雪地靴的柔软和外间的喧嚣让她的到来无声无息，她似乎在街的那头观望我有一阵了，如此富有耐心。然后突然一下，我看见那双清瘦的腿，一步步向我移来，我的目光就此定格，岿然不动，直到她缓缓蹲下，与我的目光平行，我这才看清了她。她说，多多，天晚了，你还不知道回去吗？

那个清晨，我陷入了一个难以启齿的梦中，我这样的年纪，应该是早早就摆脱了那样的梦境的，那些梦是属于精力更加旺盛的少年的，然而此刻，我却重温了梦境所带来的奇妙魅惑，就像一双柔骨丰肌的手将你牵引至一处迷人的地界，那里遍地花开，泉水叮咚，是一处世外桃源是温柔之乡是天堂……凉凉来敲门时，我的梦尚未结束，徜徉在一片春光里，空气中飘荡着一股水果发酵的味道，暖烘烘的，敲门声却突兀地响起，像楔子一样蛮横地楔进我的脑海，我逐渐醒来，听见凉凉的叫门声。

她的声音让我忽略了梦中的女人，才一会儿工夫，那个女人的妩媚脸庞便烟消云散，竟连一丝一毫也想不起来了，只有一片白色的肌肤像雪一样留在我的记忆里。我开门，凉凉没有离去，今天倒起了早床。她说，你爸爸今天回来。我这才想起这个日子。凉凉已经整装待发，我闻到脸霜和香水的混合味道，迷人至极。她的脖颈裸露出来，真是一片雪白呵，我又想起梦中的女人，恨不能俯下头去轻轻吻她一吻。

凉凉说，你还不打算出门？都什么时候了。

我说，你们要去接他？

凉凉愣一愣神，不敢置信的样子。

我自然记得这个日子，但没想到就是今天，我过得浑噩，完全丢失了时间概念。我想起之前妈妈说要去接机，问我，我说，随便。其实我更想说的是，没有必要，他又不是找不到回家的路了。

这将是我出事以来第一次与他会面，在这之前，我已经见过不少他的照片了，各个年代。二十年前，他骑在一匹油光锃亮的黑马上，身上是一件红黑格子衬衫，灰色喇叭裤，尖头牛皮鞋，一顶宽檐帽，看上去十分洒脱，背景是一片辽阔的土地，天瓦蓝。那时他还年轻，二十出头的模样，看上去毫无烦恼、意气风发，一如电影中的布拉德·皮特。我不知道现在的年轻人是否具备那样的神情，时代变了，一代人更新了一代人的面貌。我想到自己，试图寻找父亲的遗传影响，然而一无所获，我身上没有半点父亲的影子，不是相貌的缘故，而是内心深处的某些东西。我的相片无一例外的神情凝重，眉宇间似乎盘绕着一层挥之不去的阴云，充满了一种未雨绸缪之感，是对现实的不满还是对未来的忧虑？没人能说得清，两相比较起来，我似乎更像一位父亲了。

不仅凉凉，家里的其他人也都焕然一新，打扮得像是要去赴一次高规格晚宴。妈妈和娟姨在客厅里为对方整理衣物，变着花样系一条方巾，抻一抻久困衣橱中的大衣，要么就对穿什么鞋而展开讨论。见到我，她们也保持了莫名的兴奋，好像今天是个大日子。娟姨说，还不去换衣服，接你爸去？娟姨的表情尤其动人，笑容都能融化奶糖吧？我想。我不知道女人们都高兴些什么，又不是去接什么重要人物，如此劳师动众，简直成何体统。妈妈竟也一改往日保守的装束，她的情绪明显被娟姨带动起来。娟姨说，哎哟，你这么系不行的，太死了，得露点脖子。或者说，你这些衣服都是什么时候买的？放烂了都舍不得穿……她指点江山，妈妈心甘情愿服从，脸颊上一团酡红，像一位新嫁娘。

我望着这滑稽的一幕，感到自己的置身事外。

说到底，那个人除了生命，还给予过我什么呢？听娟姨和母亲的讲述，二十多年来，我们在一起的时光或许还不到两年，就是如此短暂，于我来讲，那是能忽略不计的。

在路上，我想象他见到我时的样子，应该是有些愧疚的吧？我呢，是不是该表现出矜持？还是像妈妈说的，主动一些，让他也好过一点？但这一切又有什么意义呢？我已经彻底遗忘他了呀。我真的不知该如何对待这个人了。我真希望这样的会面能无限期延迟下去，就好像我从来不需要那么一位父亲。

然而，这是不可能的。

父亲出了航站楼，被裹挟在乘客中，即使隔着这么多人，我也认出了他，这并非源自记忆，而是记忆之外强加给我的印象。之前还嚷嚷着的女人们一时噤若寒蝉，只有妈妈理直气壮地迎上去，娟姨反倒不好意思地退却一旁，我则离她们更远。父亲没有相片中那么英武，神情疲沓，可能还未从时差中倒过来，于是整个人就显得潦草、随意，唯一与过去一以贯之的是他眉宇间的坚毅。我就是凭此认出了他。

他和妈妈说着什么体己话，然后目光从妈妈身上转移到娟姨那里，定格了一会儿，然后看凉凉，微笑，再到我，目光里便有了些不确定因素，一丝困惑，我似乎能感觉到他眉头的微蹙，是对我的失望吗？他和大家寒暄起来，对娟姨和凉凉说了一通恭维话，说得娟姨抿嘴笑起来。

随后妈妈给我使眼色，让我上前，我没有理会，仍站在原地观望，像是观望另一家人。直到男子走近我，说，多多。

我说，你好。

回程的路上，我和凉凉搭乘一辆车。凉凉说，你怎么和你爸这么讲话？

我说，有问题吗？

凉凉说，算了，你现在这个样子，也说不清。接着才问我，你觉得我妈是不是有些傻，对你爸，她那个样子——

我说，你什么意思？

凉凉不语。

大家外出吃饭，在一家私家菜馆，离家不远，大道边一条单车道曲折而入，两旁是居民楼，小贩们沿街设摊，瓜果一类，还有补鞋配钥匙的流动柜台，可鲜有人光顾。夜色起来，霓虹亮起，路上行人匆匆，间或一辆高档轿车鸣笛驶过，停在另一出口处，那里已摆有不少车辆。这才发现走入了“别有洞天”，饭馆到了，一道铸铁大门，大门紧闭，小门洞开，饭馆的招牌打在铁门后的一排竹林上。

父亲轻车熟路，说是以前来过这里，好多日子过去了。

我和他还是没什么话讲，妈妈说，从前我们在一起，大抵也就是这个样，没什么话，彼此隔了时间与亲情，所以表面看来，一切都没有改变。

因为娟姨一家的到来，所以饭桌上还算热闹，看得出为了引导我，娟姨没少费口舌，说了很多从前的事，还不时用老话插问我。说起来，如同昨日，而凉凉则完全无视娟姨的话，对她流露的笑容始终保持着警惕或者说难过又不屑的表情。我突然想起她对我说过的话了，似乎不像一个女儿该说的，关于娟姨和父亲，她又知道什么呢？有一刻我盯着妈妈看，她的表情一如往常，无视娟姨的娇嗔多情，似乎早已习以为常，反而对她讲，我不喝的，你陪他多喝几杯。

这一过程中，父亲也只是看了我两眼，没有发言。

他们说，我听着，如一台录音机，被动地接收来自过去的讯息。对此，父亲和我一样没什么发言权，这个男人似乎只挂了一个父亲的头衔，而我又何尝不是如此呢。我们说到底，是陌生的，这和记忆无关。

我们听着，像听另一个人的故事。

一连几天林荫路上都没有玛伽的踪迹，我担心再也见不到她，这来自预感也来自现实的印证，好像这个人从不存在。有时我盯着路边的监控看，那高高支起的摄像头，二十四小时俯视着我们这条街，它可能是见过玛伽次数最多的家伙。那巨大的白色眼球一眨不眨，风雨无阻地记录着街道上的情况，连一只流浪猫狗也不放过。我望着它，希望它能给予我暗示，我甚至羡慕起那些坐在监控器前的人了，他们会注意玛伽吗？还有我，这个街边迟迟疑疑的身影，鬼魂般游荡，有迹可循，总是下午的时候，不论天气如何，我都在这里，从前没有意识，如今只为一个人的到来。

今天让人难以招架，是个大风的天，还飘着毛雨，出门时忘了带雨具，没多久，我的羊毛外套上就挂满了晶莹的细珠，之前还挺括的衬衫此刻变得蔫头耷脑，一如此刻的我。这个时候，我不愿回去，虽然明知玛伽不会出现了，但我不想回到那已被太多人占领了的家，我需要一个清静的地方，可以想想一些事情，但我又不愿他们担心。出门前，妈妈还对众人说，他呀，就喜欢一个人出门，有时候也不知道回来，非要我去喊，你们说傻不傻。

这个时候，我突然想找一个人说说话，一些问题已困扰我太久，我也说不清这是怎么回事。凉凉很惊讶我会打电话给她，她说，多多，你怎么还不回来？我说，你出来。凉凉说，做什么？我说，没什么，出来走走吧。凉凉说，现在？我说，现在。有几秒的沉默，凉凉是在思量还是与屋里其他人打眼色，我不知道，正想挂掉电话时，才听见一个姗姗来迟的声音，好吧，你等我。

我在街边等她，她很快出来，同样没带雨伞，套一件毛领大衣，我们隔了很远就笑起来，笑对方的傻。凉凉问，去哪儿？我说，随便走走。就像许多日子前，玛伽对我说的那样。

起始没人讲话，我在掂量该怎样开口，而凉凉自然不知道我要她出来的目的，所以也没有贸然问。我们友好地对待对方，相敬如宾，这感觉有几分微妙，凉凉的笑容里包含了某种未知的成分，我的则有些苦涩了。

该怎样向她开口呢？

我们冒着这讨厌的雨雾，几乎都要走到单行街的尽头了，环城北路上的车流声连贯起来，我这才用试探的口吻对凉凉说，你想过我们这样重逢吗？

凉凉望着我，捋一捋鬓角飘散的发丝，摇头，说，多多，你不要太难过，有些事情，是无法预知的。

凉凉表现出怜悯，这正是我想要的，我趁热打铁问，你知道车祸吗？

凉凉点头。她哀婉的样子，使人不忍，但我知道接下来该怎么办了，我一下切入正题，是我的原因吗？我开的车？我问，目光一刻也没有离开她，我不愿她躲闪，一旦她的目光离开我的眼睛，我就知道她不会说真话了。

但凉凉聪明地没有与我对视，目光平静地探向前方，好像那里才有她所期盼的风景似的。

那条叫环城北路的路上车流不息，车灯在水汽中闪烁，天地间如同隔了一层窗纸，什么都显得影影绰绰，看不真切，像一幅湿气漫漶的水墨画。没多久，凉凉终于有所反应，转动脑袋，目光回到我的目光中来，如此坚定。她摇头，对我的问题不置一词，反问我说，多多，你想起什么来了吗？

凉凉的神态加重了我的疑虑，但我又拿不准她是否隐瞒了什么，只好说，没有，我一点也想不起来。

我埋着脑袋，看脚下湿漉漉的街道，因为坡度的关系，能看见一条稀薄的流动的水，条形盲道被冲刷一新。我感觉眼前一黑，陷入无边的恐慌中，那是种什么滋味呢？无以名状。这时，凉凉又点起了烟，旁若无人的样子，烟雾扩散后，她的表情才安稳下来。这次，我破天荒地向她讨过一支，点上，一口烟深深吸入肺里，然后慢慢感觉烟的力道在体内徐徐弥漫，脑袋有一瞬的昏沉，然后我说，玛伽。

凉凉迅速扑捉到了这两个字，她穿透烟雾望着我，你说什么？

我这才发现眼前人是凉凉。

那支烟并没有就此安抚我的情绪，反而让我感到无所适从，回去的路上，我和凉凉又分享了一支烟，我没有问凉凉是什么时候抽上的，对她的过去我真是一无所知，她也没有主动告诉我她的情况，好像我们只是昨日分别今又聚首。

后来，我央求她，我说，凉凉，你知道什么一定要告诉我，不要瞒着我。

凉凉总是这样，好像还没有从我之前的梦呓中醒来，还沉浸在那两个字造成的联想中，没有回答我的问题，而是说，多多，我问你一个问题。我请求她问，然后她讲，你每天出门做什么？在街上，等什么人吗？上次见你坐在那里，我就有种感觉，觉得你是在等谁，是你认识的人吗？

我心悸了一下，凉凉的敏锐观察让我无话可说，可我又不想骗她，一如我不想她骗我一样，所以我说，我不知道，也许她认识我，但我认不出她来。

是女人吗？凉凉问。

是，我说。

回家的路上，我让凉凉保守这个秘密，凉凉说，好的多多，但你要让我见见她。

我知道答应了凉凉，就一定要兑现，所以每天我都在街头，我知道玛伽一定会出现，这不是天气所能阻挡的，一个人不会无缘无故出现尔后消失，况且对我来讲，玛伽留下来的书就是一个明证，只是我不知道此间发生了什么事，她没能来。

又一个惯常的阴天，如果细看，能看见空中急速飘过的细小物质，像是雪霰又像是雨丝。楼下的墙头还是老样子，爬藤们像睡着了，花坛边有几坨动物的粪便，已经干透，是昨天甚至几天前的遗留物了，白猫还是不见。我揣着记事本走在单行街上，和迎面而来的几位邻居模样的人点头致意，我分辨不清谁是谁。

我在往常的那个地方等玛伽，正好是一棵银杏和梧桐的中间，树叶早已被清洁工人或者风清理干净，露出灰白色的地砖来，街面没有车驶过，三三两两的汽车全停靠路边，一个收费员穿着反光服在街的那头抽烟，并不时与我对望，地下人行通道处有人进出，可是没有玛伽。

我绕树行进，从一棵到另一棵，然后折回，如此反复。我还不时朝玛伽来时的方向眺望，在那个入口，多少次了，玛伽的身影迟迟未见，就在我以为今天依旧不能见到她时，她却出现了，竟是打另一个方向而来，竟是在一辆出租车上。车停在我的身旁，带来一股夹杂油味的燥热，玛伽打那热气后露出脸来，车窗摇下，她说，多多。

我望着她，无限欣喜，我说，玛伽。

玛伽说，我来附近办点事，等会过来，你能把书给我吗？

我说好，强装镇定，但仍掩饰不住内心的澎湃情绪，玛伽似乎看穿了我的焦虑，我一时有些窘，好在出租车很快离去，我这才往家的路上赶，我跑了起来。

我找到了那袋书，一转身，险些踩到不知什么时候跟进门的卡卡，它依然用那双湖泊般的眼睛望着我，充满了忧虑，可我顾不了这么许多。我说，让开卡卡。卡卡没有回应我，话就被另一个声音接了过去，你拿的什么？又要出门吗？那个人，她来了？

凉凉悄无声息地出现在门旁，像另一只猫。她用狐疑的目光打量我，我知道无法瞒过她，只好点头。凉凉说，太好了，我跟你去。除了答应似乎没有别的办法了，但我央求凉凉过会儿再出门，因为我也不知道玛伽究竟什么时候能来，我希望凉凉能装作路人与我们相见，不然，就感觉出卖了玛伽。

凉凉没有反对，一口应承下来，放心，我不会打搅你们的，我只是想看看那个人。

我这才出了门，顾不上其他人的絮叨，妈妈又念叨开来，又去做什么？才回来，天气又不好——

父亲也从一张报纸后探出他的目光。

我懒得理会，心思早飞到街道上去了，才短短分别一刻，我竟如此想念玛伽，这简直有些不可思议，充满魔力的。我想这一次一定要好好问问玛伽，把心中积蓄的疑虑通通倾倒出来，我要问她，你认识我吗？这一切又是怎么回事……我希望玛伽不要再掩饰，彼此坦诚以对，我有强烈的预感知道她了解我的过去。

在街头，在往常遇见玛伽的地方，地下人行通道的一侧，我等着，希望那个身影尽快出现，我还不时回头，希望凉凉不要这么早就过来。

然而，谢天谢地，凉凉没有来，玛伽却出现了。

她从地下人行通道里一步步走来，这次她还戴了一个乳白色带绒毛的护耳，我差点没认出她来。直到她朝我颔首致意，我才发现一个全新的玛伽，和我过去认识的似乎又不一样了。

她朝我走来，在街的那头，目光一路锁定着我，忽视街面，我同样如此，彼此的目光汇聚在一处，仿佛身边的任何变化都不能拆散我们那灼灼的目光。是路边收费员的失声叫喊让我清醒过来的，一辆黑色路虎打街的一头飞驰而过，玛伽还在路中央，还有几步就能顺利过掉这该死的马路，然而最终汽车一闪，玛伽的身影消失在车背后……

我的心咔嚓一下，像被闪电击中。

她的身体在萧瑟的天气里一动不动，在街面，风裹挟着雨丝吹拂着她那似乎还有生命力的头发，好像她只是不小心摔了一跤，待我去搀扶。

她离我可真远呵，在路的那头，她始终没能过来，我去看她，呆呆地站在街面，奇怪，这个时候街道竟空空荡荡，越野车连同那个收费员通通消失了，看了好半天，玛伽都没有站起来的意思，我才禁不住用手碰了碰她，我是那样轻，好像依然保持着男女之别。这个时候我突然很想叫醒她，不料身后却传来一个响亮的声音，多多——

我惊恐地回望凉凉，希望她来帮帮我，玛伽一个人静静地躺在街面上，看上去像个无家可归的孩子，楚楚可怜。而凉凉好像视而不见，她用一种奇怪的表情凝视我，好像遇到了棘手的问题，她对我说，多多，你一个人蹲在这里做什么？很危险的，那个人呢？她没有来吗？

（原载《文学界·湖南文学》2013年第8期）

被远方退回的一封信

戈　舟

那么多我以为已经忘掉的事
带着更奇异的痛楚又回到心间：
——像那些信件，循着地址而来，
收信的人却在多年前就已离开。

——菲利普·拉金

一

师范学校在沽北镇，沽北镇在沽河边。秋天的雾来到沽北镇，沽河上下像一个通体朦胧的容器，贮满了过去乃至未来时光的水分、空气和尘埃。沽北镇的尘埃比其他地方多，一条狗跑过去，黄尘都要跟着跑上一阵。

正午的时候，17个年轻人在小镇的火车站下了火车，步行五公里，从朦胧里走来，一路踢踏出滚滚的黄尘，像一支虚张声势的大部队。

一群新到的师范教师走在沽北镇的街上，当然是一件大事。摆在街道两旁的凉粉摊、肉摊、布匹摊、菜摊，还有挂摊，发生了片刻的骚乱。沽北镇的人被这群灰头土脸却又趾高气扬的年轻人吸引住啦。市声倏忽敛住，仿佛被一双大手拎了起来，又陡然撒手，将攥紧的喧哗一把松开。这种动静，令年轻的教师们颇感有趣。他们认为，是自己队列中那个戴黑墨眼镜的家伙造成了这样的局面——他不仅戴着黑墨眼镜，而且还穿着西装，打着一根火红的领带。这个招摇过市的人物，是未来的美术教师小虞。

一干新人被安置在师范学校操场边的一排平房里。一排平房，不多不少，正好17间。是专门为他们的到来配套搭建的吗？又不像。房子的外墙用和着麦衣的黄土垒就，金灿灿的，但内里，黑漆麻乌，烟熏火燎，显然不是一天两天酿成的。那么就是凑巧了，17对17，这里面暗合了哪种玄秘的因果呢？平房的后墙外是铁路，路基高于学校，从操场上展望过去，火车宛如悬浮于空中。当天夜里，未来的语文教师小宋上了趟厕所，回屋时恍惚间扫视一眼17间亮着灯光的平房，便觉得自己是面对着一列夜行火车的17节车厢。这个比附令小宋一阵激动，恨不得立即将大家召集起来，当众指认一番。

第二天早起，大家在房门外蹲成一条线，就着脸盆洗漱。小宋激动依然，大声宣布道：

“知道吗，咱们的宿舍像一列火车！”

无人响应他的激动。大家都有些莫名的消极。这队人马，尽管只有小虞戴黑墨眼镜，穿西装打火红的领带，但每个人的内心，也都是颇为洋气的。不是吗？毕竟他们都读了大学，是时代的轿子。可十多颗洋气的心，如今被扔在了沽北镇漫天的黄土里。

也真是漫天的黄土。未来的化学女教师小范，此刻便对着自己的脸盆呆愣起来。那盆水，刚刚还可见底，但小范她洗了把脸，水就成了黄色的。小范记得昨夜是洗漱干净了的，难道，一夜之间，自己便蒙尘如斯？

可不就是一夜之间！

小范感到自己想哭，扭身回了房子，将那盆黄色的水遗弃在外面，像是一个控诉。

地动山摇，一列火车呼啸而过。大家集体仰望，感觉那压在头顶疾驰而过的火车仿佛碾压在了他们年轻的神经上。连小宋心中那微不足道的关于车厢的诗意，都在顷刻间荡然无存。

宛如一套组合拳，火车过后，更多的打击接踵而至。其中最为凶狠的一拳，是关于纪律——当然是纪律，除了森严的纪律，还有什么会更加令一群年轻人的心疼痛？学校组织了欢迎的大会，但主旨，却是向17个新人宣布纪律。校长墙皮一般黄灿灿的，像土里长出来的一个人，在他的授意下，教导主任，另一个土里长出的黄灿灿的人，一二三四地罗列：禁止与学生发生纠葛；禁止不备课；禁止迟到早退……

大家都听明白了，用目光心照不宣地交流。其实，诸般禁忌，唯有第一条事关重大——禁止与学生发生纠葛。什么样的纠葛呢？真是暧昧，莫不是和学生拳脚相向，打作一团？怎么会！谁都清楚此间含义。未来的男教师们就去打量未来的女教师们。女教师们正襟危坐。小范依然纠结在清晨的那盆水中，是怅然若失的神情，仿佛在用自己的专业知识分析着那盆水经历了怎样的化学反应。这个核心的禁忌，只能意会，不可言传。为了强调出纪律的严肃性，教导主任唯有在其他律令上严厉规定，将迟到早退这些事情格外夸大，似乎触犯了，便无可饶恕。可不是吗？这些鸡毛蒜皮的规矩都如是重大，那个核心的禁忌，大家就自己掂量好了。就好比，做次贼都要被枪毙，杀了人会如何，还需要说明吗？

气氛就有些凝重了。当然，这是防患于未然。但那个莫须有的禁忌，还是令年轻人感到了刺激。这刺激又被疾言厉色地警告着，所以便凝重了。

会议室的门突然洞开。一个姑娘施施然进来，花衣裳，大辫子，气定神闲。姑娘环视一圈，亮起嗓子叫：

“刘双喜！刘双喜！”

年轻的人们面面相觑，然后拭目以待，看哪位应声而起，成为一个刘双喜。孰料，一下子站起来三两位老教师，一言不发地围过去，簇拥着将姑娘请了出去。姑娘也配合，不过是出门前又回头响亮地叫了两声：

“刘双喜！刘双喜！”

小虞呵地笑了，把自己胸前火红的领带捏在手里，抖个不停。

大家以为对此会有个说明。但是没有。没有人替大家解释，这个倏忽来去的刘双喜是怎么一回事。还在错愕间，新人们便被率领着去熟悉校园了。公允地说，在那个年代，在沽北镇这个背景下，校园还算堂皇。教学楼，宿舍楼，小石桥，东边的花园，西边的树林。

学生们果然需要提防，那些女生，个个朝气勃发，头从窗口探出来，迎风吃土，观望着自己的新老师们。未来的数学教师小汪抬头仰望，自觉不能看得分明，便摘了眼镜，擦一擦，重新戴好，扶正，仔细凝视那一张张兴奋的脸。这招来了女学生们的哄笑。教导主任重重地咳嗽一声，以示告诫。

“刘双喜！刘双喜！”

又来了。那个姑娘，旁若无人地闪出来，穿过参观的新人，顾自四下里放声呼唤。戴黑墨眼镜的小虞更加敏感一些，拉住身旁的一位前辈问：

“她是谁？在找谁？”

前辈愣了一下，继而羞涩地摇摇头，一脸讳莫如深的样子。

就此，时间开始了。开始了吗？新人们又觉得时间是停滞了，凝固了，出了故障，不动了。

大家很快对一切都熟悉起来，一切在大家眼里却都愈发含混不清。教物理的小孙始终分不清镇上卖蒜的刘二与骟驴的吴七。教生物的小张对四处可见的柿子树感到迷惑。柿子树大都冠盖如云，绿荫匝地，即使小张有心为它们编了号，也常常发生混淆——当他依照内心的序列按图索骥来到某棵柿子树下时，往往发现自己仍是迷了路，本来要去火车站，却来到了邮局。这种状况，不怪柿子树，怪小张。沽北镇的路其实平铺直叙，是小张自己，一厢情愿地沉溺在他的专业里。小张对于柿子树太着迷啦。用不了很久，他就知道了哪一棵枝杈平斜，能让他躺上去，哪一棵腰身粗壮，令他无从攀爬，一来二往，反而忽略了其他的常识，天不辨冷暖，路不分东西。所以本来要去火车站，结果却到了邮局。

说到邮局，那可是新人们的一个重要去处。报到的当天夜里，17封书信便在那排火车车厢般的平房内生产了出来。第二天接受完入学教育，不约而同，大家就在去往邮局的路上相遇了。就像每个人都成为了一封信，被某种力量所指派，前进在被投递的路途上。

信丢在了邮筒里，人的心居然会随之发出咣当一声，一下子便仿佛失去了依托，没有了底气。于是就开始了等待。等那咣当一声再回来，重新给自己添力。也有等不回来的。教政治的小莫就陷入在杳无回音的境地。信的收发都需要他们前往邮局亲自办理，小莫往来的次数最多，每一次都是有去无回。所以小莫便越来越落寞。小张比较关心小莫，一个周日，他躺在邮局前的树杈上招呼小莫：

"上来躺会儿？"

小莫索然地望他一眼，低了头，走自己的路了。

二

一个寒暑过后，新人们成了旧人。

尽管大家仍是难以明白，沽北镇周边几百顷几百顷的麦子齐刷刷绿了，又齐刷刷黄了之后，是怎样在一夜之间又齐刷刷地倒伏在地——大家当然知道这是怎么回事，但这种事情令人目不暇接的速度，还是让人心生疑窦。

尤其是美术教师小虞，当他透过自己的黑墨眼镜观察一切时，沽北镇便在他的眼里发生了小小的错乱。他一度相信，麦地的底部会有一架精密的仪器，至少也是几组性能良好的滑轮，而耕作其上的农民，在他的眼里，被固执地看作了采矿的苦力。小虞将这样的场面描绘在了画布上，送去参加美展。参展无果，但这样的画面，打动了教化学的小范。小范跟着小虞去采风。他们来到农家，农家妇女擀面条招待两位教师：擀好的面就地铺展，晾晒在扫净的黄土地上。小虞吃下这样的面条，觉得自己吃下了黄土中的力气。沽北的黄土里埋着用不完的力气——麦子收完后又是一茬玉米，而且是豆角洋芋套种，如此这般，作物都能保持茂密的态势。一想到这些，小虞就觉得浑身来劲儿。小范怎么想，他却并不知道。

原来小范和小虞的感受不同。吃过几次黄土，小范就不再跟着小虞采风了。小范开始出没于音乐教师老杨的宿舍。老杨五十多岁了，据说刚被平反出狱不久。从老杨弹奏的曲子当中，年轻的人们相信，在他那架脚踏风琴的旋律里，一定藏着长袍和礼帽，藏着花前与月下。老杨把民国时期的音乐教材摊开，然后唱歌：

可怜的秋香，暖和的太阳他记得：
照过金姐的脸，照过银姐的衣裳，
也照过幼年时候的秋香。
金姐，有爸爸爱，银姐，有妈妈爱，
秋香，你的爸爸呢？你的妈妈呢？

哦，真令人神伤。唱歌时的老杨，细长的布满皱褶的脖子，让人想到一根拼命疯长的丝瓜。小范被老杨的歌声俘获，小虞就只有形单影只地浪迹乡间了。

语文教师小宋喜欢将学生带到沽河边去朗诵。河面上总有男人背着缰绳，握着长篙在撑船。小宋这样启发自己的学生：

“想一想，你们想一想，这些男人，会从河里打捞出什么来？”

“鱼！”

“烂泥！”

“花裤衩！”

“尸体！”

小宋在一片嬉笑中，郑重地指出：

“不错，都很不错。不过，如果要我来想象，我会想，没准，他们能打捞出一本线装的书。”

学生们噤了声，被某种无法说明的感触吓住了。

不仅仅是小宋，在沽北镇，青年教师们都活在一股玄想的情绪里。生物教师小张在课堂上言之凿凿地宣讲：柿子树在某一天会结出碗大的太阳。英语女教师小林和校园里著名的女疯子要好起来。女疯子就是那位满世界寻觅刘双喜的姑娘。关于她的身世，大家还是不明就里，只听说她是这所学校数年前的学生。至于那个刘双喜，对不起，就更加无从知晓啦。教物理的小孙好奇心重一些，他被抽到校办帮了几天忙，于是趁机翻阅了教师花名册，结果也是一无所获。疯姑娘日复一日地穿行在几百人的校园里，青年教师们很快就习以为常了，熟视无睹，习焉不察，随着自己置身的这所学校沉入一个白日梦里。英语女教师小林，本身就是一个孤僻的人，所以，当大家发现某一天小林和疯姑娘并肩而行时，也没有感到太大的诧异。

“刘双喜！刘双喜！”

疯姑娘依旧喊。她喊的时候，小林就警觉地替她四处张望。因此，这个时候被小林看上一眼是很可怕的。被看的人会张皇失措，骤然觉得自己摇身一变，成为了一个刘双喜。教地理的小赵一直在暗恋小林，看到小林与一个疯子为伍，内心不免忧愁。小赵怨怼地向大家说：

“沽北镇是全世界黄土最厚的地方！”

鉴于他的情绪，大家不知道是不是该相信他。可这个论断毕竟是出自他这个专业人士之口，于是，大家便口口相传，随即还将这句话写在了书信里，作为一种抒发离愁别绪的凭据：

沽北镇是全世界黄土最厚的地方……

教政治的小莫想必也将这句话投递了出去。但收效甚微。他依然难以等到及时的回复。渐渐地，大家都有些为他着急了。有一天，躺在柿子树上的小张看到，小莫站在邮筒边将一张明信片塞了进去。这好像不值得大惊小怪，但小张却大惊小怪地跑回学校，向同伴们散布惊人的消息。

“我看到了，明信片是用血写的，是一封血书！”小张急迫地向大家说明。

“看清楚了？”小虞持怀疑的态度。这时候他已经不戴黑墨眼镜了，西装也换成了粗布的褂子，同样是标新立异，让自己看起来像是一个沽北镇的人。

“没错，我在树上，一切尽收眼底！”小张信誓旦旦。

“什么颜色？血什么颜色？”

“血？——当然是红的咯……”

“写成血书，血就不是红的了，跟黑的差不了多少。”

“这个我当然知道！”小张有些张口结舌，“我解剖了那么多动物，我当然知道血是怎么回事。”

“那你确定看到的是血？”

“我确定！”

小虞就决定信任小张了。色彩小虞拿手，但毕竟教生物的小张，血见得比他多。

莫衷一是地说了半天，最后一个方案拿出来了：由小宋落实，以匿名的方式给小莫回一封信。小宋在这封信里写了什么呢？没有人知道。大家追问，他便含糊其辞。唯一明朗的是，小虞却因为这封信而改变了命运。这封信由小虞负责异地投寄。

小虞在星期六的傍晚出发，被大家目送着去了火车站。小虞的家在兰城，坐火车大约需要走五六个小时。本来，这段时间他并没有回家的打算，但借着这封信，他便顺道走了这么一趟。说好了星期天回来，结果星期天小虞却没有回来。由于小虞身负着投递那封信件的使命，大家便对小虞也牵挂起来。

小虞星期一的早晨才出现。他气喘吁吁地冲进正在召开晨会的办公室。七点四十五分，有什么好说的呢？他迟到了五分钟。这可是犯了天条。校长对此深恶痛绝。在校长眼里，准时到校是一切规矩的基础，是篱笆，是栅栏和安全阀，只有守住这个底线，其他的罪恶才能被避免。堡垒总是一点点被攻破的，只有防微杜渐，才能高枕无忧。所以校长要小题大做。他认为年轻人总是得寸进尺的，只有把他们镇压在“寸”的苗头里，才能守住那个致命的“尺”。

勿以恶小而为之，这也讲得过去。但处理的结果，还是让年轻的人们大为震惊：小虞将被扣除全学期的补助。

小虞倒很冷静。他轻微地喘着气，好像还没从赶路的状态下缓过劲来。

三

但是第二天小虞却失踪了。小虞留给大家的最后一个记忆是：前一天的黄昏，他凌空坐在墙外的路基上，将侧影对着操场上的人。他在那里坐了多久？没人留意掐算过。大家只是觉得，夕阳下飘浮的黄尘就要没住小虞的喉咙了。

起初校方认为小虞是在闹情绪，无组织无纪律，私自跑了，过两天便会回来。校长为此还颇为作难。小虞迟到了一次他便使出了霹雳手段，这令他的惩罚措施没有了弹性。校长不知道，旷工的小虞归来后，他该将如何下手。

这个难题很快不存在了。因为难题的制造者小虞，再也不回来了。

一周之后，校长坐不住了。他倒不是担忧小虞的安危，是担忧小虞这样旷日持久地破坏纪律，到头来只能令校方被动。总不能宰了他吧？校长决定派人去兰城一趟，把小虞请回来。至于请回来怎么处理，校长心里提前做了打算。他决定了：开除！教导主任带着两位老教师上路了，去兰城请一个注定要被他们赶走的人。

两天后三位使者回来了。那时小张被大家派在路上瞭望。大家也很挂念小虞，期望早些看到他归来的身影。小张坐在一棵柿子树上。这棵柿子树在镇上被视为树精，下方供台常设，香火经年不断，以致坐在树上的小张纵目四望，觉得远处沽河的流速都变得缓慢下来。小张于薄暮中，于烟雾和黄尘里，看到那三条人影从火车站的方向袅袅而来。一瞬间，小张感到了凄凉。他的内心毫无理由地确信：小虞，他们的这位信使，这位伙伴，再也不会回来了。事后，小张甚至因此谴责自己，好像是自己一刹那的感触诅咒了小虞的命运。

三位使者在兰城遍访了小虞的亲友，结果却劳而无功。小虞压根没有在兰城出现。他们的到来，反而惊动了小虞的父母。这下可好，人家向学校索要自己的儿子了。本来黄灿灿的校长，闻讯变得灰苍苍的了。当天夜里，一队人马便被集合起来。做什么？搜！

其实就是排查。排查哪里呢？河岸，枯井，偏远的树林，总之，一切关乎凶险的地方都成为了目标。由此，可以看出校长的忧思，他已经做出了最坏的打算。不至于吧？校长战战兢兢地想，为了一个学期的补助，这个小虞就会寻了短见？

大家也觉得不至于如此。小宋平时和小虞比较要好，他觉得小虞不会这么狭隘。那个戴黑墨眼镜，热衷在黄土里汲取力气的小虞，不是这样的人。但小虞究竟是个什么样的人呢？在这种局面下，小宋又不太有把握了。毕竟，他们也不算太熟。大家虽然读同一所大学，但却不是一个专业，读书的时候，彼此是连名字都不知道的。如果说有了友谊，这友谊也是来到沽北镇后才建立起来的，而且，还蒙着一层沽北镇的黄尘，显得有些虚无和轻飘。

小宋带了几名男学生潜至沽河边，专往一些死角里找。河面的宽阔之处，依然有人在夜间行船。一个男生旧事重提，于黑暗中沉声道：

“宋老师，我觉得他们能从河里打捞出来一个虞老师。”

小宋一惊，就此成为了一个认定小虞是葬身在水底的人。

小张带了几名男学生深入到镇东头的那片树林里。这片树林长势惊人，密不透风，有森林一般的气势。平日里，少有人迹，即使小张这样的树木爱好者，也绝少涉足其间。大家举着手电筒，钻进去没多深，陡然被一个叫声惊得魂飞魄散。

"刘双喜！"

叫声之下，有野禽在林子里扑翅乱飞。几道电光一阵缭乱地交错，最后齐齐锁定了目标。不错，还能有谁呢？疯姑娘惊喜地瞪着眼睛。而她的身边，是衣衫不整的英语女教师小林。小林侧身躲避着手电筒的照射，一只手整理头发，一只手拽扯衣襟。小张不禁看得痴了。他那能给柿子树结出太阳的大脑，面对此情此景，便丧失了所有的想象力，卡壳了，短路了，迟钝了。

教数学的小汪视力不济，被分配在校园里。他率众探索了校园里的几口枯井。枯井都有年头了，是建校之初的产物。小汪很负责，对每一口枯井都很仔细，命令学生照着亮，自己将头探在井口，耐心地向里面喊话。喊什么呢？将近十天了，小虞即使在井里，即使一息尚存，也早该没了回话的力气。所以小汪的举动就像那个疯姑娘了，不过是呼唤着一个永不应声的刘双喜。如是喊了几口井，没有喊出小虞，却喊出了其他的人。一声咳嗽之后，枯井旁的花丛中踱出两条身影。小汪摘了眼镜，擦一擦，戴上，扶正，凑过脸去，隐约认出点儿人影。老杨用手托着自己的头，像是怕那根丝瓜般的长脖子会折断似的。他的身后，躲躲闪闪，露出半个教化学的小范。

于是，这个夜里的行动没有找到任何有关小虞的蛛丝马迹，反倒让这所师范学校隐匿在黑暗中的诸多秘密呈现了出来。

从此，好像是分了责任田，大家各自锁定了自己的职责范围，河边，树林，枯井，条分缕析地各司其职。整个搜索行动持续了一月有余。其间范围一圈圈扩大，周边的村庄农舍也没有放过。上面还来了人，一个教育局的处长，驻校指导工作。

但是小虞踪影皆无。

最终，驻校的处长代表上级领导宣布：此项工作告一段落。这也难免，总不能为一个小虞，让整个学校的教学都瘫痪掉吧？离校前，处长主持了表彰大会。是工作，总归要有总结，表彰大会将小宋、小张、小汪总结成了先进。大家都看到了，这三位先进都有些魂不守舍的样子。许是太劳累了吧？他们都显得有些委顿，乃至上台领奖时，恍恍惚惚，各自领错了奖状，小张领到了小宋的，小宋领到了小汪的，而小汪，当然领到的就是小张的了。就好像发生了一场微妙的动荡，错乱了，张冠李戴，将先进们混淆成没有面目的人了。

这个结局让校长松了一口气。起码，他没有因为小虞的失踪受到追究。而且，对于小虞家人的安抚，也由上面来安排了。校长可以比较自信地说，这件事情的确与他处分小虞的措施无关。于是，小虞的失踪就正式成为了一件莫名其妙的事。

校园里看起来趋于平静了，但私下里却暗流涌动。年轻的人们依然在探究着个中秘密。大家恍然记起，促使小虞在那个周末前往兰城的，是一封善意的匿名信。这封信，小虞他寄出了吗？这段日子小张投身在偏僻树林里的追索之中，疏于攀爬邮局前的那棵柿子树，因此无法确知小莫是否收到了那封用心良苦的信。大家观察了一番，小莫似乎依然陷入在怅惘的等待之中。即使整个学校都在热火朝天地寻找小虞，小莫也是置若罔闻着的。他每日依旧去两趟邮局，空空地去，空空地回，而且，脸色也越来越苍白了——不禁使人怀疑，莫非他将自己的血都用来写血书了，所以就有了贫血的病容？这就更让人无从下手了，总不能对着苍白的小莫发问：你收到过一封兰城来的匿名信吗？

大家就纠缠起小宋。小宋是那封信的执笔者，大家好奇起来：小宋在那封信里都写了些什么呢？没准，小虞在火车上就先睹为快了！这不是完全没有可能，小虞也像大家一样，都有着一颗年轻而好奇的心呀！那么，小虞的失踪，会不会和这封信的内容有关呢？怎么说呢？小宋可是个神神鬼鬼的家伙，说话行文，常有惊人之举。譬如，他会将那排平房比附成一列火车的车厢，他会将一只覆满土粒的蜗牛影射为生锈的车轮。如是等等，沽北镇在他的形容之下，就成了一块魔幻之地，搞得大家也常常跟着失魂落魄。小虞会不会是因为看了小宋谶语般的文字，才人间蒸发了呢？小宋被大家逼到了绝境，脸色也像小莫般的苍白。他嗫嚅着说：

“没有，一个字都没有，那不过是一张空白的信纸。”

一张空白的信纸？为什么？小宋他不是被大家授命去写一封匿名信的吗？

“我不会写一封匿名信！”小宋抽泣起来，“那样我会感到羞耻！”

可大家是说好了的呀，我们要帮帮小莫。

“我想过了，一封空白的信，也许对小莫更有益，”小宋平静下来了，茫然地说，“没有什么比只字未有更能给人希望了。”

想一想也是。大家都沉默了，年轻的脸看上去都像一张张只字未有的白纸。

可是总该要有个缘由吧？大家又针对起小范。毕竟，小范一度和小虞形影不离，随着他田间地头地写生和吃土，结果后来又移情于唱民国歌曲的老杨了。这完全可以成为一个诱发悲剧的理由。小范应当是一个知情者。这么一想，大家便对她的置身事外感到了不满。小张一贯侠义，他除了爱爬树，还见惯了血，人就变得很爽气。小张直接就去盘问小范了。大家等着他能讨回一个答案，或者毋宁说是一个公道。小张去去就回来了，带回一个模棱两可的说法。

小范告诉小张：其实小虞有一个大学时代的恋人，这个恋人去了遥远的新疆。小虞一直在筹划着调动工作，可闹了许久，希望仍是渺茫。

“他一定是绝望了，所以干脆一走了之。我想，他一定是去新疆了。”小范用肯定的口气下了她的判断。

转述的小张说：“说的时候，她好像还挺难过的。好像倒是小虞抛弃了她一样。”

这个结论漏洞百出，实在经不起推敲。但究竟漏洞何在，哪里经不起推敲，大家又似是而非起来。正在疑惑间，小范却和老杨偷袭般地结婚了。

四

又一个春天来到了沽北镇。清晨起来，大地安静，山川翠绿，让小宋几乎要相信这个春天是昨夜梦中那列驶过的火车运来的。一条蛹从小张的眼前爬过，像极了远处逶迤而来的火车的腰身。即使在视力不济的小汪那里，崖畔，沟壑，也都突然变得分明起来。总之，年轻的人们情不自禁地搭上了某一节春天的车厢。

在这个春天里，接连发生了几件事情。首先，小范和老杨又偷袭般地离婚了。本来小范已经搬离了那排平房，随着老杨住进了宿舍楼，但在春天的一个清晨里，大家又看到了和自己并排蹲在门前洗漱的小范。她悄无声息地回来了，就像当初那样，面对着一盆浑浊的水发呆。老杨呢，也风采依然，照旧弹琴唱歌：

可怜的秋香，暖和的太阳他记得……

好像一切从未改变。

可改变是这样的剧烈！接着，教英语的女教师小林去了加拿大，她居然带走了那个疯姑娘。这样一走就是三个人。另一个是谁能？当然，是刘双喜。宛如一场高潮迭起的演出，最后一幕，是以地理教师小赵出家而告终。小赵的出家有迹可循：他惹了大乱子，触碰了学校那个核心的禁忌。小赵和一个女学生发生了纠葛。什么纠葛？当然不是拳脚相向，打作一团。女学生的家长找到学校来。教物理的小孙依然分辨不出沽北镇人的个体差异，在他眼里，沽北镇的人都是一个模子刻出来的。小孙将女生的家长认作了张三。张三是学校的校工，前几天张三在地里挖洋芋时小孙跟他打过招呼。所以小孙难以理解，为什么张三会对小赵那么不客气。

面对不客气的女生家长，小赵很镇定。他并不推卸自己的责任，一副认打认罚的样子。大家就同情起小赵来。谁都知道，小赵对小林一往情深，无奈小林如今飞往了异国他乡，而且还带着疯姑娘和刘双喜。小赵当然会伤心的。伤心之余，难免就颓废，就自损，就有了纠葛。小赵镇定地赔付了一笔钱给女生家里。校方的反应出人意料。自从小虞失踪后，校长似乎悟出了什么道理，突然对年轻的人们有些放任自流了。既然小赵自己摆平了事情，校长就难得睁一只眼闭一只眼了。他也不愿意将事态扩大化。反而，对于小赵，校方的态度倒有些谨小慎微。似乎生怕他做出什么不测的事情来。

大家看在眼里，不免就有些为曾经的小虞叫屈。小虞不过是迟到了一次，不过是试了下水，便从此人间蒸发了，而如今小赵深入雷区，却落得个毫发无损。

好像是为了给大家有个交代似的，毫发无损的小赵却决定出家了。这个决定照理是应当引起轰动的，但春天里万物生长，人心动荡，大家对此居然没有太大的波澜。小赵走的时候，大家还去车站送他。他说他此行的目的地是峨眉山。为什么非是峨眉山呢？大家谁都没有多问。

火车鸣叫一声，带走了一个地理教师，带去了一个和尚。小赵临别的时候，还是留下了那句话作为自己给大家的赠言，他说：

“沽北镇是全世界黄土最厚的地方！”

然后他就消失了。像一只过早动身的蝉，昨天还是一条蛹的样子，今天却只把它的梦境一样虚幻的壳留在玉米叶子上，自己则抽身去了远方。

回去的路上小宋对小张说：

“小虞可能也在峨眉山，小赵对我说过，假期的时候他在峨眉山见到过小虞，说小虞也出家了，现在是个和尚。”

随行诸人全都止步不前，这个突如其来的消息比小赵的离去更让人吃惊。但也真是奇怪，大家只是错愕了片刻，便都垂头丧气地向学校走去了。

还有更加奇怪的。自从失踪的小虞再一次被小宋提起后，有关他的传闻突然间重新风生水起了。视力不济的小汪有一天郑重其事地告诉大家：

“小虞在深圳，没错的，现在他肯定做起了大老板。”

那个时候，特区深圳刚刚成为举国的焦点，所以小汪如是说，大家并不怎么在意。因为谁都多多少少听到过这样的传闻：某某某去深圳了！好像那个时候，只要身边的人没了踪迹，便一定是去往深圳淘金了。大家不过是兴致勃勃地诉说，以示自己对于那方神奇土地的景仰之心。

七点三十八分，还来得及。

然后他才回头望了一眼。

一个人匍匐在他的脚后，一摊浓酣的血正在汩汩地蔓延。

“跳下来的！火车上跳下来的！”

小张叫个不停。已经有人闻讯围了过来。小张抢过去，将那人翻转过来。

哇——

一声凄厉的呜咽骤然响起。是小范，她也围过来了，在看到那人正面的一瞬间，号啕大哭起来。

和小范一样，即使岁月荏苒，即使青春不再，大家依旧还是即刻辨认出了这个人。他是小虞。不过依然是一个死了的小虞。他休止在这个清晨的七点三十八分钟里。还好，没有迟到。可能他在跃下火车的一刹那，也是读了秒的。时间在这里错乱，当大家在沽北镇倥偬经年，小虞却仿佛只辗转了一个昼夜，他马不停蹄，他只争朝夕——小虞他就像从未离开过一样，或者顶多只是在周末回了趟兰城，赶在上班的时刻，准时回来报到了。

身为校长的小宋分开了人群，金灿灿的他，也在倏忽之间变得灰苍苍的了。小宋隐约想起了当年自己撰写的那封空白的信。事情是这样的：那封信被眼前的这个人带去了兰城，他要在那里投寄出去。结果是，这个人却将自己寄往了远方。直到今天，他被退了回来，也不知道是因为写错了地址，还是因为“查无此人”……

面色苍白的小莫一直在哆嗦。这个人的血溅在他的裤管上。后来小莫深情地跪了下去，他那疑似贫血的脸猝然浮上了两片红色。小莫就像一个热恋中的人，终于等到了心上人回复的信件。

（原载《作家》2013年第8期）

成人礼

徐则臣

“那你们不许说话。”

“吃蛋糕的时候也不行？”我说。

“就你话多。”行健说，“我说话的时候你们谁都不能插嘴。”

我们点头。蛋糕在屋顶上，奶油上插着二十根蜡烛。

“第一次见到她是在驴肉火烧店。我去吃晚饭，照惯例，四个驴肉火烧、一碟油辣小咸菜、一碗小米稀饭。不需要我开口。我坐下来盯着一只蚂蚁沿对角线爬过桌面。一个女声问：‘请问您吃什么？’我抬头看见她，第一眼的感觉是：干净、清爽，适合穿白裙子。但我还是很生气，除了前三次，我在这里吃了一年多，头一次有人问我吃什么。米箩知道，我脾气不好，但从来不对陌生人发火，尤其是女的。”

“嗯，我作证。”米箩说。

“让你不要说话。”行健说，“我跟她说，就那三样。她笑笑，转身去了厨房。屁股很好看，圆润，结实。别笑。两分钟后，她把晚饭用托盘端过来。然后她坐在吧台旁边的椅子上，两腿并拢，若有所思地看着门外。店里就我一个客人，没有人这么早吃晚饭。吃完饭我得去打广告，陈兴多规定，一天要打五千份。”

“他他妈的瞎扯，一天怎么可能打出五千份小广告？”米箩说。

“我那不是刚来嘛，不懂，他就把我往死里用。让你打岔——我说到哪了？”

“晚饭吃早了。”宝来说。

“对。一直就我一个人。她看着门外，下午的阳光照到她半个脸上，细密的小汗毛看上去是透明的。她很白，头发梳到后面扎了个马尾辫。让我想想。头发真是黑，没有刘海。她坐在那里像一幅油画。尽管我只敢时不时瞟一眼，我也知道门外她什么都没看见。眼神不聚焦，嘴边带着笑，那样子跟睁着眼做梦差不多。”

“她笑起来有酒涡。左边的脖子上还有一颗痣。”米箩补充。

行健白了他一眼，抓起酒瓶对嘴灌了一大口。米箩不吭声了。

夕阳半落，我们坐在屋顶上。桌子上摆着驴肉火烧、油辣小咸菜和小米稀饭，还有鸭脖子、麻辣鹅、猪头肉和啤酒。蛋糕在另外一张椅子上。

“想起那天下午，我的肠胃就会发抖，像饥饿一样难过。她就是一幅油画。哪天老子发财了，一定要找最好的老师教我，学油画，我要把那个下午给画回来。”

“然后呢？”

“我吃完就走了呗。”

没意思。抒了半天情，吃完就走了。

“第二天下午我又去了。说真话，进了门我才想起来，从昨天晚饭后到现在，我早把她忘了。她又过来问，我原样报了一遍。两分钟后，托盘端上来。她在同一个位置上坐下，拿笔在吧台上的一张纸上画起来。阳光照到她的脸、脖子和半个肩膀上，她低眉顺眼，像另一幅油画。”

“能不能来点新鲜的比喻？”米箩说，“我觉得她挺性感的，像巩俐。”

“你这不是比喻。”我给他纠正。

“不是也像巩俐。”

“屁！巩俐多艳。她才不屑去化妆。”行健说，“我就觉得她像一幅幅油画，怎么了？不爱听喝你们的酒吃你们的肉！”

“爱听，”宝来说，“我同意行健，她不化妆。你继续讲。”

“吃完饭我就走了。”

“靠，吃饭，像幅油画，然后吃完走人。行健你来点实实在在的干货会死人啊？”米箩有点儿急。

“皇帝不急太监急。我说到第三次了吗？”行健说，“第三次我就跟她说话了。我说，叶姐呢，她怎么不在？她说，小叶回家了，我帮几天。我说，哦，前次我还欠叶姐三块钱，还给你吧？她说，也好，我代她收了。”行健停下来吃麻辣鹅和猪头肉，然后喝酒。

八月底的天不冷不热，几只鸟从我们头顶飞过。离这里不远，北京的高楼大厦像热带雨林一样急速扩张。我们喝酒吃肉，在一间平房低矮的屋顶上，一起想象爱情。除了行健，我们三个人其实都觉得爱情十分遥远。就连行健的那个“她”，我们也相当怀疑，爱情难道不是个重口味的东西吗？

“我不知道是不是喜欢她。我还不知道如何喜欢一个人。有一天我站在屋顶上向南看，看到了叶姐的院子里空空荡荡。叶姐租的房子，一间屋，另外两间房东住。房东在白石桥做生意，一星期难得回来几趟，相当于叶姐一人占一个院子。我从屋顶上下来，踢踢踏踏往南走。经过叶姐的院子时，我推一下，不动，就趴在门缝里往里瞅。突然有了脚步声，我没来得及从门前撤回来，门打开了。她也吓了一跳。我肯定脚后跟都红了，说话都结巴了。我说，我……我就是顺道经……经过这里，看……看看叶姐回来没……没有。她说，没回，我住这里。我连道歉的话都忘了说，转身就走，恨不得一跺脚人就没影了。

“隔几天我才敢去驴肉火烧店。她不再问我要什么，直接端上来四个火烧、一碟油辣小咸菜和一碗小米粥。结账的时候她问，去哪了？我低着头说，没去哪。她转身到抽屉里找钱，说，出门在外，注意安全。她以为我出远门了。出门的时候我差点哭了，除了爸妈，到北京以后没人跟我说过这句话。我回过头，她正对着门外看，对我笑了笑。她比我大，笑摆在那儿。她的嘴不大，但笑得宽阔平和，全世界的好东西都能装进去。我的肠胃剧烈地抽搐一下。我上心了。”

“抽根烟接着说。”米箩帮行健把烟点上，“怎么个‘上’法的？”

米箩把“上”字说得很暧昧，他已经迫不及待想听到关键处了。

“米箩你闭嘴！别人你可以随便乱说，她不行。”行健说，“我也乱说，我也可以是个烂人，但我决不拿她乱说。有个词叫‘亵渎’，你看书多，你知道。我得给自己留点好东西。我开始每天去吃两次驴肉火烧，吃得我都恶心了。吃了三天，她说，好吃也不能偏食，你得注意营养均衡。我点点头，好，听你的。在她不上班的时间里，我爬到屋顶上，看见她进门，在院子里走，洗衣服，进屋，再出去。偶尔，能看见她穿很少的衣服，把洗澡水泼到外面。”

“我想起来了，”宝来说，“有段时间你打完广告回来，不管多晚都要爬到屋顶上转一圈，是那会儿吧？我说呢，这家伙深更半夜到屋顶上当诗人啊？！”

“我也想起来了。”米箩说，“行健你实话实说，穿得有多少？”

“有时候只穿内衣，有时候内衣都没有。白白的身子。什么？反应？当然有反应了，老子他妈的是人，不是木头。就是因为看见她的身体，我开始对她有了身体上的欲望。一柱擎天有了一点实质的内容。就是那时候我发现，我十八了，开始想女人了。”

“那你们什么时候，那个——”我的两个食指慢慢地头碰头。都懂的。

“个小东西，这事你也明白了？”米箩笑话我。

我拿啤酒瓶跟他碰一下，喝一大口。出门在外让我们早熟，人情世故乃至七情六欲，都得一个人面对，没有人可以依靠，没有人与你分担，你知道你必须独立承担生活了。来北京才几个月，我觉得像进了培训班，迅速地感知和体悟到生活可能出现的不同面向。

“那要到生日那天。”

“去年的今天。那之前呢？”

“生活如常。”

“没劲。干货，我们要干货！”

“哪那么多干货？你们都活了起码十七八年了吧，又有多少干货？”行健说，“那时候不像现在，已经结束了，你知道谜底，反而更功利地、迫不及待地奔着那个结果。那时候我在一个焦躁但美妙的过程里，我像被一种远处飘过来的香味招引着。幽香，淡淡的。闻着妥帖，放不下，又抓不着。很平常，我去火烧店，看见她，脑子里和身体里装着她，一遍遍忧伤甚至悲哀地经过她的门前。见到她、经过她的院门时，我心跳得轰轰烈烈。你们说，我是不是应该多读几本书去当个他妈的诗人？”

“你应该写小说。”我说，“你跟小说家一样会啰嗦。”

米箩和宝来咧开嘴笑。行健也笑了。

“那我该怎么说？难道要我跟你们说，我很想给她写情书？我的确是写了，写完就撕了。我把不敢当面说的话都写在信里了。我在写‘我想你’、‘我爱你’的时候都哭了。我还是撕了。不敢给任何人看。恋爱的时候你是个诗人，同时你也是个贼。何况我只是暗恋、单恋，人家根本没把我当回事，没往心里去。我不能怪她，我只是个贪吃驴肉火烧的顾客乙，小屁孩一个。可我马上十九了！我胆小如鼠，然后就到了生日。”

“我和宝来一块给你过的。”米箩说，“你非要把生日蜡烛点到驴肉火烧店里。”

“你是全世界第一个吃驴肉火烧庆祝生日的人。”宝来说。

“我们把蛋糕拎到火烧店，才发现那天她歇班。”行健说，“开头我吃得很失落，后来因为悲伤，才觉得身上有了劲儿，我吃了好多肉，喝了很多酒。你们俩都没见过我喝那么多啤酒吧？你们以为我醉了？那点酒哪能放倒我？！对，吃完蛋糕我是趴到桌上了，我只是想让你们先走，我想一个人难过一会儿。我十九岁了。过去觉得十九岁很遥远，可是在北京的一家火烧店里，远离家乡和亲人，想着一个陌生的女人，它这么简简单单地就来了。我趴在桌上把衬衫袖子都哭湿了。然后我站起来，捧着剩下的蛋糕——我先喝几口。”行健又开了一瓶燕京啤酒，一口气下去半瓶。

“然后呢？”

“到了她的院门口，开始敲门。”

“哪来的？”她问。

“给你吃的。”行健说。他让自己瞪大眼，只有这样才能保持住自己的胆量。他也担心眼睛一闭自己就哭出来。他很想把眼睛闭上，七瓶啤酒的重量都压在眼皮上。

她带他进屋。酒喝多了鼻塞，行健还是闻到了一股与脂粉不同的怡人暖香。她的长头发散开披在肩膀上，穿着拖鞋，粉白的光脚跟有点向外歪。日光灯放大了她的影子，其实他比她高半个头。只有一把椅子，行健坐着，蛋糕还捧在手里。她坐在床上，两腿并拢，拖鞋自然就吊在了脚尖上。床单是天蓝色的。一本书打开后倒扣在床头边的桌面上。她像在店里看着门外一样看着他，似笑非笑。行健避开她的目光，努力睁大眼，捧着蛋糕走到她跟前，说：

“我十九了。”

她接过蛋糕，抹了一块奶油连食指一起放进嘴里。“蓬蓬松松的甜，”她说，“都十九了。”她又抹了一块奶油送进嘴里，看着他垂在她身边的两只一直在哆嗦的手。看了足有两个钟头。这是行健的感觉，他觉得度日如年，不知道此刻该继续站着还是退回到椅子上坐下。“送你件礼物，”她说，“去，把门关上。”

关上门。她对他招招手，行健重新走到她床边。她用纸巾擦了手，开始给站着的行健解衬衫的纽扣。

现在想起来行健还觉得像在做梦。七瓶啤酒都喝到了头脑里，他昏昏沉沉晃晃悠悠，这件事他在睡梦和想象里操练了无数遍，很多次女主角就是她本人，他可以像专家一样条分缕析地把每一个环节都说清楚，但事到临头，他只能相信的确是喝多了。脑子里的酒变成糨糊，整个人都在抖。他只记得她光着身子躺下后，对他说：

“到我身上来。深呼吸。听话。”

像一次溺水，艰难、漫长又短暂，有种窒息一般的美。喷射的时候他觉得自己身体过了电一样火红透亮，然后是从头皮开始贯穿全身的爆炸。他趴在她身上，眼角滴出泪来。离开家这么久，他头一次饥肠辘辘地想家。

她抚着他的后背说：“好，听话。”

他知道自己弄得一团糟，时间短得她都没来得及出声。但她在收拾的时候还是跟他说：“非常好。”

穿好衣服，她坐在床上，他坐回到椅子上，就好像他们的位置没有变化过。

“你经常站在屋顶上看我。”她说。

行健不吭声。

“我问了小叶，她不记得你欠过三块钱。”

“真欠了。”

“好吧。”她笑笑，“来北京多久了？”

“一年。”

“这么小。为什么不念书？”

“念不动。就被亲戚带出来了。”

“你还小。”

“我十八了。”

“知道。”她笑起来，“我是说，你还不知道为什么要出来。”

行健从没想过这个问题。念不好书，家里人说，不能闲养着，出门找点钱，磨练一下也好。他就来了。碰巧陈兴多在北京，如果他在上海或者广州、南京，此刻他就会待在上海、广州或者南京的某间小屋里。

“十八岁那年我中师毕业，在镇上一所小学当老师。”她说，“那时候我去的最远的地方就是到市里念师范学校，离家四十五公里。我想到更远的地方去。县城有个小火车站，有趟车去北京，两天一班。从小我就想坐上那趟火车，跑得越远越好，但我不知道为什么要往远的地方去。直到我中师毕业，一次火车都没坐过。——我有个故事，你想听么？”

“想。”

“十八岁那年，我当了小学语文老师。在一间玻璃碎了一半的教室里，红瓦的房子，四十个学生。学校隔壁是中学。那年分了一个北京来的大学生，听说是北大的，犯了大错误，又是拦车又是演讲，还到处散发文章，都说没坐牢是给了他恩典。但他课讲得好，整天读书，认识很多我们没见过的字。带我的师傅跟他熟，经常让我帮他借书、请教个问题，就认识了。帅？呵呵，没你帅。但他人好，不喜欢笑，一天到晚板着脸。我们都知道他心情不好，这事搁谁身上谁心情也不会好。小镇哪盛得下这样的大才子，可他别的地方也去不了，很可能一辈子只能待在我们那地方了。但他跟我说，你要多出去看看。我问去哪里，他说，能去哪里就去哪里。只要别在一个地方蹲死圈了。蹲死圈你知道吗？我们那里的方言，就是猪一直待在圈里，哪也去不了，哪也不敢去，直到被抬出去杀了，死了。

“你可能猜出来了。对，我喜欢他，没什么难为情的。当然，那时候喜欢一个人还是挺害羞的，我还是个小姑娘。十九岁生日那天，我去找他，那天是端午节，他的舍友回家过节了，他一个人在宿舍里看书。我们在一起了。我也哭了，但我很开心，我愿意。他送了我两本书还有一句话当生日礼物，那句话他说过好多次：你要多出去看看。你困了？”

“没困。”行健说，把力气都用到眼皮上，睁大，再睁大。眼皮很沉，但他很清醒。“我在听。你继续讲。”

“又过了一年，他考上研究生走了。我知道他迟早会走。这样的人只要给他机会，他能干成任何事情。我在小镇上继续教书。我看他留下来的书。我不是读书的料，很多书我都看不懂。但我逐渐明白了他说的要多出去看看的意思了。我越来越想出去走走了。我不好高骛远，就是想到远处去看看。我们不再联系，一年以后我有了男朋友，他是我同事。我们的关系很好，双方父母都满意，开始谈婚论嫁了。有一天我去县城买教学资料，顺路经过火车站，开往北京的火车正好在启动，车头冒着白烟像头牛闷头向前跑，我突然觉得很难受，眼泪就下来了。回到学校我跟男朋友说，我要去北京。”

“他怎么说？”

“他说好啊，放暑假我带你去，看看故宫、天安门和长城。可是你知道我不是想旅游，我想到北京待一段时间，现在就去，刻不容缓。他想不明白。我们开始吵架。他暴跳如雷，我不说话。最后，他把一个包和一个行李箱捆到摩托车上，送我到火车站。我坐在靠窗的位置上，包在怀里，行李箱在他脚前。他不打算从窗口把箱子递给我。他希望我下车拎箱子时再也不上去了。他把箱子放在站台上，看着手表对我说，我在车站门口等你，五分钟你还不到我就回家。离开车只有三分钟。他从站台上消失。我下车，抓着箱子拉杆站在原地，看着火车在我面前缓慢地开始前行，然后我跟着火车往前走。乘务员在关车门时对我喊，上不上呀你？我跑起来。”

“你上了车？”

“没有。我到了车站门口，已经过了十分钟，我男朋友走了。”

“你回家了。”

“我在县城住了两个晚上，坐下一班火车来了北京。”

“一直到现在？”

“一直到现在。”

“找……找过那个人么？”

“没有。我只是生活，做自己能做的事。谋生，在北京的各个角落，实实在在地生活。火烧店会是最后一个工作。”

“你打算——”

“嗯，回家。六七年了，该回去了。”

“必须走？”

她点头。

“北京不好？”

“跟好不好没关系。你不明白。人到了一定时候，你要听自己的，听从你最真实的那个想法，不管你面临的是什么。我想回家了。”

“叶姐也回去了？”

“嗯，你叶姐。小叶决定回去的时候我还想，她被打败了，妥协了，认命了。她扛不住了，我要挺住。后来想明白了，出来和回去都不是较劲儿，只是顺其自然。其实回去比留下来更难。”她把反扣在桌面上的书拿起来，行健只看见用白纸包住的干净封面，“这书上说，法国有最好的信鸽，过去战争的时候常用。在前线把它们放飞，带着战况信息往家飞。它们必须横穿整个战场。这个过程里，它们不能低头，你可以想象一下，那血腥和恐怖的战争场面；它们只能向前看，要不到不了家。你明白吗？”

行健不明白。但他瞬间有了勇气承认这一点，他说：“我没听明白。”

“我在说小叶的勇敢。出来难，回去更难，还有比梗着脖子不低头地跨过一片战场更勇敢的吗？”

行健说：“我明白了。”

“你只是听明白了。以后你会懂的。”

“我还是有点糊涂。”米箩说。

“以后你就懂了。”行健说。

“故弄玄虚！”米箩哼了一声，“懒得明白。”

“接下来呢？”我问。

“我离开了，她睡了。”

“我是说，再接下来出了什么事？”

“什么事也没出。那两天晚饭我继续去吃火烧，她还坐在吧台前的椅子上看门外。我们没说多余的话。不该说的都是多余的。晚上我来来回回地在她院门前走，每一次推门都是闩上的。又过了两天，我想我不能考虑那么多，我就是想听她说说话。她说了，要听从你最真实的那个想法。我就敲了门。半天门才打开，房东打着哈欠站在我面前。我问，她呢？房东说，哪个她？你房客呀。哦，她呀，退租了，回老家了。”

我知道故事已经到了结尾，但还是忍不住问：“然后呢？”

“没有然后。我再没见过她。”

米箩掰起手指头：“你们别吵，我算算，怪不得行健就喜欢二十八岁的女人。那女的二十八岁吧？”

“我没问。”行健说。

“那她的名字叫什么？”宝来问。

“不知道。”

“靠，一问三不知，白让你睡了。”

“米箩你他妈闭嘴！再乱说话我跟你急你信不信！”

屋顶上一下子静下来。只有傍晚的风经过院子里柿子树的声音。

宝来说：“好了好了，行健二十岁了，该吹蜡烛吃蛋糕了。”

我们重新高兴起来，围在蛋糕前，从四个方向挡住风，点上二十根小蜡烛。小火苗摇摇摆摆。

米箩说：“这回我不乱说话了。行健，过了二十岁你想干什么？”

“好好干，”行健说，“在北京扎下根来。”

现在开始吹蜡烛。行健闭上眼，闭上以后发现自己并不知道要许什么愿。他凭感觉把自己移到西南方的那个院子的方向，睁开眼，吹灭了蜡烛。天黑了下来。

（原载《作家》2013年第8期）

刺　青

王祥夫

唐辉对小紫有了意见，不是意见，是不满，也不是不满，是怀疑。为什么这个刺青要这么晚才做？什么客人要这么晚才来她那个小刺青店？而且不让他在场？什么意思？前年他们从培训班出来开这个小店，光为起名字就有许多麻烦，怎么起都不合适。一开始是想叫“美容”，后来又觉着不对劲，比如，有人要在胳膊上，有人要在腿上，或者有人干脆要在肚皮上，怎么办？那又不是脸，只有脸才能够叫“美容”，最让小紫吃惊的是唐辉对她说有一次洗澡看到一个小伙子，居然把花纹刺在那上边。“要是有人让你做这种活，你会不会做？就做在这地方，这地方，这地方。”唐辉用手指着下边。小紫就尖叫起来，唐辉就嘻嘻哈哈往后躲往后躲，说要是碰到这种活儿也算是你的意外收获。“你再说你再说。”小紫把伞举起来，伞上的水滴已经滴了下来，唐辉把身子往一边侧。小紫又把伞收了回来。外边在下雨，两个人在吃烧烤，坐在雨遮下。

唐辉说：“要不是我陪老爷子去洗澡，我也敢在那地方刺一下。”

“那地方，给谁看？”小紫说。

“只给你一个人看。”唐辉说。

“当然是只能给我一个人看。”小紫说。

“不但看，到时候你身体里出出进进都是图案。”唐辉说。

小紫就笑起来："出出进进都是图案？"

"是，出出进进都是图案。"唐辉说，"进进出出。"

"进进出出。"小紫又笑了起来。

"当然是进进出出，而且每天都要进进出出。"唐辉说，"你难道不喜欢我进进出出？"

"你听我说。"小紫笑够了，对唐辉说，"你听我说。"

唐辉听见了外边的布谷鸟在叫，布谷鸟的样子很像鸽子。

小紫也朝外边看了一下，吃过晚饭她就要去店里了。

"这个顾客是陶子带过来的。"小紫说，"你猜都猜不到，人都五十多了。"

唐辉像是被吓了一跳："五十岁？做刺青？"

小紫忽然就又笑了起来："问题是五十岁才要晚上来，白天怕人看见。"

唐辉说："再过二十多年我们也五十了。"

"而且是个女的，是个老女人。"小紫说。

小紫这么一说，唐辉就忍不住了，一个五十多岁的老女人做刺青？是不是太过分了？怎么回事？唐辉笑得前仰后合，小紫也跟着笑了起来，这件事是越想越好笑，一个五十多岁的老女人来做刺青，这是听都没听过的事。

"你是不是？"唐辉说，"你别骗我。"

小紫把包拿在了手里，说时间差不多了，她另一只手拿了伞，她又把伞递给唐辉，要唐辉帮她把伞打开。唐辉说他要再坐一会儿，或许再来瓶啤酒。"一个人回去没意思。"唐辉说，"要不我就一直在这里等你？反正回去也没有事。"

"那也好，雨别再下大。"小紫说。

"电脑是个好东西。"唐辉说用电脑太好了，"没什么东西能比电脑更好了。"

小紫已经走进了雨中，伞在沙沙响。

"嗨嗨嗨！"唐辉对小紫说："你千万别碰到个变态。"

小紫把伞歪过来，对唐辉说：“这还不算变态？五十多岁。”

“有什么事你就给我打电话，我不走了，等你。”唐辉说自己也许要一直喝下去，反正回去也没事，还省得再从家里出来接她。

唐辉又要了一瓶啤酒。有车从南边开过来又开过去，“沙——”的一声。唐辉看着小紫向左走，向左走，一下不见了。唐辉和小紫现在还没钱买房子，但唐辉和小紫觉得这样更好，可以随便租房子，唐辉和小紫租的房子就在附近。唐辉和小紫是在培训班认识的，他们不在一个班，但他们在画素描的时候认识了，但他们实际上谁也想不起他们是怎么认识的，反正认识了，好上了，后来就住在了一起，就这样。唐辉比较欣赏小紫穿衣服，花不了几个钱的衣服一穿在小紫身上就特别有模有样。除此小紫还特别会收拾家，别人不要的瓶瓶罐罐被她捡回来插把花就好看得不得了。唐辉喜欢自己住的地方有艺术气氛。其实最重要的一点是小紫在床上很好，他们总是能做到一块儿，就像爬山，一起登到顶峰，这一点太重要了，还有什么比这个更重要？唐辉在自己身上摸了一下，摸了一下那地方。可以说小紫已经成了他的一种爱好。

唐辉是那种不太花心的男人，除了小紫他的另一个爱好就是喝啤酒，他现在又给自己要了一瓶，还要了一个玉米花，玉米花刚刚爆出来，下雨没影响它的质量。唐辉吃玉米花的时候总是先把玉米花在嘴里嚼个够，然后再用一口啤酒把它送下去。因为下雨，来这地方喝啤酒的人不算多，唐辉最喜欢这种天气，他还比较喜欢下雪。小紫也比较喜欢这种天气。唐辉和小紫已经想好了，他们不要孩子，有了孩子就是有了责任，起码他们买不起房子。如果有了钱，唐辉和小紫商量好了，要去一趟西藏，然后再去西双版纳，然后还会去一下海南。到他们老得走不动的时候他们也许会去开个青年旅社，唐辉对陶子说他和小紫才不会开画廊呢，他们画够了，但问题是，他们实际现在也没停下来，只不过他们现在是在人的皮肤上画。离唐辉和小紫的刺青小店不远处还有两家做刺青的，但那两家都没唐辉和小紫做得好。当然他们不会比唐辉和小紫好，唐辉和小紫毕竟是培训班出来的。唐辉和小紫也许很快就要去西藏了，西藏是个好地方，唐辉和小紫没事的时候总是在电脑上找西藏的图片看，各种的图片都看。唐辉现在脖子上挂着一颗天珠，用一根老皮带系着。手腕上还有一串陶子给他从西藏搞来的老珠子。唐辉想好了，要是真去了西藏他要给自己搞一件西藏的那种布袍子，天冷的时候他会穿它。唐辉喝着啤酒，心里想着这些，想自己也许就和小紫在西藏开个小店。唐辉的手机就是这时响了起来。

唐辉马上就听到了小紫的笑声，唐辉可以想象小紫笑的样子。

“别光笑，说。”唐辉说。

小紫还在电话里笑。

“别笑了，你说，说。”唐辉说。

小紫还在笑，她说她实在是忍不住了，她说她是在外边给他打的这个电话。

“什么事这么好笑？”唐辉说。

小紫在电话里说：“太好笑了。”

唐辉说：“什么好笑？说清楚。”

“你猜猜那个老女人要给自己做什么？”

唐辉扑哧一下笑了：“总不会往那地方做吧？男人还可以。”

“比这还好笑。”小紫说。

“还能怎么好笑？”唐辉说，“你说，说。”

小紫在那边已经笑得喘不过气来了：“你猜。”

唐辉说：“你别在外边待太长时间，人家毕竟是顾客。”

小紫说：“你说她要做什么？她要在胳膊上文一个男人的头像？”

“太酷了吧！”唐辉说，“你这回算是走大运了，碰到这样一个老女人。”

“她拿了一张照片，是个年轻人，她要把年轻人的头像文在胳膊上。”

唐辉也笑出了声，他喝了一口：“真算是给你碰上了。”

“这种事你没听说过吧？”小紫说。

“是没听过。”唐辉说，“看看这个臭陶子！”

小紫说她要进去了，“不能太长时间。”

“是，你进去吧，下雨呢。”唐辉说。

“好笑不好笑？”小紫又说。

唐辉就又笑了起来，说心里话，唐辉比较喜欢看变态，但这种变态他想不到。

“我进去了。”小紫说。

“去吧，别笑了。”唐辉说。

“你别再喝了。”小紫说。

唐辉喝了口啤酒，又笑了起来，这件事太有意思了。这时候小紫那边已经进去了，手机关了。唐辉的那瓶啤酒已经喝完了，他招了一下手，又给自己要了一瓶，就这一瓶了，唐辉对自己说，他主要是不愿意起来去厕所，这个地方的厕所要上二楼才有，他也不愿像别人那样到树边去解决一下，再说还下着雨。唐辉忽然又笑了，想想，又笑了起来，但他没笑出声。这个晚上真有意思。唐辉决定给陶子打个电话，看看这家伙在做什么。唐辉拨了手机，手机一下就通了，电话里很乱，有不少人在说话，男的，女的，还有音乐，唐辉想弄明白电话那边是歌厅还是饭店，现在还不太晚，不少人现在还在吃饭。“陶子。”唐辉说，“怎么这么乱？”陶子说他还在拍，第四场还没拍完，到现在还没吃饭。“又当群众演员？”唐辉明白了，又笑了起来，但心里突然有点很不是滋味，一大堆表演系毕业的学生，苦苦地学了那么多年出来连一点像样的活儿都找不上，也只能找些像当群众演员这样的碎活儿。一拍一天，中间吃点方便面，还总是等着想让导演看自己顺眼或喜欢上自己。

“你这要熬到什么时候？”唐辉对陶子说。

“到什么时候算什么时候，反正没负担。”陶子说反正我这辈子也不结婚了。

“咱们年底去西藏吧，到那边去开个青年旅社。”

“西藏那边不要钱？”陶子说。

“先租，还不都是这样。”唐辉说自己最喜欢青年旅社乱糟糟的那种气氛了，唐辉又说起杭州那家叫“江南驿”的青年旅社，“人人在那地方都像艺术家和诗人。”

“我还喜欢呢。”陶子说，“但钱呢？”

“那边租房也不贵，离八廓远一点，到时候小紫她父母那边能给拿点。”唐辉说小紫的父母挺支持他们去西藏发展，说到时候也会过去。

“拉倒吧，西藏可不是养老的地方。”陶子说到时候怕他们气都上不来。

“你不能总这么跟剧组屁股后边跑来跑去。”唐辉说。

陶子说他今天晚上还要跑另一个场，“一晚上三百也可以。”陶子说那边喊呢，我该上了。

“来啦，来啦。”陶子在电话里喊。

唐辉觉得自己还想喝，就又给自己要了一瓶。这时有人过来了，是两个年轻人，坐下了，坐了一下，又挪了座儿，挪到角落里去了。服务员把一把塑料椅子嘭的一声放在了那张桌上，也就是说，从现在起，想喝的继续喝，但他们不再接待新来的客人，现在是，空出一个桌子他们就往桌上放一把椅子。这地方的服务员都是男的，岁数都不大。因为下雨，他们可以这样做，可以早一点收工，他们太希望早点收工了。唐辉想给小紫打一个电话，但他打开手机却看起足球方面的消息来。西藏那边的人踢不踢足球？唐辉在心里说，他忽然又想起西藏了。各种运动里边唐辉最喜欢足球了，唐辉左脚的大拇指因为踢球把指甲给踢劈了，猛看好像少了一块儿，唐辉希望那块儿地方再长出新的指甲，但从上高中到现在一直就没长出来。雨还下着。唐辉忽然把手机又合上，唐辉担心小紫也许会把电话打过来，也许还有更好玩儿的事告诉他。但小紫那边没动静。唐辉觉得小紫那边差不多快完了，但刺青要做三次，今天做一下，后天来一次，后天的后天再来一次就做完了，一般人做刺青不会有什么反应也不会感染。但现在很多人都在贴刺青了，这让唐辉和小紫有点担忧。唐辉特别喜欢看贝克汉姆的刺青，但唐辉认为那一定不是刺青而是贴上去的假刺青，因为小贝身上的刺青经常在变，有一次唐辉在网上查小贝的刺青居然看到了小贝的全裸照片，小贝在照片里伸展着胳膊站在那里，两只脚交叉着，这张照片真是让唐辉开心极了，因为唐辉看到了小贝的家伙，小贝下边的家伙居然不大，可以说很小，这让唐辉和陶子都很高兴了好一阵子，而且小贝家伙的包皮明显还很长，这就更让唐辉和陶子高兴。唐辉他们在培训班画裸体什么都见过了，这没什么稀奇，但因为是小贝，他们就特别兴奋，唐辉现在觉得小贝也就那样，也许还不如自己。那张照片小紫也看过，小紫说怎么会这样？唐辉想知道小紫希望小贝什么样，小紫说反正不应该是这样。唐辉再问，小紫说：“他怎么会去拍裸照？”“没什么吧？这没什么，他会穿衣服就行，小贝很会穿衣服。”唐辉说。

夜一点一点深下去，小紫没有再把电话打过来。

这其间又有人走了，服务员把塑料椅子放到桌上去，嘭的一声。

小紫把电话打过来的时候已经快十二点了，雨还在下，不大不小。

小紫打电话的时候唐辉已经看到了她，举着伞正往这边走，跳了一下。

唐辉已经等不及了，小紫还没走到跟前唐辉就站起来迎过去，唐辉也带着一把伞，这就让他们之间有了距离，但唐辉还是发现小紫的情绪有些不对头。“怎么了？”唐辉说。“做完了？”唐辉说。“没什么事吧？”唐辉说。“那老女人是不是变态？”唐辉说，看着小紫。

“跟你说，我很难过。”小紫说。

“怎么了？说，你说，那老女人把你怎么了？”唐辉说。

让唐辉想不到的是小紫忽然哭了起来。

“没事吧？”唐辉更担心了，“出了什么事？”

“我很难过。”小紫说。

“那老女人怎么了？”唐辉说。

“没事，做完了。”小紫说，“我心里很难过。”

“你难过什么？”唐辉说。

“你想不到？”小紫说，“你真想不到，唐辉。”

“出什么事了？是不是变态？人老也会变态。”唐辉说。

“不许这么说！”小紫说。

“怎么啦？”唐辉看着小紫。

“那是他儿子。”小紫说，“胳膊上刺的是她儿子。”

“她儿子？”唐辉大吃一惊，“怎么回事？”

“她儿子死了。”小紫说。

“怎么回事？”唐辉说。

“死了。”小紫说。

“怎么回事？”唐辉说。

“出车祸死了！”小紫说，“她说这样她就能和她儿子永远在一起了，唐辉，我心里真的很难过，我不知道，不知道会是这种事。”

唐辉也不知道会是这种事，唐辉长出了一口气。

“我很难过，唐辉，我没收她的钱。”小紫说。

唐辉又长出了一口气。

“我不该说那些话。”小紫说。

“因为你不知道。”唐辉说。

“唐辉，我们说定了，我们不要孩子。”小紫说。

唐辉没说话，这种事，真是让人心里难过，唐辉觉得自己心里有什么东西往下掉，一直往下掉，一直往下掉。谁能想到那是她的儿子。

过马路的时候，有一辆车离他们不远，唐辉和小紫都没注意，那辆车从他们身边开过的时候带起了很多雨水，水从他们头上一下子落下来，落在伞上，声音很大。像有人在敲架子鼓，一片乱响。

（原载《上海文学》2013年第9期）

逃票

叶弥

第三次逃票成功了一半。

孔觉民从火车上下来，傍晚的阳光那么善变，神秘莫测。他把随身的小布包朝上衣里一塞，像肚子有点发福的样子。在火车还没消失的蒸汽里，走得大大方方，连他自己也不相信此刻正在逃票。

逃票需要勇气。一旦被捉，轻者罚款、批评教育，重者游街、拘留、判刑。不管轻重，都要通知本人单位或居委会。

每一次逃票成功，孔觉民的心里总会高兴一阵子，至少一个星期，他沉浸在幸福之中。同样，他的老婆赵点梅也沉浸在幸福之中，于是一家子都沉浸在幸福之中。

但是这幸福是不能让外人察觉的，现在是表达苦和恨的时代。一个人愁眉苦脸或者满腔愤怒是正常的，一个人若是从心底里涌出喜悦，眼角眉梢闪烁银子一样的笑意，邻居就会怀疑他做了什么不好的事，居委会干部就会上门探个究竟。如果有必要，派出所的同志们也会召见他。要是他运气不好，派出所上头的专政机关，说不定已经在调查他的祖宗八代了。谁的祖宗八代都受得起考验呢？没有的！

此时，一斤米是一角三分九厘，买一斤米付一角四分，买十斤米是一块三角九分。豆油七角九分一斤，肉排四角一斤，虾四角一斤，猪肉六角九分一斤，青菜一分到一分半一斤，豆腐二分钱一块……

从吴郭市到上海，逃一次票，快车是一块九角，普通车是一块五角，棚车是八角。快车是买不到，而且也难逃票。棚车容易逃票。普通火车逃票的难度介于两者之间。孔觉民从不坐棚车，棚车到底是迫不得已的人们才会坐的，但凡有点经济基础，都要一份体面。从棚车里出来的人，表情痴呆，眼神发愣，跟下来一群猪差不多。

每逃一次票，就是一块五。一块五角，参照以上的物价，可以在菜场买不得了的东西，当然你要起得足够早，菜场里东西少，早上七点过后，基本上只有烂青菜和僵土豆，连死鱼烂虾都难寻踪影。

国营菜场五点半钟开门，赵点梅在菜场里有内线，知道什么时候有蹄髈买，蹄髈和肥肉一样，属于抢手货。她会半夜里起身，一点不到就去排队，排队的人，大都也是知道情况的。买到大蹄髈，不管红烧还是白烧，赵点梅会请个假回到家里，那时候左邻右舍都不在家里，在家她也不怕，她的煤炉支在自家的小天井里，门一关，别人没法看到她在做什么。她快速地把它去毛、淖水、下锅急火烧开，珍珠一样的水泡，顶开汤面上的油层，一只只放逐在空气里，眼见得香气就要冒将出来，传遍左邻右舍……且慢，这时候她把砂锅端起来了，捞出蹄髈，放进一只布袋里。带上布袋，骑上破旧的自行车到娘家去了。砂锅里的清油汤，她没忘了收到碗橱柜里。

赵点梅的娘家，在枫杨树街，路上无人，骑二十分钟就到了。爹娘一年到头也吃不上一回蹄髈，他们的肉票全都给了孙子。赵点梅一来，他们就知道吃蹄髈的日子到了，不是真正的吃，而是对外宣布吃，宣布吃蹄髈和真正地吃到蹄髈，不是时间顺序上的问题，而是永远无法相遇的问题。

至此，赵点梅可以重新出现在她的厂里了。而她的娘这时候从布袋里拿出半生不熟的蹄髈，上了锅慢慢煨。她知道她的外孙和外孙女们是多么需要吃这只蹄髈，她不敢怠慢，把蹄髈烧到外面烂糯里面劲道，赵点梅要的就是这效果，烧得太烂，一吃就没了，放在嘴里慢慢咀嚼才好。牙齿里嵌两条肉丝，夜里当点心吃。

肉味飘香。赵点梅的娘脸上挂着谦虚的笑容，回答邻居的问话，是的，是的，吃炖蹄髈。

傍晚，赵点梅过来拿蹄髈。回到家，只等天黑，关上门，落下窗帘，屏气静声地吃。吃完把大骨头收起来，赵点梅找个空扔到弄堂里老虎灶边上的小河浜里。这河浜多年来不知藏了多少企图隐瞒的骨头和壳片，当然这不是她一家干的。居委会有个干部叫崔红心，她说她有梦游症，夜里会拿个手电筒，念着毛主席语录，一家一家地翻看垃圾箱。她说她在梦里接受上级指示，从垃圾箱里的骨头和虾兵蟹将的壳子里，寻找阶级斗争的新动向。有几次还真的被她找到了阶级敌人，譬如老王家的垃圾箱里有一阵子骨壳不断，一查他，原来他的资本家父亲从上海给他汇钱来。

静穆地吃完蹄髈大餐，安全地扔掉骨头，还有最后一道工序要做，那就是，第二天，大家出去时要记得愁眉苦脸，千万不得嘻嘻哈哈、蹦蹦跳跳，不得满面红光、满眼笑意。对于装腔作势，孔家是驾轻就熟，小女儿孔妮甚至会冷着脸咳嗽一阵，再翻两个白眼，一副营养不良的样子。她的大哥很正经，二哥又在与人打架，三哥佝偻着背沿墙根走，她父母亲都略微皱眉，似忧似恨，总之他们没有与众不同的样子，没有人格外注意到他们一家，没有人知道他们昨晚吃到肚子里的那些油脂正在哈哈大笑。

萧家的小女孩，长得像洋娃娃，一点脑子都没有，她妈给她做了一件新衣服，在新衣服上打了一个补丁，有一次她走在路上突发奇想，把那块补丁扯下来了。正好被崔红心看见了，于是萧妈妈就进了“坏分子学习班”。

这说明一件事：孔觉民是有勇气的，赵点梅也是有勇气的，他们一家都是有勇有谋的人。

赵点梅是远近闻名会过日子的女人，四个孩子每天都有“荤菜”吃——买上四角钱的肉浆，四分钱百叶，做上十只肉百叶，午餐和晚餐都有“荤菜”了。听起来好听，其实那四个正长身体的孩子还是油水不够，整天馋，想着吃的。粮食也不够，三个男孩每月每人吃十五斤定量米，小女儿只有十二斤。学费倒不贵，每个人每学期都是一块两角。如果老师可以当“荤菜”吃，那就不是这个学费了。

孔觉民是中专生，在中学里教书，月工资是三十五块八角，赵点梅是二级车工，二十七块五角，夫妻俩加起来一个月有六十三块三角，从理论上说每天可以开支两块一角一分，可以放开肚皮吃百叶包肉，但实际上毫无操作的可能性，因为市场里没有那么多的肉和百叶，即使有，她也没有那么多的肉票去购买。于是赵点梅每个月要从工资里拿掉十五块钱，到黑市去换粮票、肉票、油票、豆制品票。

这样，全家一天可开支一块六角一分——这还不是真正的实际开支数，赵点梅还得从里面扣点出来备用，“备用”这两个字很有学问，覆盖面很广，到底备什么用？大家问她，她笑而不答。问急了，她就骂人，说这是她给自己准备的丧葬费。也许她也说不上来，只是她焦虑心情的一个备份吧。

她有一个铁皮匣子，上着锁，放在她的床头柜子里，有时候也坦然地蹲在床头柜上，里面就是她的“备用”金，她每天都朝里放钱进去，一角两角，甚至几分钱，但家里从没有人看到过她怎样放钱进去，她从不当人的面放钱进去。所以大家看到的永远是沉默的上了锁的铁皮匣子，它也永远那么神秘，是孔家生活里的一大秘密。它还有一个奇特之处，有幸看到它的亲朋好友们，无一例外地保持沉默，从没有人对它表示出一丝一毫的兴趣，更没有说三道四。沉默里流露出心照不宣的同谋犯一般的默契。

也许家家都有这么一个盒子吧？

家里有一个传说，说赵点梅把多余的钱都换成了粮票，藏在家里某个地方，数额惊人。那么到底藏在何处，谁知道。孔觉民知道吗？他说他也不知道。他只管交钱，三十五块八角，一分不少地交给妻子，这在今天听来是多么不可思议。

再说孔家这笔大钱吧。也许赵点梅在墙上掘个洞藏起来了吧？孔妮从小就看到父母亲不在家里时，三个哥哥拿着棍子在墙上四处乱戳乱挑，有一次二哥认定毛主席像后面有机关，棍子从毛主席的肩膀那里伸进去轻轻按了按，没想到他手里的棍子诡诈地朝外一弹，就这样把毛主席的肩膀搞出一条豁口来了。二哥扔掉棍子大叫，不是我弄坏的，不是我！

孔妮的三个哥哥，大哥聪明二哥傻，三哥人云亦云没主张，孔妮是家里最小的，又是女孩，不免娇宠，她的围兜里经常放着爆米花，坐在高脚凳上，一边从围兜里掏爆米花吃，一边高高在上地观察他们。她看到大哥拿了糨糊，颇为老练地把毛主席破损的肩膀上下黏合起来。他本来黏合得天衣无缝，但他想了一想，觉得还是应该让人看出一点来，于是他在糨糊接口的地方用手指戳了一下。毛主席的肩膀本来是垂直的，略略鼓起，与他宽阔的胸膛保持完美得近乎自然的线条，这下朝里陷进去了，如果你盯着看，看上五分钟，就看见毛主席好像在耸肩膀，当然不细看还是看不出来的。

赵点梅是天下最细心的女人，她的眼睛比特务还厉害。邻居家的一只碗什么时候多了一条裂缝，她都看得一清二楚，这让人很害怕。她一走进卧室，眼睛不用抬就看到了，冷冷地说，毛主席的像坏了，一定又是那三个东西在墙上找什么东西。

她的语气告诉别人，她对毛主席像扯坏一事不怎么在意，她在意的是她的三个男孩的冥顽不化。

倒是孔觉民女人一样尖叫起来，什么什么？

他是深度近视，离远了看不清，于是走近了看，也没看出来，就脱了鞋子上床，鼻子一直戳到毛主席的胸膛上。

赵点梅说，看什么？坏了就坏了，重新换一张，把这张悄悄地烧了。

孔觉民这下子看清楚了，对着墙壁自言自语地说，要判刑的。

不知道他指的是什么，是赵点梅的语言，还是弄坏了“毛像”这件事？不管如何，让外面知道了，弄得不好，这两件事都可以判刑。

但赵点梅无畏地说，你怕啥？看你腻腻歪歪的，吓得像条西瓜虫。不说出去，谁知道？

赵点梅转过脸严厉地对他说，你这么大声嚷叫，怕隔壁邻居听不到吗？

他脸色煞白，看来真的吓住了。赵点梅鼓起腮帮子不说话了。

孔觉民是老师，赵点梅是工人，虽说从报纸到广播电台几乎每天都在批判知识分子，连孩子也都知道知识分子是“臭老九”，工人农民才是国家的主人。但说是一套，大家私下做的可不会跟着报纸电台走。姑娘们找对象都愿意找“臭老九”，因为“臭老九”在社会上臭，在家里可是香的，说话做事都讲道理，又讲卫生又懂体贴，钱也不少，对孩子的教导也有一套。所以赵点梅当初找了孔觉民，人家说她是额头碰到天花板——运气好。也因此上，这个家，外面看上去是赵点梅为主，其实是孔觉民说了算。

赵点梅看一眼孔觉民的眼色，乖乖地把孩子们召集到卧室里，孔觉民看着四个孩子说，毛主席是各族人民的大救星，是他老人家让我们过上了幸福的生活。反对他就是反对各族人民，你们谁想坐牢谁就搞坏主席像好了，我不会拦你们，我亲手把你们送进派出所，你们坐牢，我一次也不会去探望的。

赵点梅惆怅地捂住嘴，淌出了眼泪。她一哭，二哥咧开嘴哭了，说，下次不敢了，爸爸救救我！他们俩的眼泪，孔妮身临其境，好像二哥已经坐牢。于是她捂住眼睛抽泣起来。大哥觉得他对撕破“毛像”一事该负责任，低了头，羞愧地随着小妹哭泣起来。三哥看这么多人哭了，好像也要哭一哭的，就面无表情地红了眼圈。

最后，孔觉民说，这件事谁都不能朝外面说，说了，小二就是现行反革命，我们都是反革命家属，都不会有好日子过。说完他脱下眼镜，眼镜上水汽朦胧，不是泪花是什么呢？

这么折腾了一阵，上了床后，夫妻俩互相一把搂得紧紧的，眼泪好像还在身体上的什么地方无法拭去，危机催生情爱，两个人浑身发热，迷迷糊糊地在被窝里摸来摸去，眼看一场从未有过的恩爱即将到来，不料到了紧要关头，两人倒冷静下来，不急不缓死气沉沉，还屏着气，床架子咯吱一声，马上就停手不动。原来怕隔壁人家听了去嚼舌根，汇报给居委会安你一个莫须有的罪名也不是没可能。

事情很快结束。赵点梅就说，你还说我们过着什么幸福生活，我看是不幸的生活。

孔觉民说，我有什么办法？谁让墙壁不隔音的？我们教务处的主任私下里跟我说，每次过夫妻生活都提心吊胆，像偷人家的老婆一样。老婆为了这个不让他碰。他算了一算，有一年多没过夫妻生活了，老婆的外形越来越像个男人，上唇还长了胡须。单位里斗起走资派，她上台对那些走资派拳打脚踢，当场把一个老家伙打昏过去。夜里和她睡在一起，想想害怕。就怕一摸她的裤裆，摸出个男人的玩意儿。

赵点梅咯咯地笑起来，我说的不是这个，这个又不能当饭吃。好不好的都没关系。我说的是家里的经济情况，你看小孩一个一个都大了，穿的衣服全是破旧的，肚皮里也就是半饥半饱。

孔觉民为这个话题愣了片刻，决定采取退让政策，于是说，当然，关起门来说，谁不想过得好，吃得好穿得好？

赵点梅说，这话听着对头。唉，现在也就是床上才能说点真话了。我和你说——上海的人民广场那边，有个换票黑市，我们吴郭的黑市里，粮票三块钱一斤，那边是三块六角一斤。我把积下来的粮票都让你带过去，你去换了钱，再回来换成粮票，再去换成钱，再把钱换成粮票……我的表姐夫就是这么干的。

孔觉民说，结婚前你是温吞吞的，一结婚，你就凶相毕露，样样事情都逼我。你不要逼我，逼急了我去揭发你。

赵点梅愣了片刻，她想起她的师傅就是被他老婆揭发的。她一刹那心灰意懒，觉得这世上真是什么都靠不住的，冷笑着说，你去揭发吧，我才不怕。我们工人不像你们这种知识分子，胆小如鼠。到了派出所，我什么话都骂得出来。

孔觉民说，算了吧，你嘴硬。钢铁打成的人，进了那里面也叫你化成水，不是吓你。我和你说，我们过得不错了，我们夫妻俩都有工作，比上不足，比下有余，富得像小资产阶级了。你看隔壁的阿三家里，一大家子七口人，只有阿三一个人有工作，真正是家徒四壁。而我们家的壁上，还藏着大把的粮票——当然我不知道你究竟藏在什么地方。你再看看巷子口的小白家、老陆家，响应毛主席号召，全家下放到江北，难得回来一次，恨不得连面店的地皮都要啃上两口。小孩身上的虱子爬到耳朵沿子上，一个个面黄肌瘦，可怜。

赵点梅扔下一句话，你还是可怜可怜你自己吧。你们教务主任不是一年多没过夫妻生活了，告诉你，不要说是一年，我两年、三年不过都没关系，不相信你就试试看。

孔觉民吓得差点滚下床，街坊里，男人们私下传着一句话，说现在的女人，不男不女，三十五岁后就不想要男人了。赵点梅今年正好三十五岁。

孔觉民到底没有斗得过赵点梅。一个中国男人没有奴性是不可能的。他从小生活在强悍的母性之下，后来生活在强劲的妻权之中，何况还有不可避免的社会管束：派出所、居委会、邻居、单位的安保部门、路上的陌生人……重重压迫之下，他得努力拿出勇气来保证家庭和谐。

他坐在公交车上去火车站，脸上挂着苦笑。他真切地感到这苦笑已在他的脸上生了根，这苦笑就像从娘胎里带来的面容，这辈子大约无法改变了。

车票是三天前排队买来的。赵点梅一反常态地表现出温柔友爱，陪着他上火车站，他想，没有奴性是不可能的，想摆脱奴性也是不可能的。这时候他碰到赵点梅悄然伸出的一根手指，互相一碰，他感到一阵异常的温暖。于是他想，罢了，我敢这样想还是幸运的，多数男人连这种念头都不敢有。多亏了这个老婆。

多亏了什么，他说不上来，反正觉得这个女人还是不错的，是的，不然的话，他连这个念头也不敢有。

赵点梅到了火车站大门口，就哭了，说心里难受，送人的滋味真不好受。

孔觉民见状心想，哼，假装的吧？为了哄我到上海去搞投机倒把。脸上却笑了，说，那你就送到这里吧，回去回去，明天是星期天，你们五个去人民公园玩玩，桃花不是开得正好？等我赚到钱回来，我们买只蹄髈吃吃，煨汤。汤面上撒五朵桃花，一朵代表你们一个人。

赵点梅说，煨汤？汤汤水水的不中吃，四个小赤佬前脚吃过后脚饿。不如红烧，多放酱油，多焖出些红油汤，油油的，肥肥的，吃得他们饱三天。

她眼神油亮，仿佛被蹄髈油擦过了。

孔觉民说，好，好，红烧白烧，你想怎样就怎样。一切听你的就是。

大马路上突然响起震耳的锣鼓声，赵点梅想都没想，朝她男人身上一靠，她是吴郭城的小家碧玉，连乡下都没去过几回。城里的女子，过了下午六点就不上街了。火车站对她来说是个陌生的地方。

孔觉民说，你不是胆子挺大的？在家里骂东骂西，出了门，连个锣鼓声都怕。

赵点梅站直身体，冷冷地说，我才不怕！

孔觉民的心里涌上一股子不快。

他不死心，说，难道我就怕？他靠近赵点梅，嘴角含着笑意，正想表达出男人的气概，却被赵点梅推了一把，赵点梅说，正经点。孔觉民说，怕啥？火车站又没有认识的人。话音刚落，他的耳边响起一声断喝，干什么的？一位戴着红袖章的纠察队员从老远直冲过来，伸出食指狠狠地指着他，孔觉民连忙掏出单位开具的住宿介绍信，上面写明某某是我单位职工，出身良好，政治面貌清白，积极拥护“文化大革命”，因去上海探亲一天，请准予住宿一夜。

该纠察队员看了，还给孔觉民，他的目的并不在此。他看着赵点梅，却问孔觉民，你，眼镜，大庭广众之下打情骂俏搞男女关系，你们是什么关系？

孔觉民连忙鞠躬说，同志，我们是正当的夫妻关系。我们是在毛主席像前宣誓结婚的。

纠察队员还是铁板着脸问，结婚证书拿出来看看。

孔觉民说，同志，她是送我的。如果我们一起出差，那就要带上结婚证书了。火车快要来了，要不然，你和我爱人一起去家里拿吧？

纠察队员将信将疑，但他不可能到人家家里去看结婚证书的，这样做的话，队长准定骂他是没脑子的猪猡。他心里矛盾懊恼，少不得又训斥了几句，看见那边来了一个要饭的女人，手指一指孔觉民，铁板着脸去了。

孔觉民说，这年头，自家夫妻都像做贼一样，要是搞腐化，那不比登天还难？——我佩服搞腐化的人。

火车站人头攒动，乱成一锅糊涂粥。因为都穿着普蓝色的或军绿色的陈旧衣服，一眼望上去就是一锅颜色污糟糟的隔夜粥。大喇叭里播放毛主席写的诗词，几个红卫兵小将把身上的包朝地上一放，边唱边跳起“忠字舞”。孔觉民推开乱七八糟的人群，朝赵点梅消失的地方看去。他刚才发现，赵点梅的背影无比柔弱，风中柳条一样，这不是假装的，他想多看几眼。

背影看不见了，他心中若有所失。再低头细一想，心中一痛。从来都是他看赵点梅的背影，赵点梅从来不看他的背影。也曾问过她，她倒说，你有病吧？脑子里为什么总是想这个？没有一个人心里老是想这种内容。我看不起你！

孔觉民不和她一般计较，他心中很清楚，没有她，他活不了。

今天太阳明晃晃的，吴郭城的太阳总是带着水汽，今天没有。今天的太阳干净爽利，孔觉民放眼看去，密密麻麻的人，陈旧的街道、商铺……比往日清晰百倍，一直刻到了心里，但这种清晰带来的是巨大的孤独，茫茫人海就像不出声的道具，仿佛只有他一人清楚一切，只有他一人脚踏在地上，看着所有的都将飘浮到天上去。

车站里面比外面还要乱，外面是一锅子糊涂粥，里面糊涂得连粥也分不清了。人贴着人，男男女女，分不出性别，都像一样会走路的东西，这些东西尽量喊叫，仿佛不喊不叫，就会没有了。

孔觉民一进候车室，少不得也喊叫，不喊不叫，好像不对头，冷静的人，不是特务就是小偷，或者心中有鬼，会引人注意的。引人注意的人，不会有好下场。譬如给领导提意见的“右派”们、搞腐化的奸夫淫妇们、脸上老是笑汪汪的人……

他一直听到有个人在他后面喊，同志、同志……那声音不紧不慢一直跟着他，从门外跟进来，跟了足有一百米，他这才回头看了一眼。一个小年轻，一看就是个游手好闲的小瘪三，头发溜光，军裤烫得笔直。一看就是用搪瓷茶缸子烫的，裤子上面还有茶缸底部的圆印子。

小年轻说，眼镜老伯伯，你喉咙真响，我是喊不过你的。

孔觉民一听得他喊老伯伯，心里不高兴，大声问，什么事？

小年轻两只眼睛左右晃一晃，看看四周的人全都在喊叫，忙着挤进挤出，谁都只顾自己的样子，遂说，老伯伯，我看你像是有票的，阿是到上海？没等孔觉民回答，他念了一首吴郭城流传的儿歌：

上海小瘪三，白相天平山，前山滚后山，屁股跌得粉粉碎。

孔觉民便一笑。

小年轻凑上来问，老伯伯，给你一个赚钱的机会阿要？我也要到上海去，我每个星期都要到上海去看我阿姨，她嫁在上海，她快要死了。我是去一次少一次，去一次少一次……

孔觉民看他眼圈红了，真的相信了他的话，就说，你有什么话说？

小年轻说，你叫我阿四好了。三状元弄的阿四。

孔觉民说，好吧，阿四，你想做什么？

阿四说，你这个人真是的，我说到了现在你还不明白，你是真不明白还是假不明白？我想逃票啊，我哪里买得起这么多的票，一个星期一次，不去又不行，我阿姨要想我的……

孔觉民文绉绉地说，哦，你逃票，和我有何关系？

阿四说，有啊，直接的关系。你在前面检票进去，你走到大门那边，我就冲到检票口喊，等等我，等等我，你怎么自己进去了？我朝里面冲，这时候检票员上来拦我，她是拦不住的，因为人太多了，太挤了，我力气大，三两下就挤出检票口了，检票员还是想拦，我就指着你朝她叫，你就在这时候回过头来，朝我挥挥手，我就说，你看，票在他那里，票在他那里。检票员看你一眼就犹豫不定了，你看上去一副老实人、好人的样子。她只要稍微一愣，后面的人就排山倒海地涌过来，把我推进去了。到了火车上，广播里唱完《大海航行靠舵手》，大家朝广播鞠完躬后，我自会找到你，一张票一块五角钱，我给你六角钱。

一口气说完这些，阿四说，怎么和你没关系？

事情结果就像阿四所说的一模一样，人很多，人很挤，影响了检票员的情绪，检票员看到孔觉民向阿四招手，“犹豫不定”了，然后人群果真是“排山倒海”地把阿四搡进了月台。广播里唱完《大海航行靠舵手》，全体乘客对唱赞歌的广播鞠躬敬礼，阿四就找到了孔觉民，交了六角钱。然后他就走了，他说列车员马上就要查票，他得守在厕所门口，一见到他们就进去躲起来。那么，到了上海如何出站？阿四说，方法多得是，全靠你动脑筋。

孔觉民看到阿四轻描淡写，着实佩服阿四的智慧和勇气，两个人握手告别。

这件事就这样轻松地结束了，从天而降了六角钱。六角钱的用处不是一般地大。孔觉民想起家人紧闭门窗后的笑脸，长吁一口气。赵点梅啊赵点梅，你把我逼出天大的勇气来了，他想。

到了上海，孔觉民下了火车以后就去排队买明天的返程票，排了三个小时的队，最后只买着了一辆过路的棚车票，八角。他拿了票在看的时候，突然阿四就找到他了，阿四看着票只是笑。孔觉民说，笑！笑！还想跟着我逃票？

阿四先是夸孔觉民脑子活络，聪明，而后说，他是想要了这张票，翻倍卖掉，孔觉民拿回自己的八角钱，他呢，拿了赚来的八角钱负责替他找一个掩护人，坐棚车的人大包小包的，还有带着鸡鸭鱼的，更乱。“你贴着我那个掩护你的人上车，上车以后基本上不查票。火车到了吴郭城，远远地停在站外，你下了车以后不要进站，机灵一点，朝外走，手里的小包包塞到衣服里，看上去不像出远门的人。好吧，票给我吧，约好时间，我们明天在火车站外面的厕所边等。”

孔觉民想，哦，六角加上八角，这趟旅途光车票就赚了一块四角。

他点头同意。他将八角钱的棚车票交给了阿四。第二天中午，他如约在火车站外面的厕所边见到了阿四，阿四把他带去见了一个老头，这老头一脸的黑皱纹，头上包着毛巾，这种天还穿着棉袄，身边大包小包，有一只包里放了一头小猪，小猪的头脸露在外面，好奇地直视孔觉民的眼睛。老头的沉默寡言，一看就是说不上话的人。孔觉民跟在他后面顺利地上了棚车，棚车大门一拉上，里面黑咕隆咚，老头突然说，哼，带上你赚了一角五分钱。他的普通话说得如此标准，孔觉民着实吓了一跳。小看这老头了，看来他是个见多识广的。

棚车没有进站，远远地在车站外停了下来。那老头突然握住孔觉民的手，说，同志，你有种！好样的！

孔觉民把小包藏在衣服里，混在乱七八糟的人群里下了车，悄然走到火车尾巴那里去了，穿过铁轨，转眼消失在铁路边的树林里。

他回去把事情一五一十地告诉了赵点梅，赵点梅鼓励他说，就这样，我们没什么好怕的。胆小的过不好日子。

这就有了赵点梅一点钟的排队，她父母院子里的肉香，一家人关上门窗的吃喝，第二天全家的装腔作势……

有了第一次，就有第二次。第二次逃票也成功了。

赵点梅喜笑颜开。星期六晚上，她把四个孩子全都放到外公外婆家里去了。入夜，孔觉民在灯下看书备课，赵点梅拿了水盆在洗澡，洗好了故意踢那水盆子，水盆子一响，把孔觉民从书里惊出来，哦，他想一想，懂了。于是也去洗漱。上了床，孔觉民不管三七二十一，把床搞得阵阵乱响，邻居在隔壁敲墙警告。赵点梅说，奇怪，你哪来的胆量?

这场风月倒也有滋有味。两个人休息下来，赵点梅对孔觉民说，你明天去上海吧。

对于第三次逃票，孔觉民心里有不祥的预感。他盘算着，如果被抓住，可以说买不到票，是的，明天买当场票，无论如何也是买不到的。也就说是第一次犯错，他们会罚款，批评教育。大不了通知单位来领人，那也无妨，反正他在单位里不属于红人，也不是黑人，开个小会批评一番就是了。教导处主任是他表舅舅，想来大家不会朝死里整他。

去!

从吴郭城顺利到了上海，粮票换了人民币。再从上海顺利回到了吴郭，铁路上的地下风景，他已经尽收眼底。来来去去三回，他熟门熟路了。他一脸轻松自在。

他坐在火车最后一节车厢。这次火车头进了车站的天棚，最后两节车厢甩在露天。逃票贵在随机应变，他随着人群下车，突然蹲下摸摸鞋子，猫着身子紧走几步，拐到火车的另一边，几大步就进了树林，寂静的树林子，外面紧挨着一池一池的稻田，稻田边，是村庄。这是乡下了，与火车的那一边的城市风光完全不同。

绕路不怕，只要能安全回家。

孔觉民在树林子里慢慢地走啊走，看看站台在天边成了一个巴掌大的物事，天黑下来了，树林子里没有鸟儿，它们觅食未归，还是被饥饿的人们用弹弓打掉了？周围一个人也没有。他放心地从树林里出来，准备过铁路。对面也是树林，树林另一边是一条小公路，路上跑着一辆拖拉机和一辆东风小卡车。

穿过铁路了。穿过树林了。但没穿过一个人——他居然撞在一个人身上，还是一个女人。他看清是一个年轻女人，穿着蓝色的民警制服，是个女民警，血色不太好，嘴巴有点发白。是她撞了孔觉民，把他撞倒在地。她一手指着孔觉民，语气严厉但洋洋得意，哼，我早就注意你了，上次让你逃了。你以为总能逃过我的手？车站里每天成千上万个人走过，什么样的人，全逃不过我的眼睛。

她自说自话，孔觉民可从来不知道她的存在。

她长着小而细长的眼睛，毛茸茸的睫毛像阳光一样散开，差不多覆盖住了眼睛。孔觉民脑袋一晕，也是他急中生智，不怕人笑话，坐在地上，一脸惊喜万分地说，哎呀，你怎么到这里来了？

女民警吃了一惊，片刻却冷静地说，你怎么会认识我？少打岔，站起来！

孔觉民想，完了，今天完了。他不愿意就这样束手就擒，他站起来，说，你脸上有一粒芝麻。伸手在女民警脸上一摸，摊开手掌心让她看。可不是，真是一粒白色芝麻，丰满多汁的芝麻。

芝麻来自孔觉民的口袋，他口袋里装了两只大饼，昨夜和今天早上，吃的就是它们。

这粒芝麻来历可疑，但女民警恰好刚才吃了人家给的半只大饼。她皱着眉头，不表态。其实，天黑了，孔觉民怎么会看到她脸上一粒芝麻？

孔觉民不失时机地弯腰鞠一个躬，说，我该死，我逃票，我有资产阶级思想……你真像我认识的一个熟人。

哦，像谁？她终于表现出好奇心。

你像……你像我的第一个女朋友，孔觉民继续撒谎。

在以后漫长的岁月里，孔觉民始终在想一个问题，当时他可以朝郊外的农田里跑，为什么不跑？天已黑了，这里离车站起码有三公里的路，他完全可以逃走。这女民警一看就是营养不良的，嘴唇发白，制服里面的身体瘦弱纤细，楚楚可怜。

那么，他为什么不跑？几次逃票，他已有足够的胆量逃离。

她确实像一个熟得不得了的人，像谁呢？他一时想不起来。但有一点是肯定的，她像他生命里一个十分重要的人，这个人不见踪影，但时时刻刻存在于他的内心深处，他无比空虚的时候，这个人填补他的灵魂，他没有勇气的时候，这个人给他力量。她就像这个人。

再看看她，她的脸上没有悲苦，没有喜悦，没有好勇斗狠，她训斥他的时候，脸上也是平静的。她像一个刚出闺门的女孩，带着青涩，需要成熟。所以，她的蓝色制服，帽子上的国徽，这些令人生畏的东西他全都视而不见，他一直看到了她的内心，温暖、善良，有些呆，有些傻，时而聪明，时而愚笨，一览无余。这些特色他都喜欢。她有时候会在说完一句话时，扬一扬左边的眉毛，轻微地，只是一个小习惯，这习惯引人注目甚至想入非非。扬起左眉的同时，她的左眼梢也朝上微微一挑，显得很不寻常，透露出她内心的另一方面。是什么呢？是风情。孔觉民很激动地感受到了。

她听了孔觉民的话，没有生气，捂着嘴笑了一声。孔觉民想，她相信了。她的心软了，真是幸运！我的幸运是靠勇气得来的。

你叫什么？她问。

孔觉民。

她问，孔觉民，你刚才说你是第一次逃票？

孔觉民回想一下，自己没有说过这句话。她不是说早就注意他了？显然这是她有意给孔觉民撇清的机会。在她面前，他实在不好意思再说谎了。他低下头，把投机倒把赚来的钱，和不是投机倒把赚来的钱，统统拿了出来，捧在手上递给她。她掏出一张纸，包住这些钱。她小心而专业的样子，表明在她眼里，这不是钱，是罪证。

她说，念你初犯，没收你这些赃款。你住哪里？

孔觉民说，孔家巷二十五号。

她说，你跟我来，朝车站里走。你往这里走的话，越走越远，两个小时也到不了家。

两个人朝车站里去，车站里一共有两个民警，今天只有她一个人在。两个民警没有单独办公的地方，与车站的服务人员管理人员全在一个大办公室里。他们走过办公室，她就扔下孔觉民，自己走进去了。孔觉民在门外听见有人招呼她，阿兰，你和谁啊？

她不吭气，过了一会儿居然说，亲戚，碰到一个亲戚。

孔觉民迷迷糊糊地想，我是在轧姘头吗？

又有人问，阿兰，我看不是什么亲戚啊，是不是对象？

这个叫阿兰的女人说："我带着三个孩子呢，谁肯要我？死鬼脚一伸，年年只碰一次头——清明节烈士陵园里碰头……谁肯要我这一大家子的，婆婆公公小叔子。哈哈。"

她看来是笑给孔觉民听的。

孔觉民在窗外头一伸，看见她落了座，桌子上有一盆兰花，吴郭城出产兰花，山上到处都是。

他再次死死地看了她一眼，要把她看到心里去。她确是一个与众不同的女人，脸上的神情和行为举止都是精致有趣的，比撒娇要矜持一点，比矜持要做作一点，她的心里好像荡漾着一股暖洋洋的东西。

那么，她心里到底荡漾着什么东西呢？她倒水，和人说笑，捋头发……哎哟，孔觉民豁然明白，小兰的心里有个情人，她的一举一动全是做给这个无形的情人看的，这个无形的情人无时无刻不在注视着她，从天上，从身后，从隐藏的任何角落，所以她行为举止和脸上表情会这么精致有趣。

孔觉民想，居然也有这样的女同志，真正是绝代佳人，被我碰到了，运气好。

他离开窗户，路边正好有一个积满雨水的小水塘，像脚盆那么大，孔觉民歪过身去，朝水塘里打量自己的脸容，怎么看都是顺眼的，怪不得小兰那么轻易地放了自己，定是她的心里被自己的风采打动了。

孔觉民自怜了一番，去坐公交车时，才发现自己身无分文，前后一想。小兰的行动让人生疑。他心里一动，隐约明白了什么。

但是，他不在乎。他愿意。不仅愿意，以后还想资助她的生活。

孔觉民勇气倍增。

那里，小兰收起脸上的微笑，看着桌子上的那盆兰花发呆，兰花是她的心头之爱，这盆春兰她养了五年了，每到一个地方，桌子上总有它的落脚之处。但是近年来，她觉得和这盆兰花之间有了一股隐隐的敌意，兰花朝她叹气，吐口水，嘲笑她，奚落她。等到它孕出花苞，尖锐的淡绿色花瓣时时刻刻在等待机会刺痛她。她端起花盆朝门外一扔。

第三次逃票也算成功。可是钱呢？赵点梅冷着个脸，冷了他一个星期，终于和他说了话，第一句话是，哼，你说被小偷偷了？你是死人啊？

孔觉民听了这话，转身就走。一个人在大街上瞎走，突然听见火车的吼叫声，明明白白在召唤他。死人都会被它唤醒。他赶紧回去对赵点梅说，这样，我再去一趟上海，绝对把你损失的那笔钱再赚回来。

赵点梅说，哼，我损失？难道你没有损失？

孔觉民的眼前，小兰的样子闪闪烁烁。没有。他想，我才没损失呢。

男人改变也快的，昨天他还觉得没有赵点梅是活不了的，今天他觉得没有小兰的话，他的生活毫无意义。三状元弄的阿四，是他急需见到的人。逃票，没有阿四不行。

刚到弄堂口，就见警车堵在那里，里面的人不让出来，外面的人也不让进去。阿四被两个身强力壮的民警反揪着两手押出来，他弯着膝盖急速行走，像舞台上的小丑。但是他眼神凌厉，无所畏惧的样子，令人震撼。

警车走了之后，孔觉民扎到人堆里听闲话，警察抓捕阿四时说，阿四长期不务正业，从事倒票活动，投机倒把行为严重，疯狂扰乱社会秩序，向党和人民示威。

这是一九七六年四月十日的事，清明节刚过，天安门发生了“反革命事件”，这件事离孔觉民很远，但阿四被抓让他日夜揪心。

一个星期后，孔觉民在学校里被警车带走，另一路人马在他家里抄家。警察移开一家子使用的大马桶，赵点梅藏在马桶后墙根里的粮票马上就露了馅，面对一盒子的粮票，赵点梅低下了高傲的头。她的四个孩子也都在家，警察走了之后，他们都去摸摸马桶后面的那个洞，没想到妈妈的宝贝藏在这里啊！

两个月刚过，孔觉民的脑子就糊涂了。整天在牢房里念念有词：一块五角、一块九角、八角、一角三分九、六角九……

同牢的犯人，全都取笑他，说他是个软骨头书呆子，才两个月就这样了，六年的牢坐下来，那还不成了活死人？他们说，孔觉民的生活算好的，其实没必要再去冒险。他的四个小孩功课都好。他的老婆把钱藏在马桶后面。让孔觉民吃官司的，不是倒票大王阿四，是车站民警阿兰。她当派出所所长了——刚成立的车站派出所。

他们问他，喂，你和小兰睡过觉没有？听说她很骚。

孔觉民狠狠地朝他们脸上吐口水。

他们说，这小子胆量不小。揍他！

这座监狱是民国的砖瓦建筑，设计精巧绝伦，外面看是一座三角形的建筑，里面就是一个又一个迷宫一样的走廊，走廊两边是无数的牢房。赵点梅去看了孔觉民，没有话好讲，说，这座牢房倒是很漂亮的。孔觉民说，是的，我知道的。这些天，我深刻反省自己，才明白思想深处的东西，我看上去是投机倒把，其实是对社会主义社会不满，用投机倒把行为掩盖反社会的目的。我最难过的是辜负了小兰的一片心意……

赵点梅无法不吃惊，小兰？小兰是谁？

孔觉民已经忘了是自己提起小兰的，说，你怎么知道她的？

赵点梅说，我不知道啊，我要你说啊。

孔觉民看了她一眼，强硬地捍卫小兰，说，这件事，我们棉花店里找老板——不谈（弹）。

赵点梅倒抽一口冷气说，不谈？你敢对我这样？你好大的胆子！你又搞投机倒把，又搞腐化，坐牢的人，还这么狠？……不谈？好啊，那我们就气功大师拍砖头——一拍两散。

转眼就过了三十年，二零零六年。赵点梅在三十年的时间里，与现今的丈夫每提起孔觉民，总以“畜生”代称……过了三十年了，“那畜生”也老了，坐了两年牢出来，没有单位要他，“这畜生”索性搞投机倒把了，倒洋货，倒汽车，倒药材……什么都倒。没有投机倒把的罪了，投机倒把是搞活经济。没想到他发大财了，有司机给他开着凯迪拉克，他的公司里，听说全是美女，他忘了嘴里念念叨叨一块九、一块五的日子吧？他就该坐牢，坐满六年牢，没想到“文革”结束，“畜生”们全减刑了。还有，这“畜生”居然没搞腐化，他是一厢情愿，为了一个不相干的女人和嫡亲的老婆离婚，你说是不是脑子发昏？他当时只要反咬一口，把小兰拖下水，不仅小兰完了，婚姻也就保住了。可惜他一味地替小兰隐瞒。

赵点梅这么多年来也没闲着，小兰的情况她知道得一清二楚，什么时候搬家，什么时候有了相好的，但没有结婚。小兰的几个孩子，谁考上了大学，谁出国了，谁顶替母亲到车站里找了一份事做。如果没有小兰的消息，她就心里闷得慌。她还打听到了一件事，小兰并不是为了当派出所所长而抓捕孔觉民，她只是为了两条鲤鱼。是的，只是为了两条鱼，清明节后的一天，车站里搞来了一批鱼，一五一十地分，分到最后剩下两条鲤鱼，给谁呢？领导犯了难。小兰坐在她的座位上，用圆珠笔敲着她的笔记本说，唉，配合运动，这几个人是要抓一抓的。既然她准备抓人，那是辛苦的事，这两条鱼给她，是天经地义的。

孔觉民真的不如两条鲤鱼?

赵点梅指着孔觉民的鼻子说，你在她的眼里，只值两条鱼的钱。你倒为了她妻离子散。

孔觉民说，我愿意。

前几天她到孔觉民的公司去看女儿，看到一屋子年轻漂亮的女职员，便有意提到这件往事，不客气地调笑道，老孔啊，小兰家里你有没有去过?要我说，你好歹睡她一睡，要她看看，你到底是不是只值两条鱼的钱。

隔了一天，孔觉民让女儿孔妮带给赵点梅一张小纸条，上面写着:“孔觉民二十多年来，凭着过人的胆识，经营幸福生活。现拥有市中心两幢三层写字楼，共一万平方米，按市价每平方米八千算，值八千万，两楼别墅，共一千五百万，两辆凯迪拉克值三百多万……”

纸条最后写了一句话:“我已经很多年没有关注价钱的习惯了，为了你的话，今天破例。”

赵点梅看见这张简单的财产清单，笑得脸上的皱纹像膝盖，说，这老畜生，到底坐牢坐出毛病的，跟我汇报家产……

孔妮脸上掠过一丝对母亲的鄙视，母亲也好强，不过她的好强没有成功，现在只能在家里打打麻将，听听佛经，骂骂前夫，偶尔也听听费玉清的歌，什么“往事不能忘，浮萍各西东……”孔妮说，这辈子，我只佩服三个人，一个是我爸，一个是我丈夫，还有邓小平。

这世上没有重复的感情，所有的感情都是不一样的。赵点梅要是知道这一点，当初就不离婚了。

桃花又开的季节，有一天晚上，孔觉民和阿四一帮老友正喝着酒，猛听得火车一声激动人心的吼叫，浑身的血朝脸上涌，受了它的召唤，仿佛要到什么地方去，一定要到什么地方去。于是叫了司机，推开众人，走了。

司机问他去什么地方。

他说了两个字：火车……

小兰不是住在那里吗？小兰住在火车站的后面，他路过几次，终究没有走进去。那儿原是一片杨树林和稻田，现在全成了住宅楼。小兰曾经把他的勇气消灭光了，他后来滋生出来的勇气，与小兰无关。与赵点梅无关，与他的孩子们无关，与任何人无关……

那与什么有关呢？

到了火车站，他才想起要做一件事：逃票。

他并不想看见小兰，她早就与他无关了。

他下了车，换了司机身上的普通衣服，接过司机给他的钱，挥手叫了三轮车。一坐上去，时间就慢了下来，忽然又回到了三十年前琐碎的生活里，缓缓地令三轮车夫，把他带到检票大厅门口。

他许久没来火车站了，有手下人在外面办事，他几乎不需要出差。如果一定要去外地，近的让自己的司机开轿车过去，远的坐飞机。进了火车站，他的心扑通扑通直跳。

火车站重新翻修过了，人人都专注地做自己的事，没有人多管闲事，你就是倒在地上，也没人多看你一眼。三十年前，他在这里碰到阿四，三十年前，他在这里还看到过一位要饭的女人，这女人现在还在，是个乞丐婆了。乞丐婆的脸以前是瘦削青黄的，现在不一样了，就是在灯光下也看得出她神清气爽。

孔觉民掏出所有的钱放在她的碗里。这碗还是破旧的，但现在不是用来盛饭而是用来盛钱的。老太婆瞄一眼孔觉民，说，人生其实很简单。各种辛苦，各种手段，剥了皮剔了骨，（看见的）就是“吃喝”二字。所以我要饭不觉得丢脸，城管老是来赶我，我也不走。

要了多年的饭，她好像成了先知先觉。

车站派出所挂着大牌子，孔觉民在窗外有滋有味地看了一阵，民警很忙，抓住了在厕所里吸毒的，在车站广场上卖淫的，还有聚众斗殴的。这些人在派出所里吵吵闹闹，喉咙比警察还响，一位中年民警拿出电警棍往桌子上一拍，吵声小了一点。

车站的检票口，往南去是五个，往北去也是五个。孔觉民站在往上海去的检票口，看那检票的一个女孩。这女孩长得像小兰，她与小兰一样，也是那么与众不同。小兰是时时刻刻拘谨做作，仿佛身边有个情人看着她，这个女孩恰恰相反，她满不在乎，嘴里吃着蜜饯，目中无人，芸芸众生，没有一个能经过她的眼，更别说经过她的心了。

孔觉民想，就逃她的票了。

现在逃票，不会通告单位，不会通知居委会，更不会判刑。罚款而已。

孔觉民夹在人流里朝前走，经过女孩身边，女孩看了他一眼，他有气无力地指指前面，说，票在前面那个人身上。女孩没吭声，让他走了。孔觉民走到边上，站下来看这女孩，这女孩子二十几岁吧，她与以前的女性完全不同，她轻松，不负责任。孔觉民喜欢她这种不负责任的样子。

孔觉民又走回去了，站在她身边。检票已经结束，检票口空荡荡的。

女孩说，你怎么还不走？等火车要到月台上去，火车不会开进来把你拉走。

孔觉民说，我逃票，你怎么不骂我？也不拉我出来？

女孩说，不就十几块钱吗？我懒得理你这种人。你就是上了车也得补票。

孔觉民说，我身上一分钱也没有，我没有钱补票。

女孩掏掏裤子口袋，又掏掏上衣口袋，大大小小的钱票，大约也有十几块钱，挺侠义地放到孔觉民手上。

她肯定唤醒了什么，因为孔觉民想碰碰运气了，他说，你像我的第一个女朋友。

女孩说，哦，你的第一个女朋友像我，那你是了不起的。

孔觉民想，运气不错，这女孩不讨厌我。他说，其实……我是大老板。我在市中心也有两幢大楼……我是单身。

女孩说，嗯，你对我说这种话，有胆量！你脸红不红？

女孩的同事们，这时候围过来，对她说，你上辈子积德，这辈子有个大老板来娶你了。

女孩笑着，对孔觉民说，你还不走?

孔觉民说，我等你一句话。

女孩说，好，你要是个亿万富翁，我就嫁你。

孔觉民说，你等着，你敢嫁，我就敢娶你。我下半辈子就靠你活了。

走出大门，他回头望着女孩补充一句，你是国家给我的补偿。

时代千变万化，却是万变不离其宗。孔觉民终于明白，他多少年孤军创业的勇气，和这女孩有关。

（原载《中国作家》2013年第9期）

陈有胜很认真地把香米上下打量了一会儿，乐呵呵地说，哪里胖嘛，身材很好的啊，这么白还黑啊？香米注意到陈有胜说话时眼睛直勾勾地盯着她的胸部看，看得香米极不自在，真想找个地缝钻进去。

陈有胜带香米去了一家大型超市，为香米挑了两件衣服，说是见面礼，香米看到他掏出了六张红票子，对收银员说不用找了，香米的心又乱了，就这么两件轻轻薄薄的衣服价格竟然是她几个月的生活费，在以前香米怎么也想象不到自己会穿三位数一件的衣服，看到陈有胜毫不犹豫付钱时那副潇洒的样子，香米突然有种义无反顾的冲动。香米真想说，我不要衣服，你直接把那钱给我不就得了。

每个女孩都向往穿着一身漂亮的衣服走在别人面前，这几乎是女孩子的天性，可香米就能不费吹灰之力就把这天性轻轻地扼杀掉。香米对名牌衣服的概念来自同宿舍的女生，她们总是一起从专卖店里买回来几百元一件的衣服，在宿舍里轮换着试穿，相互比较。在香米眼里，那些衣服和大街上几十元一件清仓处理的衣服没什么两样，可是就是几十元钱香米也舍不得花，当她也想为自己添件衣服时，脑海里就会浮现出父亲和弟弟的影子，于是就在心里默默说，这些钱足够弟弟买一学期的学习用品了，然后就没了买衣服的欲望。

买完衣服后陈有胜征求香米的同意去了一家肯德基，这是香米第一次进入这种西式餐厅，以前她只有看的分儿，因为一直没吃过也就不是特别地渴望。香米心想我宰你一顿然后咱们分道扬镳，你走你的阳关道，我过我的独木桥，我从此消失你也不能把我怎么样。香米去洗手间洗手，却不会使用水龙头，她左拧拧右转转，就是找不到水龙头的开关，急得她鼻子上直冒汗，旁边一个女生用很奇怪的眼神看她，那眼神就仿佛她是一个怪物一样，香米全身的血液立即全涌到脸上来了，她飞也似的跑出了洗手间，连手也不想洗了。

陈有胜点了很多东西，不住地让香米吃，期间又去端来一大桶薯条。陈有胜说起他公司的发展情况，他说话的口气完全是炫耀的、显摆的。他问香米谈过男朋友吗，香米想了想，觉得说没谈过就显得自己没魅力，从某种程度上就贬低了自己，于是她含糊地嗯了一声。陈有胜接着说，大学生谈恋爱都是浪费时间，女孩子呢要找就找一个成熟的有社会经验的男朋友，能够在各方面给你提供必要的帮助。这话说得格外暧昧，不过倒是说到香米心里去了。她吃汉堡吃得很谨慎，很专注，陈有胜没有吃，只是喝着一杯热气腾腾的咖啡，那香味钻到香米的鼻子里，沁入她的每一个毛孔，融化在每一个细胞里，香米忽然飘飘然了，她在这一刻忘记了贫苦的家庭，忘记了喧嚣的城市，忘记了那些遭受过的白眼，忘记了所有的辛酸，香米什么也记不起来了，记不起过去，她只是活在现在，活在这个干净整洁的肯德基快餐店里，活在这个陌生的四十岁男人面前。

你需要什么，尽管对陈哥说。让香米喊这个可以做自己父亲的男人"哥"，香米想想都不好意思，陈有胜竟那么若无其事地说出来，可见他是多么的厚脸皮啊，不过人家再怎么着也是有资本的，在如今这个社会上，谁有钱谁就是老祖宗，谁就是亲爷爷，他想当哥谁也管不着。香米张了好几次嘴，想说出"陈哥"这两个字，每次都被卡在嗓子眼，声音就是出不来，只好放弃，什么也不说。

陈有胜似乎发现了香米的窘迫，笑笑说，香米你不用有所顾虑，我今天一见到你就感觉很亲切，这叫什么？对，叫一见如故，我感觉你就是我的红颜知己，你穿着这么朴素一定来自农村，我也是农村出身，这么说的话我就感觉你是我的亲人，你有什么困难一定要说出来，我肯定是要帮的，说着陈有胜拿出钱包哗哗哗地点出十张粉嘟嘟的百元大钞，放在香米面前，说，这些钱你先拿着，买点好吃的好穿的，咱是大学生，就要过大学生的生活，你只管好好学习，好好享受生活，懂吗？陈有胜似笑非笑，香米看到他的大眼珠子咕噜咕噜地转，眼看就要蹦出来了，香米觉得他后面一句话说得别有深意，却不知道深在哪里。

香米定了定神，说，我不能拿你的钱，无功不受禄。陈有胜愣了一下，说，怎么能这么说呢？你陪我聊天，陪我吃饭，花了半天工夫，这年头时间就是金钱，再说你陪我坐在这里我心情愉悦，我高兴，我工作上的劳累、烦恼都消散了，这只是个小意思，以后我们再往深处发展，我是不会亏待你的，我知道你是个明白人。香米冷不丁地打了个激灵，原来话在这里等着她呢，香米明白“往深处发展”是什么意思，这老狐狸刚见面就暴露他的目的了，说话还这么文绉绉的，一套一套的，你不就想包养个大学生吗？不就想找个情人吗？还美其名曰“红颜知己”，一个老男人称一个年轻少女为“红颜知己”，还真是不知道害臊啊。

想归想，笑归笑，香米是个唯物主义者，这一年的艰苦生活和大城市的纷纷扰扰使得她开始怀疑自己所做的一切是否有过回报，在时代的浪潮下，她究竟扮演了一个怎样的角色。她无法对桌子上那一大叠钞票无动于衷，看着那些钱，香米咽了好几口唾沫，她没有想到世上还有来钱这么容易的事儿，她没有付出什么却可以得到这么多钱。香米的心又一次动摇了，而且是剧烈地震动。

陈有胜还是那副样子，喜滋滋地等着香米做出反应。香米使劲咬了咬嘴唇，憋着一口气说，陈哥，你需要我怎么做你就直说吧，钱我不能白拿。

呵呵，不能看成是纯交易啊，那多没意思啊，以后你周末都来陪我就行了，就是吃吃饭，喝喝茶，聊聊天，看看电影。陈有胜脸上的肥肉在抖动。

还有呢？香米继续问道。

那还要看下一步的交往啊，呵呵，你不要太心急嘛，不要想些乱七八糟的，你要好好学习。香米注意到陈有胜的眼睛在她身上不安分起来，觉得他说的话也特别别扭，听了很不舒服。后来香米才醒悟过来“好好学习”从陈有胜的嘴里说出来真是侮辱了香米的人格，“好好学习”一般是老师家长劝诫那些调皮捣蛋、不求上进的孩子的万能用语，香米从来都是好学生，很少有人让她好好学习，所以听到这话香米就感觉特别刺耳，她学习不学习关他陈有胜什么事？！真是一个道貌岸然、装模作样的伪君子。

不过终究香米还是收下了那些钱，她是穷疯了，穷怕了，因为这一个“穷”字，她不知吃了多少苦头，流了多少眼泪。如果不是因为穷，父母会没命地劳作吗？如果不是因为穷，母亲会因为节省医药费而一直拖着病症吗？如果不是因为穷，弟弟会总是被别的男孩子欺负吗？如果不是因为穷，她会这么卑微地活在这个本该充满活力的年纪里吗？她委屈，却无人可以诉说；她想要平反她遇到的不公，可她没有这个能力；她怨天，怨地，怨她悲苦的命运。如果这时候有人能够拉她一把，能够拯救她于水深火热之中，她必然是感激的，尽管这种拯救的方式她一时无法接受，可是生活这个五颜六色的大染缸逼迫着她渐渐向世俗妥协。香米知道有些东西你不能一直坚持，否则你最终会死在那条通往虚无的路上，而一旦机会来临，你选择走一条别样的道路也未尝不可。

三

相对第一次见面的拘谨，第二次香米就自然多了，经过了几天的时间，香米想明白了好多事情，她再清高、再孤傲也是一个人，是人就要生存，怎么过不是一生呢？想明白了的香米也就在陈有胜面前敞开了心扉，大方了起来，她无所顾忌地大笑，应和着陈有胜的玩笑话，假装自己和他在一起很开心。

他们看了一场电影，是一部外国大片，香米没有看懂，其实是她没有心情看。前面一对年轻情侣抱在一起接吻，腻腻歪歪，搅得香米心里很不是滋味，就把头扭向一边。陈有胜就是这时候把手伸过来揽住她的腰的，另一只手在她的身上若有若无地游走，眼睛却直直地盯着前面的屏幕，香米大喘着粗气，没有反抗，这是她早就预料到的，这是迟早的事，只是时间早晚而已，况且她还收了他的钱，拿人家的手短，吃人家的嘴软，总不能白吃白喝不回报吧？这道理香米懂。

然后他们又去做了足浴，在香气缭绕的大房间里，香米觉得全身都软了，连骨头都要化开了，不禁感叹这些富人可真会享受啊。陈有胜说，养生要从年轻做起啊。香米心想那也要有这个条件，面朝黄土背朝天的庄稼人能有这个命吗？脸上却还是附和着笑容。

之后陈有胜又约了香米几次，参加了一次他朋友的酒宴，全是商界精英，在香米眼里他们长得都一个模样，一样的肥头大耳，一样的啤酒肚，几乎每个人身边都搂着一个穿着时髦的年轻女子，香米和她们心照不宣地微笑点头。他们谈生意，谈天南海北的所见所闻，时不时地讲几个黄色段子，接着是很像狼叫的大笑声。包间里烟雾缭绕，高谈阔论声此起彼伏，香米没见过这种气场，一直不说话，只是安静地看着这群兴致盎然的人，就像在看一台戏。期间一个秃顶的男人说，老陈，这次挺嫩啊，说完朝着香米若有深意地笑，一个化着特别妖艳的妆容的女人走过来盯着香米从头到脚看了一阵，然后熟络地把胳膊搭在陈有胜的肩膀上，对他抛了一个媚眼，说，陈哥，眼光不错啊，陈有胜摸着肚子上的肥膘，呵呵地笑个不停，好像多么自豪似的。香米感到自己就像一个玩物被别人随意摆弄，觉得难堪极了，心里堵得慌。

在送香米回学校的路上，香米一直不说话，陈有胜说，香米，他们都夸你漂亮呢。香米没反应。陈有胜似乎感觉到了香米的冷漠，说，那种场合你可能不习惯，都是朋友嘛，说得也比较随便，你也要体谅我啊。

陈有胜自始至终也没问过香米的家庭情况，只是猜到了她是农村人，似乎对香米的过去丝毫不感兴趣，当然也没有提到他的家庭，只是和香米聊一些社会上发生的新闻趣事，一般都是他滔滔不绝地说，香米歪着头听，偶尔发表一下简单的看法，有时陈有胜会突然眼睛放光，说，香米你真是我的知己啊。

香米受不了这些点点滴滴的暧昧不清的话语，她觉得恶心，从心理上到生理上都极度反感。但她家里还有几万元的欠款，今年百年一遇的大旱使地里庄稼大幅度减产，有的地里几乎颗粒无收。父亲也急得病倒了，她的学费还是借的亲戚家的。她的弟弟正在长身体却还吃着萝卜咸菜，她需要钱，她期待着陈有胜问一问她的家庭状况，问一问她有什么困难，而陈有胜却对此绝口不提，见面都是看电影、吃大餐、逛商场，一个劲儿地和她玩暧昧、搞情调、找感觉，香米做好了心理准备迎接陈有胜欲望的魔爪，却丝毫不见动静，一副慢慢悠悠毫不着急的样子，一点也没有进入主题的迹象。

香米有点沉不住气了，她的目的只有一个，就是陈有胜的钱，这几乎成了她的一块心病，但总不能口无遮拦地伸手去要吧？而伸手要的话人家能白给吗？你不得给他好处吗？香米的脸皮还没有厚到这个程度，她琢磨来琢磨去始终想不出撬开通往陈有胜皮包的办法。如果她主动提钱的事，陈有胜势必会看轻她，然后终止和她的关系也说不定。

陈有胜带着她去吃了一次川菜，满满一桌子山珍海味，有鱼翅，有熊掌，香米却毫无胃口，她又想到了父亲和死去的母亲，她看着这些美味佳肴觉得对不起他们，不觉眼角就有了泪水。陈有胜吃得很尽兴，酒到酣处就说起了他的家庭，说他那到了更年期唠唠叨叨的老婆和读高中就把女朋友肚子搞大的不争气的儿子，还说他的公司曾经被他的下级暗中操纵差点濒临破产，后来他运筹帷幄最终起死回生，并且风生水起。

香米说，陈哥也不容易啊。

陈有胜又斟了一杯酒，打了个酒嗝，深深地叹了口气，说，香米，还是你懂我啊，我家里那个母老虎就是吃了蜜也说不出你这么一句贴心的话，成天就知道跟我吵跟我闹，用钱也堵不住她的嘴。

香米觉得其实眼前这个男人还是挺可怜的，自己原先以为有了钱就什么都有了，可看看陈有胜，有了钱，有了一切的物质条件，精神生活却是这么空虚。不过话又说回来，香米在他面前才是真正的可怜人，自己连基本的物质生活都保证不了，又有什么资格去可怜别人？自己又有谁来可怜呢？

这次香米的收获是一部诺基亚手机，陈有胜喝醉了，朦朦胧胧中从皮包里掏出了手机，放在香米的手上。香米坐在陈有胜的腿上笑了，笑得花枝乱颤，娇滴滴地说，我要“毛爷爷”。在这样的人面前，香米也要变得媚俗才配得上这样的氛围。这是香米第一次在陈有胜面前撒娇，不过她把握的火候刚刚好，既不显得做作，又不生硬，完全是一副逢场作戏的姿态，就算陈有胜不乖乖地掏钱，也不会尴尬，只当是句玩笑话。然而，香米以这种口气同陈有胜说话，确实使他吃了一惊，似乎酒也醒了一大半，接着贴在香米的耳朵上说，你要我香米愣住了，她心里翻江倒海，五味杂陈。这个世界真是跟她开了一个没有意思的玩笑。就像先狠狠地甩了你一个巴掌，然后再把热脸蛋凑过去巴结你。香米觉得自己很失败，死的心都有了。

你是个好女孩，以后有什么困难就跟陈哥说，我会尽力帮你的。耳边传来陈有胜幽幽的声音。

书包里背着陈有胜送的诺基亚手机和那一摞钱，香米独自走在无边的黑夜里，耳边不住地响着一个声音：你是个好女孩。随着那声音而来的是一张脸，既像晨晖那满面笑容的清秀面庞，又像陈有胜那肉嘟嘟的肥脸，两张脸交错着、推挤着来到香米的面前，争先恐后地说，你是个好女孩，你是个好女孩……

（原载《西部》2013年第10期）

小舅舅死了

邵　丽

一

元月二十二日，阴历腊八。早上六点刚过，小舅舅便起来跟小舅妈说今天村里澡堂子换新水，要去洗洗澡。小舅妈说，去就去呗！小舅妈一边说一边为他收拾好了替换的内衣。小舅舅伸出两只手接了说，把我的新衣服拿来。小舅妈把洗好的一套外套递给他。他摇摇头说我要换刚买的那一套。小舅妈看看他，迟疑了一下，说，你今天怎么了？洗个澡还这么讲究！小舅舅没搭理她，只是拿眼瞪着她。小舅妈把那套衣服找出来递给小舅舅。小舅舅拿着衣服就走。小舅妈在后面开玩笑说，看穿上新衣服还烧不死你哩！

她的后半生，都会为这句话后悔。

从小舅舅家出来是一条长长的胡同，出了胡同往左穿过一条马路，再走不远就是这个村子唯一的一个澡堂。小舅舅目不斜视，两脚生风，直奔澡堂而去，到马路上也没有左顾右盼。这时，一辆公交车疾驶而来，前保险杠把他拦腰托起。车上睡眼惺忪的乘客被撞醒的时候，看见我的小舅舅像一辆冲出跑道的赛车，朝马路边撞去。

这是今年我第四次跟母亲在葬礼上相遇了，平时我很少回去看她，电话也很少打。一来我实在忙得分不清眉眼，二来她也不会跟人聊天，接到电话劈头就一句话，没事吧？你告诉她没事，她说，没事打什么电话啊？

今年母亲流年不利，摊上不少大事，算上我小舅，她接连失去了四位亲人。年初，她早上起来伺候父亲吃过早餐，打算出去买菜。她和我父亲都是建国前的老革命，离休后住在市里为老干部建的干休所里。几年前父亲患了肺癌，手术后保住了一条命，但基本上很少下床，吃喝拉撒全靠母亲伺候他。临出门的时候，父亲喊住她，让她买点干芝麻叶，说他想吃手擀面。母亲一边答应着一边往外走，觉得心里发毛——母亲后来跟我们说，我爷爷一直到死都喜欢这一口——等她买菜回来，父亲的一只胳膊耷拉在床沿，人已经去了。

父亲去世，母亲从头到尾一滴眼泪都没掉，还有条不紊地指挥着丧事，好像那是她的一份本职工作。也许在她眼里，父亲是丈夫，更是战友。只是把父亲的骨灰拉回老家埋葬之后，她站在坟前，久久地不愿离去。眼看着天快黑了，我们还是劝不走她。我们跟她说，你们俩都是战争年代过来的，那么多战友连新中国都没看到，与他们相比你们多幸运啊！而且父亲做手术的时候医生说，即使手术成功，他也只能活三年左右。想不到父亲又活了五年出头，我们应该知足了。他的走，对他对你都是一个解脱。

解脱。我们就是这样劝母亲的。

“他总该给我说点什么吧？”暮色中，母亲就那么站着，话语听起来更像是抱怨，“怎么什么都没说就走了？”

处理了父亲的后事，母亲把我姥姥姥爷接到身边，想好好陪侍他们一段时间。这些年父亲身体不好，母亲寸步不离，很少照顾到自己的父母。那时我姥姥虚岁已经一百了，我姥爷小她一岁，但是按农村的算法，虚两岁，俩人加起来刚好二百岁。不过，在我母亲的概念里，父母离死亡应该还有很远的距离。姥姥九十四五岁时，还能骑着三轮车载着村子里一群孩子去邻村赶集。九十七岁那一年，院子里的一棵樱桃树红彤彤地结了一树果子，孩子们没一个人回来吃。她看着怪心疼的，就搬了个梯子自己踩着上去摘果子，因此住了一回医院——天气太热，她趴在树上盯着果子看了大半天，眼睛看伤了，眼底出血。医生为她做了全面检查，开导她说，就您老这二三十岁年轻人的心脏，今后要是梨啊桃啊什么的，只管搬梯子上去；要是樱桃就算了，太费眼神。

两个老人跟着母亲住了半个月，吵吵着要回农村去。他们在城里住不惯，空气太脏，声音太吵，水太咸，人太懒。早上五点不到，老两口就悄无声息地起床，坐在卧室里大眼瞪小眼，既没什么活干，也没什么话说——城里没地儿喂猪喂鸡，就是认识邻居家的几个老人，人家一张嘴不是旅游，就是养生。想跟人聊聊收成，那话头怎么都对不上茬口。电视节目他们看不懂，逢到有人来串门，俩人赶紧往屋里躲，生怕哪一句话说得深浅不对劲，招人笑话，任我母亲怎么喊也喊不出来。

那一天母亲单位的几个人来看她，带了一筐子鲜活的毛鸡蛋。母亲觉得怪稀罕的，煮了给他们吃。姥爷多吃了两个，晚上觉得肚子不舒服。母亲要带他去医院，他死活不肯。夜里起来拉了几次，母亲看看也没什么异常，就没太在意，让他吃了几片消炎药睡了。哪知道母亲刚迷迷糊糊睡着，姥姥就起来喊她，说我姥爷不行了。母亲赶紧爬起来打电话找医生。姥爷赶在医生之前，先咽了气。

这次母亲哭得死去活来，觉得是自己害死了姥爷。姥姥劝她说，该死了，再不死就说不过去了，看着自己孙子的小孩们满地跑，脸上怎么都挂不住。姥爷死了之后，姥姥再也打不起精神活下去，一心一意想死。在她面前，母亲装得没事人一样，背地里偷偷地哭。后来她打电话让我们轮流回去陪她。我们各自都有一摊子事情，天天忙得脚不沾地，谁能抽出那么多工夫陪她？我们跟母亲说找个保姆，钱由我们来出，轮流回去终不是长久之计。母亲气得拿着话筒半天一句话都不说，看起来她是真动气了。

没办法，我们兄妹几个只好隔三差五地回去一趟。我前后回去了两次，第一次刚刚到家，单位来电话说要对去年的考评定级，结果跟个人工资挂钩，我立马折转回去了。第二次回去勉强住了两天，那时候，姥姥看着已经明显不行了，每天除了喝点稀汤，什么都不吃，往哪个地方一坐就是半天，动都不动一下。

吃过晚饭，我们常常坐在客厅看电视。姥姥坐在小凳子上打瞌睡，她和姥爷从来不坐沙发，说硌得慌。老天在上，硌得慌！农村老人说话，听着总是让人又好气又好笑。母亲一边干针线活，一边朝电视上胡乱瞅着，还得时不时地盯着姥姥。姥姥吃得少，排泄得多，一会拉，一会尿，稍微慢一点就会拉在裤裆里，满屋子充斥着屎尿的酸腐气味。开始我还帮她擦，帮她洗。她浑身都软塌下去了，简直像一个包裹，脱一次衣服像脱层皮一样难。后来我实在招架不住，就跑去买了一堆尿不湿给她垫上。

我相信，姥姥那时唯一的事情，就是等待死亡的来临。也许她的灵魂已经踏进了那扇朝她洞开的大门，晃动在我面前的只是一个掏尽了心力的空壳。她踏在生死两界边缘，悲哀地看着我们。她活了一百年，圈进她生命里的很多东西，都被一件一件地取走了，为此她肯定想说点什么。有一次我为她脱衣服，她像枯柴一样的双手突然把我的一只手紧紧地搂在怀里，浑浊的眼睛几乎贴在我的脸上，直愣愣地瞪着我，嘴张了几下，但什么也没说出来。

姥姥一直到死，什么都没再说。

二

小舅舅一直怕我父母，在他们面前一说话就脸红。父亲死时他来吊唁，也是远远地站在旁边看着，不敢直视父亲的脸，好像我父亲还会站起来训斥他似的。其实在我的印象里，父母从来没有吵过他，只不过不跟他说那么多。我还记得有一个夏末的晚上，那时我读大三，回来休暑假。吃完饭我们坐在院子里乘凉。母亲一边捶着打仗时留下的伤腿，一边对我说：“你爸啊，哪里都好，就有一件事让我心里不舒服，他太对不住你小舅舅了！”当时我很吃惊，因为父母从来不跟我们聊这些话题。父母谈论家事，也都是有板有眼，跟安排工作似的。在我们家，任何话题都是有边界的，孩子们如果越过边界，肯定要挨训。不过我看母亲情绪还好，便顺口问道："爸怎么对不住小舅舅了？我看对他挺好的。""你懂什么！"母亲愤愤地停住了捶腿的动作，"你爸抬抬手，你小舅舅就不是现在这个样子了！"

如果小舅舅不是现在这个样子，那他会是什么样子呢？我想象不出来。他懦弱，孤僻，有时候还非常执拗。难道他的这种性格是父亲造成、而一直让母亲心里有所歉疚吗？但是，这些话能从我母亲嘴里说出来，我觉得不可思议。她跟我父亲都是彻彻底底的革命者，不管处理什么问题，都保持着高度的一致，从来没见他们有过什么分歧。

那时候父亲还没从领导岗位上退下来，但我们不可能去找他求证。他正统革命者的本色，在他和孩子们中间立了一道永久的屏障，他从来不屑于跟孩子们讨论这些家庭琐事。从很年轻的时候起，他就排除掉了这些低级趣味，恨不得在我们家建立一个党支部。他和母亲对我们实行军事化管理，再热的天也没人穿裤头背心，互相之间称呼一律连名带姓，不准喊小名。我们不会骂人，不会撒娇。我记不起十来岁时受了什么刺激，突然想跟母亲撒一回娇，她看我的眼神像看一个外星人，急慌慌把我推远点去。因为用力，差点把我搡坐到地上，头也没回地做活计去了。这些东西都深深地影响了我们后来的性格和生活，我的孩子也从来不跟我撒娇，我根深蒂固受不了那种腻歪。

所以母亲跟我说这些，她说就说了，我听也听了，她说到哪里我听到哪里，我不会再去打问，否则便是自讨没趣。后来我当了专业作家，二哥跟我谈起小舅舅，说他过去的事儿可以写成一本小说。我前后听了听，觉得并没有什么新鲜的，也就没怎么当回事。从他们那个时代过来的人，谁还能揣着一大把幸福呢？即使没有遇到他那样的不幸，也会有其他不幸，都好不到哪里去。

那时候小舅舅在北京当兵，新兵训练的时候，又瘦又小的舅舅成绩总是排在最后一名，因此挨老兵的拳打脚踢是家常便饭。可他总是笑嘻嘻的，一遍不行两遍，两遍不行八遍，终于成为新兵连的训练标兵。那时他是个好好学习天天向上、性格开朗讨人喜爱的人。连长觉得他是个好苗子，便把他留下来当勤务兵。他跟了连长两年，后来连长提拔为副营长，就让他在部队食堂当协理员。部队驻扎在北京万寿路附近，他每天开着车去万寿路粮店购买粮食油料，慢慢就跟粮店的人都混熟了。有一年春节他去粮店，正赶上粮店的职工办福利，每人发一袋大米、一壶油。粮店主任让他帮帮忙，把几个住得较远的职工的东西送回去。他满口答应了，谁知道其中的一个姑娘住得离粮店太远了，在慈云寺那边，京棉三厂的家属院，等于是从西往东要横穿整个北京城区。但是既然答应了，又不好意思不去。到了京棉三厂家属院那个姑娘的家，他吓了一跳。虽然在北京生活两三年了，可是真正的居民区他还没进去过。那个姑娘的家，与其说是房子，还不如说是一个窝棚，靠着前面仓库的墙壁用碎砖头垒起来的，顶子是用油毡和塑料布搭起来的。他和一个战士把东西卸下来，准备往窝棚里抬。姑娘红着脸说：“别进去了，放地下我来吧。”他看出了姑娘的窘态，放下东西就走了。

后来再见到那个姑娘，他总是觉得心里怪怪的。姑娘也是，看见他进来，就躲到旁边去了。她不像个北京人，细瘦，苍白，胆怯。有一次在粮店他装完东西正准备上车走，那个姑娘拿着一个纸包跑出来喊住他说：“你的东西丢了。”

他看了一下那个纸包，说：“不是我的。”

姑娘的脸红到脖子了，着急地说：“就是你的！不是你的是谁的？”说完，扔给他就跑回去了。

回去打开来看，是一封信和一张星期天西单电影院的票。

他们恋爱后他才知道，姑娘是上海人。她的父亲是纺织专家，北京京棉三厂从上海把他作为技术骨干引进过来。她父亲过来不多久，就被上海方面盖着红印的一封信，贬到了河南黄泛区农场劳动改造——他的历史问题没有向组织上交代清楚，解放前他父亲曾经是一个小资本家，娶过两个老婆。父亲劳改，她母亲也跟着去了，就剩她一个人留在北京。

小舅舅把这件事情郑重地写信告诉了自己的大姐，也就是我的母亲，想征求一下她的意见。看了信后，母亲拿不定主意，把信交给了我父亲。

小舅舅的信发出去不久，就接到了家里的加急电报：父病速归。他火速赶回家里，看见我姥爷气定神闲地坐在八仙桌边抽烟袋锅子。我母亲和大舅二舅也在，都用奇怪的眼神看着他。他行了个军礼，喊了声："爹！"姥爷一烟袋锅子砸过去，小舅舅的头顺着军帽往下滴血。姥爷又把烟袋锅子砸在八仙桌上，断成了两截。他拿着半截烟袋杆朝屋子里划拉了一圈，说："你没看咱们这一大家子人都是革命干部？哪有朝自己身上抹屎的？"小舅舅头都没抬，也没擦头上的血。姥爷朝这个穿着军装的儿子脸上扇了一个耳光："黄泛区农场就在咱们家隔壁，那里面关的都是些劳改犯，难道你个畜生不知道？"

就因为这么点子事儿，小舅舅被从部队弄了回来，据说父亲和大舅费了不少周折。小舅舅没告诉我二哥他跟那个姑娘是怎么说分手的。我相信，虽然那是平常卑微得不足挂齿的爱情，可是由小舅舅一刀一刀地亲手切割，也必将是一个撕心裂肺生离死别的伤痛过程。而且，那些伤痛，在那么简单粗糙的社会里，有谁会看得到呢？在那个时代的制度和困境面前，爱情往往会成为一宗罪，还会株连九族。

小舅舅在家里疯疯癫癫折腾了好几年才消停，后来也不再闹腾了，但是好像变了一个人，过去爱说爱笑非常随和，现在沉默寡言。有时候别人跟他说一件事情，他半天都没反应，所以周围的人对他越来越疏远。但是，这些都不是很重要，最为重要的是，全家人都为家里出了个这样的糊涂虫而懊丧，一家人的前程和幸福差一点毁在他手里。他捅这个娄子成为我母亲家族的一个笑料，一道伤疤。小舅舅刚从部队回来那两年，除了母亲逢年过节回去看看姥姥姥爷，我父亲和大舅二舅，一步都没有踩过他们的家门——由亲人带来的内伤，既让他们有口难言地沮丧，也让他们理直气壮地愤怒。

一直到小舅舅出车祸，都没能改变家人对他的看法。

三

说实话，小舅舅的死对我而言有多少实际意义呢？除了空担着一份亲戚的名分，我们之间可能还没有一个邻居的关系紧密。其实，亲情这些东西，怎么说呢，那是你总也拿不起，但也不愿意彻底放下的大而无当的东西。它几乎很少有实际用处，或者说，它只有无用之用。它的存在仅仅是为了失去的时候，让我们心里难过一下——事实就是如此，我们只有在非常极端的时候，比如死亡，才得以面对生活中的某些真相。

我们很少见面，从来都没写过信或者打过电话。他只能从我母亲嘴里听到有关我的只言片语，然后把这些支离破碎的东西拼贴成我的生活。我也只是零星地从母亲嘴里听到他，甚至都没有耐心听完过：他孩子怎么怎么懂事；他承包的土地结了个几斤重的土豆；他从村东头搬到了村西头，就在你三姥爷的小儿子的院子隔壁，母亲说。都是一些鸡毛蒜皮，根本挤不进我稠密得无立锥之地的生活里。

我还记得生活困难那些年，一到寒暑假父母就把我们送回姥姥家去，好节省一点口粮。政府分配给我们的粮食总是不够吃，虽然我们兄妹几个并没怎么饿过肚子，但也没有真正吃好过。正是长身体的时候，两个哥哥个子像抽条似的往上蹿，有时候母亲买的豆腐或者番茄还没来得及炒成菜，都能被他们俩偷着吃完。

姥姥家的日子肯定也不会宽裕，城里人都吃不饱，更别说农村人了。好在姥姥家村子前后都是河，河里的鱼虾很多，姥爷带着小舅舅下河捞鱼，能抵挡一阵子。他还带着小舅舅去打兔子野鸡什么的，从来没有空手回来过。那时候大舅二舅都在外面当兵，小舅舅虽然比我两个哥哥大不了几岁，但在我们眼里，他就应该无所不能。我们想吃什么，想喝什么，想玩儿什么，张口就喊他。他立马就得听从我们的召唤跑过来，稍慢一点我们就到姥姥那里去告状。他因此挨了我姥姥不少骂，有一次我二哥爬树腿上受了点伤，姥姥看见了，二话不说，抽个棍子就朝我小舅舅头上打去，把我小舅舅头上砸了个包，像一只鹿角，被我们嘲笑了好几天。

后来我们慢慢长大了，也不再欺负小舅舅了，两个哥哥跟小舅舅的感情就是那个时候建立起来的。在小舅舅结婚之前，他们从来没喊过舅，都是直呼其名。尤其是我大哥，跟父母都不愿意说的事情，都跟小舅舅商量。小舅舅出事的消息，是二哥告诉我的。二哥跟我说这事的时候，正在往小舅舅家赶。在电话里，他边哭边跟我说，这种倒霉事怎么能让小舅舅撞上呢？当时我无言以对，其实后来想想，小舅舅这一辈子，还有多少倒霉事没有撞上过？即使想干干净净地换一身新衣服，都得付出生命的代价。有些人就是这样，一辈子不管怎样努力，最后受伤的总是他。

见到母亲之前，我始终在想用什么办法安慰她。她有心脏病、脂肪肝、肾囊肿、高血压，血糖也高，反正老年病她七七八八都有一点。今年遭受的打击，搁谁身上都扛不住。不过母亲看起来还算平静，脸上不是没有哀伤，但那是一种无奈的而不是绝望的哀伤，很像枯水期的河床，留下的只是洪水走过的痕迹，而不是洪水。不过，如果稍微留心，便会发现她身上与过去不一样的东西，那种人到暮年才有的对什么都无所谓，既可以这样也可以那样，既坚韧又枯萎的神情。

我们几个坐在母亲跟前，不知道做什么好。在农村，丧事一般都有人专门打理，何时哭，何时跪下来磕头，都是一套一套的，我们得听他们指挥。我和大哥一起到家，一进门我们就站在小舅舅灵前哭，立马被人制止了，说我们靠得太近，如果泪水洒到小舅舅身上，他到“那边”还得受苦！我们俩止住哭，等待着被他们安排。仔细想想，这样虽然很不近人情，但也有一定道理，可以使悲痛一点一点地稀释——这是秩序的最伟大之处，它像一粒缓释胶囊，把欢乐和痛苦程序化，死亡被划分出了节奏，伤心只是其中的一个段落，既不能太少，也不能太多。

一会儿，两个舅舅把母亲喊到里间去了。我们坐在外面更加无聊。小舅舅的尸体还没入殓，摆在离我们不远的一张席子上。他穿着崭新鞋袜的双脚，看起来是那么生动，好像随时可以站起来跟我们走。只是朝上看，才意识到这只是一具尸体。他脸上糊着黄表纸，露出来的地方虽然化了妆，却依然是死亡的颜色。看着看着，我心里涌出了深深的惶惑和巨大的恐惧：这个我喊小舅舅的人，他到底是谁？我和他曾经有过的交集，有哪一点是值得回忆和珍藏的？有的人死后因被反复追忆而日渐清晰，而有些人，你越是回忆他，他就越模糊。

据说小舅舅穿的就是他那天去洗澡时拿的新衣服，很多人为此唏嘘和惊讶，他们对着小舅舅的遗体指指点点，我估计说的就是这个。可能是死了之后小舅舅总是绷紧的身体突然松弛了，我看着比印象中的他胖大了很多，也威武了很多。过去他每次到我们家来，总是故意紧紧地缩着身子，好像害怕侵占了别人的空间似的。他把双手夹在两腿之间，拘谨地坐在客厅里，看见谁回来都赶紧立起来，等重新让了座之后再坐下去。要是我两个哥哥在家，他们就把他接到自己家去。他一走，我们都会松一口气。

不知怎么的，大舅在里间嚷起来，声音大得吓人。立马，外面说话和哭泣的声音都停了，还有几个人跑过来，立在屋门外，探头探脑地往里张望。“这次我就做主了，谁说也不行！”他声音里明显有着一股好像被压抑了很久的委屈。

我和两个哥哥赶紧跑过去，看见母亲坐在床沿上，大舅和二舅都站着。大舅扭着头看着墙壁的空白处，脖子青筋暴起。我从来没见他发过脾气，尤其是在我母亲面前。我的几个舅舅都非常敬重我的父母。

原来是两个舅舅跟母亲商量着想把小舅舅的丧事办得隆重点。母亲的意见是，尽量简办，快到年关了，人手不好找，别太麻烦村里的人。二舅倒没再坚持，平时他也不是固执己见的人。大舅不同意这么办，他的意见是：一要请一班古乐队好好吹打吹打，为三弟赶赶晦气；二要买一个好一点的桑木棺材，越厚越好，只有这样才能对得起小舅舅。

“老三没过过一天好日子啊！”大舅把手背拍在另一只手掌上，委屈又加上了悲情，“如果后事再安排不好，我们的脸面往哪里搁？”

“都什么时候了，还想着你们的脸面？”母亲激动起来，然后抬头看看外面，声音小了下去，“如果你执意要弄，我也没办法。你姐夫走的时候，弄了个杨木棺材，也没见谁说什么。咱爹娘走，是二老自己提前看好的桐木板材。人都死了，为什么非要弄那么好的棺材？也不是怕花钱，现在村子里找谁能抬动这么重的东西？”说着说着，母亲又激动起来，“尤其是这个古乐队，你不知道你三弟一辈子爱清净，不喜欢这咋咋呼呼的东西吗？”

大舅不听母亲说完，突然走出去，站在院子里，又说了一遍：“他一天好日子都没过过啊！”母亲呆坐在那里，一句话都没再说，一直到吃饭都没动——农村的规矩是必须吃过午饭，过了午时才能送逝者上路——小舅妈过去劝她，她只说不想吃，就不再多说了。我们兄妹几个都没有劝她。我记得姥姥死的时候，小妹让她吃饭，她说：“现在你姥姥还在炉子里烧得轰轰响，你说说我怎么吃得下去？”一句话说得我们都放下筷子，谁也不好意思再吃了。

四

把三个舅舅送出去当兵都是我父亲的主意，那时候不兴考学，当兵是走向革命道路的捷径，也是农村孩子走出去的唯一出路。我父亲说，如果一个人不在解放军的大熔炉里锻炼一下，就是一个废物。后来我两个哥哥也都当了兵，还有一个上了战场，好歹捡了一条命回来。三个舅舅很争气，在部队都干得不错，如果我小舅不是迷失了政治方向，也会有一个跟大舅二舅一样圆满的结局——找一个城里的姑娘，生一窝吃商品粮的孩子，一直被国家包养到断气。舅舅们争气得归功于我姥姥姥爷的家教。要说他们管孩子的方法既不新鲜也没有套路，主要是打骂，尤其是我姥姥，管孩子甚下得去手，不把孩子打改了就不撒手。也是奇了怪了，谁挨的打多，谁就越成材。让姥姥姥爷后悔不迭的，就是我小舅是老儿子，小时候挨打太少。

姥姥和姥爷两个人在做人方面那是没说的。从我记事起，就知道他们乐善好施。孩子们谁从外面带点好吃的回来，全村人吃不上的估计就只剩下他们两个。姥姥颠着一双萝卜头大的小脚，拿着东西送一个庄子。姥姥姥爷德高望重，满村子谁不知道姥姥家的儿女个个都争气？那时候农村人都买不起药，有个头疼脑热的，都来找姥姥姥爷借几块钱。谁家娶媳妇嫁闺女，手里措抹不开，也都是张口跟他们借。说是借，其实几乎没有还回来的。姥姥从来都是有求必应，跟个观音菩萨似的。

后来我才知道，小舅舅刚刚从部队回来的时候，母亲也跟父亲说过小舅舅进城工作的事。可任凭母亲怎么说，父亲就是不答应，他的理由是，这样的人在部队靠不住，在地方上就更靠不住了！“靠不住”是什么意思？现在的孩子们很少能懂，但在当时，这句话的意思大家都明白，那是政治挂帅的年代里最要命的一句话——毛泽东说邓小平“靠不住”，几乎要了他的命——基于这样的理由，母亲也不好再说什么。所以小舅舅回来，还是个地地道道的农民。再后来，大舅二舅先后转业到地方上当领导，要说给小舅舅找个工作也不算什么。我母亲也跟他们提过，大舅二舅坚决反对——那时候农村已经开始分土地了，姥姥姥爷又在乡下，家里也得有人照应。小舅舅一直到三十多岁才结婚生子，这在当时的农村是比较少见的，至于个中原因，各种说法都有，反正表面上看起来是高不成低不就。后来我看到二哥写的一篇怀念他的文章，说他进城的念头一天都没有断过；之所以后来结婚生子，是因为绝望。我未置可否，但也深信不疑。曾经有一段时间，有些地方政府卖城市户口，小舅舅背着哥哥姐姐东拼西凑了一大笔钱给自己的儿子买了一个。有一次他到我们家来，母亲问他这事。他低下头，脸红了半天，到底没说一句话。母亲拿了点钱给他，他当时接下了，可走的时候又偷偷地塞在了母亲的枕头下面。

我上中学之后就很少再去姥姥家，那时已经开始实行考试，很少有个人时间，只是过年的时候才随父母去一趟。母亲为了让她姊弟们一年团圆一次，每次我们回去的时候她都通知在城里的舅舅一起回去，往往一到家就是老老少少几十口人。小舅舅和小舅妈里里外外忙活着，我们很难插上手。两个舅舅总是吃完饭就走，大舅妈二舅妈都是城里人，待在农村不习惯。有一次大舅妈带着小孙子回来，刚刚下车不到十分钟，就嚷嚷着要回城里去，说在乡下太冷，小孩子受不了。

大舅二舅回城的时候，小舅舅把两个哥哥的车子塞得满满当当的，都是当地的土鸡土猪腊肉什么的。我们走得很晚，父母亲要陪姥爷姥姥说说话，走的时候还要给他们留点钱。两个哥哥总是要给小舅一份。小舅面红耳赤地跟他们争执着，不肯要。

有一次走路上，二哥小声地跟我们嘟囔，大舅二舅太不像话，不回来是不回来，回来就是要东西，平时连香油面粉什么的都回来要，连他们的儿子想要什么东西，都是回来找小舅舅。小舅舅承包了两个塑料大棚，收成的东西先被他们拉走一大半。后面的话被母亲听到了，她狠狠地呵斥了他一顿。倒是有一次，不知道怎么的，母亲跟我和小妹聊起姥爷姥姥，说着说着自己哭起来了。她问我们："为什么你姥姥姥爷不愿意到城里来？"这话说得，好像我们对此事应该负责似的。我们俩一齐摇摇头。母亲说："他们寒心哪！"那时我们对这些家长里短的东西还不大懂，母亲说的又不是很明白。好像是他们到城里去，两个儿媳妇很不待见。"暗气不好生。"母亲说。

但母亲跟我们说的主要不是这些，她只是想告诉我们，姥姥姥爷很会顾全大局，把家族的面子看得很重。"没有面子，何来的里子？所以家庭和睦比什么都重要！"——我和小妹都已相继结婚生子，这是母亲教育我们的方式。

农闲的时候，姥姥姥爷就让小舅舅带着他们到城里两个儿子那里去转一圈，说是城里的儿子媳妇捎信让去住几天。从城里回来的时候，小舅舅总是专门去买很多花花绿绿的糖果糕点什么的带回来，让姥姥再逐家逐户去送。"哎呦！这都是两个媳妇争着抢着非要买不可，不带回来还不行！你们尝尝中不中吃！"姥姥一户一户地跟村里人说。我妈给她买再好的东西，她都没跟人提过，不管人家夸奖他们家什么，都是媳妇的功劳。全村人都知道姥姥找的媳妇都孝顺，说，儿子好不如媳妇好，您老人家算是熬出来了！

随着年龄的增加，埋在这个外表风光的大家族表象之下，也就是"面子"之下的东西，我才慢慢地体味到。不过，那些东西既是普遍的、中性的，也是无可奈何的，更是无以言说的。

有时候，我会突然想起那天母亲问大舅的那句话：“都什么时候了，还想着你们的脸面？”听着真是又解气又伤感其实仔细想想，难道我的父母在这些事情上没有责任吗？把小舅舅弄回来是因为他们的面子，不让他进城是为了他们的面子，他死后怎么安置还是为了他们的面子。从来没人会想到我这个窝窝囊囊一辈子的小舅舅也有自己的面子。而且，也不仅仅是面子问题，如果没有我的小舅舅在家伺候老人，支撑门面，为这个家族默默地垫背和牺牲，哪还有什么家族的荣耀？

那天在母亲的坚持下，古乐队没有请，但是在棺材问题上母亲妥协了。可是后来证明母亲是有远见的，那么重的桑木棺材，按照大舅的安排，外面还涂上了沥青。本来是八个人抬的，最后增加到十六个人也抬不动。村子里根本找不到那么多的青壮年，只好用一台拖拉机把棺材拉到墓地，朝下卸的时候，还砸伤了一个少年人的腿。棺材里装的只是小舅的骨灰，占据着几乎可以忽略不计的空间。

办完丧事回去的时候，我还和大哥同乘一辆车。走到埋葬小舅的地方，他突然把车子停住，走了下来。到小舅坟前他并没有停下来，一直往前走到河边。我默默无语地跟着他，本来我们兄妹在一起话就不多，现在更找不到合适的话语。

大哥在河边站了一会儿，然后回过头来看着我说：“小舅舅跟谁都没提过，他从部队回来，偷偷找过父亲，求他给安排个工作。可是，你知道父亲是怎么做的吗？”他长长地叹了口气，迟疑着，两只手抖索着握在一起，“父亲只是抬头看看他，理都没理，拉开办公室的门就出去了……”

起风了，虽然很小的风，但是像刀子一样刺人。河边结着薄冰，只有河中间水还在缓慢地流着。

“……父亲死，小舅舅当着人的面没哭，他在我家哭了一夜。其实他内心非常敬重父亲。他觉得父亲人正派，对姥姥姥爷好，对母亲也好。”大哥突然蹲下来放声大哭。我回头看看周围，没有一个人。“我们回去，他不管什么事都停下陪我们。可是他来办事，我抽不出丁点时间陪他。有一次他刚走就下大雨，我怎么找都找不到他。”

我心里有一种异样的东西翻动了一下，好像心底深处的东西被翻了上来，就像眼前的河，有冰块，也有水流，搅动着，冲撞着。不过，那又怎么样呢？他也来找我办过事，办的什么事，办没办，记不得了。只记得他浮肿的脸，带着许多歉意，会突然出现在我面前，然后又突然消失。那是一种非常奇怪的感觉：当那个面孔出现的时候，你只想着快点打发它；而它一旦消失了，你又怅然若失，心里有很多遗憾。

“小舅舅对自己的死是有预感的，出事的前一天，很晚了他给我打电话。我问他有事吗，他说没事，可就是不放电话。后来我找个借口，说有事要出去，才把电话挂断……”

我的鼻腔里有一股热流穿过，眼前的一切都模糊了，但心里的东西却慢慢清晰起来。我想起来了，姥姥想跟我说的话，不是老早老早就告诉我了吗？姥姥说，人啊，只有享不了的福，哪有受不了的罪？姥姥还说，这一辈子过不好，还有下一辈子，只要存住气，好日子总有一天会轮到。

我靠着大哥坐下来，把他颤抖的手放在我的手里握着，从记事起我就没有这么亲近过他。冰凉的土地上，密密麻麻的茅草根串在一起，一直延伸到河边。小时候我跟着小舅舅和哥哥一起挖过茅草根，顺着它粗糙的身子往下找，能看到它细嫩柔软的根茎一节一节地躺在黑黝黝的土壤里，谁也说不清楚它在地下到底能扎多深。我还记得小时候跟着放寒假的哥哥回来，我夜里受寒发烧，家里没有退烧药，姥姥让小舅舅出去刨了很多茅草根，用它熬了一大碗红糖水。我看着黑红的汁液，哭着闹着不肯喝。小舅双手捧着喝了一口，装作很陶醉的样子，说，甜，你要再不喝我就喝完了！我趴在碗边咕咚咕咚喝下去，浑身慢慢热透了，出来一身大汗。

（原载《北京文学》2013年第11期）

一个故事的两面

贺　奕

早餐时，晏妮失手打翻了一杯牛奶。一部分牛奶从键盘间的缝隙流下去，到头来她的手提电脑再也开不了机。她只好趁着这天上班的午休时间，把电脑送进了公司附近的一家维修店。店员拆机初检后告诉她问题不大，但要换几个烧坏的元件，有可能还要重装系统，最快也得一天才能修好。

最近一段时间，边俊的笔记本电脑老是突然黑屏。不止一次杀毒，问题照样存在。听美容美发店的一位同事告诉他，这条街上不远就有专修电脑的地方。于是，等到下个轮休的日子，他带着笔记本找上门去，才发现修电脑并不像他想的那样立等可取。

第二天中午，听到熟悉的开机音乐在柜台上如常响起，晏妮悬着的心总算落下。桌面上只剩寥寥两行图标，再也不复从前各种文件和图片堆满大半个屏幕的乱象。晏妮正要询问修理详情，这时身上的手机响了。她一边压低声音跟人通话，一边匆匆付费，也没顾得上再做检查，就将电脑合上收进包里。要知道这台电脑，正是给她打来电话的男士半年前送她的生日礼物。昨天出的意外曾让她隐隐觉得是个不祥的预兆，但此刻对方一番柔情蜜意的嘘寒问暖，转眼便驱散了她心里的阴霾。

边俊接到维修店的电话通知已是第二天下午。那时他正在店里忙得脱不开身，又不想多等一天，就拿出单子和钱，拜托给客人洗头的一位小同事替他跑了趟腿。电脑取回来后放在员工休息间，他也没打开看过，他的心思全落在一位名叫周雨微的女顾客身上。虽说边俊只是店里级别最低的美发师，但周雨微每次来都会单点他为自己服务。边俊深恐辜负这份信任，为她打理头发时总是格外用心。忙碌中，他透过镜子发现女人一直在用半是怜惜半是迷恋的目光盯着他看，这让他心里既温暖，又有些小慌乱。

但凡既无加班也无应酬的夜晚，晏妮多数时候都会一个人在街上闲逛一气，然后回到租住的房子，以一盘自制的水果沙拉权充晚餐。其实过去的一天，她收到过不下七八个邀约，但她实在不想跟那些不对感觉的追求者空耗时光，或者在朋友安排的相亲聚会上重复体验失落。她觉得唯有这样自甘孤独，才对得起她真正心仪却无法厮守的那位男士。看完电视上一档谈话节目，她想上网查看一下邮件，打开手提电脑，忽然发现文档里竟有一大堆从没见过的文件夹。

边俊的住处是在一套合租房里一个阴暗逼仄的单间，加在隔断墙上一张晃晃荡荡的门板，给不了他多少安全感。在带着一整天累积的疲劳入睡之前，还有一段孤寂的时光需要打发，于是他很自然地打开笔记本。令他吃惊的是，桌面上多出了好几排不可能属于他的图标，而且找不着常玩的几款游戏。他赶紧给替他取电脑的小同事打个电话，对方却被问得满头雾水。

愣神片刻后，晏妮明白过来，这根本就不是自己的电脑，虽然外观一模一样。难怪她取电脑时就觉得哪里不对，但光顾着接电话就没去多想，原来是维修店把她和别人的电脑弄混了！她赶紧翻出单据拨打联系电话，就想痛骂一番店员的粗心、愚笨和不负责任，哪知道耳边只传来近乎冷笑般的自动应答声，告知只有上班时间才受理来电。

等意识到是维修店把别人的电脑错给了自己，边俊一时只觉得好笑。那台电脑是他从二手市场上淘来的旧货，跟人家这款上市不久的新机型根本没法比。但再细想，他不由得又紧张起来。那天店员让他留下电脑时，他就短暂地犯过犹豫，怕他存在里面的东西被人一览无余。现在看来，当时的担心其实是种准确的预感。

晏妮很是懊恼，怪自己取电脑时没多留点心。现在唯一指望的，就是这台电脑的主人还没来得及去取回它，因此在明天一早维修店开门之前，她的电脑都会一直静静地待在某个角落里。当然也不能排除另一种可能，就是对方取到电脑后发现比自己的高档和值钱，决意据为己有，反正从留在店里的手机号上也查不出姓名身份。想到这里，晏妮的担心油然而生，毕竟电脑里有些她不愿被人窥探到的隐秘。于是，怀着对眼前这台电脑主人的强烈好奇，她忍不住轻拨鼠标，闯入一片本不属于自己的领地。

按照老板的要求，边俊和同事们都必须在工作中通过闲聊了解熟客们的各种信息，并一一记录下来，以供老板将这些信息汇总，再转卖给房产、保险、理财之类的商业机构。让边俊不无惶恐的是，一旦他存在电脑上的客人资料外漏，店里的秘密曝光，那老板绝对轻饶不了他，他很可能都没法再在北京立足。出于防患的必要，他迫不及待地想要了解眼下这台电脑的主人到底是谁。就像入室行窃的小偷翻箱倒柜一样，他打开一个个文件夹，只想尽快摸清对方的底细。

透过为数不多的一些照片，对方的形象在晏妮眼中渐趋明朗。这是一位25岁左右的男人，瘦削的身板，过于白皙的肤色，遮没眉头的厚重刘海，像是精雕细刻般的近似于女性的五官，毫无疑问都不合她所喜欢的男人类型。此人在具体位置不详的一家美容美发店工作，标配的黑或灰色小西装常年穿在身上，似乎已让他的骨骼结构发生某种可笑的变形。

没过多久，对方的生活就在边俊面前展开一幅巨细无遗的画卷。这是一位快满29岁却依然单身的女人，在一家设计事务所上班，活动区域跟他部分重合，都在五道口一带。看她私密照片上的长相和身材，确有几分值得自恋的资本，但对见惯美女的边俊来说却构不成杀伤力。她每周一到两次健身或游泳，对日式料理、豹纹C字裤和各种天然材质的小配饰情有独钟，迷信数字7能带来好运，正想方设法对付脚后跟的死皮。

晏妮特别注意到硬盘里有些格式统一的表格，记录的显然是常来店里的客人们的信息，有详有略，不少地方还是空白，但重点都落在家庭财产或夫妻关系的隐私方面。她匆匆浏览一份像是同事间的聊天记录，里面提到如能劝说客人去听风水课，并接受早已对客人情况了如指掌的“大师”要价高昂的点拨，老板就能拿到一笔可观的提成。晏妮不禁眉头紧皱。

只有一点发现让边俊意外：女人置身边成群的追求者于不顾，却似乎正和一位大她15岁的有妇之夫保持着地下恋情。从两人的聊天中看得出，男人是某一领域中颇有地位的人物，事务繁忙，只能不定期约她去一个不对外公开的会所见面，偶尔也会来她住处。问题在于，边俊拿不准这两人到底是哪种性质的关系。

晏妮已经决定，等明天一早回去维修店再说，这时手机上忽然接到一条陌生人发来的短信。她看到内容有点慌神，同时又抱着一丝侥幸心理。但随即，在对方表现出的粗鲁和强横面前，她也不得不筑起防线。

修理店好像把咱俩的电脑给弄错了，你是不是拿了我的？

应该是。你是从店里问到我号码的？

店里早没人了。

那你进过我的电脑了？

你就没进过我的吗？这个不重要，赶紧换过来不就行了！

那等明天吧。

等什么明天？分分钟的事，不如现在就约地方碰个头。

还是明天吧。

边俊急于说服女人，索性直接拨打对方的手机。没想到连拨几次女人就是不接，他按捺不住地变得狂躁起来。他再发一条短信，改用赤裸裸的威胁口气，说女人要是不同意马上见面，就别怪他把她跟那个老男人偷情的事抖搂出去。

晏妮大惊失色，没料到对方会做出如此激烈的反应。如果真把她电脑里的聊天记录挂到网上，肯定会让那位男士身败名裂。她本想屈从于对方的要求答应见面。可一想到对方身份不明且满怀敌意，再加上从报纸网络读到过的各种凶案从脑际蜂拥而过，她不禁担心起自己的轻率很可能导致送命。延宕片刻，她不甘示弱地回了一条短信，说出卖客人隐私获利的做法不但卑鄙下流，也已经构成犯罪。

第二天整个白天，边俊都没联系过女人。被人捏住把柄的感觉让他既窝火又无奈。他也不敢确定，如果继续放话威胁，会不会逼得对方真干出什么对他不利的事，比如说让她有钱有势的大佬男友出手来收拾自己。傍晚时，周雨微又来到店里，这回是带着一位年龄相仿的女闺蜜来让边俊染发。边俊知道她是想帮他拉抬业绩，默默用目光表示了感激。剪发时周雨微就坐在一旁的空椅上，陪着闺蜜说笑，时不时还会夸赞一番边俊的手艺。她看出边俊有些闷闷不乐，问他是不是有什么心事。边俊迟疑片刻还是收住了口，毕竟那些表格中也有周雨微的一张呵。

晏妮一直没有等到对方的回复，担心自己的话说得太重，或许已经断绝了换回电脑的可能。午饭时，她接到那位名叫宋源彬的男士打来的电话。他说刚刚确定两个月后要去瑞士开个会，准备提前为她办好旅游签证，到时她请假先去那边等着他，会一完他再赶去跟她会合，这样两人就能无拘无束地一起过上几天了。晏妮的情绪有点低落，引得不明情由的宋源彬赶忙自责，说他在北京受的牵绊太多，平时疏于给她直接的关爱照顾，不得已才想出这么个主意。他紧接着表示晚上就想见她，晏妮却推说公司有事。其实，她只是觉得无法带着心理包袱去面对他，也拿不准该不该把眼下这桩离奇的遭遇如实相告。下班后回到住处，看着桌上那台让她嫌憎的电脑，她心里一下窜出一股火气。她当即给电脑主人发去一条短信，提出约地方见面，就在今晚！

边俊置身于十字路口一块巨大而晃眼的灯箱广告牌下，一边来回小步溜达，一边打量着过往的行人。约定时间已过十分钟，还是不见女人的影子。他脑子里正冒出一些令人不安的猜想，这时手机响了起来。他按照女人的指点，将目光投向停在路边的一辆出租车。他看到打开的后车窗里有只手向外伸出，能感觉到这一动作不含任何礼节性的成分，仅仅是昭示一下所在的位置。他走过去，认出了那张在电脑屏幕上见过的脸，感觉在周边朦胧灯光的映照下显得过于刻板和紧张，甚至有点变形和难看。

跟照片留下的印象比起来，晏妮觉得走近出租车的男人身板更显单薄。而且，借着路灯看到他那张清秀得有如从漫画书上复制而来的面孔，她顿时相信这样一个男人不可能干出任何出格的事，自己先前的担心纯属多余。但她依然正襟危坐，不动声色，直到男人从手提包里取出电脑递进窗口，她接过来放在膝头，翻盖确认无误后，才将对方的电脑从窗口递了出去。

看到女人的一整套做法近乎完美地杜绝了发生意外的可能，边俊不得不叹服于她心思的周密。他看到女人盯着自己，似乎想启齿说点什么，却终于还是放弃。他听到女人招呼一声司机，出租车随即启动，转眼离他远去。不知为什么，这一刻他忽然觉得心里有点空落落的。

对于晏妮来说，这事就算过去了。她宁可当它从没发生过。她的日子还在照着原有的轨迹运行，上班，开会，出差，和形形色色的客户见面，偶尔才在其中的某个空隙和宋源彬短促地相聚。请假去欧洲的计划不得不取消了，原因是宋源彬的妻子提出陪他同去，晏妮对此只能默然接受。在她和宋源彬的关系中，得而不喜，失而不悲，已成为她的常态。真正让她意外的倒是，电脑换回来差不多一个月了，她手机上的聊天软件忽然接到一条加好友的邀请。她这才重又想起来那个快要淡出记忆的夜晚，想起来那个在街头有过一面之缘的苍白忧郁的大男孩。

咱们也算半个熟人了，你同意吗？

那又怎样？

我遇到了一点感情问题。我想，你也许愿意帮我分析一下，拿个主意。

为什么找我说？

我找不到可以说的人，我在这城市没有朋友。还有就是，我觉得感情的事，你看得比我要透。

为什么这么说？不要以为你进过我的电脑，就觉得了解我了。

咱们是有过一点误会，但我就是这么觉得的。

那我告诉你吧，感情的事只能自己面对，没人可以替你做主。

边俊见晏妮并不拒绝跟自己说话，便开始一点一滴地谈起他和周雨微的交往。这是一位大他七岁的女人，有过一段为时两年的失败婚姻，没有孩子，目前在离五道口不远的一条街上开有一家相当高档的鲜花礼品店。他说周雨微从见到他的第一面起，就表现出不加掩饰的好感，而随着接触的增多，他也深深喜欢上了这个豪爽大气却又不乏温情的女人。然而，身份地位的差异悬殊，让他自觉没有资格跟对方交往，更不要说直接表白。同时，她也摸不准周雨微到底怎样看待两人间的关系。

你倒卖客人资料的事，她知道吗?

不知道。那都是老板叫我们干的，不过我把她的资料尽量改成错的了。我不希望她受损害。

你要对其他客人也有这份心就好了。

我也不想这么干啊，可没办法。

晏妮觉得边俊的话里有种稚拙，有种脆弱，有种无助，让她不由自主地心生怜惜。接下来的几天，她在工作的余暇有一搭没一搭地跟他聊了起来，问起女人对他说过些什么话，有过哪些不一般的表现。以她的判断，女人无疑是喜欢他的，但是——

但是什么?

她可能对该不该跟你进一步发展感情，还在犹豫。她把这个那个闺蜜带到店里叫你打理头发，其实就是想趁机试探下她们对你的看法。

那你觉得，我和她有可能吗?

你说的可能是指什么？上床？确定恋爱关系？还是结婚?

怎么说呢，我希望跟她能够长久。

多久才算长久？问题是你能为你们的感情提供长久的保障吗？现

在她是看着你觉得养眼，一时痴迷于你，但这股痴迷劲早晚会过去，到那时你还能带给她什么？你总不至于让她把你当只宠物养起来吧？

甚至就在给客人服务的过程中，边俊也会不时溜进洗手间，看看晏妮有没有给他新的回复。按照她的建议，一天下班后，他主动走进了以前只是隔街遥望过的鲜花礼品店。他的光临显然让周雨微既意外又开心。她把店里的事向员工交代两句，邀请边俊跟她一起去参加一个聚会，说反正其中有位闺蜜是他见过的。她开上自己的宝马车，带他来到成府路上的一家五星级酒店。在那里的红酒坊向朋友们做介绍时，她半开玩笑地把他说成是“我的发型师”。无可否认，这是边俊到北京后的一年多里最受打击的一次经历。作为来自内地小城市，来自父亲下岗而母亲无业的一个贫穷家庭的孩子，他终于看清了周雨微的生活平台距离他有多遥远，看清了自己在她和她那些有钱朋友们面前什么都不是。当他学着其他人的样子仰头喝下红酒，他尝出的只是无限悲伤的滋味。按照晏妮的说法，如果他真想跟周雨微走在一起时不至于抬不起头来，他就必须改变自己卑贱的命运。但这有可能吗？

晏妮觉得她的很多话表面上在说边俊，其实也是在说她自己。她从不希望自己完全依附于某个男人，也绝不会执着于一纸婚书。或许正是这个原因，才让宋源彬这位时刻处在聚光灯下的成功人士可以心无挂碍地跟她交往。遇到这样一位男士，她宁可只享受男女关系中与成熟、睿智、渊博、情趣相关的部分，而免于承担家庭生活的种种俗务。有一天，边俊忽然问起她和“那个姓宋的”怎么样了，虽然语气让晏妮有些不爽，但还是促使她头一次将话题转到自己身上。她说早在读研的最后一年，她就曾给宋源彬的公司投过求职信，但直到三年前的一次酒会上才跟他真正认识。她说她平常工作中接触到的男人不可谓不多，迫于父母催逼也参加过不少回相亲，却始终没有一个男人能取代宋源彬在她心中的位置。她承认自己中了一种叫做宋源彬的毒，有可能这辈子都再也不会爱上别的男人了。在她讲出这些的时候，边俊也给不出任何意见，只能回应以“啊”、“哦”、“是吗”、“这样啊”之类虚泛的感叹。晏妮意识到自己竟然在向一个完全陌生的人倾吐一直深埋心底的秘密，一时觉得不无荒诞，却又体会到一种从未有过的轻松感。

晏妮的话让边俊下定决心要挣钱。只要能挣到一大笔钱，在同一条街上也开一家美容美发店，一定能让周雨微对他刮目相看。那时，她的那些朋友们再也不能像在红酒坊的那晚一样，都用混合着轻忽和讥嘲的表情来对他。当然，他也知道，就凭他在三流技工学校学到的那点粗浅的手艺，还有籍籍无名的普通发型师的头衔，想要挣到大钱无异于做梦。可为赢得周雨微的爱情，他决不会吝惜任何付出。一时间，他觉得浑身的血液仿佛成了某种燃料，被心头的欲望之火哗哗点燃，直烧得他产生出一股不怯于自我毁灭的冲动。这天下午，店里又来了他的一位熟客，是个四十出头、面色白净的男人，衣着一如既往地考究。以前有一次，这位男人在他理发时，竟然隔着围布用手摩挲起他的大腿。当时边俊只是赶紧闪开身子，没有出声，但那以后每次看他再来店里，都会把他让给同事。此时边俊一反常态地迎上前去，男人盯着他愕然片刻，随即便欣然就座。理发过程中，边俊对男人有问必答，态度不卑不亢，也不多说一句题外话。当男人提出请他下班后一起去酒吧坐坐时，边俊手上的动作停顿了一下。他再清楚不过，一旦答应对方对他来说将意味着什么。

往后差不多有一个月，边俊没再联系过晏妮。晏妮偶尔想起他来，心里倒无端地多了一丝挂念。她很想问问他的近况，可又实在抹不开面子。就算两人都生活在五道口，又曾因为维修店的一个差错偶然地结缘，但终归只是两个各行各路的陌生人而已。这天晚上，晏妮为赶写一份项目计划书加班到很晚，打车回住处的路上，正好经过那面巨大的灯箱广告牌。就在她心念一动想起边俊的时候，手机上竟像通灵似的收到了他发来的信息。晏妮心里涌过一道浅浅的暖流，虽然接下来他写的每句话都叫她不舒服。

你和那个姓宋的，还是赶紧断了吧。

怎么突然想起说这个？

今天在店里听一个女客人说起他，她认识他老婆。

你们还在干搜刮客人资料卖钱的缺德事？

不是那回事，这次我是专门为你打听的。姓宋的出身很贫寒，他能起家全靠他老婆家里有背景。

这些上网一搜就知，怎么啦？

可我听那女客人说的话，我敢断定姓宋的不会为了你舍弃他老婆。你和他是没有希望的。

我自己的人生，自己决定怎么过。跟你说吧，就算我跟他永远不可能结婚，就算我们永远只能保持这种秘密的关系，我也会觉得心满意足，觉得幸福。

这样下去只会耽误你自己，你玩不起这种游戏的，你该清醒一下了。

还轮不到你来教训我吧！

如果说边俊对晏妮还有那么一点点关心，那是因为他相信只有她才会真正理解自己的做法。他在网上匿名发帖，吸引同性恋者跟他联系，先是相约见面，等对方痴迷于他想要发生关系时，便会开口索要高价。接下来要干的事对他来说形同噩梦，不过运气好时，一个晚上就能挣到做美发师半个月的工资。即便如此，他也不想放弃店里的工作。现在反倒是这份看起来极其卑微的职业，能赋予他一份最起码的尊严。更何况，这还是把他和周雨微的生活联结起来的唯一纽带。

以往，宋源彬不管多忙，每天都会挤时间和晏妮联系，不是通过聊天软件，就是直接拨通手机。然后，差不多一到两个星期，他会根据自己繁密的工作日程，见缝插针地约她密会一次，条件许可的情况下，两人还会短暂地享受一番肉体的欢愉。然而，突然连着两天，晏妮没有得到他的任何消息。她想起边俊说过的那些话，不由得重新审视起这段她无力掌控的关系。到了第三天，她开始犹豫要不要主动询问一下，以确定宋源彬是否生病或遇上什么急事，却忽然收到他的一条短信。短信上说考虑再三，还是无法抛开家庭责任，而延续之前的交往方式对她很不公平，也会妨碍她寻觅自己的幸福，因此只做普通朋友对双方来说或许更好。与短信的内容相比，晏妮更感疑惑的是那种外交辞令般的冷漠，完全不像出自那个对她尽显过温情、幽默、率直和通达的男人之口。她当即拨打宋源彬的手机，但他没接，却在几分钟后发回来一条寥寥数语的短信，说他目前正在国外，要她照顾好自己。

夜晚，边俊的外出越来越频密。每一次，他都觉得身体里像是插进了一根通红滚烫的铁条。每一次，他都觉得内心又加深了一分永难消弭的灼痛。他想象自己被一根隆隆开动的履带碾过，又想象自己就是那履带本身。到了白天，他常带着一脸的憔悴来到店里，眼神明显黯淡，极少跟同事说话，也无意跟客人闲聊。遇上没活干的冷清时段，他会索性钻进员工休息间，倒在沙发上呼呼睡上一觉。

晏妮与宋源彬的关系可以说是戛然而止。虽然这一结果作为不言自明的可能性早已埋存于两人中间，但真到变成现实，还是让晏妮难以马上接受。她唯有靠自己止痛疗伤，尽力振作，尝试去接触不同的男人，并一点点修订着自己对于两性关系的理解。

心力交瘁让边俊大病一场，连着好几天没去上班。恰好这期间周雨微去过一次店里，得知他请了病假，马上在电话中提出要去看他。正蜷缩在床上的边俊感动得快要落泪，却又只能横下心来婉言谢绝，因为他不希望她踏足到这间散发霉味的小屋，看到他最不堪示人的悲惨一面。他知道这场病起于他对自己肮脏肉体的嫌恶，但周雨微一番温存的话语却再次激起他对未来的美好遐想。是的，他只有撑下去，撑下去，哪怕与命运死磕到底。

这天加完班已过晚上九点，形单影只的晏妮走出写字楼，望着五道口璀璨灯火下纷纷攘攘的人流，突然间产生出想去找到边俊的冲动。不过她不希望被他察觉，只求看一眼工作中的他是什么样子，顺带再推测一下他在感情方面的进展。她还记得他电脑上的聊天记录里提过一句，从他上班的地方到五道口城铁站仅需五六分钟。以这条作为参照，再凭着对他自拍照上的环境依稀尚存的印象，她很快找着了一家大体对得上号的美容美发店。她驻足在一段距离之外，隔着落地玻璃窗眺望店内。她注意到店员们穿的小礼服不是她在边俊身上看过的那款，正在怀疑自己的判断，视线陡然间落在一张从店门一闪而出的面孔上。她当然认得他是谁，而且看他衣着光鲜，收拾得非常精神，断定他是去跟那个开花店的老板娘约会。她很好奇那女人是个什么模样，同时也想为心里的疑问找到解答，便悄悄尾随在后。

边俊踽踽独行，在城铁站边转过街口，来到一家兼带舞池的酒吧。这里的光顾者多为留学于附近大学的各国老外，跟他约好见面的一位白人男青年正等在光线昏暗的一角。白人男青年说的汉语实在蹩脚，加上从地下舞池不断传出震耳欲聋的音乐声，两人的谈话不得不时时中断。已经喝得微醉的白人男青年索性一手搂住边俊的肩膀，狎昵地将嘴贴近他耳边，另一只手则在他身上来回抚弄。边俊并不抗拒，反而以一种仿佛超然事外的冷漠眼神睥睨着对方，同时嘴型坚定地报出自己的要价。

白人男青年先是谄媚地恳求一番，随即勃然变色，将边俊一把推开，还冲他咆哮了几句，可看这样依然不能让他改变心意，最后只好又自己服软。

晏妮饶有兴致地跟着边俊进了酒吧。她在吧台边找了个空座，让脸部遮没在阴影里，以便可以从容直视不远处的边俊。但眼前发生的一幕让她实在难以置信，久久瞠目结舌，直到那位白人老外拉着边俊的手走向酒吧门口，她才恍然明白过来——原来边俊根本就是同性恋！他来这儿不是跟女人约会，而是向男人卖身！这样看来，他先前跟晏妮说喜欢那位离异的花店老板娘，想跟对方结婚之类全是骗人的鬼话！而晏妮竟还傻到信以为真地为他和那女人的相好出谋划策，看来不过是充当了他诈骗后者钱财的帮凶！想到这里晏妮浑身直打冷战，震惊、痛苦、愤怒、羞愧、悔恨一齐涌上心头。她咬着下唇斥骂一声自己，赶紧起身追了出去。

边俊是在白人男青年的住所被警察抓获的。那时他正赤身裸体趴在床上，被弄到出血的下体带给他难以忍受的阵阵痉挛和疼痛。警察命令他穿起衣服，将他带出所在的公寓楼。他看到楼门外已聚集起一圈面目模糊的围观者，随即听到当中传出一个女人低沉而果决的声音："对，就是他！"这声音初听十分陌生，回味一下又有点熟悉，但他就是想不起到底出自何人。他被推上一辆警车的后座。随着车门砰的一声重重关上，他感到心中那个支撑着他一次次渡厄历劫、魅惑着他去开启崭新人生的美梦，在这一刻

曼啊曼

付秀莹

一

开编前会的时候，小梨接到了大姐的电话。

老鞠正在对新闻部那拨小年轻杀瓜切菜。书架上，那丛水竹绿得泼辣，又有一簇簇新叶正在抽出来。透过茂盛的叶子，小梨却瞥见老鞠的半个秃顶，心里就不由得暗笑。

手机设置成了静音，兀自在小梨的手掌心里一闪一闪。那个电话听筒的图标不懈地旋转着，有点执拗，有点不甘，像大姐的脾气。

小梨装作上洗手间的样子，悄悄溜出来，刚一接通，大姐的大嗓门就直通通地砸过来。梨啊？大姐说，梨啊，怎么半晌不接电话？

正是下班的时候，整个城市简直是一锅沸水。三伏天，大热，人们都心浮气躁。从地铁里出来，小梨径直去了物美。推着购物车，她直奔二楼。买了三黄鸡、猪头肉、盐水鸭，还买了天福号酱肘子。又买了二斤五花肉，准备包饺子。芳村人的待客之道是，包饺子。家里来了客，怎么少得了饺子呢？因此，凡老家来人，小梨总少不得包饺子。为了这个，乃建老是笑她。乃建的笑，也不是那种明目张胆的笑。乃建的笑很含蓄，乃建从旁看她忙着同一群饺子较劲，嘴里发出丝丝哈哈的声音，仿佛被烫着了。小梨不理他。

洗漱完，准备休息的时候，小梨才宣布了大姐的电话。乃建说好啊，好啊，二曼来，好。乃建说不是要让你找工作吧。小梨说，又不让你找，别怕。乃建说，什么话！

早晨起来，乃建已经上班走了。家里静悄悄的。外面仿佛是阴天，这两居室的房子，显得格外窗明几净。小梨一面吃早点，一面打量着这个家。樱桃红的实木地板，门窗也拿樱桃红实木包了，一堂的红木家具，透出殷实稳妥的太平气象。卧室的一角，用一道雕花屏风隔了，权作书房。是鱼戏莲叶的图案，意思自然是好的。这意思是乃建的意思，也是小梨的意思。挑剔一点说，这个九十多平米的家，还是小了。两室两厅，主卧是她和乃建的，次卧是妞妞的。没有客房。幸好是暑假，妞妞去了奶奶家。二曼就住妞妞的房间。小梨琢磨着，今天晚上包饺子。对，就包饺子，三鲜饺子：猪肉，虾仁，鸡蛋。明天周末，笋炖三黄鸡。后天，还要带二曼出去吃一回烤鸭。到北京了嘛。大后天——二曼要住几天？大姐没在电话里说，小梨也没有问。

一见二曼，小梨才发现，真是大姑娘了。女大十八变，这话是对的。小时候的二曼，不知道有多丑！小时候，二曼长得像她爸。可是现在的二曼，竟越来越像她妈了。那眉眼，那身段，那走路的样子，简直就是当年的大姐。小梨一面照料着她换衣裳换鞋，一面看了一眼那个鼓囊囊的蛇皮口袋。看样子，大姐这次来者不善。

二曼立在客厅里，生手生脚，好像野生的高粱棵子，横竖都不是。乃建招呼她坐下，从冰箱里拿了一瓶酸梅汤给她，她接过来，却并不喝，把它夹在两个膝盖之间，两只手绞来绞去。乃建又给她递水果，她慌忙接了，却手里一滑，那只桃子掉在地上，骨碌碌滚到沙发底下去了。二曼慌忙弯腰去找，却被小梨拦住了。小梨说曼啊，坐你的，甭管它。心里不由得怨乃建多事，又重新拿了一只，递给二曼。

包饺子的时候，二曼便显得自在多了。芳村的闺女家，有几个不会包饺子的？包饺子，擀面，蒸馒头，烙饼，这是看家的本事。小梨看着二曼变戏法一般，变出一群活泼泼白生生的饺子来，越看越喜欢，嘴巴就有点管不住，曼啊，工作的事，别急，有小姨呢。乃建正在喝水，仿佛被呛着了，忽然就咳嗽起来。小梨瞪他一眼，对二曼依旧笑着，话锋却一转，不过，如今工作难找，北京这地方，大江大湖，水深着哪。二曼仰起有红有白湿漉漉的一张脸，只嗯了一声，便低头干活了。

娘俩就包饺子。乃建呢，在一旁慢条斯理地喝茶，关心着新闻里的天下大事。小梨最看不得他这自在模样，便吩咐他去剥蒜。

手机在卧室里叮咚一响，小梨张着白花花的一双手，进屋去看。是老鞠的短信。老鞠在短信里问候她，盛暑大热，善自珍摄。小梨看着那几行字，心里笑了一下，却把手机依旧扔在床头柜上。空调机发出微微的响声，把上面的一盆绿萝抚弄得风情万种。小梨望着那密密层层的叶子，心想这老鞠，果然是老手。

吃罢饺子，大家看电视。小梨关在卧室里，给家里报平安。大姐家里都好，梨你放心。大姐说爹身子骨也好，七十三的人了，硬实着呢。七十三，八十四，那些话全是唬人！爹的眼睛，白内障，医生说没大事，上了年纪的人么。等长熟了，再做手术。哎呀呀，不说了不说了，这可是长途！小梨看这阵势，是要长谈，便说，差不了几个钱，你说。大姐反倒不说了。扬声把爹叫过来，爹说梨啊，甭惦记家里，你在外安心——大姐却又把电话要过去，说开了。说来说去，最要紧的还是那一句，帮二曼找工作。好歹不让她回老家。小梨握着话筒，手心里湿湿地出了汗，耳朵里却是嘈嘈切切，响成一片。

卧室门虚掩着，能够听得见二曼的笑声，夹杂着电视上音乐的喧哗。这二曼，人倒老实。只是有一点，怎么说呢，有一点木。姑娘家，性子木一点，原是平添了几分可爱的情态，懵懂的，生涩的，有一些害羞，还有一些拙拙笨笨的天真。然而，不知怎么一回事，小梨总觉得，二曼这样的性子，在北京，好像是总觉得不够。北京是什么地方？

小梨从冰箱里拿了两支苦咖啡，一支给二曼，一支自己喝。冰凉的微苦的咖啡味道，在舌尖慢慢融化，一直蔓延到四肢百骸。浑身的燥热退去，小梨的一颗心反倒渐渐静下来。她拿过手机，给老鞠回信。对老鞠这样的人，热不得，冷呢，更要不得。这小小的延宕，不算长，也不算短。对于老鞠，该是恰到好处吧。小梨拿着手机字斟句酌。这老鞠长袖善舞，佛法无边，嚣张惯了，哪里受过这样的冷落？

乃建走过来，手里举着一罐冰啤，不慌不忙地啜着，在书橱旁边的报刊架上翻报纸。见小梨忙着发短信，便说，怎么，不陪陪二曼？小梨说，哪那么多事儿，自家人。乃建笑着摇摇头，瑟瑟瑟瑟地翻报纸。小梨说，又喝？小梨说二曼的事，你看？乃建说，非要来北京？小梨说，废话，不来北京找咱们？乃建说，其实，小城市，生活倒舒服。小梨把手机扔在一旁，拿眼睛看着他，比如？乃建说，石家庄也挺好啊，省城，离家也近。小梨说，你以为石家庄就那么好找？她一个本科生。乃建说，大谷呢？小梨说，什么？你说什么？乃建说，我是说大谷，大谷的日子更舒服。小梨说，大谷舒服？是。芳村更舒服——你怎么不去？乃建看着小梨的样子，知道是说错话了，便说，你们家的事——我就是随口一说。我们家的事！小梨说，我们家的事你乱插什么嘴？

二

东四这一带，是老城区。树木多，鸽子也多。从窗口望去，一层一叠远去，是青灰色的楼顶。阳光从楼顶的缝隙中跌落下来，仿佛打碎了一块金子，金粒子四散飞溅。有几粒溅到窗子上，亮亮的晃人的眼。

周末，这个城市显得略微从容一些。小梨把衣橱打开，找自己的旧衣裳。一条姜汁黄的丝绸长裙，是某一年生日，乃建送自己的礼物。小梨想了想，又找出一件奶白色无袖真丝小衫。小梨在镜子面前比了比，扬声喊二曼。

二曼这孩子，在城里这么多年，又念了这么多的书，竟还没有学会打扮自己。当然了，大姐也拿不出多余的钱来给她。当初，大姐咬着牙，一心要供小梨念书。大姐的一句口头禅是，好好念，念大学，到城里吃香喝辣——看你小姨！在芳村，也不止是在芳村，在青草镇，甚至整个大谷县，有谁不知道翟小梨呢？在乡下人眼里，翟小梨简直就是一面旗帜，是草窝里飞出的金凤凰。人们都知道，翟家的翟小梨，本事特别的大，特别地会念书。凭着手中的一支笔，一横一竖，一撇一捺，愣是从芳村念到了大谷县，从大谷县念到了石家庄，从石家庄念到了北京城。北京城啊，老天爷！这么多年了，芳村出过这么厉害的人吗？没有。就连整个大谷县，怕是也没有这样的能人吧。翟小梨一个嫩头嫩脸的闺女家，更是不得了。这要是在早年间，那是女状元。吓！北京城，那是什么地方？天子脚下！

更厉害的是，小梨竟然嫁了个北京人！翟家的这个小妮子，当真是厉害。

看着眼前的二曼，小梨不觉怔住了。芳村有句话，三分长相，七分衣裳。这话真是对极了。二曼亭亭地立在那里，竟然有了一种摇曳的风姿。二曼找出自己的一双奶白色高跟皮凉鞋，把二曼的马尾巴散落下来，又拿走那一枚幼稚的粉色发卡，换上一条米白色镂空缎带，把一头长发拦在脑后。二曼木木地立着，任她打扮。小梨看着二曼，上一眼，下一眼，左一眼，右一眼，真是越看越感慨。如果不是二曼那一脸的迷茫，带着一点少见世面的畏缩和胆怯，一眼望去，谁能够猜出她的出处呢？二曼紧着一张小脸儿，手和脚仿佛瞬间多出了几个，一时无处摆放，两只眼睛慌慌的，简直不敢看镜子里的那个人。小梨看在眼里，爱不得，恨不得，也只有叹一口气，走上前去，帮她把裙子的褶皱拉拉直。乃建凑过来，一手扶着眼镜，目光却从眼镜上方看过来，称赞道，不错，真不错。小梨剜他一眼。

饭后，乃建午休，二曼也关在自己房间里，不知道在忙什么。小梨关了客厅的玻璃门，歪在沙发上想心事。方才在电话里，大姐绕来绕去，闲话说了一箩筐。说起那一年，小梨两岁吧，她背着小梨，去田里割草，被一只大狗追得跑掉了鞋。还有一年，青草镇唱大戏，人真多啊，一个没抓住，把小梨的小手撒开了。当时就吓哭了，怕回家挨打。那时候大姐才多大？也就五六岁吧。还有一回，小梨在县里念书，大姐和姐夫去看她。那时候，大姐新嫁不久。很多年之后，小梨还记得，那烧饼夹肉的滋味。蛤蟆大张嘴，芳村人都这么叫。大姐压低嗓门说，她找人算过了，二曼银盆大脸，娘娘命，芳村留不住。小梨听了，真是又好气又好笑。银盆大脸，便是娘娘命。那么她小梨呢？小梨偏偏生了一张瓜子脸，小梨是什么命？难不成，小梨就该是丫头命？村子里那个别扭媳妇，号称半仙的，她的话，大姐也敢信。真是鬼迷心窍了。大姐却说，不是别扭媳妇，是小辛庄的，灵得很。梨啊，你不知道，找他算的人挤破头。仙家说了，二曼这闺女，命强，有贵人相助。

贵人。这个贵人，便是她小梨了。大姐念书不多，说话却是有水平的。村里人都说，大杏，你怕啥？有小梨哩，小梨恁大本事，还能不管她外甥女？大姐一面说，一面看着妹妹的脸色。这些老土鳖，他们知道什么？小梨也不认识中央的，真是胡吣！大姐说这话的时候，把一碗热腾腾的饺子递到她手心里，她只有接过来，埋头吃饺子。是她爱吃的猪肉茴香馅。大姐进进出出的，还在往这屋端饭菜。这年糕，你尝尝。如今人们都不种黍子了，黄米难找，我跑了好几个集，最后还是在小刘庄叫我碰上了，你说巧不巧？小梨看着那一碗年糕，黄澄澄的米，红彤彤的枣，堆得尖尖的，仿佛马上就要从碗里溢出来了。大姐坐在一旁，眼巴巴地看着她吃饺子，吃年糕。饺子肉多油大，有点腻。年糕烫极了，不小心就把舌头烫了。

胡同里，不知谁家的孩子在点炮，噼噼啪啪，噼噼啪啪，把电视的声音都给盖过去了。芳村的春节，到底比北京热闹。小梨出来去厕所，却听见姐姐在厨房里说话。低低的，像是在跟谁吵架。小梨没在意。回屋里的时候，看见大姐在厨房门口洗菜，一双手冻得胡萝卜似的。听见动静，猛一抬头，眼睛也是红红的。见是小梨，赶紧展颜一笑，说，还不快进屋去，外面多冷！

办公室小史来电话，通知下周二开会，去北戴河。中层以上必须参加。小梨嗯嗯啊啊应着，心里琢磨着找个什么借口请假。二曼在，她怎么可能出差呢？乃建也不是个会伺候人的。二曼呢，又人生地不熟。她一走，家里非得全乱套。一个姨夫，一个外甥女，虽说是至亲，但终究不是自家骨肉，少了她这个小姨，总觉得不像。还有一条，小梨不愿意去想。系统的会议，一定有老鞠，老鞠是领导嘛。可是，这个时候，小梨最不想见的人，便是老鞠。

晚上，乃建有应酬。平日里，乃建的应酬并不多。乃建喜欢清静，这是其一。其二呢，乃建所在的文化单位，是一个清水衙门，虽则是公务员身份，仕途可期，但是乃建这个人，有那么一点老北京人的通病。老北京人，往往是，怎么说，胸无大志。他们见得多了，对什么似乎都见惯不惊。自然了，也有例外。比方说，老鞠，从老北京的大杂院里一路杀出来，从勤杂工做起，一直做到单位一把手，正局。有意无意地，小梨会把这些个案例说给乃建听，是鞭策的意思，也是一种劝勉。别人行，乃建怎么就不行？乃建读过多少书！家里那整整一面墙，都是乃建的书橱。巍峨堂皇，看上去简直唬人。被小梨的励志故事弄烦了，乃建偶尔也有反抗。乃建的反抗就一句话，读书就是为了升官发财？笑话！

小梨一时气结。然而，渐渐地，小梨也就把自己劝开了。小梨不是一个钻牛角尖的人。乃建这样的男人多好啊，甘蔗哪有两头甜？小梨的一句口头禅便是，我们乃建啊——胸无大志。是自嘲的口气，又满足，又不足。

晚上，娘俩儿吃了一顿家乡饭。小梨买了猪肉、粉条、豆腐、丸子，炖了一回大锅菜。乃建不在，小梨就越加放肆些，一炖炖了一大锅。对于小梨的大锅菜，乃建的评价是，开玩笑。说的时候笑眯眯的，是开玩笑的口气，言下之意却是，这也算菜？开玩笑。说起来，也不是什么了不得的大事，一顿饭嘛。可是，小梨却觉出了不舒服。更让她不舒服的是，这大锅菜，乃建不吃也就罢了，妞妞竟然也不吃。这就严重了。小梨觉得，他们父女两个，简直是故意！简直是跟她作对！简直是！还有，小梨给家里电话的时候，那一口芳村土话，他们简直是笑死了。可恨！实在是可恨！听他们爷儿两个，一大一小，一口的京片子，小梨恨得直错牙。然而，慢慢地，小梨也就妥协了。打电话的时候，尽量关上门，两不相扰。大锅菜呢，不做就是了。但是不做不等于不想。因此，这一回，有二曼在，小梨藏在心里那点想法便又悄悄醒了，探头探脑。乃建，自小在京城长大的这位爷，他懂得什么呢？

吃过晚饭，二曼抢着要洗碗。小梨拦住她，叫她坐下。二曼就重新坐下。一双眼睛，忐忑地望着小梨。小梨看她局促的样子，知道是吓住她了，便东一句西一句，扯起了家常。怎么说呢，对这个外甥女，小梨喜也不是，恼也不是，有那么一点恨铁不成钢。照说，在城里这么多年了，好歹也算念了大学，怎么竟还是这个样子呢？生涩的，寒缩的，不舒展的，带着乡下女孩子特有的村气。就说眼下，即便是穿着小梨的家居服，米白的棉麻裙裤，雪青吊带小背心，头发呢，随意地绾在脑后，看上去倒是清新家常，但也不知怎么一回事，总叫人觉得不像。小梨同她说着话，问起家里的一些农事：玉米快收了吧，还要浇几水？棉花怎么样，统共摘了几喷？今年雨水大，河套里的红薯花生，倒有福了——会不会，雨水太大了？岂料，二曼竟是一问三不知。小梨叹口气，只好问一些学校里的事。也不怪二曼，如今的孩子，谁还关心庄稼的事呢？也不光是孩子，即便是芳村的那些大人们，一颗心全在打工挣钱上，庄稼们，是早就不在他们眼里了。

说起学校的事，二曼的神态活泼了许多。小梨趁机说，曼啊，你是怎么想的？小梨说我是说工作的事。二曼正说得高兴，冷不防备，一下子便怔住了。小梨说，曼啊，怎么想的？是真的——想来北京？二曼低着眉，怯生生地，又是坚决地，说反正，我不想回芳村。小梨长叹了一声，说曼啊，是这样啊曼。小梨说你姨夫不在，就咱娘俩，咱们直来直去，不绕弯。小梨掰着指头，说你看啊曼：一、咱是本科，三本，那个学校，你也知道，北京是什么地方？一块砖掉下来，能砸死俩博士；二、咱是女孩子，在就业上，女孩子就不占优势，也甭怨什么性别歧视，这是现实；三——小梨停下来，又长出一口气，说这三，咱学的是计算机，小姨虽说在北京有些年了，但也就是这小圈子里有几个人——隔行如隔山哪。二曼看着小梨那一堆乱七八糟的手指头，愣住了。这一顿大锅菜，看来不是白吃的。小梨看她怔怔傻傻的样子，有些不忍，便说曼啊，要不这样，你看，你想不想再考考研？话一出口，小梨便后悔了。考研，大姐哪里还有力气供她读研？！这几年大学勉强读下来，已经是一屁股债了。况且，就算是供得起，硕士读完，还要不要读博？这样读来读去，几时是个了呢？一个女孩子家，就算咬牙读到了博士，嫁人可就更难了。小梨看着二曼那一脸茫然的样子，不知怎么就动了气。小梨说我看这样，读研的事，你就不要考虑了。倒不如回石家庄，或者，干脆回大谷，找个工作，好好嫁人，倒是正经！小梨深吸一口气，咬牙道，好歹让你爹妈沾上点光，也不算白白供你一场！

床头的闹钟滴滴沥沥走着。仿佛窗外的雨滴，简直是连成了一条线。窗子半开着，夜风湿漉漉地吹进来，把薄纱的窗帘吹得一扬一扬。小梨睡不着。二曼关在屋子里，一直没有出来。也不知道睡了没有。或者是，偷偷地哭了一场？今晚的谈话，也可能是，太——匆忙了一些。二曼才刚来几天？还有，有一些个话，好像是，说得也有些重了。到底不是亲娘俩，隔着一层肚皮，说话就得讲究些。还有一条，自己早早离开老家，对她这个小姨，看来二曼是有那么一些惧意。从小到大，见面的次数终究有限。一大家子，人来人往的，小梨哪里在意过她这个小丫头片子？！对于二曼，她这个小姨，恐怕也只是大人们嘴里的一个传奇吧。小梨是传奇故事里的女主角，也是他们这些孩子的教科书。而今，教科书有血有肉地站在面前，咬牙切齿地，说了那么一大通性命攸关的话——这孩子是个老实疙瘩，怕是被吓着了吧？

乃建还没有回来。幸亏乃建不在。怎么说呢，跟乃建这么多年，在老家的人事上，小梨总是嘴硬得很。这不是面子不面子的问题，自家夫妻，也谈不上这个。可是，在乃建面前，小梨从来不肯说芳村半个不字。记得，第一次带他回芳村，乃建兴奋极了。看着大片大片的玉米棒子，金山一般堆了一院子，稀罕得什么似的。左邻右舍，都来看翟家的北京女婿。嘁嘁喳喳的，议论着他的相貌，他的做派，他那字正腔圆的一口普通话。乃建倒是大方得很。按照小梨的吩咐，一口一个“婶子”，一口一个“大娘”，笑眯眯的，一点都不认生。他坐在翟家的老榆木太师椅上，吃着新鲜的煮花生、煮毛豆、红瓤白瓤的大山药，直说好吃，好吃。芳村人把红薯叫做山药。那时候，正是秋天。天空高远，乱飞着一块一块的闲云。

三

立秋都好几天了，还是闷热。都说节气不饶人，看来也信不得。小梨从地铁里出来，人好像一脚跌进热汤里。大街上，人们都皱着眉，紧着脸，走得匆忙。太阳煌煌地照下来，金影银影交错。北京槐蔫蔫的，仿佛要睡去了。这个夏天，真是煎熬啊。

赶到咖啡馆的时候，胡筝筝已经到了。看着小梨一脸汗水的样子，胡筝筝说，怎么，着火了？小梨笑，不理她。只管招来服务生，点了两杯卡布奇诺，又点了两份甜点。胡筝筝喝了一口柠檬水，说吧，何事惊慌？小梨说，就是聊天。胡筝筝说，鬼才信，我还不知道你？小梨这才慢慢说了。胡筝筝一面搅着卡布奇诺，一面听，半晌，方说，还真是件麻烦事儿。谁不知道，这年头，工作难找。小梨说，废话！我是问，你有没有办法？胡筝筝说，我长着三头六臂？小梨说，你岂止三头六臂？你人脉广，能量大，美女就是生产力哈。小梨说你外甥女的事，你得管。胡筝筝被气乐了，翟小梨！我把你个——简直是强盗逻辑！小梨却不笑。她把自己那份点心也推过去，说，我不管，反正是赖上你了。胡筝筝叫道，什么人啊你！胡筝筝说，你还不知道我？小梨不说话。胡筝筝看了一眼小梨的脸，说好吧，我可有言在先，我只是试试。要是不成，你可别骂我！

匆匆回到家，已经是六点多了。乃建还没有回来。屋子里静悄悄的，二曼正歪在沙发上，很专注地玩着手机。见了小梨，像是有些意外，赶忙站起来，恋恋不舍地看了一眼手机，攥在手心里。小梨说，你忙你的，我做饭。二曼的脸登时就红了，嘴张了张，一时不知该说什么才好。小梨看她红头涨脸的样子，知道是口气错了，便软声道，你歇着吧——这俩半人的饭。

晚上，家里来了电话。小梨一看来电显示，便挂掉了，重新拨过去。大姐在电话里问长问短。小梨也不打断，由她问。大姐问北京热不热，这些天，芳村简直是热死人。就怕停电，热在三伏，停电简直要人命！大姐问北京菜贵不贵，真是不得了！十块钱买不了几棵葱。大姐问小梨忙不忙，大热天，可不敢太拼命！问了小梨，又问乃建。问了寒，又问暖。小梨嗯嗯啊啊地应着，知道大姐心不在肝上。大姐是个强人。在芳村，谁不知道大姐呢，一张刀子嘴，好比青玉米叶子，割人见血。心性又高，脸皮又薄，偏偏大姐夫又是个木头人。脑瓜不灵，光景就不如人。大军成了家，念书是没指望了。可话又说回来，幸亏没有！小子家，还不比闺女，买房子娶媳妇，都是大麻烦。这个二曼，用大姐的话，砸锅卖铁，生死得供出去。再者说，乡下定亲早，二曼念书耽误了，过了好年纪。高不成低不就，如何是好呢？

小梨听了半晌，刚要开口，那边却换了爹的声音。爹也是问长问短的，好像是，跟小梨已经有几年不见了。爹的脾气，小梨怎么不知道？肠子直，性子暴，火炭一样。这几年，也不知道怎么一回事，年纪越大，在儿女面前，倒越发收敛了。是不是，人老了都这样？

春节回家，爹多喝了两盅，有些高了。父女两个在屋子里说话。说着说着，爹便落泪了。小梨想，这是又想起了娘。也不敢深劝。冬天的黄昏，屋子里光线暗淡。爹朝窗外照了照，欲言又止。

这是家里的老宅，后来翻盖了，大军结婚住。说的是，大姐既要了这老宅，就得给爹养老送终。找了村里管事的，立了字据。姓名也签了，手印也摁了。管事的端着鲜红的印泥盒子，给小梨，小梨不肯接。摁什么手印？！自家骨肉，倒生分了。大姐一定要这样，小梨也不好硬拦着。 可话是这么说，难不成，小梨她从此就撒手不管了？怎么可能！看着爹吞吞吐吐的样子，小梨不由起了疑心。 有心要问，却又不敢。心里嘈杂得厉害，只有胡乱打岔，说起了大军媳妇，都六七个月了吧？孩子见面儿要等明年开春了。又拿了一沓钱，给爹。爹推三阻四，简直要跟她急了。也不敢大声，一面推，一面又往门外看。争持不下，小梨便只有像往常那样，抽回来两张，算是妥协。爹把钱攥在手里，像是不舍，又像是难为情，脸上讪讪的，好像是，花了闺女的钱，是做爹的欠了情。小梨劈手拿过来，替他塞进兜里。水壶在屋角那一个小煤炉子上叫，小梨赶忙走过去倒水。大铁壶沉甸甸的，火苗子扑上脸来，她只觉得头皮一炸，眼底热热地辣。

浴室里水汽缭绕，里面传出乃建的口哨声。轻松明快的调子，是他素常喜欢的那一个。莫名其妙地，小梨竟从中听出了几许佻挞的味道。看一眼二曼的房间，门关着，也不知道躲在屋里做什么。小梨刚要喊她出来吃西瓜，又怕出来撞上乃建。大热天的，难免不便。这乃建，也不知道怎么了，这些天，都是很自觉地最后一个洗澡，一则好清理浴室，二则呢，等大家，特别是二曼，睡下了，都方便。小梨去厨房搬了案板，嘭嘭嘭嘭嘭嘭切瓜。乃建从浴室里探出半颗水淋淋的头来，笑嘻嘻地说，有冰西瓜吃啊？爽。小梨没好气，不肯看他，只管挑了一块籽少的瓜心，放在玻璃的西瓜盏中，又插上一把小勺，过去敲二曼的门。

二曼歪在床上，对着手机正说得热闹，竟连屋里进了个人都毫无觉察。小梨把西瓜放下，转身往外走。带门的时候，咔嗒一响，二曼这才惊跳起来，不好意思道，微信哩。小姨，你不玩微信？

夜里，不知怎么就吵了起来。小梨怕人听见，压低了嗓子。说千道万，乃建却是一声不吭。小梨就气他这一点。顺手抄起枕头边的一本书，直直地朝着乃建砸过去。咬牙恨道，看书！就知道看书！世事不问！书呆子一个！书厚，硬纸壳的包装，边角锋利，可以杀人。乃建伸手挡了，却正砸在胳膊肘上。小梨看他龇牙咧嘴的样子，知道是下手重了，却哪里肯服软？拽过床单，胡乱蒙了头，听着乃建哎哟哎哟叫唤，翻箱倒柜地找创可贴。夜色沉沉，被印花窗帘挡在窗外。隐隐地，仿佛有摩托车轰然而过，然后又归于寂静。小梨躲在被单里，只觉得手脚冰凉，脸上却有热辣辣的东西滚下来。

一缕晨光落在枕边，倏然把她惊醒。乃建还在睡，微微皱着眉，那只贴了创可贴的胳膊伸过来，小心环着她的腰。小梨叹口气。乃建要是发一顿脾气，倒也罢了。可是，那就不是乃建了。

四

盛夏的海滨，喧嚣中有一种远离尘世的清静。海水碧蓝，仿佛一直蓝到人的心里去。比起北京，北戴河确实是凉爽多了。

下榻的宾馆离海边不远，夜里，能够听得见大海的涛声。系统的高端论坛，到会的都是各单位的头头脑脑。这种会，业务研讨倒在其次，最重要的，好像是它的俱乐部功能。想想吧，一个系统内的，同事，朋友，或者熟人，平日里难得见面，这种会，就是一种十分合适的机会。大家一起吃，一起住，一起开会，一起聊天。可以自由组合，也可以拉帮结派。吃喝拉撒，反正都有主办方操心。说是工作场合，又好像更是私人场合。说是工作呢，倒更像是休闲。真是访新问旧的好机会。也好像是，大家乐意从各地千里百里地跑来，一个重要原因就是，会议的这个心照不宣的功能。

小梨刚入住，还没有来得及冲澡，便听到手机有短信。小梨心里一颤，立刻猜出是谁，便有意拖延着，不去管它。房间挺大，是套间。小梨里里外外转了一圈，又把空调的温度调来调去，左右斟酌不定。想起方才，走廊里同老鞠那惊鸿一瞥，一颗心只管扑扑扑扑乱跳起来。

正胡思乱想着，有个电话打进来。小梨赶忙接了，是胡筝筝。

房间里静悄悄的。这种假日酒店，宽敞，气派，厚厚的羊毛提花地毯，人走上去，虚飘飘的，有一种脚踏浮云的不真实感。雪白的床单，散落着新鲜的玫瑰花瓣。墙上是一幅油画，红袄的乡村女子，映着身后的皑皑白雪。红白相照，美得不似人间。小梨靠在窗前那把红木摇椅上，慢慢把玩着手机。手机很烫。方才，胡筝筝在电话里好一通大骂，也不知道在骂谁。靠！什么玩意儿！他竟然也敢！胡筝筝说你们家乃建，找了单位的头儿。据说闹僵了。为什么？还不是为二曼的事！求人如吞三尺剑。你们家乃建的性子，哪里干得了这个？胡筝筝咬牙切齿道，这事儿要成，除非献身！他妈的！不见兔子不撒鹰！

小梨伸手从果盘里拿了一只苹果，想了想，又放下，拿起一只梨。方才老鞠的那个短信，在脑子里一跳一跳。曼啊曼！见眉间似有愁色，愿与分忧。略备菲酌，约卿一叙？

梨很小，但看上去汁水饱满。不知道是不是那种库尔勒香梨。小梨狠狠地咬了一口，再咬一口，很认真地嚼着，直嚼得两腮酸酸麻麻的，却是滋味全无。黏稠的果汁顺着手腕一路淌下来，她也不管。

夜风拂来，带着大海潮湿的咸腥的气息。远远近近，是海水的潮声。夜色沉沉，海在这沉沉的夜色中依偎着，仿佛马上要睡去了。不知怎么，好像又被惊醒了。一天的星光，洒洒落落，融化在海水中，又幽暗又璀璨。风把十字麻纱窗帘吹得鼓起来，鼓起来，眼看就要破了，却噗嗤一声，又瘪下去。小梨捏着那只梨核，赤脚立在窗前。任那窗帘把自己缠住，放开，再缠住，再放开。

手机忽然在手心里叫起来。小梨吓了一跳。却是乃建。是汇报这两天的家事，又叮嘱她吃海鲜当心，旅行箱的夹层里，有氟哌酸，健胃消食片，还有藿香正气水。小梨看着他婆婆妈妈噜里噜苏的短信，长叹了一口气。有心拨过去，跟他说说话，踌躇半晌，终究罢了。

五

高铁实在是方便极了。回到北京的时候，正是下班时分。街上人潮汹涌。一城的灯火，渐渐亮起来。这就是北京的夜了。

毕竟已经立秋了。比起前些天，风中更多了几分凉爽。节气不饶人，看来这话是对的。溽热退去，整个城市仿佛经过一场沐浴，显得安静清新。这么多年了，小梨竟然是第一次，领略了北京的夜色。

地铁口，一个女孩子在叫卖鲜花。小梨挑了一束百合。乃建顶喜欢百合。乃建这家伙！这些年，怎么说呢，恐怕是，有好些地方，都委屈了他。旁边是个卖玉米的，热络地张罗着生意。煮熟了的大玉米棒子，有白的，有黄的，有紫的，还有的黄白紫白相间。小梨挑了几穗饱满的。芳村人管啃玉米叫“啃青”，娘呢，有自己的叫法，叫做“吹横笛”。是啊，这个季节，正是吹横笛的时候。二曼见了，不知道是不是也喜欢。

有风吹过来。真是不一样了。这就是秋天的意思吧。行道树依然是碧绿的，但绿得更见深沉了。那些树，都比人高。却被风吹得一回一回低下去，低下去。

万家灯火。小梨抬头看天，夜空被灯光映着，有一点梦幻的抒情的意味。小梨看了半天，竟是一颗星也没有看见。

（原载《芳草》2013年第6期）

图书在版编目（CIP）数据

2013年中国短篇小说排行榜 / 贺绍俊主编. -- 南昌: 百花洲文艺出版社, 2013.12

ISBN 978-7-5500-0823-6

Ⅰ.①2… Ⅱ.①贺… Ⅲ.①短篇小说－小说集－中国－当代 Ⅳ.①I247.7

中国版本图书馆CIP数据核字(2013)第279809号

2013年中国短篇小说排行榜

贺绍俊　主编

出 版 人　姚雪雪
责任编辑　胡青松　游灵通
书籍装帧　方　方
制　　作　周璐敏
出版发行　百花洲文艺出版社
社　　址　南昌市红谷滩新区世贸路898号博能中心9楼
邮　　编　330038
经　　销　全国新华书店
印　　刷　江西千叶彩印有限公司
开　　本　850mm×1168mm　1/16　　印张　22.5
版　　次　2013年12月第1版第1次印刷
字　　数　350千字
书　　号　ISBN 978-7-5500-0823-6
定　　价　36.00元

赣版权登字　05-2013-380

邮购联系　0791-86895108
网　　址　http://www.bhzwy.com
图书若有印装错误，影响阅读，可向承印厂联系调换。